愛你怎麼說

1

目錄

Content

第一章

這個男人竟然比我高比我帥

肖嘉樹剛回國，現在正坐在自家的客廳裡，幾個傭人躲在樓梯間對他指指點點，不用猜也知道在說些什麼，不外乎「二少為什麼要回來，在國外不好嗎，回來只會跟大少爭，又要鬧出很多事」等等。

是啊？為什麼要回來？肖嘉樹也在問自己，然後落寞地扯了扯唇角。

遊子總要歸家，這裡便是他的家，他為什麼不能回來？

樓上的爭吵還在繼續，那是他的父親和母親。幾年不見，父親蒼老了很多，兩鬢的頭髮已經斑白，嗓音也變得沙啞不堪；母親卻還是當初的模樣，光滑的皮膚，精緻的眉眼，溫柔的性情，歲月從來未曾在她身上留下痕跡，眼下，她正憤怒地質問：「為什麼不能給小樹安排一個職位？二房和三房的小輩沒畢業就能進肖氏擔當要職，憑什麼小樹不行？他是沃頓商學院的高材生，難道還比不上他那幾個普通大學畢業甚至輟學的堂兄弟？」

肖啟傑無奈道：「這不是學歷的問題，爸不同意，誰也不能隨隨便便進入肖氏。爸答應給小樹百分之五的股份，難道這還不夠嗎？他什麼都不用做，每年光是拿分紅就能舒舒服服地過一輩子了。」

聽到這裡，肖嘉樹抿直的唇角微微顫抖。他並不缺那點股份，也不想什麼都不做便過上一輩子。在他看來，那不叫舒舒服服，而叫庸庸碌碌。他明明也是肖家的子孫，為什麼不能為家族出力？

薛淼簡直快瘋了，感覺自己無論如何都沒法與丈夫溝通，不免聲嘶力竭起來：「百分之五的股份難道不是小樹該得的嗎？你爸前幾天也給了二房和三房各百分之五的股份，那是肖家子孫應有的分例，都要給的，憑什麼到小樹這裡就成了額外施恩了？他不是你的兒子，不是你爸的孫子？他是我跟別人生的野種？肖啟傑，你不能這麼偏心，眼裡只看得見定邦，完全不拿小樹當回事！他那麼努力地學習，只是為了能在畢業後幫幫你，幫幫他大哥！他是個好孩子，你們不能這樣對他！」

「好了，妳說什麼胡話？他是我的兒子，我當然會照顧他。不進肖氏就是偏心了？他什麼都沒做就有百分之五的股份，說出去誰不羨慕？別以為我不知道妳在想什麼，妳是想藉他爭一份家產，妳完全是為了妳自己！當初結婚的時候我們就簽了婚前財產協定，妳說不會貪圖肖家一分錢，難道妳都忘了嗎？妳要是不甘心就自己去跟爸說，別在這兒胡攪蠻纏！」

薛淼憤怒至極，尖叫道：「肖啟傑，你混蛋！當年我的確簽了婚前財產協定，我嫁給你不是為了你的錢，這是真的，但我是我，小樹是小樹，我可以不要你們肖家一分一毫，但小樹是你的兒子，他理應得到屬於自己的東西！你們不能把他丟到國外便什麼都不管了，他是這個家的一份子！」

嗚嗚的哭聲傳來，透著濃烈的悲憤和無奈。

肖嘉樹已經完全沒有表情了，像一尊雕像般坐在沙發上。父親是二婚，在母親之前還有一任妻子，死於胃癌，兩人是在前妻離世後半年認識的，不存在婚內出軌，也不存在小三上位，但由於母親的職業，旁人便怎樣都不肯相信她的清白，總認為她是故意勾引父親，然後藉著肖家的權勢上位，而肖家真正的掌權者肖老爺子更是對母親誤會甚深，又極其寵溺原配所出的長孫，於是對母子倆極盡打壓之能事。

肖嘉樹原以為考上沃頓商學院並以優異的成績畢業，爺爺會對自己改觀，現在看來簡直是癡心妄想。肖老爺子性情頑固，他要是喜歡一個人就恨不得掏心掏肺，討厭一個人就是看一眼也嫌多餘。肖嘉樹的異母哥哥肖定邦就是那個被偏愛的，而他自己則是個多餘的。

樓上的爭吵告一段落，只有母親隱約的哭聲傳來；父親的氣性也消了，嗓音變得和緩很多，似乎在道歉。他做為肖家的嫡長子本該扛起頂立門戶的重任，無奈能力有限，又優柔寡斷，毫無魄力，肖老爺子便越過他擇定長孫肖定邦繼承家業。如今肖家由二人說了算，別人沒有話語權。肖老爺子不讓肖嘉樹進入肖氏，一是看不上他的出身，二也是怕兄弟鬩牆。

肖定邦對母子倆的態度並不熱絡，看見了點個頭而已，就更不會幫肖嘉樹說話，於是之前的問題又來了，自己為什麼要回國？為什麼會放棄喜歡的專業改去讀工商管理？自己付出的汗水與努力就這樣白費了嗎？肖嘉樹慢慢把頭靠在椅背上，表情淨是說不出的茫然。

恰在此時，肖定邦提著公事包進來了，之前還對二少爺不冷不熱的傭人立刻迎過去，一個幫忙拿包，一個幫忙脫外套，還有一個從鞋櫃裡取出一雙拖鞋，恭恭敬敬地擺放在大少爺的腳邊，沒人比他們更明白誰才是肖家真正的主人。

「大哥，你回來了。」肖嘉樹立即站起來，嘴角不知不覺便往上翹。

對這個大哥他還是很尊敬的，有能力，有魄力，剛上任沒幾年就把肖氏的產業擴大了兩倍有餘，再沒有人比他更適合擔任肖氏製藥集團的掌舵者。他是天生的領袖，肖嘉樹從來就沒想過與大哥爭奪些什麼，他只是想讓爺爺和爸爸為自己驕傲，同時也想為大哥分憂。

有一句古話怎麼說的來著？哦，對了，叫做兄弟齊心，其利斷金。

肖定邦似乎不是這樣想的，他先是愣了愣，然後冷淡地點了一下頭，聽見樓上傳來的哭聲，眉心一皺。不過，他什麼都沒說，既不表達對弟弟歸國的歡迎之意，也不關心父母之間的爭吵，轉身便上了二樓。

看著他高大挺拔的背影消失在樓梯轉角，肖嘉樹略帶歡喜的眼眸暗淡下來。

站在角落的傭人紛紛垂頭，卻在對視間交換了一個鄙夷的眼神。小三就是小三，私生子就是私生子，哪怕登堂入室也討不了好。肖家還有明白人，只要肖老爺子和大少爺不鬆口，二少爺永遠也出不了頭。

感受到這滿是壓迫排擠的氛圍，肖嘉樹難過極了，有那麼一瞬間，他真想立刻購買回美國的機票，從此再也不回來，但思及樓上的母親，又硬生生忍耐了下來。自己走了，母親該怎麼辦？她與父親的感情似乎越來越惡劣，父親毫無緣由的猜忌就像一柄尖刀，把母親割得遍體鱗傷，而她原本能過得更好……

又一次，肖嘉樹為自己的弱小感到難過，他什麼都做不了，更幫不上母親。沮喪間，薛淼紅著眼眶下來了，臉上卻帶著優雅而又溫柔的微笑，彷彿什麼事都沒發生過，「小樹，快去洗個澡，換一套衣服，待會兒要去老宅陪你爺爺吃飯。」

哪怕知道自己不能進入肖氏是爺爺的決定，肖嘉樹也產生不了反抗的心理。他如果透露出一丁點的不滿，爺爺便會大發雷霆，然後遷怒到母親身上，當著叔叔嬸嬸的面用最刻薄的話語肆意謾罵母親。他看不上戲子，認為他們是下九流的玩意兒。

肖嘉樹內心充滿抗拒，卻還是乖乖站起來，「好，我馬上去。」

薛淼摸摸兒子的頭，笑容溫柔，眼裡卻有淚光閃過。她不知道送兒子出國是對是錯，鼓勵他改念工商管理是對是錯，甚至於當年嫁給肖啟傑是對是錯，但她知道自己做了最正確的一件事，那就是把兒子帶到這個世界上。他是她最好的禮物，最溫暖的慰藉。

一家四口很快收拾妥當去了老宅，肖老爺子在一眾子孫的圍繞下坐於主位，原本正朗聲大笑，看見進門的肖嘉樹，面色立刻冷了下來，「你穿的那是什麼樣子？破破爛爛的成何體統？」他舉起拐杖指了指孫子的褲子。

肖嘉樹低頭看看自己的破洞牛仔褲，滿臉都是問號。這可是今年新出的款式，穿上去又潮又酷，顯得自己的腿更長更直，再搭配白T恤，帥氣得很，怎麼就成了破爛了？他正想與爺爺解釋幾句，就聽背後傳來肖定邦沉穩的聲音：「爺爺，收購陽光製藥的事，我有幾個問題要跟您討論一下。」

肖老爺子的臉色瞬間和緩，招手道：「走，去書房談。趙瑩，讓大廚開始做菜吧。」

「哎，我這就去讓他們做。」趙瑩笑著答應一聲。她是肖老二的妻子，出身豪門，又精明能幹，很得老爺子器重，家裡的事幾乎全交給她來管，只可惜她生的幾個兒子不爭氣，能力比不上肖定邦，否則肖家的掌舵者究竟是哪房還說不準。她嫉恨肖定邦，卻惹不起對方，只好拿肖嘉樹母子倆出氣，說話總是帶著刺，專往人最痛的地方戳。

肖嘉樹很不喜歡兩位叔叔嬸嬸，但若是不來老宅，又會被爺爺斥責沒規矩，不孝順，是個養不熟的白眼狼，所以不得不來。

肖家之於他，之於母親，都是一個巨大的囚籠……

晚餐的氣氛很尷尬，做為剛回國的小孫子，本該最受關照和矚目的肖嘉樹，全程被老爺子忽視，其餘的孫輩則圍在他身邊討好賣乖，談笑晏晏。兩位叔叔和父親聊起了生意上的話題，兩位嬸嬸自顧自私語，並不搭理薛淼。在老爺子面前，她們不會表露出對薛淼的鄙夷，卻也不會遮掩自己的漠視，畢竟她們都是名門之後，與薛淼壓根兒不是一個世界裡的人。

母子倆顯然已經習慣了這樣的對待，只安安靜靜吃飯，不曾流露出任何異樣。三個小時後，一家四口終於坐上回程的汽車，眼見老宅消失在重重綠蔭裡，薛淼不著痕跡地鬆了一口氣，肖嘉樹則像一隻貓兒，敞開肚皮癱軟在椅背上，一雙長腿委委屈屈地縮在夾縫中。

肖啟傑盯著他滿是破洞的牛仔褲，指責道：「你穿的這是什麼？我沒給你生活費嗎？連一件像樣的衣服都買不起？以後不准再穿這種破爛玩意兒，害得我丟人！」

不等肖嘉樹反駁，薛淼便先炸了，「你懂什麼？這是今年新出的款式，國際知名的設計師親自參與設計的主打產品，小樹穿著腿顯得又長又直，比人家首席模特兒還帥，哪裡難看了？你跟你爸既然那麼傳統，幹嘛不穿長袍馬褂？醒醒吧，老古董！」

肖嘉樹面無表情，內心默默給母親點了一個讚。

他就說自己穿這件牛仔褲很帥嘛，根本沒有任何問題。

肖啟傑氣得捂住胸口，「妳在我跟前倒是橫，剛才怎麼沒看見妳反駁爸一個字？我這不是為了小樹好嗎？爸喜歡規矩的人，小樹就不能體諒他老人家，讓他看得舒服一點？」

「喜歡規矩的人？別搞笑了，他純粹是看小樹不順眼！無論小樹穿什麼，說什麼，做什麼，他都能挑出無數個缺點。小樹還只是穿了一件牛仔褲，露了個膝蓋，你那兩個好侄女，一個露了大半的胸脯，一個連內褲邊都遮不住，怎麼不見老爺子發話？她們穿就是時髦、潮流，小樹穿倒成了破爛了？沒這麼欺負人的！」

「妳說夠了沒有？我發現妳越來越喜歡胡攪蠻纏……」

「沒夠！我今兒就要跟你好好掰扯掰扯，你們一家子太過分了……」

父母你一句我一句吵起來，鬧得肖嘉樹頭疼。他勸了一會兒都沒人聽，只好叫停司機，下了車。肖定邦的汽車跟在後面，經過他時放緩了速度卻沒有停下來，最終慢慢遠去。

肖嘉樹在原地站了幾分鐘，不知是輕鬆多一點還是落寞多一點。

他原以為考上沃頓商學院的自己能獲得父親和爺爺的認同，但其實沒有；他以為光榮回國的自己能獲得他們認同，但其實也沒有。正如母親所說的那樣，無論他說什麼做什麼都是無用的，有些人永遠也沒辦法討好。

那自己還堅持些什麼？肖嘉樹感覺既委屈又不憤，漫無目的走了大半天，看見一家造型工作室，眼珠一轉便扎了進去。

「染髮，奶奶灰、蔥頭綠、屎黃色，什麼非主流就給我染什麼。」他想了想，又補充一句：「對了，再給我紋個身，扎個耳洞。」

蔥頭綠？屎黃色？您確定不是來砸我們招牌的？造型師心裡暗暗吐槽，面上卻笑咪咪地答應下來。非主流就非主流，但絕對不能醜！為了自己的招牌著想，造型師仔仔細細看了青年幾眼，然後臉紅了。這位顧客也長得太好看了吧？不是時下流行的花美男，也不是硬漢型男，而是二者綜合起來的俊美，五官既透著精緻，也透著酷帥，看起來很有侵略性。鼻樑又高又挺，嘴唇又薄又紅，一雙桃花眼微微上挑，簡直能勾魂。

就憑這副盛世美顏，染彩虹色也不會醜啊！

造型師信心百倍地說道：「那我幫你做漸變色吧，根部是黑色，慢慢變成灰色。你的髮質非常好，非常滑順，長度也夠，把頭髮撩起來的時候就能看見顏色的過度和轉變。」

他邊說邊拿出平板電腦讓顧客看效果。

肖嘉樹盯著看了一會兒，拍板道：「就這個色！」

夠潮夠炫，最重要的是，父親絕對接受不了。

造型師很高興，調試染料的時候還愉悅地哼起了歌。他喜歡一切美的事物，更喜歡親手讓他們變得更美。

四個小時後，煥然一新的肖嘉樹走出造型工作室，頭上頂著漸變色的軟髮，耳朵戴著黑曜石的耳環，身上卻沒有紋身。他怕痛，造型師剛把工具拿出來他便慫了，迫不及待刷卡付帳，狼狽而逃。回到家時，薛淼正在敷面膜，看見兒子的新造型，面膜啪嗒一聲掉在地上。

「爸呢？」肖嘉樹面上很淡定，掌心卻冒出許多冷汗。他從小到大都是乖孩子，做出這種叛逆的事還是第一次。

「你怎麼弄成這樣了？」薛淼不敢置信地問道。

「喜歡就弄了。」肖嘉樹撥亂了頭髮，讓母親好好看看自己酷炫的新髮色，狀似輕鬆地道：「不好看嗎？」

「好看是好看，就是有點痛。」薛淼無奈扶額。

「染頭髮不痛，我對染料不過敏。」肖嘉樹換好拖鞋，從冰箱裡拿了一片新的面膜。

「我是說，待會兒你爸拿棍子打你的時候可能會痛。兒子，你快回房躲一躲吧。」薛淼接過面膜，憐憫道。

肖嘉樹：「……」

在房裡躲了一天一夜的肖嘉樹還是挨了打，要不是肖定邦忽然跑回來跟肖啟傑談收購公司的事情，他的屁股和小腿肚就保不住了，但他依然頂住了巨大的壓力，死活沒把頭髮染回來。肖啟傑的氣性過了便也沒再強迫兒子，只是一看見他就唉聲嘆氣，彷彿看見了紈綺界一顆冉冉升起的新星。

肖嘉樹在國內沒什麼朋友，平時既不抽菸喝酒，也不泡妞賭博，更不喜歡飆車，唯一的愛好就是玩遊戲。只要給他一臺配置高的電腦加一條網路線，再備上充足的食物，他能足不出戶地宅上好幾個月，所以說，肖父的擔心完全是多餘的。

然而，薛淼受不了兒子的頹廢。她知道再這樣下去，兒子早晚會垮掉的，包括精神和身體。他活得沒有一點追求，也沒有一點目標，就像行屍走肉一樣，這才是最可怕的。思慮再三，她把兒子的電腦關了，押著他洗了一個澡，換上乾淨得體的衣服，這才帶他出門。

「冠世娛樂？媽，您帶我來這兒幹嘛？」肖嘉樹抬頭看看摩天大樓上的招牌，疑惑道。短短幾個月他便瘦了一大圈，眼眶下面帶著濃重的青黑，看起來很不健康。

「帶你來上班。」薛淼走進電梯，按了頂樓的數字鍵，等到門關上才道：「我有冠世娛樂的股份，今後會過到你名下，你也算是冠世娛樂的大股東，總得來自己的公司看看。」

「媽，您還跟娛樂圈有牽扯呢？爸要是知道了……」肖嘉樹為母親擔心起來，完全忘了問自己上班的事。

「他知道了又怎樣？大不了吵一架。他不讓你進肖氏，我總不能看著你廢掉吧？你好歹是沃頓商學院的高材生，難道畢業出來只能玩遊戲？你是不是怕進入娛樂圈被你爸爸和爺爺罵？你要是怕了，我立刻帶你回去。」

「我怕什麼？反正他們也不管我。」肖嘉樹心裡有點發虛，面上卻裝得很淡定，彷彿自己無所畏懼。

都說「知子莫若母」，憑薛淼對兒子的了解，自然知道該怎麼逼他走出他爸爸和爺爺為他打造的囚籠。她為肖啟傑犧牲了半輩子，鬱鬱寡歡，委曲求全，絕對不希望兒子重蹈自己的覆轍。老爺子再生氣又怎樣？難不成還能把他們母子倆吃了？

胡思亂想間，電梯門開了，一名四十多歲的中年男人迎面走過來，露出驚喜的笑容。他身材高大，長相英俊，眉宇間的輕佻非但沒能折損他的氣度，反倒令他更有魅力。他緊緊抱了抱薛淼，又很快放開，喟嘆道：「淼淼，我還以為妳再也不會回來了，最近過得好嗎？」

「就那樣。」薛淼並不想編造一些好話來誆騙好友，同時也麻痹自己，苦笑著搖搖頭，然後對兒子說道：「小樹，這是你的修叔叔，快叫人。」

修長郁是冠世娛樂的掌舵者，同時也是娛樂圈呼風喚雨的人物，薛淼當年就簽在他的旗下，被他一手捧紅，兩人曾經是上司和下屬的關係，在長久的合作中又變成了無話不談的好友，但自從薛淼嫁入肖家便與娛樂圈的朋友斷了聯絡，也因此肖嘉樹對這位修叔叔很陌生，卻不妨礙他辨認出這張經常上商業和娛樂雜誌的臉孔。

「修叔叔好。」肖嘉樹乖乖地點頭彎腰。

他繼承了薛淼精緻絕倫的相貌，與肖啟傑半點不相似。薛淼當年參演的第一部戲便是反串男主角，以女兒之身把一位瀟灑不羈的俠客演繹得淋漓盡致，從此風靡萬千少女。她的女粉絲比男粉絲多的多，而與她像了七八分的肖嘉樹在繼承之中又進行了「改良」，容貌更提升一個檔次。

修長郁一下子就喜歡上了這棵精神的小樹苗，更何況他還是淼淼的兒子。

說是來公司看看……其實也真是看看，肖嘉樹剛坐下沒幾分鐘就被母親打發出去，被祕書帶著在各個樓層參觀。路過走廊時，很多人伸長脖子看他，心裡紛紛暗嘆老總又挖來一個潛力值極高的新人。這長相，這氣質，稍微推一把就能爆紅。

肖嘉樹畢竟是肖家子孫，出席過一些大場合，這點關注對他來說並不算什麼，目不斜視就走了過去。與此同時，薛淼拿出一包香菸問道：「抽一根？」

修長郁從善如流地抽了一根，一邊吞雲吐霧一邊感嘆：「我還以為妳早就戒了。」

「過得不順心的人戒不掉香菸。」薛淼微微垂眸，免得煙霧熏紅眼睛，指尖夾著菸嘴，姿態既優雅又透著一股憂鬱。她過得不順心，這一點瞞得了別人，卻瞞不了修長郁，不如坦然相告。更何況，他倆沒什麼話是不能說的。沉默片刻後，她繼續道：「剛才我說讓你幫小樹安排一個職務，你可別當真，我不想讓他當一個朝九晚五的上班族。」

「妳的意思是？」修長郁意識到了什麼，不免愕然。

「對，我想讓他去演戲。」薛淼吐出一口煙霧，嬌豔的唇色在霧氣中氤氳，「你先幫他安排一個職務，讓他在劇組待一段時間，熟悉熟悉流程，再幫他物色一個合適的角色。」

「妳這也太乾綱獨斷了吧？妳不問問小樹願不願意？他可是肖氏的小少爺，妳卻讓他進娛樂圈，他爸爸和爺爺一怒之下，會不會剝奪他的繼承權？這麼些年妳都忍過來了，現在又是何苦呢？」修長郁苦口婆心地勸阻。

薛淼並不領情，在修長郁面前，她完全是另一個模樣，烈性如火，強勢無比，而這才是她的本來面貌，「我自己可以忍，為了兒子我不能忍。你知道他有多努力，多優秀嗎？結果到頭來，他那些所謂的親人卻逼迫他掩蓋自己的光芒，做一個庸庸碌碌、混吃等死的廢物。這幾個月，他天天把自己鎖在房裡玩遊戲，飯也不吃，覺也不睡，澡也不洗，他那麼臭美的人，把自己弄得人不人鬼不鬼，我看了就像挖心一樣疼。在你們眼裡，他的確很富有，一輩子不做事也有花不完的錢，可是誰又知道他真正想要的是什麼？」

「妳怎麼知道他想要演戲？演員可不是說當就能當的，個中艱辛妳比我更清楚。」修長郁再三勸說。

「我自己生的兒子，我還能不知道？你還記得嗎？他三歲那年，你們公司準備投資拍攝一部兒童奇幻劇，要找一個合適的小演員。我把劇本當成睡前故事說給他聽，他立刻就能模仿裡面的情節，一會兒學烏龜爺爺杵著拐杖走路，哪怕沒看過劇本也能感受到他背上似乎真的背著一個沉重的大龜殼；一會兒學小龍人，抱著我嚎啕大哭，直說媽媽妳不能死，感情既充沛又真實。他學什麼像什麼，生來就是演戲的料。要不是我想帶他去劇組試鏡的消息被傭人捅到老爺子那裡，後來因為那部劇大紅大紫的絕對是我兒子。我當時還發過視頻給你，連你都誇他繼承了我的基因，他自己也跟我說——媽媽，演戲好有意思，我將來也要像你一樣當大明星！」說到這裡，薛淼總算露出愉悅的表情，卻又很快沉下臉來，「但是，老爺子看不起我，也連帶著看不起小樹，一聽他說這話，便拿拐杖打他，狠狠斥責他沒出息。日子久了，他變得越來越沉默寡言，再也不會模仿小動物、小老頭、小老太太……也再不看電視。

等長大以後，連他自己都忘了最初的自己是什麼模樣。他們就這樣硬生生地扼殺了一個孩子的赤子之心，現在連他的未來也要掐斷。」

薛淼用力杵滅香菸，紅著眼眶說道：「長郁，我這不是乾綱獨斷，也不是橫加干涉，我是在為自己的兒子尋找一條出路。你看看他，他註定是要大放異彩的，而不是做一個家族棄子。他們想廢了他，我得救他！」

「小孩子都有各種各樣的夢想，長大了真正實現的又有幾個？淼淼，我理解妳的心情，但妳得給小樹選擇的權利。」若是換成別人，修長郁早就一口答應了。不就是捧紅一個新人嗎？憑小樹的條件，實在太容易了，但他不能因此而壞了淼淼與小樹之間的母子情分。萬一小樹進入娛樂圈後被家族除名，他不得恨死淼淼？這種絕情的事肖老爺子一定幹得出來！

「我知道你在顧慮什麼，放心吧，小樹是我生的，他怎麼想我最清楚。任何人、任何事都不會破壞我們之間的母子感情。」薛淼現在也算是孤注一擲了，徐徐道：「這樣吧，你先幫他找一個合適的角色，讓他試一試。他要是真沒有那個天分，也對拍戲不感興趣，我再來想別的辦法。」

修長郁斟酌片刻，點頭道：「行吧。」

「那小樹就拜託你照顧了。」薛淼長吐一口氣。

「他是妳的兒子，也就是我的……侄子，我當然會好好照顧他。」修長郁略略一想，繼續道：「這樣好了，我讓他給季冕當一陣子助理，找到合適的本子再讓他上。」

「季冕？」薛淼對這位大滿貫的影帝並不陌生，脾氣溫和，手段圓融，是個好相處的，便也同意了，「行，在季冕手底下正好可以開拓開拓眼界。聽說他準備息影了？」

「也不算息影吧，只是以後不怎麼接戲了。妳知道，他也是冠世的股東，在外面還有很多投資，都是賺錢的生意，我這個廟有點小，供不起這尊佛。要不是當年我把他救回國，他也不會在冠世待這麼多年。他是個重情重義、知恩圖報的人，把小樹交給他妳大可放心。」修長郁拿起手機說道：「我這就把他叫上來，妳跟他聊聊？」

「不了，讓小樹自己去處理這些人際關係。我可以為他鋪路，甚至為他選擇道路，但我不會手把手地教他怎麼走路。」薛淼收起金屬菸盒，戴上墨鏡，擺手離開。

修長郁把她送到地下停車場，又看著她的汽車走遠，這才回到辦公室。

肖嘉樹在公司裡逛了一圈，聽說母親先走了，有些不高興。他板著臉走進電梯，發現裡面有人，下意識地瞥了一眼，又移開目光，卻暗罵一句：「靠，竟然長得比我還帥！」

肖小少爺很少遇見比自己長得帥的人，心裡更加不舒坦，站得遠了一些，兩手往褲兜裡一插便靠在了牆壁上，樣子有些跩。被他嫌棄的男子也瞟了他一眼，然後頷首微笑。他比一八三公分的肖小少爺還要高出半個頭，目測身高在一九〇公分以上，眼眸深邃，長眉入鬢，鼻子高挺，氣質更是卓爾不群，昂貴典雅的黑西裝包裹著他挺拔而又精壯的身軀，竟帶給人一股壓迫感。他身側站著一名青年，容貌普普通通，身材也普普通通，只是眼睛特別亮，看起來鬼精鬼精的。

電梯裡只有三個人，空間還很大，肖嘉樹卻覺得逼仄極了，不痛快的情緒全寫在臉上。青年瞥他一眼，給身旁的男人發了一條微信：「這又是哪家的紈絝？瞧那黑眼圈和小身板，泡妞不知節制，腎虧得厲害啊！」要不是哪個豪門世家的小公子，也不敢對季冕這個態度。

季冕瞄了手機一眼，並不回覆，等電梯門開了就退後幾步伸出手，做了個「你先請」的手勢。他從小在英國長大，紳士風度幾乎刻進了骨子裡。

肖嘉樹這才舒坦了，略一點頭便邁出電梯。這人不但帥，還很有風度。

修長郁看見一前一後走進辦公室的三人，表情驚訝，「你們碰上了？正好，我來介紹。小樹，這是季冕，今後你就給他當助理。他可是冠世一哥，國內唯一的大滿貫影帝，跟著他可以學到很多東西。這是他的經紀人方坤，國內首屈一指的金牌經紀人，資源很豐富。季冕、方坤，這是肖嘉樹，我摯友的兒子，前些年在國外念書，最近剛回來，麻煩你們帶一帶。」

咦，竟然是我的上司？

肖嘉樹臉有些僵，飛快掃了對方一眼，然後點點頭。他不在乎自己的職務是高是低，只要有事做就行。等他積累了足夠的經驗，對娛樂行業有了更深入的了解，再慢慢往上爬。他從來不是好高騖遠的人，更不是吃不了半點苦的富家公子。

季冕微笑頷首，「修哥放心，我一定好好照顧嘉樹。」話落朝青年伸出手，溫和道：「以後有事儘管找我，若是我沒空就找小方，別怕麻煩。」

「謝謝，以後還請季哥、坤哥多多關照。」肖嘉樹連忙與他握手，面上顯得很矜持，心裡卻暗暗讚嘆：原來他是大滿貫影帝啊，難怪氣場那麼強！

肖嘉樹很早就去了國外，從來不看國內的影視劇，自然不認識季冕。

雙方見過面之後又一起吃了飯，眼見修長郁把人帶走了，殷切的態度就像帶著自己的小孩，方坤疑惑道：「這人什麼來頭，該不會是修長郁的私生子吧？」

……

既然要給季冕當助理，自然要先了解一下這個人。

肖嘉樹一回到家就打開電腦搜索資訊，然後震驚了：季冕是國內首個同時獲得金馬、金像、金雞、百花、華表獎的大滿貫影帝，在國外也斬獲了無數大獎，且好幾次與奧斯卡最佳男主角獎擦肩而過，履歷簡直酷炫得沒朋友；人品更是沒得挑剔，提攜過很多小輩，對前輩也十分尊敬，誰有困難都願意幫一把，人緣好到爆，平時隨便發一條微博，底下全是大咖回覆，可以說是一呼百應；拿到手的全是頂級資源，每部戲都是經典，除了他自己，旁人根本無法超越……

肖嘉樹默默看完新上司的資料，許久之後才讚嘆道：「這個人真酷啊！」

他很想把對方拍攝的影視劇全都看一遍，無奈一個晚上的時間太短，只能匆匆記下所有作品的名字，等到以後再慢慢欣賞，然後便開始研究明星助理這一職業。說到底，他不是給季冕當粉絲的，喜不喜歡他的作品真的不重要，能不能做好本職工作才是最重要的。

明星助理大致分為三類，一是普通型，像祕書一樣負責日常工作；二是企宣型，負責宣傳、策劃、公關等事宜，還可同時兼任經紀人；三是保姆型，負責照顧明星的衣食起居。企宣型助理的工作內容最繁雜，卻也是發展前景最好的，能學到很多東西。肖嘉樹自然很中意企宣助理的職位，但看過工作要求後又有點忐忑。

若想做好企宣助理，首先得具備對新聞事件的敏感性，有良好的專題策劃能力及組織經驗；其次得掌握豐富的平面媒體資源和網路資源，要具備清晰的頭腦和強悍的邏輯能力；然後要有良好的人際溝通能力，能熟練運用各種文書軟體和網路操作；文字功底必須扎實，語言組織能力強，新聞稿和文案的寫作能力強；最後還得具備優秀的商務公關談判能力。

綜上所述，企宣助理並不是一個輕省的活計，相反的，它需要極強的綜合素質才能脫穎而出。肖嘉樹一條一條核對，結果絕望地發現：要經驗，自己沒有；要媒體資源，自己沒有；要文字功底，早早出國的自己更沒有；唯一能夠勝任的大概就是談判能力和組織能力。其實就連這兩條也不確定，他畢竟沒做過這方面的工作，不知道能不能開發出相應的潛力。

原來就連「助理」這樣一份聽起來很簡單的工作，想要做好也如此艱難，那自己又憑什麼一畢業就進入肖氏擔當要職呢？自己能不能勝任？有沒有那個能力？

肖嘉樹盯著電腦螢幕，積壓了好幾個月的心事一下就散盡了。之前那些「載譽歸國，大展神威，讓爸爸、哥哥、爺爺對自己刮目相看」的幻想，在此時此刻全都付諸一笑。

做人不能好高騖遠，還是腳踏實地的好。

他一邊搖頭暗嘆，一邊註冊了新的微博帳號，取名小樹苗並關注季冕，然後關上電腦，在忐忑和期待之中入睡。翌日，他早上七點半就起床，吃完早餐換了一套嶄新的西裝，接著對著鏡子梳頭。

「媽，當明星助理應該要注意自己的形象，不能比明星本人還帥吧？我這個髮色是不是太酷炫了？要不要染回來？」肖嘉樹一邊抹髮蠟一邊得瑟，「媽，我會不會搶了季冕的風頭？我跟他一起走出去，那些記者會不會全都跑來拍我，把季冕給忘了？」說完覺得很有趣，眼睛都笑得瞇了起來，像一隻偷到香油的小老鼠。

兒子在外人面前向來沉默寡言，看起來又酷又傲，只有在自己面前才會展露稚氣而又臭美的一面。薛淼盯著兒子笑咪咪的臉龐，心裡的鬱氣消散了，看來給兒子找一份工作果然是正確的決定。

「就算把頭髮染回來也掩蓋不了我兒子的帥氣。」薛淼吹捧兒子一句，見他笑得更加得意，自己也有些忍俊不禁。停頓片刻，她狀似不經意地道：「兒子，給別人當助理會不會太委屈你了？要不要媽媽出錢給你開公司？」至於讓肖啟傑出錢，她想都沒想過。

前些年肖老二有個私生子在外面開了家房地產公司，大賺了一筆，結果被肖家人以「本金是肖氏所出」為理由，將公司的股份瓜分，連經營大權都收了回去。那個私生子除了「認祖歸宗」的名頭，什麼都沒撈著。

在這種情況下，薛淼怎麼可能提出讓肖啟傑給錢？她比任何人都清楚兒子有多心軟，但凡肖老爺子說一句肯定的話，肖啟傑和肖定邦給他一個溫和的眼神，他就能對那些人掏心掏肺。自主創業？也不知到最後兒子累死累活是為了誰？也因此，薛淼從來沒想過給兒子開公司，只是怕兒子怪自己不盡心，這才試探性地問一問。

肖嘉樹考慮片刻後擺手拒絕：「不了，我要是在外面開了公司，爺爺更不放心。」話落用腦袋蹭了蹭薛淼頸窩，膩歪道：「謝謝媽媽，我就老老實實在公司裡上班好了。明星助理其實很有趣，我昨晚查了很多資料，很有挑戰性。」

他對未來真的沒有多大的野心，頂天也就當個金領階層，況且有爺爺和哥哥掌事，他最大的發展前景也僅此而已。

薛淼摸摸兒子硬邦邦的頭髮，不知該為他的純善和體貼感到高興還是嘆息。他這麼乖，這麼聽話，肖家人怎麼就是看不見呢？不過這樣也好，兒子在娛樂圈裡賺的每一分錢，想來肖老爺子肯定是不屑拿的。兒子只有進入娛樂圈才能擁有完完全全的自由和事業，而一個成功的男人絕不能缺乏這兩樣東西。

她薛淼的兒子就算不被家族重視，也不能做一個失敗者。

「開車慢點，好好工作，媽媽等你回來吃晚飯。」

薛淼看著兒子的車走遠，這才長嘆一聲。

肖定邦和肖啟傑一大早就去了公司，所以不知道肖小少爺已經正式成為了一名上班族，還以為他在家裡玩遊戲。

肖嘉樹懷著萬丈雄心打了卡，在好心同事的指引下踏入辦公室。身為冠世一哥，季冕早就建立了個人工作室，靠掛在冠世旗下，占據了整整一層樓的空間。

修長郁本想親自帶肖嘉樹去見一見同事，卻被拒絕了，只好吩咐方坤私底下多照顧些，但方坤顯然誤會了老總的意思，便告訴下屬來的這個是「金貴小少爺」，上班純屬玩票，別真的拿人家當實習生使喚。

也因此，肖嘉樹一個早上什麼活兒都沒做，只能尷尬無比地坐在自己的位置上。有人吩咐他列印資料，他正想站起來，一名女同事連忙把文件搶走，還對他討好地笑笑；有人吩咐他寫一篇新聞稿，他剛要答應，那頭又有人說早就寫好了……

這種事一多，肖嘉樹漸漸回過味來：人家這是拿自己當花瓶呢，只擺著好看的！他那個氣啊，面上立刻表現出來，本就酷帥的一張臉更顯冷硬，這下誰也不敢沾他的邊了。

方坤躲在自己的辦公室裡，拉開百葉窗的一扇格子偷偷往外看，呢喃道：「這位肖小少爺的脾氣還真是大啊，整個早上什麼事都不讓他做，他還擺著臭臉，好像所有人都欠他錢。你說他不好好待在家裡，跑來上班幹什麼？純粹給我們添麻煩嘛！」

「大概是家裡的長輩逼的吧。」季冕正專心致志地看劇本，對新來的助理不感興趣。

「我看他待不了多久，你瞧瞧，這才是第一天呢，他就快原地爆炸了！」方坤仔細看了看肖小少爺的臭臉，不免惋惜起來，「不知道修總怎麼想的，就憑肖嘉樹那張臉，當助理真是可惜了，應該去當明星，一定能紅。他要是家世普通點，我一定會把他簽下來。」

為什麼說肖小少爺家世不普通？廢話，哪個小助理會穿著訂製西裝來上班？貴著呢！

「放心，你有機會的，修總最近在找好本子。」季冕淡淡地道。能勞動修長郁親自找本子，這可不容易，除了肖嘉樹，他想不到還有誰有那麼大的面子。

「不給你當助理就好。他的架子比你還大，穿的比你還好，臉也長得跟你一樣帥，給你當助理才是一場災難。」方坤正為手底下最大牌的明星要息影而苦惱，聽說有機會簽肖小少爺，不由來了興趣，「這樣吧，等會兒我們請他吃一頓飯，看看他的意向。你就算退居幕後，這個工作室照樣要開下去，正好把他打造成你的接班人。」

季冕終於抬頭給了方坤一個正眼，徐徐道：「當我的接班人？這可不容易。」沒真本事，娛樂圈裡誰敢說這種話？他能坐到今天這個位置，靠的不僅僅是一張臉而已。

方坤連忙擺手，「你別較真，我就是隨便一說，誰也不能取代你的位置。」

季冕這才低下頭，重新看起劇本。

……

肖嘉樹好不容易熬到下班，正準備找一間咖啡館度過午休時間，卻被方坤叫住，說是季冕請他一起吃飯。上司有約，肖嘉樹哪能不答應，到了目的地抬頭一看，臉色頓時變了。

身為影帝，季冕出入的都是隱私性和安全性很強的高級場所，這個西餐廳是國際知名品牌，三星米其林大廚親自坐鎮，味道好極了，但這不是重點，重點是擺放在眼前的是五分熟的牛排……之前肖嘉樹宅了好幾個月，天天吃洋芋片、速食麵等垃圾食物，嘴裡起了七八個潰瘍，每天喝水都是酷刑，更別提吃肉。他已經可以想像，當這些極有嚼勁又極粗糙的牛肉進入自己嘴裡，與自己的傷口摩擦、摩擦、摩擦……會是一種怎樣酸爽的感覺。

做為一個職場的小萌新，又是在老闆面前，肖嘉樹勉強壓下了被口腔潰瘍支配的恐懼，顫巍巍地切下一塊肉放進嘴裡，狀若平常地咀嚼。他以為自己掩飾得很好，但在季冕和方坤看來，他的表情就像是在吃毒藥。

「牛排不合胃口？」季冕溫聲道。

「沒有，味道很讚！」肖嘉樹連忙擺手，然後梗著脖子把沒嚼爛的牛肉嚥下去，結果眼睛和眉毛都擠成了一塊兒。

季冕：「……」

方坤笑著圓場，「喝酒嗎？這家的紅葡萄酒很不錯，你嘗嘗？」

酒？一喝進嘴裡便會像硫酸一樣腐蝕潰瘍，從而令人痛不欲生的酒？

肖嘉樹心裡含淚，面上卻扯開微笑，「好啊，謝謝坤哥。」

方坤分別給季冕和肖小少爺倒了一杯紅酒，正準備藉著品酒的間隙聊一聊簽約的事，卻見肖小少爺露出猙獰的表情，然後飛快低下頭去。

「怎麼？酒也不合胃口？」季冕微笑看他。

「不是！口、感、很、讚！」肖小少爺已經痛得連話都說不利索了。

季冕：「……」

方坤哈哈一笑，「喜歡就多喝一點。」話落又倒了一些酒給肖小少爺。

死要面子活受罪的肖嘉樹覺得自己簡直是度日如年，握酒杯的手都在打顫。他發誓，只要自己能活著走出這家餐廳，以後再也不吃垃圾食物。當他內心散發出強烈的求救訊號時，一名四十多歲的中年女子走了過來，先是與方坤、季冕打了一聲招呼，然後親暱無比地捏了捏肖嘉樹的臉，「小樹苗，回國了也不來看看我？」

「蘇阿姨？您也在這兒吃飯？」肖嘉樹差點喜極而泣，站起來給女子一個熊抱，正想替在座的各位介紹，就聽蘇阿姨道：「小坤，我把人借走，你們吃吧，我已經結完帳了。」

「哎呀，蘇姊，這怎麼好意思？」方坤還想客氣幾句，女子已經把肖小少爺拉走了，只留下一個空蕩蕩的座位和一杯淺淺的紅酒。

「肖嘉樹竟然連蘇瑞都認識，人脈資源很雄厚啊！」方坤小酌一口紅酒，「看來我未必簽得下他。不過這樣也好，脾氣臭，演技差，管理不好表情，還難伺候，這頓飯吃下來，我可以打消之前的想法了。他那樣的，想紅容易，想紅得長久卻難，隨便參加一檔真人秀，分分鐘暴露真實性格，然後被黑成屎。」

季冕並不答話，只輕輕搖晃了一下酒杯。在最喜歡的餐廳吃著最喜歡的牛排喝著最喜歡的紅酒，又沒人打擾，這才是最理想的狀態。

「算了，其實我也不是很喜歡簽一個祖宗回來。你太好帶了，再帶別人我會不習慣。」方坤切了一塊牛排放進嘴裡，享受地瞇起眼睛，「好吃，肖嘉樹的舌頭一定是壞掉了。」

另一頭，肖嘉樹跟隨蘇瑞進入包廂，立刻就擠眉弄眼做了個痛苦的表情，「蘇阿姨，快給我一杯水沖沖嘴巴！」

「你這是怎麼了？」蘇瑞連忙端起桌上的白開水。

「我口腔潰瘍，剛才喝了酒。」肖嘉樹清洗完嘴巴後淚花也跟著冒了出來，看起來像隻委屈的哈士奇，惹得蘇瑞哈哈直笑。她曾經是薛淼的經紀人，後來兩人合資開設了一家經紀公司，前些年又一起策劃了一場女歌手選秀活動，打開國內如火如荼的選秀市場，也令公司徹底在娛樂圈站穩腳跟。論起關係，兩人比親姊妹還親，蘇瑞又是單身主義者，不結婚不生孩子，薛淼的兒子跟她的兒子沒什麼兩樣。

她是看著肖嘉樹長大的，自然對他十分關心，立刻讓助理去買退火的藥，又把人念叨了一頓，讓他注意身體，這才開始詢問工作上的事。

「他們壓根兒就沒給我安排工作，把我當擺設。」肖嘉樹有點委屈，然後齜牙咧嘴地喝了一口奶油蘑菇湯。剛才他就想點湯水來著，但季冕似乎很霸道，說是請客，其實早就確定好了菜色，根本沒給他點餐的權利。

「那我跟修長郁說一說。」蘇瑞拿起手機。

「別別別！」肖嘉樹連忙阻止，「我是新人，他們不信任我的能力，所以才會這樣。蘇阿姨，您要是讓修叔叔幫我出頭，同事們會更看不起我。我一定會努力學習，認真工作，有活兒搶著做，日子久了，大家就會明白我是怎樣的人，也會慢慢接納我。這是每一個職場新人都要經歷的過程，我能處理好的。」

蘇瑞看看他透著神聖使命感的臉龐，忽然扶額笑起來，「小樹苗，你怎麼這麼甜？乾脆別在冠世混了，來我這裡吧。」

「不了，媽都跟修叔叔說好了，我不能不守信用。工作是很嚴肅的事，哪裡能說跳槽就跳槽？」肖嘉樹一邊搖頭一邊喝湯。

「好，咱們小樹苗已經長成參天大樹了。」蘇瑞愛憐地摸摸他的頭，交代道：「明天下午你來公司玩一玩吧，『超級新聲代』最後一場總決賽很精彩。」

《超級新聲代》是蘇瑞和薛淼合資開設的瑞水文化經紀公司的王牌節目，影響力很大，每兩年舉辦一次。這次是瑞水與冠世合資舉辦，盛況空前，一開播便連續打破了好幾個收視紀錄，紅得一塌糊塗，就連肖嘉樹這種剛回國的海龜也知道相關的消息。

「就到總決賽了啊？前面好幾期我都沒看。」肖嘉樹完全不知道自己說的話很扎心。好在蘇瑞了解他的性格，不以為忤道：「總決賽才是最精彩的。你來看，我給你找個貴賓席，這一屆的歌手都很不錯。」

「不行啊，我要工作。我是季冕的助理，不能怠忽職守。」肖嘉樹一本正經地拒絕。身為職場小萌新，他不能三天打魚兩天曬網。

蘇瑞扶額，「……季冕也來，他是總決賽的評審。」

「哦，那還差不多。不用給我貴賓席，我就站在評審臺旁邊好了，萬一季冕有事可以隨時找到我。」肖嘉樹認真想了想，這才答應下來。

蘇瑞：「……」

第一天就在無所事事之中度過了，第二天下午，季冕果然帶著肖嘉樹前往瑞水總部。做為一家剛興起不到十年的公司，瑞水的業績已經超越很多老牌經紀公司，躋身業內前三名。它的總部設立在市中心，而總決賽就在旁邊的體育館裡舉行，一次可以容納五萬名觀眾。

「季哥要上妝，你坐在這裡等一等，別亂跑。」方坤對肖小少爺說道，而對方正左看右看，像劉姥姥進了大觀園。

「好的。」肖嘉樹坐在靠近門口的沙發上，腦海中依然在回味剛才看見的大舞臺：好高遠，好寬闊，下面是人山人海，如果站上去唱一首歌會是怎樣的感受？然而他只能幻想，這輩子都沒辦法知道答案。

季冕似乎很疲憊，眼睛一閉便開始假寐。化妝師的動作越發小心翼翼，連呼吸都放緩很多。半小時後，舞臺準備就緒，評審們隆重入場，選手們載歌載舞地開始了表演。

肖嘉樹果然站在評審臺下，與一眾攝影師擠在一起。方坤則坐在評審臺後方的位置，稍微往前一湊就能與季冕搭上話。能殺入決賽的選手實力都很強，表演也精彩紛呈，觀眾頻頻發出熱烈的尖叫和掌聲，帶動了場中的氣氛。

肖嘉樹被氣氛感染，不由鬆了鬆領帶，向來沉靜的雙眼發出灼熱的光芒。他喜歡這種感覺，好像血液在燃燒，頭腦在咕咚咕咚冒著泡泡。

最後一名選手上場了，她長得非常漂亮，氣質似乎很柔弱，但開口唱歌的時候卻極有爆發力，嗓音蘊含著金屬的質感，沉重而冷銳。她是最熱門的奪冠選手，比賽還未結束便擁有了很多粉絲，就算輸了總冠軍，前途也差不了。

觀眾熱情更高，幾乎喊翻天，肖嘉樹卻愣住了，眼睛直勾勾地盯著女選手，表情莫測。透過這個獨特的嗓音，他被帶回了久遠而難以忘卻的不堪回憶中……

由於選手的實力都很強，比賽結果自然充滿了懸念，最後一場對戰時，兩位選手的票數咬得很緊，幾乎不相上下，最終還是外表柔弱的女選手技高一籌，奪得桂冠。以往總會有人在選秀結束後抨擊主辦單位有黑幕、暗箱操作、潛規則等等，這次倒是皆大歡喜，蓋因總冠軍的實力太強悍了，她能勝出才是眾望所歸。

季冕親手為對方頒發了獎盃，並在舞臺上擁抱了她，說了一些勉勵的話。女選手則是眼中含淚，頻頻點頭。

比賽就這樣結束了，觀眾正慢慢散去，後臺卻聚滿了人，評審、選手、記者、主辦單位的高層都要留下來開慶功宴。肖嘉樹艱難地穿過人群，走到總冠軍身邊，頻頻想與她搭話，卻都被人打斷了。做為今晚的主角，女選手周圍全是人，有前來慶賀的朋友、家屬，也有記者和星探。

方坤斜倚在化妝間門口，嗤笑道：「我說怎麼找不到肖小少爺呢，原來是泡妞去了。他好像看上李佳兒了，直往人家身邊擠。瞧他那樣，大半天了連一句話都說不全。」

方坤似乎很喜歡欣賞肖嘉樹的窘態，恨不得抓一把瓜子慢慢看。

「把他叫回來。你也了解李佳兒的情況，她應付不了這種事。」季冕靠在椅子裡假寐，化妝師正小心翼翼地替他卸妝。

「行，我這就把他叫過來。」方坤立刻讓助理去叫人，見對方擺手拒絕，滿臉不耐，便也來了脾氣，「這些富二代就是無聊，整天只知道泡妞，不幹點正事。」

他這麼說也是有緣由的。李佳兒剛進入決賽的時候，方坤就看上了她的潛力，把人請出來吃了一頓飯，深入了解一下，對她便更為欣賞。這孩子今年才二十出頭，卻在高中的時候就輟學了，原因是被學校裡的富二代看上，受了欺負，不得不退學保平安。這樣還不算，那個富二代心有不甘，多方打壓，致使她父母失去了工作，也令她不得不早早出來打工賺錢，經歷了很多磨難。

後來她父親受不了這種苦日子，捲了家裡的錢跑了，母親為此抑鬱成疾，長期住在醫院裡。她一邊工作一邊照顧母親，卻依然沒被殘酷的現實打垮，整個人充滿幹勁，特別樂觀開朗。所幸那個富二代一家移民去了澳洲，她這幾年的日子才好過一點。

那次會面過後，方坤把李佳兒的情況告訴季冕，季冕心有觸動，多方提攜，後來還親自與李佳兒談了合約。雖然合約沒有最終敲定，但雙方都有意向，所以說李佳兒也算是「冠冕工作室」的內定藝人，他們自然要護著。

見肖嘉樹死活不願意過來，方坤只好親自去拽人。

「你對李佳兒感興趣？」關上化妝間的門後，方坤似笑非笑地問。

「這是她的藝名吧？她本名叫什麼？家是哪裡的？」肖嘉樹連連發問。

「你在查戶口呢？」方坤警告道：「她今後會簽約冠冕工作室，你別打她的主意。要泡妞去外面泡，別在公司裡亂搞。」

「我沒亂搞。」肖嘉樹萬萬沒料到方坤會這樣想自己，頓時委屈了。

「沒這樣想最好。」卸完妝的季冕站起來，溫和道：「李佳兒很有潛力，我會好好地栽培她，目前不想讓她分心談戀愛。你喜歡她可以，但請不要打擾她的正常工作和生活，這點要求不過分吧？」

「我沒有喜歡她。」肖嘉樹百口莫辯，同時也被噁心到了，臉上不免表露出來。

季冕深深看他一眼，繼續道：「雖然冠冕工作室靠掛在冠世旗下，但我擁有百分百的主控權。你要是覺得在我這裡工作不太順心，可以申請去別的部門。」

「不，沒有不順心。」肖嘉樹更加不想跟這些人說話了。他做錯什麼了？不就是想套個話嗎？搞得自己好像在逼良為娼一樣！他覺得季冕似乎不像資料裡記載的那樣溫和，反而有些唯我獨尊的霸道。

恰在此時，有人在外面敲門，助理打開一條門縫，輕聲說道：「坤哥，是李佳兒。」

「讓她進來。」方坤立刻換上一張笑臉，「佳兒，採訪結束了？別忙著走，等會兒陪我們吃個宵夜，順便談一談合約。」

「好的，坤哥。」李佳兒走到季冕身邊，笑道：「季哥，謝謝您把票投給我，我做夢都沒想到我會獲得總冠軍！」

「這是妳應得的。」季冕微微一笑，擺手道：「走吧，去吃宵夜，這些天辛苦妳了。」

「不辛苦，這是我人生中最美好的時刻，我永遠都不會忘記的。」李佳兒跟隨兩人去了停車場，看見一同擠進保姆車後座的肖嘉樹，眼裡露出好奇，卻沒貿然詢問。這人長得如此俊美，應該是準備出道的新人吧？

看見死皮賴臉跟上來的肖小少爺，方坤嘴角微微一抽，無奈介紹道：「這是季哥的助理，肖嘉樹。」

「肖哥你好！」李佳兒甜甜一笑。

「我今年二十歲，妳呢？」肖嘉樹面無表情地直視前方。

「……我今年二十一。」李佳兒的甜笑凝固了一秒鐘。

「哦。」

扎心了啊！會不會泡妞啊？不會趕緊滾下車，別在這兒礙眼！方坤簡直被氣笑了，回頭瞪了肖小少爺一眼，就連最善於表情管理的季冕都忍不住皺起眉頭。

肖嘉樹一無所覺，繼續道：「妳是不是整容了？妳的眼睛、鼻子、下巴都很不自然。」

李佳兒：「……」

方坤真是服了肖小少爺。見過不會聊天的，沒見過聊起天來很欠揍的。要是自己換成李佳兒，早就一巴掌揮過去了。

李佳兒暗暗運氣，然後看向坐在副駕駛座的季冕，低聲道：「季哥，之前我忘了跟您說，我的臉是整過的。我不想被那個人找到，所以輟學以後去做了手術……」

季冕溫聲道：「沒關係，這種事在娛樂圈裡很常見。明星的外表也是一種商品，必須好好包裝打理。妳把妳以前的照片發給方坤，方便他以後幫妳做公關。」

「好的，謝謝季哥，謝謝坤哥。我手機裡沒有以前的照片，回去以後在舊手機裡找一找再發過來。如果有記者問起這件事，我不想隱瞞，可以嗎？這樣做會不會招黑？我不大想說謊話，只想做真正的自己。」李佳兒緊張道。

「都整容了還說什麼做真正的自己，呵！」肖嘉樹幽幽開口。

李佳兒：「……」這人誰啊？神經病？

方坤、季冕：「……」肖小少爺該不會還信奉小學生那套——喜歡誰就欺負誰吧？

過了好一會兒，季冕才接上話：「承不承認全看妳自己，我不會干涉。工作室會做好相應的公關準備，被黑也不怕，總能洗白。」

「對，先黑後白再紅，這也是一種成名的方式。妳如果不想隱瞞，那就大方公開，現在的粉絲很喜歡耿直的明星，操作得當不一定會招黑。」方坤也安慰道。

《超級新聲代》的女選手大部分都整過容，有些還很明顯，臉削得比錐子還尖，低下頭能把胸戳破，除非觀眾眼睛瞎才看不出來，但她們偏偏不肯承認。這個時候李佳兒站出來坦誠相告，那相當於一股清流，非但不招人討厭，反而很得路人緣。屆時公關部再請一批水軍引導輿論，李佳兒的形象很快就能扭轉，順便還能打造一個「敢說敢做、性格耿直」的人設，可謂是一舉兩得。

方坤越想越覺得可行，暗暗把這件事記下，準備回去就讓人做方案。

李佳兒徹底放心了，拿出手機點開圖庫，想找一張沒整容以前的照片。

肖嘉樹再一次開口：「也發一張給我吧，加我微信好友。」話落，理所當然地把手機伸過去，螢幕上早已調出了微信二維碼。

李佳兒真是服了這位肖助理，懟完人又來加好友，他是不是忘了吃藥？

「哪有一見面就跟女孩子要照片的？」季冕淡淡地開口：「肖助理，你家住在哪兒？我先送你回去。」

方坤飛快看了季冕一眼，心裡暗暗笑開了：季哥這是忍無可忍，不能再忍了？肖嘉樹也是厲害，連季哥這種好脾氣的人也能惹毛。

肖嘉樹擺手道：「我陪你們吃宵夜。」

方坤差點不顧危險地放開方向盤，為肖小少爺的厚臉皮鼓掌，而季冕已經低下頭，開始擺弄手機，片刻後看著螢幕念道：「東城區鼎泰路新和嘉苑。」

喂喂喂，你念我家的地址幹什麼？生平頭一次耍無賴的肖嘉樹覺得尷尬極了，也挫敗極了，卻無法阻止方坤把車開到新和嘉苑門口。這是京都有名的富人區，裡面全是別墅，保安措施很嚴格，外來的車輛根本進不去。當然，方坤也不想開進去，他回頭看了看面色漆黑的肖小少爺，催促道：「到家了，快回去吧。」

車子停在門口，保全走了出來，似乎想要盤問，肖嘉樹這才不情不願地拉開車門。

送走這位小祖宗，方坤、李佳兒不約而同地呼出一口氣，季冕則緩緩鬆開緊皺的眉心。

肖嘉樹一臉鬱色地踏進家門，發現母親等在客廳，手裡正拿著平板電腦看得津津有味。

「你回來啦？快回房換衣服。你爸和你哥在書房談公事，我跟他們說你跟朋友去看演唱會了。」薛淼頭也不抬地擺手。

「媽，您在看什麼呢？」肖嘉樹擠到薛淼身邊坐下，發現她正在刷新《超級新聲代》的官網，首頁就是李佳兒奪冠的照片。

「今年的選手實力都很強，但我一開始就很看好李佳兒，她長相甜美，個性討喜，嗓音獨特，目前又積累了很高的人氣，如果陸續有好作品出來，一定能大火。我讓你蘇阿姨去跟她談合約，但她好像對瑞水不太感興趣，反倒跟方坤頻頻接觸，真是可惜了。」說到這裡，薛淼遺憾地搖了搖頭，可見對李佳兒十分欣賞。

本就被噁心得不輕的肖嘉樹更來氣，冷哼道：「媽，您知道嗎？她有可能是我這些年一直在找的那個高中女生。如果真的是她，您別簽她，我也不會讓冠冕和冠世簽她。」

薛淼驚訝地看著兒子，「她就是你要找的人？」

「有可能是，但我得查一查。」肖嘉樹臉色很陰沉，說到就做，這便上樓聯絡以前的老同學。這位同學是一名很厲害的駭客，也在美國留學深造，回國後開了一家偵探社，只要不是身分特別高的人，通過網路便能在幾小時內把對方的老底查個一清二楚。

肖嘉樹支付了一筆高額費用，對方自然加快了速度，不過一小時，李佳兒的所有資料便躺在了他的郵箱裡。李佳兒原名王詩琪，京都人，曾在師大附中讀書，後來捲入一起案件而退學，之後便整了容，開始在外面打工，這些年的經歷很豐富。

肖嘉樹從未在現實中見過王詩琪，只看過她的照片，卻由於拍攝角度的原因，並不能一眼就認出對方，但他對王詩琪的嗓音太熟悉了，熟悉到連夢中都會頻頻聽見。那些人，那些事，那些紛亂而又殘酷的糾葛，從未在他的記憶中褪去。他向來不是仗勢欺人的紈袴，這次卻極想破例一次，親手掐斷對方的錦繡前程。

這天晚上，肖嘉樹失眠了，翌日頂著一雙熊貓眼去了公司，在電梯裡偶遇方坤和季冕。

「季哥、坤哥，早安。」他禮貌地打招呼。

「早安。」季冕微微一笑，彷彿昨晚的不愉快從未存在過。

方坤上上下下打量他幾眼，調侃道：「小樹，是不是昨晚我們送你回家後你又跑出去玩通宵了？不是我說你，年輕人別仗著底子好就不知節制，將來老了會受罪的。」

方坤不是籍籍無名的人物，用不著像伺候祖宗一樣伺候這位脾氣大、嘴巴毒的小少爺，該懟的時候還是要懟，免得憋屈自己。

肖嘉樹認真回道：「坤哥，我沒出去玩，我就是有點失眠。」

「呵呵！」方坤笑了笑，不說話。

季冕在電梯門打開的一瞬間走了出去。他脾氣溫和，卻不代表好相處，還得看人來。

發現老闆來了，一名助理連忙迎上前，「季哥，李佳兒小姐已經到了，正在會客室。合約準備好了，現在就要嗎？」

「去列印吧，今天應該能敲定，順便把培訓部的沈總叫上來。」季冕一邊走一邊脫掉西裝外套，動作既優雅又灑脫。

「好的。」助理答應下來，見肖小少爺亦步亦趨地跟在老闆身後，一點事都不用做，不免露出羨慕的眼神。

李佳兒聽見說話聲連忙走出會客室，表情十分緊張，笑容卻不失甜美。她很有禮貌地向季冕和方坤問好，看見肖嘉樹時微微縮了一下脖子，彷彿有些害怕。

肖嘉樹瞥她一眼，淡淡地道：「我昨天看過妳沒整容的照片，很醜，但妳現在更醜。」

李佳兒：「……」

季冕推開辦公室的門，頭也沒回地道：「肖助理，麻煩你幫我送文件去總裁辦公室。」

肖嘉樹不自覺地立正站好，嚴肅道：「好的，是哪一份文件？」話落，目光灼灼地朝一排檔案夾看過去。

季冕對方坤抬了抬下巴，「把《超級搭檔》的企劃書給他。」

《超級搭檔》是冠冕工作室準備投資拍攝的一個真人秀節目，冠世也有藝人準備參演，且各項事宜早與修長郁商量好了，不需要再送企劃書，由此可見肖小少爺是多麼煩人，連季冕這樣的老好人都受不了他，得找個藉口把他打發走。

方坤對此心知肚明，立即把企劃書遞給肖小少爺。

肖嘉樹看看李佳兒，又看看企劃書，目露掙扎。他本想留下來套一套這個女人的話，但這是自己進入公司後第一次被委派任務，又怎麼能推辭？最終，敬業精神戰勝了復仇之魂，肖嘉樹慎重其事地接過資料夾，保證道：「我馬上就去。」

等他走了，方坤解釋道：「這是公司的關係戶，在這兒待著好玩的，妳不用理他。」

「我就是剛開始的時候有些怕，但季哥和坤哥都在這裡，慢慢便好了，以後應該會習慣吧。」李佳兒抱緊自己，面色蒼白。自從發生那件事之後，她對男人便產生了一種恐懼感，特別害怕他們的追逐與關注。

「這種事不用習慣，他要是敢騷擾妳，妳就直接告訴我，我來處理。」季冕嗓音溫和，態度卻十分強勢。

李佳兒蒼白的臉頰泛上紅暈，感激道：「謝謝季哥，最近真是太麻煩您了。您上次幫我介紹的那部戲，我、我推掉了……」話落，羞愧不已地低下頭去。季冕如此提攜她，她卻不知好歹地拒絕，是個人都會不滿吧？

季冕溫和依舊，「為什麼推掉？是有哪裡不方便？」

「的確有點不方便。那部戲是封閉式拍攝，一旦進組就出不去了，得要在山裡待兩個多月。季哥，您是知道的，這些年我什麼活都做過，不是吃不了苦，我只是擔心我媽的病。我要是不在她身邊，她就真的無依無靠了。我想先賺些錢，幫她把身體養好，等她能走動了，我上哪兒都帶著她，拍戲帶她，演唱會帶她……」李佳兒說著說著便快活地笑起來，眼底的陰霾消散很多。

看得出來她很孝順，對未來更充滿期待。

她的經歷深深觸動了季晃，季晃非但不覺得她不識好歹，反而對她好感倍增。要知道，他介紹的這部戲是大製作、大導演、正經的歷史劇，還未開拍就確定會在中央電視臺的黃金時段播出。莫說在裡面扮演一個戲分吃重的女三，便是一個配角的位置也多的是人搶。李佳兒為了母親推掉這部戲，等於推掉爆紅的機會，其間所經歷的掙扎與抉擇一定非常痛苦。

親情與名利孰輕孰重？很多人嘴上說著親情，實則總把名利放在前面。李佳兒小小年紀就能做到絕大多數人做不到的事，真的很不容易。她的心性、毅力、情商、潛能，都遠勝常人，好好培養一定能成大器。

季晃很欣賞這種人，態度不免更為溫和，安撫道：「沒關係，推掉就推掉了，我再幫妳尋找合適的機會。妳的外形條件很好，演戲也很有天賦，可以走雙棲路線。」

「謝謝季哥。」李佳兒感激不已地鞠躬。

說話間，助理把合約送來了，季晃正想遞給李佳兒，讓她好好看看，便接到了修長郁的電話。也不知那頭說了什麼，他的表情由輕鬆變成嚴肅，又從嚴肅變成陰沉。

「為什麼？」他低聲開口。

「她得罪了不該得罪的人，冠世和瑞水都沒有她的位置。小冕，看在我曾經救過你的分上，放棄她。」修長郁從來不提以前那些事，更不會挾恩圖報，這是他第一次主動開口。

季冕能說什麼呢？他對修長郁的敬重不是假的，放下電話後卻也沒有立刻推翻合約，他得為李佳兒找一條出路，不能讓她就這樣毀了。某些人自以為可以玩弄別人的命運，像上帝一樣對別人的人生指手畫腳甚至橫加干涉，這很噁心。

「佳兒，我這裡不能簽妳。」他並未隨便找藉口把人打發走，然後讓人懷著滿滿的希冀無休止地等待，而是直言相告。

「為、為什麼？」李佳兒呆住了。

「有人想要封殺妳，」季冕沉吟道：「是不是以前那些人找來了？」

「不可能！」李佳兒飛快反駁，似乎意識到什麼，連忙補充：「他們全家都移民去澳洲，產業全都變賣了，不可能回來找我。季哥，您能幫我問清楚究竟是怎麼回事嗎？我沒有得罪過什麼人啊，誰要封殺我？他們怎麼能這樣？」她氣得眼眶通紅，卻倔強地不肯掉淚。

「我這就去查一查。」方坤也很吃驚，立刻推門出去。

冠世和瑞水，一個是規模第一的娛樂公司，一個是排名前三的經紀公司，二者聯合起來封殺一個藝人，那人很難再有翻身的機會，除非像季冕這樣重量級的巨星不遺餘力地幫忙，才有緩解的可能。

李佳兒像是掉進了冰窟窿裡，用雙手緊緊環住自己，身體止不住地顫抖，但她很快就鎮定下來，抹了把臉，然後低頭苦笑。這些年她受過的磨難實在太多，早已習慣了人生的大起大落，這點挫折還不能將她的意志摧毀。

「季哥，算了吧，我的事您不用管了。天無絕人之路，這條路走不通，我再試試別的，反正最糟糕的時刻我都順利挺過來了，不怕的。」李佳兒站起身，慎重其事地鞠躬，眼眶依然通紅，臉上卻已經露出了淺笑。

她的堅強果敢打動了季冕，季冕抬手道：「妳先等會兒，我讓人幫妳打聽一下，看看是誰在背後整妳。如果有說和的可能，我幫妳做個中人。」

「不用、不用，太麻煩您了……」李佳兒連連擺手，剛消散的眼淚又重新凝聚。被人照顧的感覺實在是太好了，她有些控制不住自己的軟弱。

「不麻煩，幾句話的事。妳先坐一會兒，我去去就來。」季冕示意李佳兒坐回原位，又吩咐助理重新幫她泡了一杯咖啡，這才往頂樓的總裁辦公室去了。

方坤也在頂樓，而且似乎打聽到一些消息，臉色很古怪。看見老闆，立刻把人拉到僻靜的座位，低聲道：「是肖嘉樹。你說這小子想幹什麼？他應該是第一次跟李佳兒見面吧？沒仇沒怨的，他圖的是什麼？修總也真是的，竟然問也不問就同意了，他難道看不出李佳兒的實力嗎？李佳兒現在的人氣已經爆棚了，光鐵桿粉絲就有幾百萬，只要稍加經營就能成為新一代的歌壇小天后。這可是一棵搖錢樹，憑修總的精明，不應該同意肖嘉樹這種無理要求啊？你說，他倆該不會真的是父子吧？」

「果然是他。」季冕按揉眉心，沉聲問道：「你沒打聽出具體原因嗎？」

「沒呢，人家說封殺就封殺，根本不講原因。依我看，這小子該不會是想學霸道總裁那一套，先把李佳兒逼到絕路，然後再提出包養？」方坤腦洞大開。

季冕微微一愣，末了冷笑起來，「不管他想幹什麼，我是不會袖手旁觀的。」話落，推門進了總裁辦公室。

方坤不敢進去，只好遛達到祕書科，找祕書姊姊們多打聽一些消息。

「你來了。」修長郁並不意外季冕的到來，溫聲道：「坐吧。」

季冕環顧四周，發現肖嘉樹已經走了，被他拿上來的企劃書如今正握在修長郁手裡，對方正認真仔細地翻閱。

「修總，我們公司擅長培養演員，出了好幾個影帝、影后，但有影響力的男女歌手卻一個都沒有。如果能簽下李佳兒，剛好填補這個空白，您為什麼要拒絕？她是一棵好苗子，憑您的眼光應該能看出來。」季冕不疾不徐地說道。

「在回答你的問題之前，我也要問你一個問題。」修長郁放下企劃書，一字一句道：「身為一名藝人，是潛力重要，還是品行重要？」

這個問題難住了季冕，但他考慮片刻後堅定道：「自然是品行。」

「我就知道你會這樣回答。」修長郁快慰地笑起來，「這個圈子太複雜了，所謂的道德底線，可以一降再降，只要不被媒體曝光，不被公眾獲悉，藝人便可以借助公關團隊把自己打造成一個完人，但事實上呢？某些人早已經從骨子裡爛掉了。我一直都有跟你說，做為一名藝人，最重要的不是經營表面形象，而是加深自己的品德和涵養，這才是讓你們永遠不過氣，永遠不被粉絲遺忘的關鍵。」

「您的意思是……李佳兒品行方面有問題？您聽誰說的？」季冕搖頭道：「簽下李佳兒這件事是我主導的，我自然有查過她。她當年的確留下了案底，身分卻是受害者。雖然這一點有可能影響到她的聲譽，但只要掌控好輿論，也能為她博取同情。她是實力派，完全可以挺過這場輿論大戰。」

「你不用再說了，我已經決定了。」修長郁很樂意聽取下屬的意見，可當他認定了一件事，也很難再更改主意。

季冕不得不打消說服他的念頭，思量片刻後又問：「那您準備做到哪種程度？在整個娛樂圈範圍內封殺她，不給她一點出鏡的機會？」

修長郁擺手，「只是放棄簽約而已。她要是想簽到冠世、冠冕、瑞水之外的公司，我是不管的，以後能不能出頭全看她自己的本事。」

季冕明顯鬆了一口氣。修長郁在娛樂圈的名聲並不好聽，早些年流連花叢，與很多女明星鬧過緋聞，後來忽然轉了性，開始認真經營公司，手段也變得越來越狠辣。誰要是得罪了他，莫說在娛樂圈出頭，就是連站腳的地方都沒有。這次他口裡說著封殺李佳兒，實則留了很多餘地，也不算把人往死裡逼。

「謝謝修總手下留情。」季冕站起身準備告辭。

修長郁意味深長地道：「她不值得你替她道謝。小冕，知人知面不知心，你太容易心軟，別什麼人都幫。」

季冕道：「當初要不是您幫我，哪裡會有我的今天？所以說，善意是需要傳遞的。能幫則幫，反正我也不圖什麼回報。」

「你呀……」修長郁無奈極了，親自走到門口送人。

……

「問出什麼沒有？」電梯裡，方坤小聲開口。

「沒有。」季冕搖頭，回到工作室後先去樓梯間打了幾個電話，這才對等待已久的李佳兒說道：「冠世、冠冕、瑞水都不準備簽妳，卻也不會徹底封殺妳，只是不給妳資源罷了。我幫妳聯絡了別的經紀公司，這是負責人的名片，妳可以過去看看。」

李佳兒臉色白了白，然後才接下名片，感激道：「謝謝季哥。不徹底封殺我，意思是，如果我簽去別的公司，還是有機會？那個要封殺我的人究竟是誰？」

「不要問了，知道太多對妳沒好處。」想起那位小少爺，季冕的表情變得十分陰沉。

「那好吧，我不問了。謝謝季哥，您幫了我太多太多！」李佳兒覺得自己比竇娥還冤，卻也毫無辦法。在這個娛樂圈裡，不是誰有理誰就站得直、爬得高，還得看身家背景。她現在只是個毫無背景的新人，活該被人踩，除了季哥、坤哥，誰又會真心替她考慮？

想到這裡，李佳兒再也顧不上詢問真相，連忙站起來向二人鞠躬，隱忍了許久的眼淚終於大顆大顆往下掉。

方坤看得無比心酸，安慰道：「別看季哥給妳介紹的娛樂公司是剛成立的，沒什麼名氣，但背後的老闆是他在哈佛大學讀書時認識的老友，在華爾街有很深的背景，不缺資源。他們公司有自己的播放平臺，也有自己的製作團隊，裡面全是精英，能力很優秀。他們正準備籌拍一部古裝自製劇，在他們的平臺首播，前景很不錯。妳要是去了，立刻就能當女主角。」

「是嗎？」李佳兒再次鞠躬，感激涕零道：「謝謝季哥！謝謝坤哥！要是沒有你們，我真不知道該怎麼辦了。」

「沒事，說不定妳拍完這部劇就一炮而紅。所謂失之東隅，收之桑榆。人活世上，誰沒經歷過大起大落？以後的事誰又說得準？妳有實力，長得也不差，自己又肯努力，總會有出頭的一天。」方坤扶起她，溫聲道：「回去別胡思亂想，照顧好媽媽，照顧好自己。」

「那邊我已經打好招呼了，妳可以跟周楠見個面，聊一聊，他很歡迎妳。」季冕拉開辦公室的門，準備親自把人送到樓下。

李佳兒雖然遭受了前所未有的挫折，卻也感受到了前所未有的溫暖。踏出冠世娛樂的大門時，她的心情已經完全平復，甜甜一笑道：「季哥，您等著看吧，我很快就會出現在電視螢幕上，我不會被打垮的。」

「加油。」季冕看著她坐上計程車，又默默記下車牌號碼，這才走回大廳。兩人再沒心思工作，一同前往設置在二樓的西餐廳吃飯。

「媽的，肖嘉樹在搞什麼？」方坤一邊看菜單一邊咒罵，「李佳兒原本大好的前途全被他毀了，這些富二代真是吃飽了飯沒事幹！」

季冕正與好友周楠傳訊息，並不答話。那邊似乎對李佳兒很感興趣，得知冠冕竟然沒把人簽下，已經摩拳擦掌準備撿漏了。李佳兒現在的人氣直逼歌壇二線藝人，可說是還沒出道就已經紅透半邊天，外人無論如何都猜不到冠冕、冠世、瑞水為何會放棄簽她。

消息一出，估計很多網友都會傻眼。

看見好友連續發來的撿到大便宜的表情包，季冕鎖掉手機螢幕，眉頭緊皺。

恰在此時，肖嘉樹走進餐廳，先是左右看看，發現老闆也在這裡，臉色青青白白地變換幾瞬，然後假裝自己沒看見，鬼鬼祟祟地順著牆根往前移動。

方坤目光銳利，第一時間發現了他，揚手道：「肖少爺，過來坐啊！」

肖嘉樹：「……」口腔潰瘍還能不能好了？

第二章 天上沒掉餡餅卻掉飛碟了

老闆傳召，肖嘉樹怎麼能不去？

他一邊摸著隱隱作痛的腮幫子一邊走到桌前，頷首道：「季哥、坤哥，吃飯呢？」

「坐吧。」季冕指了指對面的座位，招來侍者，「再加一客黑胡椒牛排，五分熟。」

「好的，還需要別的嗎？」侍者很有禮貌地詢問。

季冕拿眼去看肖嘉樹，肖嘉樹連忙擺手，「不用了，謝謝。」又是牛排，還灑了黑胡椒，這回真不能好了！他算是看透了季影帝，什麼脾氣溫和、樂善好施、慷慨大方……全都是假的，他就是一個獨裁者，習慣用自己的方式去對待周圍的人，很少會給他們選擇的權利。就拿兩次吃飯的經歷來說，他總會把菜點好，從來不問別人喜歡吃什麼。

肖嘉樹很想斷然拒絕，但良好的教養不允許他這麼做。

「喲，誰招惹我們肖少爺了？瞧這臉黑得很！」方坤故意帶話題，他以為肖嘉樹還在想李佳兒的事。

季冕懶得與對方說太多廢話，開門見山道：「李佳兒哪裡得罪你了，你要封殺她？」

「你們怎麼知道？」肖嘉樹面露意外。他目前還不明白，在娛樂圈裡根本沒有所謂的祕密可言，只看周圍的人想不想宣揚而已。

這小子不行啊，敢做不敢當！

方坤心生鄙夷，面上卻帶著和藹的微笑，遊說道：「你們是第一次見面吧？這中間是不是有什麼誤會？來來來，你跟我們說說，有誤會大家盡早解開，別做得這麼絕。所謂做人留一線，日後好相見。娛樂圈很小，日後見面的機會還很多，不要把人往死裡逼。」

肖嘉樹擺手道：「沒什麼誤會，我整的就是她。整她之前我查過，絕對不會搞錯人。」

方坤：「……」這話耿直得讓人沒法接啊！

季冕放下刀叉，直視對方，語氣溫和，態度卻很強硬，「還是說說看吧。你那麼恨她，總得有個理由。」

真霸道！肖嘉樹暗暗撇嘴，面上便露出一些不耐煩。恰在此時，侍者送來了一客黑胡椒牛排，鹹香的味道直沖鼻管，卻偏偏不能吃，令他更為光火。這些人怎麼一個兩個就那麼眼瞎呢？被王詩琪那種女人耍得團團轉，還上趕著為她說話，真氣人！更氣人的是，這家的牛排超級好吃，自己卻不能吃，只能乾看著！

肖嘉樹拿起刀叉，將牛排切成方塊，徐徐道：「這樣吧，我跟你們說一個故事。」

來了來了，果然有故事！

方坤豎起耳朵，準備搜集八卦。

季冕略一頷首，溫和有禮道：「洗耳恭聽。」

「從前有一個農夫，他有一個哥哥、一個妹妹，他排行老二，所以不是很受父母重視。父母死的時候留下許多良田給哥哥，留下許多嫁妝給妹妹，輪到他的時候家產已所剩無幾，便只得了一塊位於半山腰的旱地。他沒覺得父母不公平，只說這就是命，於是默默接受了。他是個很聰明的人，利用閒暇時間學會了木工活計，開始為周圍的人打造家具，慢慢積攢了一些錢。他的哥哥、妹妹見他過得越來越好，心裡很嫉妒，便找來一位漂亮的女孩……」

肖嘉樹的故事很長，聽了開頭，方坤和季冕暗自認為他和李佳兒的恩怨始於豪門爭產，李佳兒說不定是他的哪個兄弟或姊妹找來勾引他的，沒想到卻被他識破了。嗯，這個理由說得過去，而且很有故事性，兩人聽著聽著便入了迷。

結果肖嘉樹話鋒一轉，說道：：「那位女孩被農夫的種種舉動所感化，真心實意地愛上了他，拋棄了以前的未婚夫……」

哦，看來不是豪門爭產的把戲，有可能是上一輩的恩怨。聽到這裡，季冕和方坤眉頭微微一皺，心道真相還在下面的故事裡，不由聽得更仔細。

肖嘉樹用十幾分鐘的時間講述了農夫如何經營家業，如何疼愛妻兒，如何友愛鄰里，這才道：「這天，已經成為遠近聞名的大鄉紳的農夫路過一塊農田，看見田埂旁躺著一條凍僵的毒蛇，心裡很是同情，便把蛇撿回去捂在胸口。毒蛇甦醒過來不但不知道感恩，還狠狠咬了他一口，他便死掉了。你們看，這就是胡亂當好人的下場。」

「哐噹！」這是方坤手裡的刀叉掉在地上的聲音。

正準備喝水的季冕差點噴出來，所幸及時忍住了。

前面的故事那麼精彩，農夫打臉哥哥、妹妹，搶回屬於自己的家產；農夫與美女間諜鬥智鬥勇、相愛相殺，夫妻二人從貧下中農奮鬥成小貴族，高潮一波接一波，精彩極了，結果結局的時候你竟然告訴我們這個故事其實就是他媽的《農夫與蛇》的擴寫版？

意識到自己被耍了的方坤感覺手有點癢，想打人。他撿起刀叉，惡狠狠地瞪向青年。

季冕用餐巾擦去嘴角的水漬，冷靜道：「肖助理，讓你當我的助理實在是太屈才了，你其實可以去當編劇，你說故事的能力很厲害。」

「真的嗎？」肖嘉樹完全沒意識到對方在諷刺自己，反而頷首道：「原來我有這種潛力。人果然是需要歷練的，否則完全不明白自己擅長什麼，極限在哪裡。」

季冕：「……」沉默片刻後，他繼續道：「你是農夫，李佳兒是毒蛇？」

肖嘉樹放下刀叉，堅定地搖頭，「我沒那麼蠢。」話落，暗示性地抬了抬下巴，意思是：如果我不封殺她，你們就是那個被咬死的農夫！

季冕不會輕易相信任何人，所以他仔細查過李佳兒，也見過她的母親和朋友，更是用好幾個月的時間考察過對方的品行。比起這位背景成謎的紈絝少爺，他自然更偏向李佳兒，但以目前的情況來看，這位少爺似乎並不打算解釋自己這樣做的原因。也是，像他這種吃穿不愁，高高在上的公子哥兒，又怎麼會了解在底層奮鬥的小人物的心情？他只知道自己看不慣誰就可以讓誰消失。

再說下去就不是為李佳兒求情，而是替她拉仇恨了。季冕乾脆俐落地中斷了對話，「我吃飽了，肖助理慢用。」話落放下刀叉，拿掉餐巾，頷首離開。

方坤敷衍地笑了笑，也跟了上去。

終於不用當著老闆的面把牛排吃下去，肖嘉樹大鬆一口氣。他也不想說那麼長的故事，但不說故事就得吃東西……那還是說故事吧。

他招手喚來侍者，低聲道：「再給我上一份奶油南瓜濃湯。」

「好的，您請稍等。」侍者認真寫下單子。

《超級新聲代》的前十名女歌手陸續找到東家，而總冠軍李佳兒卻遲遲不見喜訊，甚至連回饋粉絲的演唱會也沒能出席，這引起了很多人的關注。有人猜測她肯定在醞釀大招，說不定簽的東家太牛逼了，得找一個黃道吉日宣布，順便舉辦一個簽約記者會，廣邀眾媒體出席。憑李佳兒現在的人氣，這樣做完全不顯得誇張。

看見各種各樣有關於自己的新聞，李佳兒覺得很難受。她已經與天天娛樂的總裁周楠見過面，談了合約，也去試鏡了《冷酷太子俏王妃》裡的女一號，並且因為精湛的演技而得到了導演的欣賞。

臨走前導演對她說：「妳能來我真是鬆了一口氣，咱們這個劇組幾乎沒請到什麼有名氣的演員，經費也有限，整部戲都得靠你妳撐。妳看看，我們連像樣的服裝都買不起，全是總裁的朋友手工為我們縫製的，化妝品還得你們演員自己帶過來，我們不給配。化妝師也不夠用，妳要是化妝技術不錯，到時候還可以搭把手，幫男演員們化個妝。」

李佳兒認真聽著，然後逐一應下，乖巧又懂事的模樣很討人喜歡。導演對她的印象非常好，試鏡過後敲定她為女一號，並打電話給周楠，對她大誇特誇。周楠也很滿意，適當放寬了李佳兒的合約，然後發了一條微信給好友，告訴他事情辦妥了。

季冕這才放下心來，翌日便前往武夷山拍一部仙俠劇。他現在已經慢慢退居幕後，很少出演主角，這次只是客串，幾句臺詞、幾場戲就能搞定。在劇組待了三天，拍完了自己的戲分，當晚他便乘坐保姆車趕回市內，然後再搭飛機回京都，卻沒料路上竟遇見了怪事。

「季哥，您看天上那個光點像不像飛碟？」生活助理指著車窗外說道。

「哪裡？」季冕傾身去看，果然發現天空中有一個橢圓形的光團在移動，起初速度非常慢，卻在眨眼間就到了近前。

「不好，它掉下來了！」助理話音剛落，一個巨大的鐵疙瘩就從天而降，正好撞上飛馳中的保姆車。保姆車衝出路邊的護欄，摔到山坡下，翻滾幾圈後卡在了兩棵大樹中間。

生活助理和司機在劇烈的撞擊中失去知覺，重傷瀕死的季冕卻透過眼球的血汙，看見一道細瘦的，擁有碩大腦袋的人形生物正朝自己慢慢靠近。「他」走到破碎的車窗旁邊，伸出指尖，點上季冕的額頭，一陣突如其來的劇痛終於令他徹底昏迷過去。

肖嘉樹強忍疼痛喝完了奶油南瓜濃湯，回到辦公室卻得知自己被炒魷魚了，幾名助理正在幫他收拾東西。看見同事偷偷摸摸看過來的目光，他覺得委屈極了，卻也明白自己擅作主張封殺李佳兒的行為觸碰到了季冕的底線，他會做出這種處理無可厚非。冠冕畢竟是他的工作室，他想簽哪個藝人就簽哪個藝人，旁人沒有置喙的餘地。若不是他欠了修叔一個天大的人情，這件事未必能辦下來。

肖嘉樹並沒有對季冕產生任何不滿，接過助理遞來的紙箱便離開了公司。

「你就這樣走了？」助理似乎十分意外，試探道：「你不上去找總裁幫你調職？」

「不了，再見。」肖嘉樹搖搖頭，直接乘坐電梯去了地下一樓的停車場。

這件事本來就是他做的不對，哪裡好意思去修叔那裡告狀？炒魷魚便炒魷魚吧，改天再去找一份新工作。懷著樂觀的心態，肖嘉樹回到家，繼續宅在房間裡玩遊戲。不過這次他學乖了，沒敢再吃垃圾食物，每天只吃清粥，口腔潰瘍這才開始痊癒。

數天後的早上，肖定邦看著坐在餐桌對面的弟弟，忽然開口問道：「你最近好像很無聊？要不要來肖氏上班？」

「啊？肖嘉樹正專心啃雞腿，聽見這話一時回不過神來，瞠目結舌的樣子有些傻氣。

「不了，小樹剛回國，讓他先玩玩。」薛淼微笑拒絕。兒子剛回國的時候，她的確想讓他留在肖氏好好幹，但被老爺子和肖啟傑狠狠敲了一記悶棍之後，她忽然就想通了。與其讓兒子繼續留在肖家這個牢籠裡，沒有自由沒有骨頭地過一輩子，不如放手讓他去飛。

肖定邦深深看她一眼，隨即盯著弟弟，「你也是這樣想的？什麼都不做，整天玩？」

「沒啊！」肖嘉樹不明白大哥為什麼想安排自己進入肖氏，爺爺和爸爸不是都堅決反對嗎？但他並未被這個天上掉下來的餡餅砸昏頭，認真想了想，解釋道：「改天我自己會去找工作，不一定要進肖氏，我發現別的行業也挺有趣的。」

「是嗎？」肖定邦頷首道：「一切以你的意願為先，有什麼想法記得告訴我。」

肖嘉樹拿不準這是哥哥對自己的試探還是關心，依然乖巧地應了。

坐在主位的肖啟傑沒好氣道：「你都回來幾個月了，每天只知道玩，什麼時候才能懂事？你哥十八歲的時候……」

薛淼聽不下去了，把筷子用力拍在桌上，冷笑道：「小樹回來的時候，我想讓他去肖氏上班，你讓他拿著股份老老實實在家待著。現在他老老實實在家待著，你又罵他不懂事，只知道玩。肖啟傑，我問你，你到底想怎樣？」

肖啟傑道：「我只是這麼一說，妳激動個什麼勁兒？這孩子整天把自己關在房裡玩遊戲，飯也不出來吃，我怕他把身體熬壞了，我是在關心他。」

「你關心他個屁……」不知是不是到了更年期，薛淼的脾氣越來越大，當著兩個孩子的面就跟肖啟傑吵了起來。肖嘉樹趕緊扒了幾口飯，然後跑上二樓的房間。肖定邦則是人如其名，定力十足，認真吃完早餐才徐徐開口：「還有十分鐘，趕緊吵，吵完了我們還要去市政大廳參加招標會。」

臉紅脖子粗的肖啟傑：「……」

薛淼拿起餐巾擦了擦嘴角，再抬頭時已一派優雅賢淑，「不好意思，定邦，阿姨失態了。我看你吃的不多，招標會不知道要開多久，你再吃點，免得等會兒餓肚子，我讓小李去車庫開車。」她對這個繼子並沒有多大的意見，更沒有厭惡或虐待，該關心的、該照顧的，平時做得一絲不苟，無奈繼子早已懂事，與她親近不起來，生活了二十年也只是面子情而已。

「謝謝阿姨，我吃飽了。」肖定邦禮貌推辭，然後對肖父說道：「走吧。」

肖啟傑這才氣哼哼地站起來。

父子倆前腳剛走，肖嘉樹後腳便跑下樓，一邊跑一邊穿外套，看起來很著急。

「你去哪兒？」薛淼追在後面問。

「季冕出車禍了，我去看看……」他話音未落，人已經坐上跑車開遠了。

在醫院的ＶＩＰ病房裡，季冕頭上纏著一圈紗布，正面無表情地看著手機。

方坤走過來將手機抽走，責備道：「你都腦震盪了，還看什麼新聞？快躺下來休息。你出車禍的事修總已經壓下去了，不用擔心。」

「小劉和小陶呢？他們沒事吧？」季冕順勢躺下，閉上眼睛。

「他們沒事，只是有一點擦傷，昨晚就出院了。」方坤有滿肚子的話想說，看見他疲憊的模樣又憋住了。小劉和小陶真是吃錯藥了，竟然跟交通警察說保姆車是被飛碟撞下山的，害得交通警察不但把他們拉去做酒精檢測、尿檢，還做了精神方面的檢查。同時季冕也受了連累，昏迷當中也做了血檢，唯恐他吸食毒品。

狗屁飛碟！這個藉口太扯了，如果檢查出什麼問題，一定要炒掉那兩個糊塗蛋！

方坤滿心鬱悶，季冕忽然開口：「他們沒喝酒也沒吸毒，那個飛碟我也看見了。」

「啊？」方坤驚駭道：「我剛才有說什麼嗎？」

「你沒說什麼嗎？」季冕睜開眼，表情莫測。

「我說了？我沒說？」方坤糊塗了，隨即告誡道：「你可千萬別再說飛碟的事了。交警現場勘查過，那個地方根本沒有撞擊的痕跡，也沒有飛碟，只有保姆車的剎車印。小劉應該是超速了，這才輪胎打滑掉下山了。」再往飛碟上扯，明天的頭條準是季影帝精神失常。

季冕看他一眼，沉聲道：「你幫我叫一個護士過來，我頭痛。」

「好。」方坤連忙按下呼叫鈕。

幾名護士立即跑進病房，一個幫季影帝檢查頭上的繃帶，一個幫他測量血壓，臉都紅紅的，表情既激動又羞澀。她們還是頭一次在現實中遇見季影帝，本人比螢幕上帥一百倍。寬肩、窄腰、大長腿，男性費洛蒙簡直爆棚。啊啊啊，要暈了！

她們拿出筆記本，結結巴巴地請季影帝簽名，微微顫抖的指尖洩露了內心的激蕩。

季冕很配合，既簽了名，還合了影，自始至終沒露出不耐煩的表情。這家醫院的ＶＩＰ病房常有達官貴人入住，保密功夫一流，不怕消息外洩。

護士一走，季冕便露出了輕鬆的表情，彷彿搬掉了心中的一塊大石頭。

方坤調侃道：「你的脾氣也太好了，明明是病人，卻得伺候這些護士，又是簽名又是合照的，難怪頭痛。你要是睡不著就看幾部電影，我打個電話給修總。他昨天晚上一直守著你，早上五點才走。」

「不用打擾他，讓他好好休息……」季冕話沒說完，方坤已經出去了。

這間病房在走廊的盡頭，出了門左轉就是樓梯間，相隔不超過五米。方坤在樓梯間裡打電話，躺在病房中的季冕卻能聽見他的聲音，偶爾一兩句，不像與人交流，倒更像是旁白。他起初並不覺得奇怪，待意識到這家醫院的隔音設備非常嚴密後，臉色開始慢慢泛白。

修總對季哥真是好啊，要不是年齡對不上，我都要以為季哥是修總的親兒子了！

方坤一邊感慨一邊走進病房，卻見季冕直勾勾地盯著自己。

「怎麼了？我哪裡不對勁？」方坤抹了把臉。

「你剛才嘴唇沒動？」季冕沉聲問道。

「沒啊，我又沒吃東西，嘴巴動什麼？」方坤覺得莫名其妙，繼而悚然一驚，「季哥，我待會兒讓醫生幫你做個腦部檢查吧。」我懷疑你的腦子被撞壞了！

季冕嘴角抽動一下，似乎想說什麼，卻又沒能開口。他拿起床頭的病歷，認真看起來。

季冕畢竟曾經是自己的上司，他出了車禍，肖嘉樹怎麼著也要來看一眼，但他剛走到病房門口就遇到了李佳兒，對方一隻手抬起準備敲門，一隻手抱著一束百合花。

「是你！」看見肖嘉樹，她連門都忘了敲，紅著眼眶開口：「我聽說是你在封殺我，為什麼？我以前根本就沒見過你。肖先生，我們能談一談嗎，我想我們之間有誤會。」

肖嘉樹著急的表情被陰沉取代，一字一句說道：「我跟妳沒有什麼好談的，我只問妳一句話，妳還記得何毅嗎？」

「何毅？」李佳兒手裡的百合花掉在了地上。她驚疑不定地看著肖嘉樹，幾秒鐘後竟然掉頭跑走了。

本來還有一大堆罵人的話想噴的肖嘉樹：「……」

他心裡憋著一口氣，吐不出來又嚥不下去，看見地上的花，忍不住狠狠踩了兩腳，發現來來往往的護士用怪異的目光看著自己，趕緊把花撿起來扔進垃圾桶，隨後躲進樓梯間。

他耳朵上戴著耳機，正在收聽最近下載的歌曲，搖滾歌手歇斯底里的吶喊令他積壓在心底的戾氣一瞬間全都爆發了。他順著牆根滑坐在地上，腦海中全是黑暗的記憶……

肖嘉樹曾經有一位非常要好的朋友，那就是何毅。他們家世相當，興趣相投，在同一個社區裡長大，在同一個學校裡念書，也曾發誓要一起闖出一片天地，但在十歲那年，肖嘉樹遇見一些意外，因此被送出國，何毅則留在國內。

他們的關係並未疏遠，反而一如往昔。十六歲那年，何毅發來一條得意洋洋的微信，告訴肖嘉樹自己今天在飯店裡開慶生宴，偶然遇見一名被輕薄的女生，於是把人救了下來。他帶女生回自己的套房洗澡、換衣服，並且送她回家。

這條訊息就是一切惡夢的開端。

何毅很快發現女生原來是自己的校友，由於長得漂亮脾氣又好，常常被男生欺負。女生感激他救了自己，每天做好便當塞進他的書桌抽屜，一來二去，同學之間就開始流傳有關於兩人的風言風語。何毅對此並不在乎，他是個非常專注、非常堅定的人，從不被外物所動。可他絕想不到，在救下女生的四十天後，他會被警察從教室帶走，罪名是強姦，而女生肚子裡的胎兒就是證據。

他沒做過虧心事，自是不認，但他的父親卻決定私了，並給了女生一百萬元的精神損失費。何毅雖然沒有坐牢，罪名卻落實了，家人嫌他丟臉，很快將他送到了美國，之後便是那場慘烈的車禍……

剛重逢沒幾天的朋友，從此便天人永隔，叫肖嘉樹如何能夠接受？他記得自己發瘋一樣跑到事故現場，發瘋一樣抱住好友的屍體號啕大哭。他從來就不相信那些莫須有的罪名，他知道自己的好友一定是被冤枉的。

事實證明他的推測沒錯，他發現好友出車禍之前在打電話，並錄了音，一個帶著金屬質地的女聲冷笑道：「何毅，誰讓你救我？我當初根本沒被人占便宜，我們是喝多了，在一起玩呢！要不是你，我那天晚上不知道過得多開心……我肚子裡的孩子不知道是誰的，打電話給那些王八蛋，他們一個都不敢認，我爸媽一定要我說出來，不然就打死我，我有什麼辦法？我認識的人裡你最蠢，也最有錢，我不找你找誰？那晚你扶我回飯店房間的監控視頻就是最好的證據……你恨我？哈哈哈，說你蠢你還不承認？你媽一定要我把肚子留到四個月大，方便以後驗ＤＮＡ，好證明你的清白，是你爸說服你媽讓我打胎，還給了我一百萬讓我們全家搬走，不要被你媽找到……他知道你沒強姦我，但他就是要讓你身敗名裂……你自己的親爸都想整死你，你還跑來罵我是罪魁禍首，何毅，你真可憐……」

女生的話到這裡便結束了，然後是一陣驚天動地的撞擊聲。

何毅受不了刺激，心神失守之下誤踩油門，狠狠撞在護欄上……他好不容易找到李佳兒的聯絡電話，本來想激她說出實話並錄音，然後交給對自己大失所望的父親，卻原來父親一直都知道他是清白的……

肖嘉樹把錄音複製下來，不眠不休地聽了一個晚上，眼淚都快流乾了。他不明白某些人為什麼能壞到這種程度，可以對幫助自己的好心人下手。

當何毅的親人來美國辦理喪事時，他偷偷把錄音發給了何母，原以為這樣就能讓好友瞑目，不料何母竟心臟病發，昏倒過去，人還沒醒就被送進了一家療養院，說是得了抑鬱症。從那以後，何母便消失了，只留下何毅的墳墓孤零零地留在異國的土地上，甚至沒能遷回祖國落葉歸根。

又過了幾年，肖嘉樹才通過母親的人脈打聽到何父移民去了澳洲，他在那邊早就有了家室，第二個兒子只比何毅小幾個月……

知道的越多，肖嘉樹就越是不甘心。這些年他總想找到李佳兒，讓她為當年的事付出代價。看見她利用受害者的身分博取周圍人的同情；看見她把自己塑造成一個堅強、樂觀、積極向上的新時代女性，他覺得噁心極了，也憤怒極了。

然而，他的教養不允許他用過激的手段報復女人，所以只是阻斷了李佳兒的前途，並沒有進一步的行動。與此同時，他也不想翻出那些不堪的往事，讓死去的好友受到外人批評。他生前問心無愧，死後也應該獲得永恆的寧靜。

這件事到此為止……到此為止……一首搖滾樂曲終於結束，換成了舒緩的鼓點，肖嘉樹才壓下滿心戾氣，慢慢站起來。但他剛踏出一步，嗓音疲憊的男歌手便開始吟唱，歌詞既滄桑又悲涼，一瞬間激起了很多回憶，有好的也有壞的，壞的在漸漸褪色，只留下好的永遠珍藏在心底。兩個小男孩手牽手一起上學，躲在高高的大樹上，你一句我一句地暢談未來，而高個子的男孩每天都會騎自行車載著矮個子男孩回家，不小心摔跤的時候，他會把小男孩抱進懷裡，輕輕撫摸他腦後的黑髮……他們不是兄弟，卻勝似兄弟。

男歌手還在悠悠吟唱，肖嘉樹卻連站都站不起來。

他縮在牆角，頭埋入雙膝之間，哭得像個孩子一樣，哭得停不下來……

方坤發現季冕皺著眉頭，臉色很不好看，問道：「是不是頭痛？我叫醫生來看看？」

「不，不是！」季冕擺手否認。

又過十分鐘，季冕開始頻頻按揉太陽穴，終於忍無可忍道：「你去樓梯間看看，我好像聽見……」他的話只說了一半就打住，然後靠倒在枕頭上，微不可察地鬆了一口氣。

「你聽見什麼了？」方坤環顧四周，莫名道：「病房裡很安靜啊，你該不會耳鳴吧？」

「應該是耳鳴，現在好了。」季冕疲憊地擺手，不知想到什麼，表情變得很難看。

與此同時，稍後趕來的修長郁推開了樓梯間的門，愕然道：「還真是小樹啊！你怎麼哭成這個樣子？」

「修、修叔，嗝……」肖嘉樹不想再哭了，卻控制不住自己，一邊說話一邊打嗝，眼淚鼻涕糊了一臉。

修長郁嚇了一跳，連忙掏出紙巾讓他擦臉，沉聲道：「究竟發生什麼事了？說出來，修叔叔幫你解決。」

「沒、沒事，我就是聽歌聽哭了。」肖嘉樹連忙把耳機拿掉，胡亂擦了一通臉。他現在既狼狽又羞臊，恨不得挖個地縫鑽進去。

「什麼歌那麼催淚？」修長郁原本還有些不信，拿起耳機一聽，不由笑了，「原來是這首歌，難怪。」身為「也曾哭過的聽眾」之一，修長郁實在不好說什麼，只能把慘兮兮的小子帶進公共廁所打理儀容。

「都這麼大了還躲在樓梯間偷哭，幸虧是讓我看見了，不然別人非得笑死。小樹啊，你跟你媽年輕的時候真像，你媽遇見難事表面看起來很堅強很鎮定，背地裡卻常常躲起來哭，有時候是天臺，有時候是車裡，被我發現了還死不肯承認……」想起往事，修長郁低低笑起來，眼裡卻滿是酸澀。

「我媽也愛哭啊？」肖嘉樹頓了頓，然後飛快改口：「不對，我幹嘛要用也字，我才不愛哭，我今天是特殊情況。」

「好，你不愛哭。你跟你媽真像，都比較嘴硬。」修長郁忍俊不禁。

肖嘉樹：「……」

洗完臉，眼睛還有些紅腫，肖嘉樹不得不掏出一副墨鏡戴上，這才跟隨修長郁去探望季冕。病房裡來了幾位訪客，都是影帝、影后級別的明星，正氣氛和樂地說著什麼。看見修長郁，他們連忙站起來打招呼，態度十分熱情。肖嘉樹喉嚨都哭啞了，情緒也很低落，於是不想說話，更不想應酬，走到床邊，默默對季冕點頭。

「你來了，坐吧。」季冕定定看他一眼。

「嗯。」肖嘉樹挨著病床坐下，打開手機，循環播放剛才的那首歌。這種行為近乎於自虐，讓他又痛又悔，但沒辦法停下。如果不是他做事不謹慎，私自把視頻發給何母，也不會害得她情緒崩潰。他控制住了自己的面部表情，內心卻哭得像個孩子。

有些事真的忘不了，也不能忘……

季冕輕輕按揉太陽穴，用前所未有的溫和語氣說道：「想吃蘋果嗎？我幫你削一個？」

肖嘉樹隔著墨鏡看他，然後擺手，像石頭一樣僵硬的下半張臉令他看起來又酷又跩，欠扁極了，讓方坤心裡暗暗罵了一句臭小子。

季冕彷彿聽不懂拒絕，依然削了一顆蘋果遞過去。肖嘉樹不得不接下，在一口一口認真啃蘋果的過程中，心底的悲傷竟然不知不覺被沖淡了。他摘掉耳機，把蘋果核扔進垃圾桶，繼續隔著墨鏡看季冕。這個人好像沒受什麼重傷，只是腦震盪，這樣就好。

「最近有什麼打算？要是沒事做就回公司。上次辭退你是我欠考慮，我向你道歉。」季冕沉默片刻後說道。

為什麼要向我道歉？是我干涉了工作室的正常運作，該道歉的人是我才對。

你眼瞎識人不清，那是智商問題，與對錯無關！

這樣想著，肖嘉樹便搖頭拒絕了。

季冕：「……」

未免打擾病人休息，修長郁很快就帶著肖嘉樹離開，訪客們也陸續告辭。方坤把人送到電梯口，回來後開始吐槽：「你說肖嘉樹究竟是什麼來頭？遇見嵐姊、郭哥他們竟然連個招呼都不打，還一直戴著墨鏡，架子擺得比修總還大。剛才他坐在你的床邊，慰問的話一句也不說，臉還那麼臭，我真想抽他。不想來就別來，做什麼膈應人？現在的年輕人真是越來越不懂禮貌了！」

季冕拿出手機看了看，嘆息道：「有些人並不像表面看起來那樣。人家之所以戴著墨鏡，或許是因為眼睛哭腫了；不打招呼、不說話，或許是因為情緒低落。不要用自己的猜測去胡亂評定一個人，那不公平，也不準確。」

方坤很是詫異，「喲，你怎麼會替他說話？你不是很討厭那個臭小子嗎？」

季冕抹了把臉，語氣無奈，「阿坤，我老了，也有看走眼的時候。」

「老什麼老，你才三十二歲，還有大把的光陰可以揮霍。你走的又不是小鮮肉路線，得靠臉和年齡來撐場。你是正宗的實力派，年紀越大越有味道。我說你那麼早息影幹嘛？就憑你的演技，再拍十年、二十年電影都不成問題。」方坤惋惜道。

「我想安定下來，建造一個屬於自己的家。」說到這裡，季冕表情一變，「你沒把我出車禍的事告訴樂洋吧？」

哼，誰會告訴他？他來了頂個屁用，只會問東問西六神無主，惹得我更心煩！要是一不小心被記者拍到，那樂子可就大了！

方坤內心很不屑，面上卻沒表現出來，「我沒通知他，他目前還在四川採風。」

季冕若有所思地看他一眼，頷首道：「那就好。別把這件事告訴他，免得他擔心。阿坤，你為什麼不喜歡樂洋？」

「我哪有不喜歡他，你想多了。」方坤矢口否認，心裡卻想起一件往事。

當初林樂洋還在工作室上班的時候，曾把財務印章隨意放在桌上忘了鎖回去，致使印章被人盜用，方坤審問了一圈人，大家礙於季冕的關係不敢舉報，最後只能辭退了當時的財務總監。後來一名女員工離職時才偷偷將此事告訴方坤，雖然沒有證據，也不知道真假，但方坤從此便對林樂洋有了芥蒂，總認為這人沒有擔當和責任心，不是個好的伴侶人選。

他生怕林樂洋哪一天把季冕給拖累了，總會下意識阻止兩人在一起，但能不能長久畢竟是情侶間的私事，容不得旁人置喙，他就按捺不提，免得日後被季冕埋怨，說他挑撥離間。

季冕偏過頭，用古怪的表情看了他好一會兒，最終嘆息道：「阿坤，我們是多年的朋友，有些話你可以直截了當地告訴我，別悶在心裡。樂洋年紀還小，做事不成熟，以後總會長大的，我會好好教他。」

「瞧你說的，我們倆誰跟誰，有什麼話不能敞開談？」方坤口裡打哈哈，心中卻不以為然。朋友之間的確需要坦誠，但事關對方的戀人，那就另當別論。他可以不喜歡林樂洋，卻絕不會當著好友的面非議對方一句。想到這裡，他對肖少爺的惡感反而減去不少。林樂洋都二十四歲了還在讀大學，肖少爺才二十出頭便已經碩士畢業了，讀的還是國際名校，人跟人就是不能比啊。

季冕眉頭微微一皺，狀似不經意地道：「樂洋家裡環境不好，高中沒畢業就輟學打工，後來又憑自己的努力回到大學讀書。他其實並不比別人差，只是沒有那個條件而已。我跟他有很多相同的人生經歷，所以能達到靈魂的共鳴，跟他在一起，我是最輕鬆最快樂的。阿坤，人這一輩子，能找到這樣一個讓自己放鬆的伴侶非常不容易，我希望你能支持我們。」

方坤尷尬地笑了笑，勉強打趣道：「我一直都挺支持你們的啊。季哥，你的腦子果然撞壞了，都開始傷春悲秋了。」話落開始反省自己是不是情緒太外露，讓季哥看出點什麼。

季冕適時結束這個話題，沉默片刻忽然開口：「這首歌叫什麼名字？」隨即開始哼唱。

「你沒聽過這首歌嗎？《安省橋》啊，有故事的人都愛聽。」方坤喟嘆道：「我跟你說，當初我頭一次聽見這首歌的時候就想起了我的初戀女友，眼淚嘩嘩得，簡直哭成了狗，停都停不下來。」

「是嗎？」季冕一邊打開手機下載歌曲，一邊調侃道：「沒想到你也有多愁善感的時候，我還以為只有肖嘉樹會哭成那樣。」

「肖嘉樹怎麼了？」他最後一句話說得很輕，方坤沒聽清楚。

「沒什麼。」季冕擺手，不欲多談。

恰在此時，房門被敲響了，方坤走去一看，驚訝道：「佳兒，妳怎麼來了？」

去而復返的李佳兒小聲解釋：「我聽小陶姊姊說季哥出車禍，便來看看。坤哥，您放心，我偽裝得很好，記者沒發現。」

「快進來。」方坤連忙把人讓進屋，笑道：「妳有心了。季哥傷得不重，只是有一點腦震盪，住院觀察幾天就能回去。」

李佳兒把新買的百合花插在靠窗的花瓶裡，狀似擔憂，「聽小陶姊姊說的時候我真是嚇了一跳。季哥，都晚上一兩點鐘了，您做什麼還趕回來？真要出了什麼事，您的粉絲該多傷心？下回別再這樣了，休息夠了再上路，不差那幾個小時。」

「就是，我說了他無數次他都不聽。」方坤跟著抱怨。

季冕微笑頷首，眼底卻透著審視。他想了想，故意帶起話題：「佳兒，妳跟天天娛樂談好合約了嗎？那邊的新戲該開拍了吧？」

李佳兒的笑容依然甜美，嘴上說著「正在談，快了。周總人很好，謝謝季哥」等話，心裡卻滿腹怨言。她最想簽的公司一是冠世，二是冠冕，三是瑞水……天天娛樂一個剛註冊的小公司算什麼？只可惜冠世總裁修長郁如今不泡女明星了，且對自己的緋聞很反感，誰要是跟他扯上關係，他就踩誰，讓她不敢越雷池一步。所幸季冕果然如資料上寫的那樣，是個愛做慈善的老好人，只要合了他的眼緣，他都願意拉一把，她這才搭上了冠冕的順風車。

可惜千想萬想，她絕沒想到在簽約的過程中竟會殺出一個肖嘉樹，把自己的好事全給攪和了。她那個恨啊！恨不得吃肖嘉樹的肉，喝肖嘉樹的血，然而在接受了季冕的幫助進而與周楠搭上線後，她連季冕也一併恨上了。周楠的天天娛樂簡直就是個空殼子，剛搭起來，什麼資源都沒有，那所謂的劇組更是一個草臺班子，純屬搞笑來的。要演員沒演員，要經費沒經費，服裝、化妝品、化妝師都得自備……

李佳兒參觀過公司和劇組的環境後，心已經涼透了。她無比確信，這部戲一定會成為自己一輩子都洗不掉的黑歷史，更何況片酬竟然只有二十萬，這是打發乞丐呢！她現在出一次場的酬勞都不止二十萬。瞧瞧導演和編劇給這部戲取的名字，冷酷太子俏王妃？一股濃濃的智障風撲面而來，弄得她反胃。

季冕在娛樂圈的地位那麼高，如果真心想幫自己，哪裡會讓自己去這種破爛攤子一樣的公司？什麼愛才、溫和、樂於助人，全都是假的！上次他介紹的那部歷史正劇也是個大坑，竟然讓自己去演歷史上最有名的蕩婦，這不是存心毀自己的形象嗎？

李佳兒越想越恨，面上卻笑得甜美。她可不是剛踏入社會的新人，會傻傻地任人擺布。上次她能拿母親當藉口推掉那部歷史正劇，這次也能推掉天天娛樂的合約。

然而，推掉歸推掉，季晁這邊卻不能得罪，畢竟還有個肖嘉樹在一旁虎視眈眈地盯著，她總得找個靠山暫時依靠。想罷，李佳兒眼眶微紅，遲疑道：「季哥，小陶姊姊跟我說，想封殺我的人是肖嘉樹。剛才我遇見他了，您知道他為什麼封殺我嗎？」

「為什麼？」季晁面色如常，眸光卻已經冷透。

「他是何毅的朋友。我沒想到那麼多年過去了，何毅還不肯放過我。」

李佳兒話音剛落，方坤便義憤填膺地開口：「妳說什麼？肖嘉樹就是因為這個要封殺妳？這些富二代真是無法無天，害了別人還要趕盡殺絕，太他媽不是東西了……」

「別罵了。」季晁按揉眉心，狀似疲憊，「這件事已經過去了，妳不用擔心。」

「真的過去了嗎？」李佳兒露出害怕的表情，心裡卻十分怨恨。在她看來，季晁對自己的安排不是幫助，而是坑害。他堂堂大滿貫影帝，要是真心扶持一個後輩，哪裡會把這麼糟糕的角色送過來？一個蕩婦、一個智障，演完前途也毀得差不多了。聽小陶說他手裡還有兩個本子，一個是《明空》，一個是《使徒》，都是大導演、大製作。如果真心想幫人，就該讓自己上這兩部戲啊！

李佳兒的貪心是永遠得不到滿足的，別人對她好一分，她就想得到十分，甚至是百分。

季冕看著坐在自己病床邊，笑得明媚而又憂傷的李佳兒，不由露出古怪而晦暗莫測的表情。他直視她，一字一句道：「這件事已經過去了，妳適可而止。」

適可而止？這可不是好詞！

李佳兒心中微凜，想到何毅其實已經死了，何父變賣家產去了國外，何母則不知所蹤，自己實在無須擔心什麼，這才放下心來。她不敢再提肖嘉樹，卻又想從季冕這裡得到一點保障，於是垂眸看看手機。

恰在此時，她事先定好的鬧鐘響了，便立刻站起來，著急道：「是醫院那邊打來的電話，應該是我媽出了什麼事！季哥，我去接一下！」

「妳去吧。」季冕略一頷首，隨即閉眼假寐。

方坤嘆息道：「李佳兒真不容易……」

「別說話。」季冕抬手阻止他。

走廊外靜悄悄的，哪裡有人講電話？李佳兒拿著手機躲在樓梯間裡，用力把自己的眼睛揉紅，又點了兩滴眼藥水，把睫毛弄得半濕，掐好時間走回病房。

方坤本就擔心她母親，見她似乎哭過，張口便要詢問，卻被季冕冷聲打斷：「佳兒，我有點累了，想睡一會兒，妳先回去吧。」

正打算好好演一場苦情戲的李佳兒：「……」

這劇本不對啊！她還等著季冕詢問自己為什麼哭呢，自己就可以告訴他母親病重需要一大筆手術費。如果他提出借錢，自己就堅定拒絕，過幾天改簽到極光的時候便可以拿經濟拮据為藉口獲得他的諒解。季冕出身於單親家庭，對母親很孝順，這件事全國人民都知道。

李佳兒計畫得很好，這樣做既可以推掉天天娛樂的邀約，又不會徹底得罪季冕，真是兩全其美。而所謂「病情加重」的母親，如今正躺在療養院裡數錢呢。只要給她足夠的錢，她可以配合女兒做任何事，正如當年誣陷何毅那樣。

無奈季冕不按牌理出牌，竟然問也不問，直接攆人，這中間出了什麼問題？

李佳兒整個人都是懵的，連自己怎麼離開醫院的都不知道。

方坤若有所思地看著季冕，「你沒看見李佳兒快哭了嗎？她媽肯定出事了。」

「她媽出事跟你、跟我有什麼關係？我是她爸，還是你是她爸？」季冕冷然道。

「這話可不像是你說的。」方坤皺眉。

「我的確愛才，卻不是什麼人都幫。我真的老了，眼光不行了。」季冕由衷感慨。

「怎麼又來了？你的眼光很不錯啊！李佳兒歌唱得好，演技也很好，有爆紅的潛質。」

「把自己的人生當成一齣戲，每分每秒都在表演給別人看，這樣的人演技能差得了？你跟小陶說一聲，以後不要再聯繫李佳兒。她要是不願意，你就讓她離職。」

「你這是要跟李佳兒劃清界限？你不會是怕了肖嘉樹吧？」方坤大為意外。

季冕不理他，拿起手機撥通了電話：「周楠，你跟李佳兒的合約擬好了嗎？擬好了？那你先放著吧，別急著聯絡她。她已經找好東家了，是極光……對，已經洽談好了。不，我不知道，不然也不會把她引薦給你。我也不明白她怎麼想的……」

說到這裡，季冕的表情略微奇怪，停頓片刻後才道：「這次真是抱歉，讓你白忙活一場，改天我請你吃飯。好，回頭見。」

掛斷電話後，他長長嘆了一口氣，臉上露出疲憊的表情。

方坤驚愕道：「李佳兒不簽天天娛樂，要簽極光？你從哪得到的消息？沒聽你說啊！」

「我自然有我的消息管道。」季冕擺手，「給我一個本子和一枝筆。」

方坤連忙從包裡翻出本子和筆，口中感慨不停：「李佳兒怎麼會跟極光簽約？她怎麼那麼不謹慎啊？」

極光以惡意炒作、壓榨藝人、風氣糜爛而聞名，甚至有傳言說極光的經紀人非常喜歡為藝人拉皮條，甚至誘惑他們吸食毒品以達到完全掌控的目的。簽約極光的藝人都有一個共同點，那就是長相好、年紀輕，一旦上了年紀顏值下滑，立刻便會被捨棄。

與此同時，極光也有自己的優勢。它的幕後老闆來頭很大，手裡握有許多頂級資源，想捧紅誰是分分鐘的事。李佳兒若是為了籌錢替母親治病，簽約極光倒也情有可原，畢竟那邊的簽約費很高，只是可惜了這麼個小女生……

方坤正暗自惋嘆，卻聽季冕冷笑了一聲，不由問道：「你笑什麼？」

「沒有，我原本以為自己眼光差，沒想到你更差。」季冕搖搖頭，眼神冷冰冰的。

方坤不服氣地道：「我能把你捧成大滿貫影帝，已經足夠證明我的眼光。你寫什麼呢？看也看不懂。」

只見筆記本上列了兩排人名，第一排人名有護士、嵐姊、陳哥等等，後面都是打了一個叉；第二排人名有方坤、修長郁、肖嘉樹、李佳兒，後面都是打了一個勾。勾勾叉叉之後有點評，只兩個字，不是「反感」就是「欣賞」，末了重重寫下「好感值、惡感值」六個字。

這都什麼跟什麼啊？拆開來全都看得懂，合一起就抓瞎了！

方坤很是莫名其妙，正想詢問，季冕勒令道：「你慢慢走出去，電話不要掛斷，我讓你停下你就停下，然後估算一下你跟我之間的距離。」邊說邊撥打了方坤的電話。

方坤拿起手機，無奈地走出去，心裡嘀咕道：莫非真的撞壞了腦子？這可怎麼辦？要不要請國內外的腦科專家來看看？

他一邊胡思亂想一邊沿著走廊慢慢往前走，走出去一段距離就聽季冕命令道：「停，測一下你現在離我有多遠。」

「大概十五米到二十米的樣子。」

「好，你可以回來了。」季冕掛斷電話，側耳聆聽片刻，這才在本子上寫下一行字「有效距離十五至二十米」，末了輕輕按揉太陽穴。

方坤進來時，發現他正靠倒在病床上，表情有些頹喪。

「你怎麼了？是不是發生什麼事了？」方坤心慌了。

「你知道嗎？」季冕徐徐開口：「昨天晚上我明明記得我傷得最重，一塊鐵皮卡進我的心臟，血不停地流，再過五分鐘，不，或許只要三分鐘我就會死，但是我現在卻還活著，全身上下沒有半點傷口。」

「你肯定記錯了。」方坤打斷他：「你別想了，這都是腦震盪的後遺症。活著才是最重要的，你現在應該慶幸，而不是懷疑人生。」

「對，活著才是最重要的。」

這句話給了季冕極大的安慰，他似乎想通了什麼，緩緩吐出一口氣。

三天後，兩人喬裝打扮出院，剛回到家就接到周楠的電話，他似乎很無奈，「李佳兒果然推掉了我的合約，也不準備參演我的劇。現在的年輕人真是現實，只知道錢錢錢。」

「抱歉。」季冕語帶愧疚。

「你有什麼好道歉的，那是她自己的選擇。得了，我繼續物色人選，先掛了啊！」

「別急著掛，我聽說你那部劇很缺投資？」

「別別別，你千萬別投。我老實跟你說吧，那部劇是川川在拍，他純粹拍著好玩呢，請了傑斯當藝術總監，演員的造型可雷人了，配色眼花繚亂看得我頭暈。他請演員還只看臉，不看演技，長得好就往劇組扔，別的都不管，我已經做好賠錢的心理準備了，不能夠再坑你了。」說起小男友趙川，周楠真是哭笑不得。

很清楚趙川的不靠譜和傑斯耐人尋味的審美觀，季冕打消了投資的念頭，頷首道：「那我只能為你祈禱了，但願你少賠一點。」

周楠無奈道：「川川高興就好，賠不賠無所謂。李佳兒那事不算啥，你要是還有好人選，繼續推薦給我啊，我現在極度缺人！」

季冕滿口答應下來，掛斷電話後不禁搖頭失笑，笑容未斂，又有一通電話進來，螢幕顯示是「李佳兒」三個字。

「喂，季哥？我、我很抱歉，我已經簽約極光了……」

她的聲音聽起來很沉重，似乎積壓了很多心事。

「是嗎？那恭喜妳。人往高處走，水往低處流，我能理解。沒什麼事我先掛了，以後妳好自為之。」季冕掛斷電話後直接把人拉黑。

正準備演一齣「被逼無奈」戲碼的李佳兒：「……」

她立即回撥電話，但那頭已經接不通了，發微信也石沉大海，再登微博，系統提示她季冕已取消了關注，曾經發過的幾條讚賞她的文章也都刪得一乾二淨。

很快便有網友發現了這一點，紛紛在微博下面留言，說李佳兒是不是得罪了季大神，被討厭了。由於季冕名聲非常好，粉絲團又龐大，一時間所有的責難都朝李佳兒這邊湧來。

李佳兒急得滿頭是汗。

季冕這些年越來越低調，很少在微博上發表動態，於是每一條有關於他的消息都會竄上熱搜榜。這件事要不能盡快解決，熱搜榜頭條肯定會變成「季冕取消關注李佳兒」，對她的人氣影響很大。要知道，當初之所以很多人粉她，都是看在季冕曾多次誇獎她的分上，真是成也蕭何，敗也蕭何。

李佳兒聯絡不到季冕，只好撥打小陶的電話，但曾經與她閨蜜相稱的小陶卻直接把電話掐斷了，最後還發來一條簡訊，告訴她不用再打了，季哥已經完全不想搭理她了。

「為什麼？」李佳兒簡直要瘋，發簡訊的時候牙齒咬得咯咯作響。

「我也不知道。妳別再聯絡我了，要是被季哥發現，他會辭退我的。」小陶發完這條簡訊，也把李佳兒拉黑了。

李佳兒的經紀人板著臉坐在沙發上，冷道：「妳不是跟我打包票說與季冕的關係很好嗎？現在是怎麼回事？我們下一步的宣傳計畫怎麼辦？」

李佳兒拿著手機滿臉無助，「歐姊，您再等等，我找別人問問看。我之前真的跟季哥關係很好，他還親自跑去療養院探望我媽，新聞也報導過的……」她一邊解釋一邊不停地打電話，但曾經的圈內好友現在都不理人了，像是商量好的一般。

她和經紀人原本是這樣計畫的：簽約極光後便聯絡季冕，讓他發一條表示祝賀的博文。由他帶頭，一眾大咖多多少少會有回應，而他龐大的粉絲團就是最好的水軍，定然能把這件事炒熱。但他們方方面面都考慮到了，唯獨沒料到季冕會在這個當口取消對李佳兒的關注，於是接下來的所有宣傳動作都被迫中斷。

歐姊盯著已經報廢的企劃書，心裡那叫一個恨，沒好氣道：「他之前為妳牽線天天娛樂，妳給推了，是不是因為這件事他對妳有些看法？簽約哪家公司是妳的自由，他憑什麼干涉？季冕也不像傳言那樣好說話嘛，氣量小得很。妳之前不是說一定能獲得他的諒解嗎？現在是什麼情況？妳做事能不能靠譜點？公司還準備在簽約的時候用力推妳一把，現在看來是不用了，乾脆冷處理吧。所有的推送、採訪都取消，在官網上悄悄把妳的資料更新得了。」

「歐姊，您再等一等好嗎？我讓我媽打個電話給季哥。」李佳兒實在無法，只能利用季冕的同情心。季冕的母親身體也不好，長年住在療養院，他為了照顧母親，早些年什麼活兒都幹過，也吃過很多苦，應該最能理解她的處境才對。

「他會接妳媽的電話？」歐姊簡直被氣笑了。

季冕是什麼人？阿貓阿狗的電話能打進他的手機？但她料錯了季冕的品行，他之前對李佳兒母女是真的關心，還曾親自去醫院探望過幾回，送了很多禮物，李母的電話如果不出意外，他會接的，唯恐老人家在醫院裡出了什麼事，李佳兒照顧不過來。

無奈現在情況不同了，李母那邊撥了好幾個電話，都沒能順利接通，看來也被拉黑了。找不到觀賞的人，母女倆演技再好也沒處施展，只得偃旗息鼓。

歐姊扔掉企劃書，冷笑道：「之前妳準備簽約冠冕工作室的消息早在網路上傳遍了，他的粉絲都拿妳當自家人看待，整天小師妹、小師妹地叫著。現在妳忽然改簽極光，如果沒有季冕站出來幫妳說話，他的粉絲一定會認為妳是叛徒，大罵妳忘恩負義、急功近利。妳要是不想被黑得太慘，現在就給我低調點，等這件事過了再說。妳最近的通告我都幫妳取消了，妳每天去公司上課，多學點東西。」

李佳兒好不容易簽了一個背景強大的東家，正準備一飛沖天呢，哪裡捨得沉寂下去，於是連忙開口：「不是我要背叛他，是他先放棄我。不然我們拿他封殺我的事炒作吧，反正都是實錘，不怕網友查證？」

歐姊不禁對李佳兒的狼心狗肺刮目相看，卻也沒升起多少戒備。人既然落進了她手裡，她自然有的是辦法讓對方乖乖聽話，更何況公司還幫她把曾經的黑歷史都消掉了。

「妳想讓我們直接跟冠世、冠冕、瑞水槓上？妳是哪根蔥？有那個價值嗎？莫說妳現在只是一個新人，還沒爆紅，就算妳紅透了半邊天，也不要貿然去挑戰季冕，他在娛樂圈的影響力不是妳能想像的。」歐姊站起來，警告道：「妳好好在家待著，別惹事，過了這陣子，我自然會幫妳安排工作。妳要是不聽話，我手底下也不缺妳一個。」

歐姊是極光的金牌經紀人之一，資源很不錯，李佳兒自然不敢忤逆對方。她連忙點頭應下，又把人送到停車場，回到家後才露出猙獰的表情。辛辛苦苦打拚了那麼久，眼看就要紅了，現在卻一朝回到解放前。季冕、肖嘉樹，你們給我等著！

此刻的肖嘉樹正躺在床上刷微博，邊刷邊笑哼哼的，似乎十分得意。

薛淼走進房間，將他掀到肚皮上的衣襬拉下來，笑問：「小樹，在看什麼呢？」

「季冕取消關注李佳兒了。媽，您看……」肖嘉樹把手機螢幕轉向母親，「剛才極光更新了他們的藝人資料庫，把李佳兒的照片悄悄放了上去，結果被網友發現，大家現在全都湧入李佳兒的微博，罵她見利忘義、背叛師門。她現在可慘了，粉絲一開始漲了幾十萬，全都是跑去罵她的，罵完便取關，原本幾百萬的關注量，現在只剩下一百萬出頭了，真解氣！」

「是嗎？我看看。」薛淼把手機拿過來認真翻看，又與兒子東拉西扯一會兒，這才說到正題：「小樹，你想不想演戲？我這裡有一個本子你先看看？」

「我不想演戲。」肖嘉樹笑容微斂。

「怎麼，怕被你爺爺、爸爸罵？怕被趕出家門，繼承不了財產？」薛淼用上激將法。

肖嘉樹果然中招了，斷然否認：「我才不怕呢！我好歹是沃頓商學院的高材生，就算不靠家裡也不會餓死，我自己能賺錢養活自己！」

「那你就去演戲吧。演員也是一份正當職業，不偷不搶的。」薛淼循循善誘：「這次你想封殺李佳兒，結果她依然到處蹦躂，什麼事都沒有，但你看看，季冕什麼話都不說，只是取關了她，她現在就得老老實實趴著，這就是大咖的影響力。當年我可比季冕風光多了，若不是你爸爸，我也是大滿貫影后……」

提起往事，她不禁眉飛色舞起來，眼裡散發出罕見的璀璨奪目的光彩。

肖嘉樹定定看著她，忽然感到一陣心酸。媽媽之所以想讓自己進入娛樂圈，是不是為了延續她未完成的夢想？她嫁入肖家真是一個巨大的錯誤，不但失去了夢想，還失去了自由，而唯一能讓她獲得安慰的，大概就是自己了吧？

這樣想著，他忍不住把母親抱進懷裡，無限寵溺道：「媽，您別說了，我去拍戲。」在母親面前，他從不會叛逆，他樂意幫她實現所有願望。

薛淼很是欣喜，把早就準備好的劇本拿出來，「這是冠世和冠冕合資投拍的《使徒》，導演是羅章維，編劇是周丹丹。裡面有一個角色特別適合你，就是反派的弟弟凌峰，也是國際名校畢業的，回國準備接手家族企業。你先把劇本好好看看，我這些天教你怎麼走位，怎麼念臺詞。這個角色跟你很貼近，演起來不難，有不懂的地方媽可以教你。我們先試試，你要是不喜歡拍戲，以後再做別的，媽絕不會逼你。」

肖嘉樹接過劇本翻了翻，心裡不由忐忑起來。

薛淼見好就收，吩咐兒子好好揣摩人物形象，這便出去了。回到臥室，她立刻打電話給修長郁：「長郁，凌峰那個角色定給小樹吧。我看過劇本，基本上小樹只要本色演出就夠了，幾個衝突性強的場景我私底下可以教他，不會讓他扯劇組的後腿。」

修長郁向來不會拒絕她的要求，二話不說便答應了，連試鏡那關也一併省掉。

與此同時，肖嘉樹正對著劇本犯愁。他不懂演戲，忽然讓他接受這樣一份特殊的工作，實在有點強人所難，但只要一想到母親充滿渴盼的眼睛，卻也說不出拒絕的話。

哎呀，好煩！他在床上打了幾個滾，又哀號幾聲，這才爬起來查資料，查著查著忽然想到父親和爺爺如果在電視螢幕上看見自己會如何驚訝、如何暴怒，竟「噗哧」一聲笑出來。

他捨不得傷母親的心，但如果能讓爺爺和爸爸暴跳如雷從而正視自己的存在，似乎也是一件很有趣的事。活了二十年，他才姍姍進入叛逆期，而這叛逆只針對肖父和肖老爺子。

季冕已經出院好幾天了，最近只接了兩部戲，一是《明空》，二是《使徒》，但都不是主角。入圈時他曾跟粉絲們說過，不管紅不紅，自己都將在三十五歲之後淡出娛樂圈，這並非一句空話。《明空》只是客串，在《使徒》裡他將擔任男二號，也就是最大的反派。這個角色很有深度，需要仔細揣摩人物心理。

正當他看劇本看入迷時，一名長相俊秀，氣質陽光的青年直接解鎖了門上的密碼，拎著一個沉重的旅行包走進來，大聲質問：「季哥，你出車禍為什麼不告訴我？」

來人名叫林樂洋，曾是季冕的生活助理，入職剛滿兩個月就轉正為季冕的男朋友，如今在傳媒大學播音系念大四，性格開朗樂觀，但現在他像一隻噴火龍，正惡狠狠地瞪著季冕。他打死也沒想到，自己不過是出門玩幾天，男友竟然出了這麼大的事，要不是司機小劉說漏嘴，他可能到現在還不知道實情。

他從小到大沒過過幾天好日子，所以比任何人都明白「天有不測風雲，人有旦夕禍福」的道理，如果季冕真的出了意外，而自己卻一無所知，回來以後會不會崩潰？一路上他都在設想種種有可能發生的情況，結果心裡越來越害怕，越來越不安，恨不得插上翅膀飛回家，好好看看這個人還在不在。然而見到真人，他心裡的怒火卻又瞬間爆發，想狠狠罵他一頓，讓他以後再也不敢趕夜路。

他扔掉行李箱，正準備開口，季冕卻先一步走過來，用力將他抱住，拿柔軟的嘴唇堵住他所有的話。季冕的吻總是很溫柔纏綿，緩緩劃過他的齒齦和上顎，與他的舌尖相觸，帶來清甜的味道。他一下就熄火了，情不自禁地回應對方，滿腔恐懼和擔憂也在這個春風化雨一般的吻裡慢慢消散。

「你出了事為什麼不告訴我啊？」一吻結束，林樂洋的語氣已變得綿軟。

「怕你擔心。」季冕輕輕抹掉他嘴角的水漬，反省道：「但我現在發現，不告訴你反而會讓你更擔心。我錯了，以後改正。你是知道了這件事才提前結束行程？」

林樂洋徹底發不出火了，嘟囔道：「是啊，我提前回來了，想盡早看見你。你知道錯了就好，以後無論發生什麼事都要告訴我，別讓我成為世界上最後一個知情者，那很悲慘。還有啊，以後再不能趕夜路了，尤其是在偏僻的地方拍戲的時候。」

「好，我一定吸取教訓。」季冕把小男友摟進懷裡，輕笑道：「快去洗個澡，等會兒我帶你去吃大餐。」

林樂洋做出開心的樣子，心裡卻有些不情願。

季冕從小在國外長大，習慣了吃西餐，又由於身分特殊，去的都是一般人不能進的高檔場所，一定得正裝出席，進食中必須嚴格遵守禮儀，旁邊還有侍者目不轉睛地看著，那感覺真是一言難盡。

每次與季冕吃西餐，林樂洋就沒吃飽過，一舉一動都在別人的監視之下，更鬧得胃疼。

如果可以，他很想大聲告訴對方：吃什麼西餐啊！咱們隨便找一家火鍋店都比這些米其林餐廳吃得痛快！

然而，兩人的關係建立之初，他不但不好意思表露出對西餐的反感，還得假裝喜歡以博得季冕的認同。等兩人感情漸深，他又怕說出來惹季冕難過，於是就這樣忍耐了下來。

他笑嘻嘻地親季冕一口，走進浴室後立刻垮臉。他想起了俄國作家安東．帕夫洛維奇．契訶夫創作的一篇小說，名叫《裝在套子裡的人》。用完美的禮儀吃西餐的時候，他感覺自己就是那個裝在套子裡的人，每一個細胞都在叫囂著窒息。

季冕站在浴室外，盯著水霧氤氳的推拉門，眼底的笑意慢慢收斂，改為沉思。良久後，他忽然搖頭嘆息，臉上透著既無奈又慶幸的表情。

一個小時後，洗去一身塵埃的林樂洋和喬裝改扮的季冕坐在一家火鍋店的包廂裡，面前擺放著許多小碗碟，有牛肚、鴨腸、馬鈴薯等，也有麻醬、辣醬、蘑菇醬……紅豔豔的湯底在鍋中翻滾，散發出霸道的香氣。

林樂洋用力聞了聞這香氣，表情恍惚，「季哥，你怎麼忽然想吃火鍋？你能吃辣嗎？」

「我點的是微辣，應該沒問題。」季冕揉亂小男友的頭髮，笑道：「以後你喜歡吃什麼一定要說出來，別將就我。兩個人在一起過日子，靠的不是互相將就，而是互相溝通，互相理解，還有互相包容。」

林樂洋臉頰慢慢漲紅，囁嚅道：「季哥，你看出來我不喜歡吃西餐啦？」他羞臊得很，卻也滿心感動。季哥果然很溫柔，一如當初開始交往那般。他從來沒變過，是自己不夠勇敢。

季晁無奈搖頭，「你的演技很好，我都被你瞞過去了。以後喜歡什麼，不喜歡什麼，一定要說出來，別悶在心裡。當然，我也會對你坦誠以待。」

林樂洋連連點頭，「好，我以後一定不會騙你。季哥你真好，我上輩子一定積了很多德，這輩子才能找到你這樣的男朋友。」簡直比抽中億萬彩票還幸運！

「說什麼傻話呢，你也很好。」季晁再次揉亂他的頭髮，笑道：「快吃吧，我聽見你的肚子在咕咕叫了。」

林樂洋捂了捂臉，然後拿起筷子開吃，想吃什麼煮什麼，不夠再叫，兩片嘴唇辣得紅豔豔的。季晁吃的不多，大部分的時間都用來照顧男友，一會兒幫他遞紙巾，一會兒幫他夾菜，眼裡盛滿溫柔。

吃到半飽以後，林樂洋舒爽地嘆了口氣，感覺今天的約會比以往任何一次都開心。他擦掉嘴角的油漬，忍不住親了季晁一口，換來對方一聲朗笑。

「再過幾個月你就要畢業了，有打算去哪裡上班嗎？我有朋友在京市臺，可以幫你疏通一下。」季晁替男友倒了一杯茶水。

「到時候再看吧，我先把畢業論文寫好。」林樂洋習慣性地低下頭，掩飾自己的表情。他其實不想當主播，反倒更喜歡演戲，又怕季晁誤會自己借他上位，所以一直不敢提。

季晁喝茶的動作微微一頓，末了無奈嘆息。他放下茶杯，似在斟酌，最終什麼都沒說。

林樂洋害怕他果真幫自己找播音主持的工作，也就沒繼續這個話題。兩人沉默地用完餐，又沉默地回到家。

「樂洋，記住之前我說過的話，想要什麼只管告訴我，別悶在心裡。工作的事你好好考慮一下，能幫的我一定幫。」洗掉一身火鍋味的季冕從浴室裡走出來，精壯的腰間只圍了一條小浴巾，看起來性感極了。

林樂洋意識到接下來會發生些什麼，臉頰瞬間漲紅，然後繞過季冕飛快跑進浴室，把下面洗洗乾淨。

兩人順其自然地抱在一起，季冕一邊愛撫小男友，一邊去摸床頭櫃裡的保險套。林樂洋被他高超的吻技親得頭昏腦脹，卻在他碰觸到自己後方的私密處時繃緊了神經。

生活中的季冕有溫柔的一面，也有霸道的一面，但床上的季冕簡直是一頭野獸，他既懂得溫柔地逗弄獵物，也懂得凶狠地吞食獵物，卓越的技巧令人欲罷不能。

無奈林樂洋有些害怕這樣的季冕。他太大了，總會讓他又痛又爽，但往往疼痛會超過爽快，事後好幾天都得喝粥，偶爾還讓他下不了床。林樂洋不是一個重慾的人，所以很難消受季冕的熱情。

他兩隻手抵在季冕胸前，看似愛撫，實則輕輕推拒。這動作完全是下意識的，連他自己都沒發現，但季冕很快就停下來，先是趴伏在他身上粗喘，末了艱難地爬起來，用被子蓋住自己堅硬昂揚的那處，聲音沙啞地道：「你明天是不是得回學校交論文？」

林樂洋見坡就下，「是啊，明天我得七點鐘起床，韓教授約了我八點見面。」

「那今晚我們不做了，你好好休息，爭取順利通過論文答辯。」季冕赤身裸體站起來，忍耐道：「你先睡吧，我去浴室洗個澡。」

林樂洋也不問他為什麼要洗兩次澡，一邊點頭一邊縮進被窩裡，滿心都是如釋重負。

季冕站在蓮蓬頭下，試圖用冷水澆滅慾火，臉上的表情晦暗莫測。

半小時後，林樂洋已經睡著了，身體蜷縮起來，像一個小嬰兒，這是極度缺乏安全感的睡姿。全身冰涼的季冕站在床邊看了他好一會兒，這才把空調溫度調高，又幫他多蓋了一床薄被，然後走到隔壁書房打電話。

「修叔，我想推薦一個人進《使徒》劇組……他不是專業演員，但是演技很不錯，您能給他一次試鏡的機會嗎？好的，我會準時帶他來試鏡，謝謝修叔。這麼晚了您也早點睡吧，少喝點酒，注意身體。」掛斷電話後，季冕盯著擺放在書桌上的劇本，長長嘆了一口氣。

翌日，聽說季冕想推薦林樂洋進劇組的方坤簡直快瘋了，「我的季大影帝，你不是在開玩笑吧？你跟林樂洋是什麼關係你自己不清楚嗎？別人瞞都瞞不過來，你還想讓他進娛樂圈，還想帶他一起拍戲，你是嫌那些狗仔不夠神通廣大是不是？」

「等我徹底淡出娛樂圈後，我不會公開出櫃，但也不會再遮掩我的性向。」季冕認真地說道：「上半輩子活得太累了，下半輩子我想輕鬆一點。」

「好，你反正要息影了，你不在乎，但林樂洋才多少歲？他要是紅起來了，你不為他考慮考慮？同性戀在圈子裡很難混，你又不是不知道。」方坤苦口婆心地勸阻：「再說了，現在林樂洋是一心一意跟你，等他見識到娛樂圈的多姿多彩後，你能肯定他還會吊死在你這棵歪脖子樹上？愛他就讓他遠離娛樂圈，這裡是地獄！」

「還有一句話是這麼說的，愛他就帶他進入娛樂圈，這裡是天堂。」季冕說道：「不管是天堂還是地獄，全看個人的選擇。我相信樂洋，願意給他一個機會。贏了皆大歡喜，輸了從容接受，這就是我的態度。」

方坤氣得渾身發抖，好半晌才道：「好，我看你們倆能折騰多久！」

……

林樂洋順利通過了試鏡，正坐在季冕的辦公室裡，臉上有著恍惚的表情，「季哥，來試鏡的要麼是當紅巨星，要麼是人氣小鮮肉，導演怎麼選中我了？你不會幫我開後門了吧？」

想到這個可能，他內心的喜悅頓時消減很多。他想進入娛樂圈，一是因為喜歡演戲；二是因為這個行業來錢快，可以大大減輕他的生活負擔。他雖然跟季冕是情侶關係，卻不願意依附對方而活。他更想肩並肩與他站在一起，成為配得上他的存在。

總之一句話，他想憑自己的努力在娛樂圈站穩腳跟，而不是借季冕的勢。

季冕解釋道：「我的確提供了一個機會給你，但沒有讓製片和導演一定得選擇你，你是憑自己的實力進去的。石宇這個角色樂觀、開朗、重情重義，與你的形象非常貼近，並且他剛參加工作沒多久，在各個方面都很青澀，而你試鏡的時候演技雖好，卻也帶著一種青澀感，正是因為這一點，導演才放棄了那麼多人氣高的明星而選中了你。樂洋，你要相信自己，你在表演這方面很有天賦，稍加磨練一定能更上一層樓，我很看好你。」

林樂洋被誇得臉都紅了，剛才那點芥蒂早已煙消雲散。

他用力點點頭，慎重其事道：「季哥，我一定會努力的，絕不給你丟臉。」

「好，別給自己太大壓力。」季冕笑著揉揉他的頭，緊接著拿出一份合約，「我準備簽下你，你看看還有哪些條款要改？」

「咱倆誰跟誰啊，直接簽了得了，還看什麼？」林樂洋拿起簽字筆翻到最後一頁，卻被季冕阻止了。

兩人正說著話，方坤叼著一根菸進來，「季哥，你找我有事？」邊說邊把菸杵滅在煙灰缸裡，假笑道：「喲，樂洋也在？聽說你去《使徒》劇組試鏡了，結果怎麼樣？」

不用問他也知道，有季冕在，林樂洋無論演技多爛都能拿到自己滿意的角色。

林樂洋笑容變淺很多，頷首道：「坤哥好，我拿到一個男三的角色。」事實上他更喜歡男四，那個角色雖然掛得早，但在戲裡與季哥是親兄弟，有很多對手戲。

「那恭喜你了，男三的人物設定很適合你。」方坤坐在另一頭的沙發上，眼睛不時瞟一瞟茶几，發現上面放著一份A級合約，不禁露出「果然如此」的表情。

季冕等兩人寒暄完才道：「阿坤，以後麻煩你帶一帶樂洋。」

「什麼意思？讓我當他的經紀人？」方坤瞬間繃直了身體。若是給他選擇的權利，他絕不會去帶林樂洋。這人耳根子軟，沒擔當，沒主意，偏偏自尊心奇高，總以為別人都看不起自己，所以行事彆彆扭扭，又敏感得不行，一句話說不好就變臉。帶他一個比帶一群練習生還累，但眼下季冕都開口了，他無論如何都得答應下來。

同樣的，林樂洋心裡也充滿了抗拒。

他很不喜歡方坤看自己的眼神，審視、懷疑、戒備，甚至是輕蔑。不用想他也知道，這人一定很看不起自己，認為自己不配跟季冕在一起。未來將與方坤朝夕相處，那感覺比裝在套子裡還讓他窒息。

當然，這些問題他都可以克服，但早在試鏡之前他便與陳鵬新說好了，如果自己當了藝人，一定會請他當經紀人。陳鵬新與他是高中同學，兩人家境都很困難，於是相約來京都闖蕩。最開始的時候他們連住的地方都沒有，還曾擠在同一個橋洞裡，互相取暖，互相勉勵，互相扶持，最終才有了今天的一切。陳鵬新交際能力非常好，賺的總是比他多，所以常常接濟他，若是沒有對方的勸說，他也不會重拾課本考上大學。

毫不誇張地說，在這世界上，對林樂洋幫助最大的人非陳鵬新莫屬，連季冕都得靠後，他們畢竟是從小一起長大的朋友。如今陳鵬新也在冠世工作，但由於入職時間短、資歷淺，只能打打雜，也不知道什麼時候才能出頭。

季哥給了自己一個機會，那麼林樂洋也想給好友一個機會。

他猶豫片刻後堅定問道：「季哥，能不能讓我自己選擇經紀人？」

方坤繃直的身體慢慢放鬆下來。

他知道季冕很寵這小子，但凡這小子提出的要求，季冕都會答應。

果然，季冕連思考都沒有便點頭道：「你想選誰？把人叫來我看看。」

「好的，季哥，你等等，我馬上打電話給他。他叫陳鵬新，是我的好朋友，我倆從小到大都在一起玩。」林樂洋喜出望外，連忙掏出手機聯絡好友，得知對方正在外面幫同事買咖啡，連聲催促他回來。

「季哥，你是不是答應我了？」掛斷電話後，林樂洋確認道。

「只要你的朋友能力不錯，品行端正，我就答應你。」季冕打開電腦，調出一份經紀合約，正色道：「但朋友歸朋友，公事歸公事，你跟他之間還得簽一份正式的合約，明確釐清雙方的權利與義務。」

「那當然。」林樂洋喜孜孜地保證：「季哥，陳鵬新的能力很強，品行也端正，我跟他從小一起長大，我最了解，當初我能進入冠世實習還是他幫我介紹的呢。他很厲害，只是沒有機會而已，我們倆以後一定會努力的……」

方坤打斷了他的滔滔不絕：「你有沒有告訴他你跟季哥的關係？」

「沒有，絕對沒有，我不會害季哥的！」林樂洋連忙否認。

方坤正色道：「你給季哥當過助理，對娛樂圈算不上陌生，應該知道這個圈子裡到處都是眼睛。你跟季哥的關係必須保密，不能讓任何人知道。」

「當然，要我發誓嗎？」林樂洋舉起一隻手，卻被季冕輕輕握住，「不需要，我相信你。樂洋，我快要息影了，出不出櫃對我影響不大，但你還有很長的一段路要走，我不能毀了你的前途。隱瞞你的存在並不是出於自保，而是出於愛護，你能相信我嗎？」

林樂洋回握他的手，篤定道：「我相信你！」他怎麼會不相信季冕？他對季冕太了解了，他寬宏、豁達，樂意幫助身邊需要幫助的人，他與「自私自利」四個字從來就不沾邊。

季冕似乎很愉快，俯身吻了吻小男友的面頰，喟嘆道：「樂洋，遇見你是我的幸運。」

林樂洋羞紅了臉，傻乎乎地笑起來，心裡默默回答：遇見你才是我的幸運！

兩人撒了一回狗糧，季冕忽然逗弄道：「那如果有一天我要正式出櫃，你怕不怕？」

林樂洋想也不想地搖頭，「不怕！」你要隱瞞，我就默默站在你背後；你要公開，我就勇敢地擋在你身前，只要我們能安安穩穩在一起便足夠了。

季冕笑得更加愉悅，把小男友摟入懷裡用力抱了抱。

方坤快被這冷冷的狗糧拍死了，沉聲道：「我先跟你們說好，在大庭廣眾之下你們絕對不能做出太過親密的舉動。如果有你們的緋聞傳出來，季哥倒沒什麼，最慘的一定是林樂洋。被黑都是輕的，更有可能永遠退出娛樂圈。喂，我說話你們聽見沒有？」

林樂洋好不容易從季冕懷裡掙脫，臉紅紅地點頭，「聽見了，我們一定會保持距離。」

三日後，《使徒》正式開機，肖嘉樹帶著一名經紀人和一名助理來到片場參加開機儀式。上完香後，導演請大家一起吃飯，互相認識認識。

看見肖嘉樹的經紀人和助理，方坤眼睛都快凸出來了，湊到季冕耳邊說道：「肖嘉樹究竟是什麼來頭，連黃氏雙劍客都能請來？」

黃氏雙劍客指的是黃美軒和黃子晉，這姊弟倆一個是冠世娛樂的金牌經紀人，一個號稱造星大師，專門為藝人上形體課、表演課、舞蹈課等等，雖然收費貴得離譜，效果卻好得出奇，在圈裡可說是人人趨之若鶩。他們手裡捧出的巨星至少有十幾個，資歷非常雄厚。前幾天方坤還聽說這兩人打算效仿蘇瑞出去單幹，怎麼今天就紓尊降貴來帶小新人了？肖嘉樹的背景有那麼恐怖嗎？

季冕從來不會主動去打聽這些事，於是擺擺手，示意方坤別多問。

與此同時，傳說中背景恐怖的肖少爺雖端端正正坐在自己的位置上，看起來很是沉穩安靜，放在桌面下的雙手卻搓來搓去，興奮得很。為了降火，他已經連續喝了半個月的清粥，好不容易離開母上大人的視線，怎能不大吃一頓？那道鐵板扒鱖魚顏色好漂亮……想吃；那道鳳梨鴨片好香，應該是鹹甜口的……想吃；那道三色蛋好特別，看起來比米其林餐廳的大廚做出來的魔鬼蛋還好吃……餓了……

肖少爺正襟危坐，表情淡定，口水卻早已分泌了一大堆，正默默地努力地嚥回去。見導演站了起來，似乎要說開場白，他連忙在心裡呼籲：導演，一定要長話短說啊！

第三章

季影帝用演技教熊孩子做人

羅章維是《使徒》的總導演，也是圈內有名的話癆，一段開場白硬是講了二十多分鐘，從影片立意到後期宣傳再到票房野望，雜七雜八一大堆，但他在圈內很有聲望，曾經拿過好幾個影響力頗大的國際電影節的最佳導演獎，於是各位演員和工作人員只能乖乖聽著，時不時還得報以熱烈的掌聲。

在眾多或崇拜或恭敬，或諂媚或微笑的面孔中，卻有一張臉越來越臭，那就是剛入行的肖嘉樹。為了趕上吉時，開機儀式定在十二點半舉行，正好是吃飯時間，儀式結束已經到了下午四點鐘，大家互相熟悉，然後趕赴飯店，時間過了晚上七點半。而肖嘉樹習慣在中午十二點半和下午六點半吃飯。也就是說，今天一整天，他除了早上那碗清粥什麼東西都沒吃，肚子早就餓癟了。

他也想微笑著，從從容容等待用餐，但在胃裡空空，面前又擺滿美味佳餚的情況下，實在是做不到啊！他看了看不遠處的一盤烤雞，想像自己忽然站起來，把烤雞塞進導演嘴裡，讓他停止叨逼的情景。嗯，這樣似乎舒服多了，還可以再忍耐五分鐘。

他點點頭，捂住肚子，並未注意坐在對面的季大影帝忽然看了自己一眼，表情古怪，彷彿想笑，又控制住了。

「……祝影片大賣。」導演總算下了結語，眾人陸陸續續站起來。

肖嘉樹幾乎是迫不及待舉起酒杯，與身邊的黃美軒和黃子晉碰了碰，接著夾起一塊鴨肉放進碗裡。黃美軒悄悄拉扯他衣袖，他不理，連扒了幾口飯才看過去，低聲問道：「黃姊，導演不是已經說完話了嗎？可以吃了吧？」

「跟導演、季哥、衡哥喝一杯，快去。」黃美軒邊說邊倒酒給肖少爺。

施廷衡和季冕分別是這部電影的男一號、男二號，也都是影帝級別的大咖，後輩理當敬他們一杯，而他們喝不喝則是另一回事。肖嘉樹雖然在國外待了很多年，對中國的餐桌禮儀卻也不陌生，拿起酒杯敬了導演、施廷衡和季冕，除了一句「多多關照」，再沒有別的話。

與之相對的，其他小新人分別走到三人身邊，又是敬酒又是討好，恭維的話一句接一句層出不窮，越發顯得肖少爺性格高傲，不懂禮數。

黃美軒有些頭痛，卻也無可奈何，狠狠瞪了埋頭苦吃的肖少爺一眼，然後低問：「你這吃的是什麼？」

「辣子雞丁啊！」肖嘉樹抬起頭，嘴唇紅豔豔的，眼角還掛著幾滴亮晶晶的淚。

「誰准你吃辣的？薛姊說你口腔潰瘍才好，火氣還沒降下去呢……吃青菜！」黃美軒邊說邊夾了一大堆青菜，放進肖少爺的碗裡。

肖嘉樹把青菜挪到一邊，繼續吃辣子雞丁，吃完把筷子伸向水煮肉片。連續喝了半個月的清粥，他現在只想吃些重口味的東西。黃美軒見他不聽話，拿起乾淨的湯匙敲他手背。他哎呀低叫，卻依然堅強地把水煮肉片夾回來，一口吃掉。

「你這孩子怎麼不聽話？小心我告訴薛姊！」黃美軒恐嚇道。

肖嘉樹對她討好地笑了笑，繼續把「罪惡」的手伸向不遠處的香辣蝦。

黃美軒那叫一個氣啊，用湯匙連連敲他手背都無法阻止。兩人的互動十分親暱，不像經紀人與藝人，更像長輩與家中小輩。眾人看在眼裡，對肖嘉樹擺譜的行為都不怎麼介意了。

沒有強勢的背景，傳說中的大魔王黃美軒能像伺候小祖宗一樣伺候肖嘉樹？不可能的！既然有背景，那就得罪不起，他愛擺譜便隨他去吧。這樣一想，幾名演員開始尋肖嘉樹說說話，卻只得到他嗯嗯啊啊幾聲敷衍，心裡嘔得要死也不敢表露出來。

肖嘉樹很能吃，還專往辣菜伸筷子，氣得黃美軒直瞪眼。她弟弟黃子晉忽然低笑起來，主動舀了一勺麻婆豆腐給肖少爺，湊到他耳邊說道：「吃，只管放開了吃，明天早上大號的時候你就舒坦了。」

「啊？」肖嘉樹呆呆地看向他。

「明天早上，大號。」黃子晉重複一遍，不過音量放得很低，除了肖少爺和黃美軒，誰也沒聽見。

肖嘉樹有一個異於常人的地方，那就是想像力特別豐富，別人隨隨便便說一句話，他能夠利用想像力將它組造成色彩最豐富的畫面。眼下他腦海中不自覺浮現自己坐在馬桶上，用力憋紅了臉，卻怎麼也拉不出來的情景。經過十幾分鐘慘無人道的折磨，好不容易通暢了，拉出來的卻是一團火。火焰從馬桶裡呼啦啦竄出來，燒焦了他的頭髮。有什麼東西爆開了，滿地都是黃色的黏稠的可疑物體……

背景音樂同時在腦海中迴盪。

菊花殘，滿臀傷，你的內褲已泛黃。花落人脫肛，只能趴不能躺……

嘔……想吐……肖嘉樹慢慢放下筷子，慢慢捂住嘴，用控訴的眼神看向黃子晉。

黃子晉揉亂他酷炫的灰髮，笑道：「乖，繼續吃，哥幫你夾。」

「哥，我錯了，我吃清淡的東西。」肖嘉樹連忙低下頭，老老實實吃青菜。

黃子晉單手托腮，笑盈盈地看著他，眼裡滿是寵溺。他長相極其俊美，甚至可以用妖異來形容，唯一的缺點便是少了一點陽剛氣，年少時也曾大紅大紫過一段時間，但正是因為這張臉，他後來被某個黑幫團夥控制，強迫他拍那種片子。要不是薛姊及時趕到，他可能早就瘋了死了，或生不如死。而薛姊之所以冒那麼大的風險與該團夥周旋，不過是因為恰好看見姊姊躲在公司樓道裡哭而已，她當時連他們是誰都不認識。

這麼多年過去，他退出舞臺改做幕後，姊姊也從勤雜工混成了金牌經紀人，但他們一刻也不敢忘記究竟是誰將他們救出了地獄，又給了他們美好的明天。莫說薛姊只是讓他們暫時帶一帶肖嘉樹，就是讓他們一輩子給肖嘉樹當保姆，也沒什麼不可以的。

當黃子晉陷入回憶時，季冕的臉色卻有點古怪。他先是用餐巾捂住嘴，然後猛灌一杯酒水，末了搖頭失笑，低不可聞地斥了一句「活寶」。

方坤注意到他的反常，湊過去問道：「怎麼了？是不是頭痛？」

「沒，我很好。」季冕放下酒杯，轉過頭看了看坐在另一桌的林樂洋，發現他與周圍的人談笑晏晏十分融洽，這才放心地出去了。

肖嘉樹吃飽後想放水，也出去了。洗完手回到包廂，看見季冕站在走廊盡頭的窗戶邊抽菸，不禁走過去道：「季哥，能給我一根菸嗎？」

「你也抽菸？」季冕有些意外。

別看肖嘉樹長得高大俊美，實則內裡就是個小男孩，稚嫩得很。

「我抽的少。」肖嘉樹不敢在母親面前抽菸，一旦被她發現，挨抽的就不是菸，而是他自己。所幸他菸癮不大，回國之後才沒暴露。

季冕低笑起來，將整包菸遞過去，語重心長道：「中國人在聚餐時不是為了填飽肚子，而是交際。別人都在說話，唯獨你埋頭吃東西，誰也不理，這就太扎眼了。背景再強硬的人也需要人脈，尤其是在娛樂圈。與別人多交流，結個善緣，對你只有好處沒有壞處。」

「這個我知道，謝謝季哥。」

肖嘉樹一點也沒覺得季冕多管閒事。他是個明白人，知道季冕是真心為自己好才會說這些話，否則誰理你？在這個圈子裡，咖位決定一切，為了往上爬，誰都可以踩上一腳，像季冕這種既不踐踏同行，還能設身處地為後輩著想的人，已經太少太少了。

季冕果然像網路上說的那樣，是個大好人！肖嘉樹對季冕的好感度蹭蹭上漲。雖說他曾經護著李佳兒，但他所做的每一件事都出自本心，出自善意，實在是不可多得。

面對他，肖嘉樹忽然有了傾吐的欲望，低聲道：「季哥，其實我一點都不會演戲，我不知道自己能不能把凌峰這個角色塑造好，所以我不敢跟劇組裡的人套近乎。你想啊，我要是整天在劇組裡上竄下跳，讓大家都認識我了，結果我因為演技爛，不得不退出，那多丟臉？還不如我一開始就誰也不搭理，安安靜靜地來，安安靜靜地走，好歹還能為自己留些面子。」

他用力吸一口菸，繼續道：「我其實早就想好了，我要是能把這個角色演下來，我就演，演不下來我就趁早走人，把位置留給真正有演技的藝人，所有的損失我來賠償。有一句俗話叫做『占著茅坑不拉屎』，我感覺自己就是那種『占著茅坑不拉屎』的人，特別虧心。」

季冕深深看他一眼，勸慰道：「說什麼傻話？你可以賠償劇組金錢上的損失，但你能賠償時間上的損失嗎？因為你，劇組臨時換角，所有戲分重拍，檔期就耽誤了，這是金錢無法彌補的。你先別想著自己演不好該怎麼辦，而要想著自己拚盡全力也得把它演好，這樣才算成功跨出了第一步。凌峰這個角色我看過，設定跟你本人很像，難度並不大，你只要本色演出也就差不多了。」

「真的嗎？」肖嘉樹果然被安慰到了，原本灰暗的眸子變得亮晶晶的。

這種話薛淼也曾說過很多次，但肖嘉樹總以為那是一個母親對兒子的偏愛，是戴著濾鏡的。現在連季冕也這麼說，他一下子就放心了，感覺自己得到了很大的鼓舞和肯定。

肖嘉樹只在鬱悶的時候抽菸，現在心情好了自然不需要尼古丁的安慰。他把菸蒂杵滅，不放心地叮囑季冕少抽一點，這才走人。季冕盯著他樂淘淘的背影，不免搖頭失笑。

「你怎麼跟他聊起來了？」施廷衡從包廂裡走出來，手裡同樣拿著一包菸，「剛才灌了羅章維幾杯酒，打聽到一點事。這位肖公子家裡很有錢，背景不得了，連試鏡都沒去就直接把凌峰這個角色拿下了，怪不得酒桌上誰都不搭理，連導演說話也敢擺臉色。」

「羅章維的老毛病還沒改？」季冕不以為意地笑了笑。

羅章維這人平時雖然話多，但什麼該說什麼不該說心裡還是有數的，只是一旦喝多了，那張嘴就成了大喇叭，問什麼答什麼，只管往外爆料，還曾被不明人士套過幾次麻袋。

「現在比以前好多了，專門雇了一個助理幫他擋酒。」施廷衡點燃香菸，繼續道：「聽說肖嘉樹今年剛畢業，讀的是金融管理，一點表演基礎都沒有。劇組裡跟他對手戲最多的人就是你，你可得做好心理準備。」

「都是一個公司的，就當帶一帶後輩，沒什麼。」季冕擺手道。

「你果然好脾氣，我最怕的就是帶新人，麻煩忒他媽的多！一個大學剛畢業的，就讀金融系的公子哥兒，自己有沒有演技心裡沒點逼數？要不是他背景太強硬，羅導演根本不會同意用人。難怪今天誰跟羅導演敬酒他都喝，這是心裡憋著一股火呢。」施廷衡似想到什麼，不免搖頭，「這些富二代真是……讀書不行，工作不行，發現娛樂圈賺錢快就想來混口飯吃。他們以為當演員很容易？靠一張臉就能紅？嘖嘖……」

季冕沉默了片刻，杵滅菸蒂，認真道：「他演技好不好，自己心裡還是有數的。你難道沒打聽清楚？他是沃頓商學院畢業的，碩士文憑。對了，他今年剛滿二十。」話落邁步離去。

施廷衡呆愣良久才吐出一口菸圈，「我操！既然能考上沃頓商學院，又是碩士畢業，還來混什麼娛樂圈？太想不開了！」

肖嘉樹回到包廂，發現導演已經喝高了，被兩名助理左右架著，正準備離場，餘下的演員還在應酬，似乎並不打算早退。要知道施廷衡和季冕可是都還沒走，誰要是放過攀交他們的機會誰就是傻瓜。

黃美軒好不容易等到肖少爺回來，連忙把倒滿的酒杯推過去，低聲交代：「去，跟劇組裡的演員認識認識。每人敬一口，不用喝多。」

「我不喜歡喝酒，」肖嘉樹把酒杯推開，加重語氣：「也不想認識劇組裡的人。我拍完戲就走，誰知道我是誰？」

「你這孩子……」

黃美軒話沒說完就被黃子晉打斷了：「姊，妳別逼小樹。他剛入圈，得先適應適應。」

「這有什麼好適應的，都是基本的交際……」姊弟倆因為敬不敬酒而吵了起來，好在聲音不大，表情也不難看，並未引起旁人的注意。

肖嘉樹暗鬆口氣，趕緊拿起筷子吃菜。

還沒開始演戲，他已經厭倦了這個圈子。難怪外人都管娛樂圈叫做名利場，這裡不看出身，不重學歷，更不在乎品德，只要你有一張顛倒眾生的臉孔，便能扶搖直上。在這個圈子裡，你可以爬得很快，攀得很高，但跌下來的速度也同樣驚人。

肖嘉樹不喜歡這個圈子的浮華與喧囂，自然也就不喜歡演戲。好在他的戲分不多，如果順利的話，一個月便能搞定。

當他埋頭吃東西時，隔壁桌的演員們正頻頻往這邊看。

既然是名利場便有主次、尊卑之分。在安排酒宴時，演員們和可有可無的普通員工自然不會在一個包廂，導演、主角、製片、投資商和戲分不多的配員也不會在同一桌。按咖位來編排位置，肖嘉樹絕不可能坐在導演和季冕中間，但他偏偏坐了，態度還那麼囂張，不得不令人為之側目。

劇組的女一號苗穆青原本應該坐在肖嘉樹那個位置，卻在開宴前一刻才發現自己的名牌竟然被放在了隔壁桌，肚子裡早就憋了一團火。她雙手抱胸，臉色鐵青，只等搶座的人來了便發難，結果人是來了，難卻發不了，只因對方的經紀人是黃美軒，助理是黃子晉。

這是何等頂配？用膝蓋想也知道肖公子的背景絕對不簡單。

苗穆青滿肚子火氣剎那間變成了火熱，根本沒心思與同桌的人應酬，只專心等待接近肖公子的機會。

「苗姊，我敬您一杯。聽說您也是傳媒大學畢業的？我是您的學弟……」林樂洋滿上一杯酒，恭恭敬敬地遞給苗穆青，奈何對方並不領情，甚至還有些不耐煩，直接一把推開酒杯，冷聲道：「你自己喝吧，我最近皮膚有些乾，不能多喝。」

濺出來的白酒灑了林樂洋一身，他卻不得不按捺住脾氣，溫聲道：「那苗姊您一定得多多注意身體。這杯酒我喝了，您隨意。」話落將剩下的酒一飲而盡。

他做足了姿態，苗穆青卻看也不看，手裡捧著一杯紅酒朝隔壁桌的肖嘉樹走去，臉上帶著明媚的笑容。她俯下身湊到肖嘉樹耳邊說話，肖嘉樹舉起酒杯與她碰了碰，小酌一口，態度並不熱絡，甚至漸漸露出不耐煩的神色。她似乎感覺到了，又說了幾句話便悻悻然走開，與幾名投資商說起話來。

林樂洋看著這一幕就彷彿看著一面鏡子，只不過自己和苗穆青的角色倒換了而已。他忽然感到很不平，隱隱還有股無處宣洩的怨氣，這怨氣憋得他眼眶都開始發紅，可他很快就看見大步走進來的季冕。他那麼英俊，那麼優雅，渾身散發著非凡的氣場，令人矚目。四處勾搭投資商的苗穆青也經受不住誘惑，朝他走了過去，卻被他抬手擋開了，態度十分冷淡。

看到這裡，林樂洋滿心的怨氣一下子散開了，嘴角悄悄勾起一抹弧度。似是心有靈犀，季冕也朝他看過來，眼底滿是溫柔。他不疾不徐地走到次桌，低聲道：「走，我帶你轉一圈，認識幾位前輩。」

「好，謝謝季哥。」林樂洋拿起酒杯跟隨在他身後，態度看似拘謹，實則正努力憋笑。如果這些人知道季冕是自己的愛人，他們會露出怎樣的表情？一定會嚇得眼睛都脫眶吧？林樂洋越想越樂，差點笑出聲來。

季冕回頭瞥他一眼，表情透著無奈和寵溺。

當別的演員忙於拓展人脈時，肖嘉樹已經吃飽喝足拍屁股走人了。反正他也不打算在這個圈子裡混，人脈不人脈的實在無所謂。

翌日，《使徒》劇組正式開工了，導演刻意把難度小的戲分都集中在這天拍攝，以免太多的ＮＧ招來晦氣。

肖嘉樹捧著一杯咖啡站在外圍，表情漫不經心。

黃子晉指著正在拍攝的場地說道：「你看，那是主攝影機，拍的是全景，那是副攝影機，拍的是特寫。你得從那邊走過去，在靠牆的地方站定，幾臺攝影機才能拍攝到你的表情。這就是走位，走位走不好，演技再好也是空的，因為畫面上找不到你的人。還有，你站位的時候得注意燈光往哪邊打，盡量不要讓自己背光……」

黃子晉一邊指點一邊示範，末了安慰道：「不用緊張，這一幕戲很簡單，你能演好。」

肖嘉樹智商本來就不低，又有人手把手地教，自然很快便學會了，點頭道：「你放心吧，子晉哥，我都明白了。」

不就是剛歸國與哥哥見個面，聊聊家常，談談公事嗎？本色演出完全可以搞定。

當他志得意滿時，站在不遠處的方坤搖頭道：「從沒見過哪個藝人演戲的時候請老師來現場教的，肖少爺果然是獨樹一幟。」

季冕笑了笑沒說話。

林樂洋看向肖嘉樹，滿心都是羨慕。他也不是科班出身，也要邊拍邊學，但他沒有肖嘉樹那樣的條件，能請到造星大師現場指點，只能靠自己努力。以後在片場勤快一點，與導演和幾位副導演搞好關係，多看、多問、多鑽研，自然能學到很多東西。這樣一想，他那點輕微的不平衡就消失了，只餘堅定的信念。

季冕卻在這時拍了拍他肩膀，輕笑道：「你說在演技方面是黃子晉厲害還是我厲害？」

「當然是季哥厲害。」林樂洋目露崇拜。

「肖嘉樹有黃子晉當老師，你有我，沒什麼好羨慕的。」季冕揉揉小男友的瀏海。

林樂洋沒想到自己的小心思竟被季冕看出來了，臉頰漲紅，囁嚅好半天才低聲道：「謝謝季哥，以後有不懂的地方請季哥多多教我。」哪怕周圍沒有人，他也不敢表露出愛意，唯恐連累季冕。季冕怎麼能這樣好，好得他無法形容！

「這條過了，肖嘉樹、季冕準備上場！」

羅導演的大嗓門打斷了這溫馨的一刻，也令方坤暗鬆口氣。明明說好了不能舉止親密，這兩人怎麼就忍不住？他立刻把季冕推上前，催促道：「快去，好好體驗肖少爺的演技！」

如果他真有那玩意兒的話。

肖嘉樹扮演的角色凌峰是一位歸國學子，主修工商管理，而他的哥哥凌濤就是這部戲裡的最大反派。凌氏兄弟生於黑道家族，父親是當地最大的販毒團夥的頭目，死於仇殺，母親也被凌辱而後分屍。更可怕的是，當父母遭遇滅頂之災時，兄弟倆就躲在父親祕密打造的安全屋裡，藉由監視器看著這一切。

毫無疑問，這給他們帶去了終身難以磨滅的心理陰影，於是獲救後，兄弟倆共同做下一個決定，此生永不入黑道。舅舅霍華德收養了二人，並幫助他們爭奪家族財產，但他們不知道的是，霍華德也與販毒集團有牽扯，在凌濤尚未長成時，他慢慢將凌氏集團變成了毒品販子洗錢的工具。

凌濤十八歲後繼承公司，發現自己如果不入黑道，弟弟就會遭遇毒品販子的報復，只得上了賊船。他的身體裡流淌著狼性的血液，又由於兒時的遭遇，手段特別狠辣，漸漸打下一片天地，到最後連霍華德也不是他的對手，不得不離開集團以避鋒芒。

凌峰比凌濤小五歲，一直活在哥哥的保護之下，又長年在國外讀書，對集團事務一概不知。如果說凌濤是黑暗的使徒，那凌峰就是白日的行者，他的一切都是陽光的、積極的，身上凝聚著凌濤所有的嚮往與寄託。

肖嘉樹認真研究過劇本，發現這個角色對自己來說果然不是太難，於是對接下來的拍攝充滿了信心。他的漸變式灰髮已經染回純黑，完美的五官配上年深日久蘊養出的高貴氣質，與自小便家境優渥又被保護得很好的凌峰像足了十成十。更妙的是，他的眼眸非常澄澈，身上還帶著一股剛入社會的青澀感，與季冕所扮演的凌濤站在一起時，一個沐浴著陽光，一個隱藏在陰影裡，形成了一種十分古怪的張力。

導演喊了一聲「ＡＣＴＩＯＮ」，兩人手拉著手互相看看彼此，臉上均帶著久別重逢的微笑，然後擁抱在一起，隨即在花園坐下，聊一聊彼此的近況。談話中段，霍華德的扮演者加入，三人由花園走入別墅，這一幕戲就算完了。這也是凌峰在電影裡的第一次出場。這段對話，淩濤和霍華德不停打著暗語，彼此針鋒相對，而淩峰自始至終都在狀況外，甚至以為哥哥和舅舅的關係很融洽。

老實說，肖嘉樹真沒用上多少演技，他只要擺出平時與肖定邦和肖啟傑說話時的狀態就好。反正他總是被排除在外的那一個，笑得像個無憂無慮的傻瓜準沒錯。

「好，這條過了！」羅章維盯著螢幕看了好一會兒，這才擺了擺手。原本他對肖嘉樹的加盟是極其不滿的，若非修長郁打了包票，又追加了投資，他絕對不會點頭。好在第一條順利拍完，沒鬧出連走位都不會的笑話，而且從畫面上看，這兩人一個稚嫩陽光，一個黑暗隱忍，相互抵觸的氣場營造出了一股奇特的張力，而這張力正是電影劇情所需要的。

要知道，淩峰這個角色雖然戲分不是很多，卻最終導致了淩氏家族，乃至於整個東南亞販毒集團的覆滅，是淩濤由人性轉為獸性的根本原因。他的戲分能不能拍好，直接關係到整部電影的品質。

羅章維把視頻倒回去再看幾遍，沉吟道：「不錯，下一條準備。」

就目前來看，推掉別的小鮮肉轉而選擇肖嘉樹，似乎是一個不錯的決定。真要論起青澀陽光、積極向上，在娛樂圈裡摸爬滾打多年的「小鮮肉」哪裡比得上實打實的社會新人。

黃子晉和季冕也都盯著螢幕，檢視剛才的拍攝效果。見肖嘉樹一空閒下來就往懶人椅裡躺，黃子晉無奈道：「小樹，快過來看一看你剛才的表演。」

「可以看嗎？」肖嘉樹連忙關掉手機上的遊戲介面，走了過去。

我靠，這是我嗎？拍出來竟然這麼帥？

他偏頭看了看季大影帝，又看了看螢幕上的自己，暗忖道：嗯，比起季哥也不差呢！就是身高差距有點大，下回可以讓導演給我腳底下墊一塊磚頭！

季冕恰在這個時候看了他一眼，嘴角似乎有些上翹，「演得不錯，繼續保持。」

「好的。」肖嘉樹下意識地站直了。

「嗯，情緒很到位，臺詞說得也不錯，不過後面的戲分會越來越難，回去以後好好研究劇本，不懂就問。」羅章維勉勵了幾句。

「好的，導演！」肖嘉樹挺得越發直了，像面對教務主任的小學生。

黃子晉一面忍笑一面拍了拍肖少爺僵硬的後背，然後把他帶下去。別人都以為他給一個新人當助理是迫於權勢、忍辱負重，誰又知道這其中的樂趣呢？肖嘉樹是一個非常聰明的學生，幾乎一教就會，而且彷彿天生就懂得該如何念臺詞，他的現場收音根本就不用做後期處理，直接便能拿來用。假以時日，他在娛樂圈一定能獲得成功。

遺憾的是，他對演戲似乎毫無興趣，只把這次拍攝當成一個不得不完成的任務。

黃子晉搖搖頭，心道自己一定得想個辦法激發一下肖嘉樹對電影的熱愛，免得他拍完走人，白費了薛姊的安排。

這天的拍攝順利完成，接下來的一個星期都沒有肖嘉樹的戲分，但黃美軒壓根兒不給他偷懶的機會，早早便把他送到片場，叮囑他認真學一學別人是怎麼演戲的。

「你給我清醒一點，別睡了！」一巴掌拍在肖公子迷迷糊糊的臉蛋上，黃美軒恨鐵不成鋼地道：「你看看娛樂圈，有哪個新人能像你這樣，出道的第一部戲就與國內最負盛名的兩大影帝合作。別人求爺爺告奶奶都得不到的機會，你竟然不知道珍惜，說出去會被天打雷劈的你信不信？快把咖啡喝完，然後給我滾下車！」

肖嘉樹被迫迅速喝完咖啡，然後申辯道：「美軒姊，我昨天開黑開到凌晨四點，您看看現在才幾點？四個小時的睡眠哪裡夠啊？再說了，剛出道就跟大影帝搭戲的人不止我一個，那個林樂洋也是。」

開黑是遊戲的專門術語，指的是同一個遊戲中的一群人，利用語音或面對面交流，組成一隊進行遊戲。

「人家的事與你有什麼關係？明知道今天有你的戲分，你還敢通宵玩遊戲，你想死是不是？」黃美軒更怒了，正準備炮轟小樹苗，黃子晉卻把人直接拎下車，圓場道：「別罵了，越罵他越沒精神。今天的戲分不難，我幫他看著呢，妳放心。」

「你能一直教他嗎？你能代替他上去演嗎？不能就別慣著他！」黃美軒把頭伸出車窗大聲吼叫，卻只換來兩人頭也沒回地擺手。她兀自生了一會兒悶氣，這才踩下油門絕塵而去。

季冕也在同一時間趕來片場，正好看見這一幕，不禁皺了皺眉。

方坤搖頭道：「就這個態度，再給他一百年也學不會怎麼演戲。現在的年輕人真是越來越浮躁了，一點職業道德都沒有。」

「樂洋呢？」說起年輕人，季冕自然而然便想起了小男友。

「哦，他早上七點就來了。」方坤對林樂洋的印象大為改觀，讚許道：「我聽王導說他最近每天都來這麼早，幫忙布置片場，檢查道具，空閒下來就站在一邊看別人怎麼演戲，要麼坐在角落背臺詞，研究劇本，很勤奮。」

「樂洋很能吃苦。」季冕微微一笑，似乎與有榮焉。

兩人邊說邊聊，走到片場後發現林樂洋正準備與施廷衡演一場對手戲。施廷衡扮演的何勁表面看起來是販毒集團的一個小頭目，實際上是警方派遣的臥底，已經順藤摸瓜查到凌氏集團。凌濤在警局裡也有眼線，獲悉了何勁的身分和動向，便給他透露了一個假消息，致使警方在一次查封行動中遭受伏擊，死傷慘重。

何勁因此被警方認定為叛徒，不但開除了警籍，還全國通緝，販毒集團也發出了江湖追殺令。同時被黑白兩道追擊的何勁一邊逃命一邊想辦法為自己洗刷冤屈，最後不得不冒險潛入警局尋找內奸。

林樂洋所扮演的石宇是初入警局的一名新人，同時也是何勁的兒時玩伴，兩個人志同道合，意氣相投，感情非常深厚。石宇一直不相信何勁會出賣同事，所以在對方被警察發現並遭受圍追堵截時故意放走了他，眼下正準備拍攝的就是這一幕。

施廷衡滿臉鬍渣，表情憔悴，身上穿著一件清潔工制服，正站在場邊等待拍攝。林樂洋則穿著筆挺的警服，手裡拿著劇本，時不時低頭看幾眼，念叨幾句，似乎很緊張。

季冕正想走過去安慰他幾句，導演大聲喊道：「ＡＣＴＩＯＮ！」兩人迅速入場準備，又聽導演急喊：「ＣＵＴ！林樂洋，你走過頭了，攝影機根本拍不到你的臉，重來一遍！」

「對不起，導演！」林樂洋雙手合十，表情愧疚。

「你走到這個位置就差不多了。」施廷衡與季冕關係很好，自然會指點他旗下的藝人。

「不好意思啊，衡哥，連累你跟著吃ＮＧ。」林樂洋再三道歉，發現站在一旁觀望的季冕，臉色不由白了白。他這才後知後覺地意識到，與季冕一起拍戲固然很開心，但ＮＧ的時候被他看見也糟糕透頂。他避開對方的視線，再次回到準備出場的位置。

「ＡＣＴＩＯＮ！」導演一聲令下，兩人互相揪住對方的衣領，躲入無人的樓梯間。林樂洋一把扯掉施廷衡臉上的口罩，低聲道：「果然是你！」

施廷衡正準備接下面的臺詞，導演又是一聲「ＣＵＴ」，林樂洋的表情頓時僵住了。羅章維拿起大喇叭對林樂洋喊道：「怎麼又是走位的問題？剛才施廷衡沒有教你嗎？你自己過來看看！」

林樂洋尷尬極了，連忙走到羅導身邊看螢幕，發現自己最初的確在有效拍攝區域，但與施廷衡一拉一扯，又往後退了幾步，人就出了鏡頭，只留下一隻手臂。

「對不起，導演，下一條我會注意。」林樂洋真誠道歉，發現季冕走了過來，似乎有話要與自己說，連忙回到施廷衡身邊做出準備拍攝的樣子。連肖嘉樹那種不學無術的公子哥兒都能一條過，而自己卻總是吃ＮＧ，這太給季哥丟臉了，還是等拍攝結束後再與他說話吧，壓力也會小一點。

有些人在困難的時候或許會需要親人、戀人、朋友的安慰，這樣能使他們動力滿滿，但林樂洋恰恰相反，越是難堪他越想一個人面對，只有這樣才不會讓自己顯得更狼狽。

他再次向施廷衡道歉，然後沒話找話地瞎聊，生怕季冕真的走過來安慰自己。

季冕已經跨出去的腳步慢慢收回，表情略顯無奈。這時，肖嘉樹擠到他身邊，踮起腳尖看向拍攝場地，悄悄地問：「剛才怎麼了，誰吃NG了？」

連續在片場待了一個星期，肖嘉樹發現自己對表演依然沒興趣，卻很愛旁觀別人吃NG的情景。眾位演員吃NG的理由各種各樣，NG後的表情千姿百態，而導演的謾罵則滔滔不絕，氣勢洶洶，構成一幅極其生動有趣的畫面，叫他百看不厭。他還想著要不要把這些場景截取下來做成視頻，留著以後慢慢欣賞呢。

見季冕不搭理自己，肖嘉樹依然自說自話：「一定是林樂洋，他和我一樣不是科班出身，沒什麼功底。」

季冕依然不答，只是眉頭緊皺地看著對面。

第三條開始拍攝，場記剛打完板，準備就緒的林樂洋和施廷衡就互相揪住對方的衣領躲進樓梯間。這次走位很成功，兩人都進入了攝影機的拍攝範圍，而且表情和動作均很到位。林樂洋扯掉施廷衡的口罩，說出「果然是你」的臺詞，施廷衡嘴巴微張，似要說話，卻立刻頓住，並把林樂洋推進更陰暗的角落，只因外面傳來凌亂的腳步聲，是全域的警察在這棟樓裡搜捕通緝犯。

當然，這「凌亂的腳步聲」在拍攝時是完全沒有的，得靠配音師後期製作，所以這個時候，兩人雖然做出側耳傾聽的模樣，實則得靠想像力才能讓自己進入緊張的狀態。

施廷衡對節奏掌握得很好，林樂洋卻慢了一拍，直到被施廷衡推入角落才露出緊張的表情，看起來不像在躲避追捕，反而像是遭受非禮卻被嚇傻了的小女生。而在劇本中，兩人是同時聽見腳步聲，同時拉扯著彼此躲進黑暗，這是何勁、石宇從小到大養成的默契。

隨著拍攝的不斷深入，羅章維漸漸變得嚴厲起來，甚至有些吹毛求疵。看到這裡他果斷喊了「ＣＵＴ」，並拿起大喇叭吼道：「林樂洋，又是你！之前我是怎麼跟你說的？這裡是警察局，而全域員警都在抓捕何勁，你把他拽進樓梯間就算完事？你以為這裡是你的隨身空間，別人都他媽看不見？你得緊張、警覺，同時還要經受劇烈的心理掙扎！你的表情隨時隨地都得繃著，不能有絲毫放鬆！想像一下這棟樓裡全是抓你們的人，想像一下！」

「對不起，導演！」林樂洋臉頰漲紅，神情尷尬。走位順利通過後他心裡鬆了一口氣，面上就帶了出來，便沒掌握住節奏，到底還是讓季哥失望了。

「下一條一定要注意把自己代入，你先休息一會兒，調整調整狀態。」畢竟是個新人，經驗不足，羅章維沒有罵得太狠。

林樂洋立刻走出拍攝場地，卻沒往季冕那邊去，反而與經紀人陳鵬新聊起來。

「別緊張，你不是沒演技，只是還沒進入狀態而已，喝點熱飲放鬆一下。」陳鵬新塞給他一杯咖啡，末了壓低音量：「季總在對面，咱們過去跟他打個招呼。」

「不了，表現這麼差，我有什麼臉跟他打招呼？等這條拍過了再說。」林樂洋推拒。

「越是這種時候越是要跟他打招呼。你可以向他請教拍戲的問題，話題一旦帶起來，關係也就近了。你是他旗下的藝人，他多多少少會關照你。」陳鵬新很熱衷於攀交大咖，一再催促好友過去。

林樂洋死活不同意，兩人正拉扯著，羅章維已經拿起大喇叭道：「下一條準備……」說是讓新人調整狀態，實則只過去短短三分鐘時間，他就是這樣一個風風火火的導演。

林樂洋嚇了一跳，連忙撇開陳鵬新跑回施廷衡身邊。

季冕的目光始終凝注在他身上，腳步卻半分沒動，而站在他身邊的肖嘉樹則偷偷拿出手機，準備拍攝接下來的對手戲。他有預感，林樂洋還會吃ＮＧ。

果然，這次林樂洋的走位、表情、動作、節奏都掌握得很好，但新的問題又出現了，他扯掉施廷衡的口罩時將他的衣領揪得太緊，導致施廷衡不得不壓低腦袋配合，於是鏡頭中只出現了林樂洋一個人的臉，而施廷衡只有一個黑漆漆的頭頂。

若非林樂洋是一個實打實的新人，此前沒有任何拍攝經驗，導演都快要以為他在故意搶戲。有自己露臉，卻把男一號壓住的嗎？

「ＣＵＴ、ＣＵＴ、ＣＵＴ！這條重拍！」羅章維舉起大喇叭，臉紅脖子粗地吼道：「林樂洋，你都快把施廷衡的腦袋拽下來了，你看看他的脖子！」

林樂洋之前沒把自己代入，這回卻又用力過猛，往施廷衡領口一看，果然有一條紅紅的勒痕。他既難堪又惶恐，連忙向對方道歉，好在施廷衡脾氣溫和，並不在意。

看著林樂洋躲進角落捂頭懊悔，季冕的眉心越皺越緊。

「要不要過去看看？」方坤壓低聲音問道。林樂洋畢竟是冠冕工作室的簽約藝人，身為老闆的季冕好歹得過去關心幾句。

「不了，我過去他情緒會更糟，讓他自己調整吧。」季冕搖了搖頭。

站在兩人身旁的肖嘉樹正聚精會神地盯著手機，然後捂住嘴，眼睛彎成月牙狀。哎呀，林樂洋吃ＮＧ的表情特別精彩。別的演員都是老油子，經歷的事情多，吃ＮＧ後要麼大方一笑，要麼擺手致歉，要麼無所謂，唯獨林樂洋臉頰、脖子、耳根全都紅透，表情從尷尬到難堪再到惶恐，很有層次感。

肖嘉樹最喜歡他這種類型，把視頻反覆看了很多遍。聽見導演喊了「各就各位」，他連忙舉起手機準備偷拍更精彩的畫面，卻沒發現季冕看了自己一眼，眸光有些冷。

這回還得ＮＧ！見林樂洋腳步虛浮、眼神飄忽，肖嘉樹默默預言道。

果然被他言中，林樂洋的自信心在三番四次的ＮＧ中消耗殆盡。他戰戰兢兢入場，戰戰兢兢地演，緊張的狀態反倒貼合了劇情，表現竟然很不錯。拍到兩人躲進角落隱藏氣息後，施廷衡低語：「不管你信不信，我沒有背叛警隊。」話落掙脫林樂洋的箝制，往樓下跑。

這時候，林樂洋必須緊追上去，從後面拉住施廷衡的衣領，施廷衡反手擒拿，兩人在狹窄的樓道裡打了起來。眼看同事快要搜到這層樓，林樂洋終究選擇了相信好友，脫掉警服讓他穿上，敲暈自己，一頭栽倒在垃圾箱裡。

這段戲的武打部分並不難，兩人也都磨合過很多次，但由於之前勒傷了施廷衡，林樂洋這回不敢下重手，打鬥時難免縮手縮腳，像個老太太。羅章維一手扶額，一手舉起大喇叭再次大吼：「CUT！林樂洋，你今天沒吃飽飯？要不要老子給你訂幾個便當過來？」

林樂洋手足無措地站在原地，臉頰蒼白，神情惶恐，像一個迷失方向的孩子。他看了看周圍的人，又看了看季冕，眼裡慢慢沁出淚水，卻又倔強地憋回去。

不能哭，要堅持，季哥在看著呢！他是如此信任你，別給他丟臉！這樣想著，林樂洋漸漸平靜下來，他再次向眾人道歉，然後找了一個安靜的角落，閉上眼睛醞釀情緒。

季冕腳步微挪，到底沒過去。

肖嘉樹把剛才拍下的視頻看了一遍，心裡樂哈哈的。他神經比較粗，又從小被林老爺子和肖父罵到大，並不覺得吃幾次NG有多難堪。說到底，臉皮厚不厚還得靠練，時間長了也就習慣了。當林樂洋回到拍攝場地時，他默默舉起手機，準備等待下一次NG。

令人意外的是，林樂洋表現得非常好，一進入拍攝區域就拽住施廷衡，將他拉扯到樓梯間，兩人發生了短暫的爭執和打鬥，最終林樂洋選擇了放走好友，並打量自己。他看著好友匆忙離去的背影，半閉的眼眸裡有光芒在熄滅，懷疑和想要信任的情緒在劇烈交織，最終化為釋然。無論如何，他不能眼睜睜地看著好友步入絕路。

燈光師慢慢移動，陰影也隨之將他籠罩，只餘一個垃圾箱堆放在角落裡，等待著員警去發現。這一幕結束了……

螢幕上，兩名男子在陰暗的樓梯間裡打鬥，體格略顯消瘦的男子將高壯男子狠狠摜在地上，咬牙切齒的表情像是要吃人。他一再喝問「是不是你」，卻始終壓著音量，以致於嗓子都啞了。高壯男子仰躺在地，一字一句說道：「我沒有，不管你信不信！」話音剛落，兩人同時抬頭看向樓上，並露出緊張之態。

「脫衣服！」消瘦男子二話不說便開始脫掉自己的警服，高壯男子迅速反應過來，也把自己的清潔工制服脫掉。高壯男子穿著警服離開後，消瘦男子隨手將清潔工制服扔在地上，然後用右手拽住自己的頭髮，狠狠往牆上撞。一聲悶響過後，他開始搖搖晃晃，卻咬牙強撐著不肯倒地，一雙半開半合的眸子緊緊盯著樓道，瞳仁深處的光芒在慢慢熄滅。最終他失去了意識，頭朝下栽進垃圾箱，而樓梯間則徹底被黑暗吞沒。

羅章維反覆查看這段視頻，拍板道：「不錯，這條過了。最後那個充滿掙扎的眼神很好，栽進垃圾箱的時候一點也不摻假，這咚的一聲巨響，你們聽聽，多逼真？做演員的就該有這種敬業精神！」

林樂洋大鬆口氣，臉上終於露出一點笑容。

施廷衡拍拍他肩膀稱讚道：「我還以為吃多了ＮＧ，你的心態會崩，沒想到你能這麼快調整過來。你的表演很有靈氣，要對自己保持信心。我頭一次拍戲的時候ＮＧ了二十多次，比你差遠了。」

「謝謝衡哥一直配合我，要不是你這麼包容，我的心態肯定會崩。」林樂洋雙手合十真誠道謝。但誰也不知道，真正讓他度過這次危機的人不是施廷衡，而是站在不遠處的季冕。他一再告誡自己不要給季冕丟臉，這才把瀕臨崩潰的情緒拉回平穩的狀態。

季冕是他的精神支柱。

一想到那人，林樂洋連忙抬頭搜尋對方的身影，卻發現他早已走到自己身邊，眼裡溢滿溫柔，「演的不錯，不愧是我旗下的藝人。羅導，以後還得麻煩你多教教他。」話落抬起手，極其自然地摸了摸林樂洋撞紅的前額。

「不麻煩，他挺聰明，一教就會。」羅章維說的並不是客氣話。像林樂洋這種沒有表演功底的新人只NG幾次就過，已經算很不錯了。有一回他碰見一個當紅小鮮肉，一場哭戲拍了一個多小時也沒有眼淚，最後只能滴眼藥水蒙混過關，他那天差點掄起大喇叭打人。

季冕低低笑了兩聲，又拍了拍林樂洋的肩膀，緊皺的眉頭總算徹底舒展開來。

肖嘉樹不知何時擠到羅章維身邊，彎腰看向螢幕，暗忖：怎麼就過了？如果這回也NG的話，林樂洋一定會哭出來！這場戲不難嘛，扯一扯，打一打，最後往垃圾箱裡一栽，這就完事了！要我來拍，保准一條過！話說回來，我好像一次NG也沒吃過，真是天才！

他摸了摸自己的下巴，眼睛彎成月牙狀，忽然覺得側臉有些冷，轉頭一看，發現是季冕正盯著自己。

「季哥，你有事？」他語帶遲疑。

「你過來。」季冕把人拉到一旁，伸手道：「手機拿出來，把剛才拍攝的視頻刪掉。」

「為什麼？」肖嘉樹連忙把手機藏在背後。

「進入劇組前你沒簽保密協議？片場禁止演員拿手機偷拍視頻或照片，更禁止外洩。」

「我不會外洩的……」肖嘉樹還想爭辯幾句，見季冕板著一張臉，微帶冷意的眸子直勾勾地盯著自己，嚴肅的表情實在有些嚇人，只得把手機交出去。

季冕把視頻刪光，沉聲道：「按理來說我不該管你，但你還記不記得開機儀式那天你跟我說過的話？你說你要好好把這部戲演完，不會浪費公司的資源。現在呢，你又在做什麼？每天磨磨蹭蹭、不情不願地來，來了什麼也不做，只管玩遊戲。早知如此，我那天就該勸你早點退出劇組，不要浪費彼此的時間。」

肖嘉樹很不服氣，爭辯道：「我演得很好啊，從來沒吃過ＮＧ，哪有浪費公司的資源？」

季冕深深看他一眼，沒說話，遞還手機後便離開了。

肖嘉樹對準他後腦杓揮舞了幾拳，吐槽道：狗拿耗子多管閒事！偷懶咋啦？又沒吃你家的飯！卻沒料季冕忽然回頭，讓他左腳絆右腳，差點跌個狗吃屎。

季冕看著踉踉蹌蹌的青年，不免失望搖頭。

這段插曲過後，羅章維又拍了幾條警局裡的戲，末了舉起大喇叭喊道：「季冕、肖嘉樹、周復，前往會客廳拍攝第八十六鏡第一場第一次！」被叫到名字的演員連忙趕往目的地。

會客廳也在同一棟大樓裡，劇組為了省錢，只租借郊區的一棟閒置大廈，分區域進行布置。警局的戲、凌氏集團的戲、國際警察署的戲……所有需要實景的內場均在這棟樓拍攝。

道具組早已將空蕩蕩的會客廳布置妥當，真皮沙發、羊毛地毯、紫檀木茶几，每一個細節均彰顯著兩個字：奢華。這便是凌氏集團的總裁辦公室，也是集團內的元老們召開祕密會議的地方。

今天要拍攝的一幕戲是凌峰在凌濤的推薦下正式進入公司就職並負責一個大項目。該專案表面上是與歐洲某個跨國公司合作，擴大集團的進出口數額，實則暗地裡還有一條進出口通道專門用來運送毒品。而歐洲的毒品商發明了一種新型毒品，一次便能致癮，且終身難以戒除，對人類危害極大，已經在歐美地區擴散開來，如今準備進軍東南亞市場。毫無疑問，凌氏集團將成為他們的代理人。

凌氏集團的各位元老浸淫黑道多年，自然不嫌這些帶血的錢髒手，但凌濤有弟弟需要照顧，多少還保留著一點人性，對這樁生意難下決斷。凌峰只看見明面上的企劃書，對集團背地裡的交易一概不知。這次會議只有他一個人被蒙在鼓裡，其他元老則打算用他的性命威脅凌濤就範，種種機鋒都掩藏在暗潮之下……

前一天晚上，肖嘉樹已經把臺詞背得滾瓜爛熟，所以一點緊張感都沒有。在座的都是狠人，只有凌峰一個是傻白甜，挺好演的。

各位演員在自己的位置上坐定，導演一聲令下，場記便打了板子。肖嘉樹拿起企劃書認真翻閱，季冕側過身子看他，嘴角掛著溫柔的微笑，三位元老卻都面沉如水。

道具組自然不會真的拿一本企劃書給肖嘉樹看，上面雖然印滿了字，卻都是道具師隨便在網上下載的，沒什麼意義。肖嘉樹為了表演更真實，不免定睛看了看，然後就發現了這樣一則笑話：請用ABCDEFG造句。一位來自東北的熊孩子舉起手：A呀，這B孩，C家的，光腳站在D上，EF也不穿，GG還露在外邊。

噗！不行了！

肖嘉樹想笑又不敢笑，只能拚命忍著，表情反倒越來越嚴肅，眼看快忍不住了，眉頭狠狠一皺，隨即舉起食指壓住了自己的兩片唇瓣，並做了一個摩挲的動作。

他時間掐得太巧，原本在這一個節點，凌峰已經看完企劃書，並對集團盲目擴大經營規模的行為感到憂慮，而肖嘉樹忍笑的表情和動作竟完全吻合了凌峰憂慮的心理狀態，於是羅章維非但沒喊CUT，還欣慰地點了點頭。

肖嘉樹好不容易把笑意壓下去，這才徐徐開口：「哥，這個項目太冒險了，我建議你再考慮考慮。據我所知，歐洲那邊……」

季冕做出傾聽的姿態，扮演元老的一名藝人卻陰陽怪氣地說道：「小峰啊，你才剛畢業，什麼工作經驗都沒有，一來就插手集團這麼重要的事務，是不是有些輕率？」

又一名元老冷冷開口：「凌濤，你好不容易把弟弟平安養大，可不能讓他犯錯。有些錯誤可以改，有些錯誤卻是要命的。我們都把身家性命押在這次的專案上，你可不能坑我們。」話落用滿帶戾氣的眸子掃凌峰一眼。這是在暗示凌濤，他不聽話，歐洲那邊會拿凌峰開刀。

凌濤自然聽懂了，表情溫和，眸子裡卻滿是寒冰，慢條斯理道：「正因為專案太大，我才更要慎重考慮。各位叔叔伯伯，你們放心，我心裡有數。」

接下來，幾人圍繞凌峰的性命說了些暗潮洶湧的話，而身為矛盾的焦點，凌峰卻懵然無知，還當大家在為專案爭執，幾次出言調停。肖嘉樹做為肖家多餘的那個兒子，在父親和哥哥面前總是扮演類似的角色，只要傻乎乎地坐著，偶爾說幾句場面話就可以，完全無法插手家裡或公司的事，所以這場戲對他而言同樣沒有難度。

其他幾位演員都是老戲骨，更不可能出錯，八九分鐘後，導演拍板道：「好，這條過了，下一場準備。」

我靠，又過了？演戲太容易了吧？季哥這回總算親眼看見了吧，我哪有浪費資源？我明明演技一流！肖嘉樹心裡沾沾自喜，面上卻故作淡定，還若有若無地瞟了季冕一眼。他走到懶人椅旁邊，準備玩幾把遊戲，似想到什麼又匆匆跑回去，把企劃書拿了過來。裡面全是搞笑的段子，挺好看的。

「子晉哥，你發現沒有，我從開拍到現在一次ＮＧ都沒吃過。」他忍了又忍，還是沒忍住，把自己的成就宣揚出去。

黃子晉笑咪咪地拍他腦袋，勉勵道：「小樹苗是演戲的天才！加油，哥看好你！」

站在不遠處的季冕忽然朝他們看過來，眸光閃了閃。

上午的戲分拍完後，季冕走到羅章維身邊，狀似不經意地道：「羅導，趁大家來齊了，乾脆把弒親那場戲一塊拍了吧。」邊說邊遞過去一根香菸，並拿出打火機。

羅章維湊過去點燃香菸，略吸幾口後頷首道：「也行，那場是重頭戲，早拍早好。我看肖嘉樹這幾天皮太鬆，不拿咱們這部戲當回事，來了只知道玩遊戲，劇本不看，臺詞也不背，我得給他擰擰弦。他要是拍不好我也可以趁早換人，免得浪費劇組的時間和成本。我這輩子還沒見過帶老師來片場教戲的，這是不拿我這個總導演當回事呢！」

季冕沒接話，自己也點燃一根香菸，慢慢抽著。

肖嘉樹今天只有一場戲，剛才已經拍完了，這會兒正準備走人，卻聽羅導大聲喊道：「肖嘉樹、周復、呂浩……等會兒先別急著走，吃完便當繼續拍第一百零八鏡的弒親。」

「好的，羅導！」

幾位老戲骨早已習慣了導演臨時換場次，陸續答應下來，唯獨肖嘉樹心裡有些虛，揪住黃子晉問道：「子晉哥，第一百零八鏡是什麼內容？劇本拿來讓我看看。」

黃子晉心裡咯噔一下，心道壞了，第一百零八鏡是一場重頭戲，凌峰就是在這場戲裡領了便當，衝突性非常強烈，沒有深厚的表演功底根本沒法拍。他最近正準備收集資料，私底下給小樹苗補補課，好歹讓他對這場戲有個概念，卻沒料導演竟會把時間提前。

「劇本在這裡，我劃了重點，寫了註解，你趁吃飯的時候好好看。」黃子晉嚴肅道：「我跟你說啊，這場戲……」

他話沒說完便被緩緩走來的季冕打斷了：「黃子晉，教人不是這麼教的。你要麼放開手讓他自己去體會演戲究竟是怎麼一會事，要麼勸他早點改行。」

黃子晉正想反駁幾句，羅章維也過來了，臉色有些難看，「黃子晉，這是我的片場，演員該怎麼演戲只有我能教，你不能插手。你要是再多嘴，信不信我讓保全把你架出去？」

一部電影，凝聚的是導演的思想，體現的也是導演對藝術的理解，最是忌諱別人指手畫腳。黃子晉也知道自己的做法欠妥，所以只是教肖嘉樹怎麼走位、找光、念臺詞等等，對劇情的部分並未多說。但這場戲不同，這場戲太重要了，他要是一點都不指導，估計肖嘉樹會懵逼，然後一整個下午都在ＮＧ中度過。

然而，眼下羅導動了真怒，顯見已忍無可忍，他只好做了一個嘴巴拉拉鍊的動作，以免真的被架出去。

肖嘉樹又不是傻子，哪能不知道情況不對，連忙接過劇本翻了翻，還沒翻到頁就被羅章維拽進了休息棚，「午飯你跟我一起吃，季冕也來，我給你們說說戲。這場戲是所有矛盾爆發的焦點，誰要是演不好，誰他媽就給我走人！」

休息棚裡聚滿了正在吃便當的演員，方坤早已把幾人的飯準備好，並整整齊齊地擺放在桌上，眼裡藏著幸災樂禍的情緒。

「都把劇本拿出來看一看。黃子晉，你站遠點兒，老子不想看見你！」羅章維炮轟道。沒有哪個導演能夠容忍一個外人越俎代庖去指導自己的演員該怎麼表演，那是對這部作品的褻瀆和冒犯。

黃子晉舉起雙手做了個投降的動作，然後遞給肖嘉樹一個自求多福的眼神。坐在一旁的施廷衡好笑地喊道：「子晉，過來陪哥吃飯，別去惹羅導，羅導今天吃了炸藥。」

羅章維沒搭理他們，虎視眈眈地盯著肖少爺，「這段戲你研究過沒有？」

「研究過……吧……」肖嘉樹伸長脖子盯著劇本，表情一看就很心虛。

羅章維手有些癢，抬頭看了看，發現自己的大喇叭放在遠處的高腳椅上，只得按捺住打人的衝動。

「你看過劇本就應該知道，這是凌峰最重要的一場戲，如果換作是我，拿到劇本的第一時間就會重點研究這場戲該怎麼演。你倒好，竟然連一點印象都沒有，你真他媽心大啊！看劇本，現在就看，沒把這場戲看透就別吃午飯！」

說到演戲，羅章維一秒鐘化身暴君，把肖少爺嚇得一愣一愣的。他心裡滿是不服氣，暗忖不就是領個便當嘛，有那麼難？然後拿起劇本翻了翻，一點也沒有急迫感。

羅章維暗暗運了一口氣，等他看完便問：「有什麼想法沒有？」

「我應該有什麼想法？」肖嘉樹對演戲一竅不通，哪能看出門道，一邊回答一邊偷偷觀察羅導的神色。

「你覺得這場戲最難表演的是哪個點？」羅章維循循善誘。

「都挺難的……」肖嘉樹這回不敢吹牛了，小心地答道：「不然您跟我好好說一說？」

羅章維手都抬起來了，正想抽人，卻被季冕按住，「他是新人，什麼都不懂，你慢慢教。你越暴躁他越迷糊，等會兒那場戲乾脆不用拍了。導演和演員都不在狀態，肯定拍不好。」

羅章維一想也是，這才按下脾氣，徐徐道：「肖嘉樹，我跟你詳細說說這場戲，你照著演就成。依葫蘆畫瓢你會不會？」

「那太容易了。」肖嘉樹對自己充滿了信心。

羅章維眼角微微一抽，繼續道：「等會兒開拍以後，你會被保鏢抬進辦公室。由於之前你被動過刑，還被注射了含有新型毒品和愛滋病病人的血液混合的液體，身體早就對毒品上癮了，來到辦公室後就開始犯毒癮，起初感覺並不強烈，只是有點冷，所以身體很僵硬，最好微微帶一點顫抖。你的心理狀態是十分恐懼和絕望的，這點在看見凌濤的真實面目後更甚，但你們是親兄弟，你又對他懷著最後一點希望，這兩種情緒是互相矛盾的，你得表現出來。先恐懼，後希冀，還得控制住犯毒癮的生理反應，必須有層次感。」

肖嘉樹認認真真聽著，還頻頻點頭，似乎已經明白了。

羅章維不放心地追問一句：「你最害怕什麼東西？」

肖嘉樹其實早就懵圈了，下意識地答道：「我最怕兩樣東西，怕這怕那。」

這是他剛才在企劃書上看見的小段子。

羅章維：「……」

羅章維默默捲起劇本，默默舉起來，劈里啪啦猛敲肖少爺的腦袋，怒吼道：「老子跟你說戲，你跟老子說段子，還是十年前的老段子！你以為老子不敢打你是不是？」

肖嘉樹捂住腦袋躲避，等羅章維被季冕拉開才委屈問道：「原來這段子早就過時了？」

羅章維腦袋一仰，差點氣暈過去。

這是重點嗎？信不信老子跟你同歸於盡？

周圍的演員看得連連噴笑，對肖少爺的冥頑不靈和不負責任的態度感到嘆為觀止。這些富二代不會演戲還占著大把的好資源，簡直氣人！

施廷衡跟黃子晉關係很好，看見這一幕搖頭道：「子晉，我建議你回去繼續當你的造星大師，別把招牌砸在肖嘉樹身上。到目前為止，他的表演完全沒有一點靈氣，更沒有出彩的地方，靠那張臉頂多紅幾年，之後難說。都是一個公司的新人，跟他一比，林樂洋的天賦要好多了，人也勤奮，值得栽培。」

林樂洋就坐在兩人不遠處，聽見這話臉頰一紅，低下頭去。如今他對肖嘉樹真是一點羨慕都沒有了，就他那吊兒郎當的樣子，再教一百年也提升不了演技，只適合當個花瓶。

另一頭，羅章維抽完人，繼續道：「你最害怕什麼就在腦海中想像什麼，把恐懼的情緒代入進去。你被帶入辦公室，交還給凌濤，凌濤為了給你脫罪，讓另一個叛徒為你頂包。等他把叛徒幹掉後，會把你拉進懷裡，細細給你擦臉，但其實這個時候，他得知你染上毒癮和愛滋病，而這兩樣東西都是戒不掉治不好的，已經決定殺掉你，為你保留最後一份尊嚴。你被他抱入懷裡後毒癮漸漸加深，身體的顫抖越來越強烈，卻被這點溫情感染，試圖勸說他自首。說完臺詞後，凌濤會在你後背捅一刀，感受到後背被戳了一下，你就停止顫抖，整個人先僵硬，後放鬆，眼睛失去焦距，瞳孔開始渙散卻又不能太散，因為我要在這裡安插一段回憶，你得做出回憶的表情，就彷彿視線穿透時空，看見了凌峰和凌濤一起躲在安全屋裡，發誓說永不入黑道那一幕。然後你的眼珠子不動了，卻還殘留著濃濃的悲哀，這個時候，你已經徹底沒氣了，這樣說你明白了吧？」

肖嘉樹越聽越迷糊，縮著脖子頷首道：「導演，我都聽明白了。」

哎呀，聽明白了才怪！什麼叫瞳孔渙散又不能太散？什麼叫眼珠子不動了卻還殘留著濃濃的悲哀？羅導，您在說天書嗎？

羅章維知道他沒聽懂，咬牙道：「吃什麼飯，不吃了，開拍開拍！」今天一定要讓肖少爺明白什麼叫做天高地厚，要不然他還以為拍戲是鬧著玩呢！

聽不懂就從實踐中學吧！

劇組人員連忙站起來準備器材，幾名年輕演員聚在一起低語：「來來來，咱們開個盤，賭肖嘉樹ＮＧ幾次。」

「我賭十次！」

「我賭十五次！」

「我賭二十次！」

「我賭今天整個下午都ＮＧ！」最後這句話是施廷衡說的，還對黃子晉擠了擠眼睛。

黃子晉心裡虛得很，嘴上卻道：「肖嘉樹很有天賦，一教就會，你看走眼了。」

施廷衡哈哈一笑沒說話。其他演員見施大影帝都加入了賭局，越發無所顧忌，全都聚在片場準備看肖少爺的笑話。沒辦法，誰叫肖少爺從來不拿正眼看人，這種態度早就該抽了。

方坤緊走幾步，悄悄對季冕說道：「你是不是故意讓羅導提前拍這場戲？」

季冕瞥他一眼，輕笑道：「我是在教熊孩子怎麼做人。」

林樂洋走在季冕身邊，自然也聽見了這段對話，心裡微微泛甜。季哥會要求導演提前拍攝這場戲，肯定是為自己出頭。別以為他不知道肖嘉樹剛才在偷拍自己ＮＧ的畫面。

這回好了，你行你上，看你能拍成啥樣！

懷著這種心態的人還不少，一聽說肖嘉樹要拍重頭戲，片場周圍便聚滿了人，都等著看他出醜，由此可見他在劇組裡的人緣有多差。不過這也難怪，他的穿著、談吐、行為，都與同劇組的人格格不入，不像是來演戲的，倒像是來玩的。別人求也求不來的頂級資源，他輕輕鬆鬆便能拿到，拿到還不珍惜，這也太招人恨了。

當大家猜測他會ＮＧ幾次時，羅導開始第三遍說戲。他的確想給肖嘉樹緊緊皮，可也不會為了他平白浪費膠捲。

「我給你幾個關鍵字，你記住了。一是恐懼，二是克制，三是期盼，四是絕望，五是悲哀。恐懼什麼呢？因為你把集團的犯罪證據交給警方，而集團卻率先截獲了這些證據，你不知道自己接下來會遭遇什麼，更何況你之前還被凌濤的死對頭抓住動了刑，注射了毒品和愛滋病毒，你已經沒有未來了，你說你怕不怕？克制什麼呢？你毒癮犯了，但你不能在你哥的面前表現出來，而你從小到大接受的教育方式不允許你在人前露出狼狽的姿態，所以你要克制。期盼什麼呢？你期盼你哥哥還有一點良知，能夠改邪歸正。絕望什麼呢，你唯一的親人要殺你，你說你絕不絕望？悲哀，你都快死了，還是被自己親哥殺死的，你不悲哀誰悲哀？這樣你明白了吧？」

「明白明白！」化好妝，穿好戲服的肖嘉樹連連點頭，眼睛裡卻滿是圈圈。他本來就沒有一點表演功底，又哪裡知道該怎麼把如此複雜的情緒表現出來？

導演定定看他一眼，交代道：「你要是還不明白，就結合現實把自己帶入戲。你想像一下季冕是你親哥，他要殺你，你是什麼心情？」

「那我肯定會崩潰。」肖嘉樹乾巴巴地笑。季冕和他親哥完全是兩類人，根本沒有共同點，怎麼聯想？他頓了頓，又問：「導演，我還有最後一個問題。毒癮犯了是什麼樣子？你一直說骨頭裡面癢，恨不得把自己撓死，可我骨頭從來沒癢過啊！」

羅章維壓了壓心裡的怒火，然後大吼：「王導，找一段視頻讓他看！」

王副導演立刻找來一段真人視頻讓肖少爺觀摩。

肖嘉樹捧著平板電腦認真觀看，心裡則暗暗鬆了口氣，又能再拖延一段時間了。羅導那些話他短時間內根本沒法理解，遑論上去表演？不過，毒癮犯了是這種樣子？滿地打滾、哀號、哭求、撕扯頭髮、涕泗橫流，簡直辣眼睛，難怪凌峰要克制這種生理反應！

肖嘉樹剛看完這段視頻便被羅章維推進一個大箱子裡，然後讓扮演保鏢的兩名演員把蓋子蓋上，準備開拍。

劇本裡有過描述，凌峰是被凌濤的死對頭抓住，用以爭奪新型毒品的代理權。一上癮，終生難以戒除。這樣的毒品一旦擴散開來，將給毒品販子帶去源源不斷的金錢，又有誰能夠抵禦這種誘惑？

凌峰被當成談判的籌碼，裝進一個大箱子裡帶入會場，與此同時，他出賣集團利益的事也被各位元老知曉，這些人準備藉此來逼迫凌濤同意這次合作。凌濤早就為弟弟準備了一個替罪羔羊，眼下正坐在辦公室裡，等著各方人馬找上門。

這就是今天要拍攝的場景。

肖嘉樹被推進箱子裡時已經傻了，整個人蜷縮起來，陷入了深深的恐懼。由於幼時的遭遇，他曾患上非常嚴重的幽閉恐懼症，經過好幾年的治療才痊癒，但誰也不知道，他依然害怕黑暗，害怕身體被狹窄的空間困住的窒息感。他一動也不動地躺在箱底，腦子、喉嚨、耳朵、眼睛，堵著一團又一團寒冰，呼出來的全是寒氣，別說掙扎，連叫都叫不出來。

他嚇呆了！

羅章維對此卻一無所知，等演員各就各位才慢吞吞地喊了一聲「ＡＣＴＩＯＮ」。兩名扮演保鏢的壯漢把大箱子抬入辦公室，掀開箱蓋，拽出肖嘉樹，逼迫他與扮演替罪羊的演員跪在一起。凌濤、死對頭、各位元老圍坐四周，準備就此展開談判。

肖嘉樹哪裡還記得怎麼演戲，整個人都是木的，臉色白得像紙一樣，過了好一會兒才感覺耳朵有了知覺，聽見一個低沉的嗓音喚道：「小峰？」他順著聲源看去，季冕的臉由模糊變得清晰，眼裡溢滿關切和心疼。

肖嘉樹想回應一聲「季哥」，喉頭的寒冰卻未化去，只能做出口形，雙膝微微往前一挪，想靠近自己唯一熟悉的人，又因為腿腳的麻木感而頓住。他這才回神，低頭看看滿是血汙的衣服，又看看四周，末了意識到自己是在演戲。

圍觀群眾原以為他一出場就會ＮＧ，卻沒料他將一個飽受酷刑，並因此而陷入恐懼麻木的貴公子扮演得維妙維肖，不禁有些傻眼。連羅章維都輕輕「咦」了一聲，臉上滿是詫異。

意識到自己是在演戲，肖嘉樹不敢亂動，但心底的恐懼感太強烈，一時半刻擺脫不了，肢體便有些僵硬，但這種僵硬的狀態恰恰吻合凌峰遭受酷刑後的處境，倒也順利通過了。

季冕所扮演的凌濤不敢表露出對弟弟的在意，喊了一聲後便沉默下來。他把一支手槍擺放在茶几上，徐徐道：「方銘，道上的規矩你明白，自己看著辦吧。」

做為替罪羊，方銘自然心有不滿，拿起手槍對準自己的太陽穴，卻在扣下扳機的一瞬間調轉槍頭，朝凌濤射擊。連扣幾次扳機後，槍聲並未響起，而凌濤也毫髮未傷，因為彈夾裡根本沒有子彈。方銘的表情從狠戾變成了不敢置信，然後便是深深的恐懼。

季冕將抽了一半的雪茄吐在他臉上，當他閉眼躲避火星的一瞬間從袖子裡滑出一把鋒利的匕首，割斷了他的喉管，恐懼的表情就這樣凝固在了方銘的臉上。道具師藏在他脖子裡的機關噴出許多鮮血，濺落在四周，也濺落在肖嘉樹側臉。

凌濤的鏡片也沾了幾滴血液，不得不取下來用布巾擦拭乾淨，全部梳理到腦後的髮絲弄亂了幾根，微微垂落在鬢角，使他儒雅的臉龐平添了幾分野性。他用鏡片隱藏起來的真實面貌終於在這一刻展露無遺。他的表情又冷又狠，瞳孔散發出凶殘至極的光芒，像一頭正在撕扯獵物的狼，身上沒有一點人類的氣息。

他完全不像是在演戲，而是活生生的凌濤從虛幻來到現實。他是東南亞最大的毒梟，心狠手辣，殺人如麻，但當他戴回眼鏡看向肖嘉樹時，所有的凶殘瞬間退去，變成了溢於言表的溫柔與疼愛。

「小峰，過來。」他伸出手，語氣竟有些小心翼翼。

全程懵逼中的肖嘉樹打了個激靈，忽然之間就明白了羅章維的意思。什麼叫入戲，什麼叫把季冕當成自己的親哥哥？不，不是那樣的，他現在和季冕的關係不是肖嘉樹與肖定邦，也不是肖嘉樹與凌濤，而是凌峰與凌濤，一對血脈相連的親兄弟。

「哥？」他不由自主地喚了一聲，臉上卻滿是迷茫，彷彿無法確定之前那個像狼一樣凶狠的人會是自己的親哥哥。因為季冕的一個眼神，他入戲了。

季冕將他拉到沙發上，掏出手帕仔細幫他擦臉，在場的幾個人都被他狠辣的行為鎮住，一時之間不敢開口。兩名保鏢把屍體拖了下去，又有一人湊到季冕耳邊低語：「大哥，他們給二少注射了艾波拉病毒和愛滋病毒。」

凌濤眸光狠狠一顫，握帕子的手背爆出條條青筋，下頜以肉眼可見的速度緊繃起來，甚至於連腮邊的肌肉都抖了抖。這樣的演技已達到出神入化的程度，肖嘉樹看得目不轉睛，卻在下一秒被他用力抱入懷中，一隻大手壓住他後腦杓，迫使他下頜擱放在他肩頭，另一隻手勒緊他的腰，讓他完全無法動彈。

凌濤垂眸，輕而易舉便發現了隱藏在弟弟後頸的一個針眼，消息確定了。

肖嘉樹不知道犯毒癮是什麼感覺，但他完全能夠理解凌峰的心情。凌峰之所以要克制生理上的反應，不是怕丟人現眼，而是不想讓哥哥更擔心。他保留的不是自己的尊嚴，而是哥哥的尊嚴，哪怕他是一個殺人如麻的魔鬼。

吸毒非他所願，恰恰相反，他比任何人都渴望擺脫毒品的控制，但他卻又明白，這種毒品是擺脫不掉的，就像肖嘉樹永遠也擺脫不掉對黑暗和箱子的恐懼。把這兩種恐懼感轉換過來，那就是凌峰的心情。

肖嘉樹想了很多，其實只在一瞬間，他閉上眼睛，強迫自己陷入黑暗，然後把季冕的雙手想像成禁錮自己的逼仄空間，早已埋藏在心底最深處的恐懼感便洶湧而來。

他開始不受控制地發抖、抽搐，臉白如紙，大顆的淚水順著臉頰滑落，鼻涕拉成絲，慢慢掉下來。他看起來狼狽極了，雙手卻始終握成拳頭，僵硬地擺放在身體兩側，不敢去回抱哥哥，因為顫抖的指尖會暴露他的現狀。

他上下牙齒碰撞，發出輕微的咯咯聲，努力控制聲音，緩慢而又滿懷悲哀地開口：「哥，你說過，這輩子……永不入……黑道，你……忘了……爸媽是……怎麼死……的嗎？」

不規則的斷句中，偶爾有破碎的氣音流瀉。

凌濤聲音沙啞地道：「我沒忘。小峰，你不明白，人的手一旦染黑，永遠都洗不白。」

話音剛落，肖嘉樹就感覺自己的後背被戳了一下，那是凌濤將匕首捅入了凌峰的心臟。他立刻咬破藏在舌下的血袋，鮮血混合著眼淚和鼻涕，滑落在凌濤的西裝外套上。他的眼睛直勾勾地看向前方，卻沒有焦距，眼前彷彿出現了幼時的那一幕——他和哥哥躲藏在安全屋裡，父母正遭受慘無人道的折磨，而哥哥自始至終都捂住他的眼睛，不准他看一眼。

他說：「別怕，哥哥在，哥哥會保護你。」

現在他們長大了，但他直到此時才發現，他們一直被困在那個黑漆漆的屋子裡，永遠沒有辦法走出來。想到這裡，他的眼眶終於乾涸，再也沒有眼淚滾落，也沒有光芒放射，渙散的瞳孔裡卻久久殘留著一抹悲哀，他死了。

鏡頭順著他的後腦杓滑到後背，一隻骨節泛白的手握住一把匕首，盡數扎進他的心臟。這一幕結束了。

現場安靜得落針可聞，羅章維盯著螢幕，久久回不過神來。

凌峰死後，凌濤大受刺激，不用何勁動手，自己便興起了毀掉凌氏集團，甚至毀掉整個東南亞和歐洲販毒圈的念頭。他一面假意與毒品販子合作，一面藉助何勁的手將這艘巨輪鑿沉。可以說，弒親這場戲是凌濤轉變的開端，也是這部電影的重中之重。

在此之前，羅章維並不看好肖嘉樹。

這樣一個不知人間疾苦的貴公子，能把凌峰跌宕起伏的短暫人生演繹出來嗎？凌峰前期的開朗單純，中期的痛苦掙扎，後期的悲哀絕望，每一段心路歷程都是複雜無比又層層推進的，需要極其老辣的演技和十分豐富的生活經驗才能把控。

羅章維原本以為，肖嘉樹頂多演好前期的凌峰，中後期絕對會出現很多問題。他已經做好了跟肖嘉樹死磕，甚至必要時重新換人的準備，沒料到肖嘉樹竟然表現得這麼……不行，這段視頻還得再看看！

這樣想著，羅章維把視頻倒回去檢查第三遍。

黃子晉看看異常沉默的眾人，又看看被季冕抱在懷裡，哭得眼淚鼻涕糊一臉的肖嘉樹，憋在心裡的一口氣終於吐了出來，「我說過，小樹很有天賦。」

施廷衡叼在嘴裡的菸早已掉在地上，好半晌才道：「沒想到我真的看走眼了，你確定他以前從來沒學過表演？」

黃子晉似笑非笑地瞥他一眼，然後回到保姆車燒熱水，等會兒小樹回來還得洗臉。

施廷衡踩滅地上的菸蒂，感慨道：「現在的年輕人真可怕啊，我還沒老呢，就感覺自己快要被拍死在沙灘上了。」

方坤心有同感地點頭，而林樂洋則直勾勾地盯著擁抱中的兩人，目光說不出的複雜。不明不白的，他心裡竟恐慌起來。

肖嘉樹還沒從恐懼感裡走出來。其實他患上的並不是幽閉恐懼症，只是單純害怕黑暗和箱子，但為了不讓父母擔心，一直隱瞞不說。要不是為了演好這場戲，他絕不會把埋藏在心底最深處的記憶挖出來，那與挖他的心沒有任何區別。

他一邊抽搐一邊流淚，根本停不下來。

季冕將他抱在懷裡，五指插入他髮間，緩慢而又溫柔地撫弄他的頭皮，不斷勸慰：「噓，別怕，睜開眼睛看看，你只是在演戲，沒人能傷害你。」另一隻手繞過去，一點也不嫌髒地擦掉肖嘉樹臉上的眼淚、鼻涕和假血。

被眼淚糊住眼睛的肖嘉樹總算視野清明了，發現周圍打著幾盞聚光燈，一切都是亮堂堂的，這才停止了抽搐。

「好點了嗎？」感受到懷裡的身體安靜下來，季冕把人推開，柔聲問道。

肖嘉樹第一眼看見的是季冕西裝外套上的一灘可疑液體，第二眼看見的是目光炯炯的人群，臉頰瞬間爆紅。靠，我剛才在幹什麼？我竟然抱著季冕在大庭廣眾下哭得稀里嘩啦？

他立刻退出季冕的懷抱，拔腿朝保姆車跑去，剛洗完臉就聽羅章維拿著大喇叭喊道：

「肖嘉樹死哪兒去了？來看看你剛才的表演！」

「來了來了！」肖嘉樹趕緊跑回來，並未發現大家看自己的眼神已經完全不同了。螢幕上正在播放剛才的畫面，被打得遍體鱗傷的青年雙膝跪地，表情驚恐，但身體卻偏偏麻木不堪，就彷彿裹著一層寒冰，整個人都動不了了。看見坐在上首的男人時，他嘴巴微微一張，卻喊不出聲，膝蓋往前挪了半寸又僵住，隨即露出迷茫之態。

這一段表演正是羅章維想要的，但更精彩的還在後面。青年被毒癮控制後的生理反應和他最後那個光芒散盡的眼神堪稱經典，將整部影片所要反應的，黑暗、壓抑、痛苦、絕望，並最終走向滅亡的感覺刻畫得淋漓盡致。

俄國著名的戲劇和表演理論家史坦尼斯拉夫斯基曾經說過：「如果沒有運用心理技巧，那麼即使倚靠靈感獲得瞬間的本色演技，其他時間的表演也會沒有生氣。」

羅章維不知道肖嘉樹從哪裡獲得的靈感，但他進入辦公室後所表現出來的迷茫和恐懼是真實的、精彩的、本能的，可如果僅僅只是這樣，他絕對演不好後面的戲，因為這份恐懼應該屬於凌峰，而不是肖嘉樹的。而只在一瞬間，他竟領會了表演的心理技巧，並將自己由無意識狀態導入有意識狀態，這種轉變發生得迅速且流暢，如此便有了接下來的表演。

羅章維拍過不少戲，也見過不少演員，但這段毒癮發作又極力克制的表演足以排得上前三，臺詞也無可挑剔。

他默默把視頻倒回去，試圖找出一丁點不滿意的地方，但沒有，一切都很完美。

當羅章維準備雞蛋裡挑骨頭的時候，肖嘉樹也在觀摩季冕的演技。他被季冕的一個眼神帶入了戲，但之後他把下頜擱在對方肩頭，只能看見後背，等於在拍獨角戲，季冕究竟是什麼表現他完全不清楚。

直到現在，季冕的表演正以特寫鏡頭的方式出現在螢幕上。他抱住凌峰後看見了那個針眼，瞳孔劇烈收縮一瞬，極端的憤怒與極端的疼惜在眼裡反覆交織，最終化為一片淚光，但這淚光也只出現瞬間便乾涸了。當他舉起匕首殺死凌峰時，一股濃黑如墨的情緒覆住他的眼睛，讓他的瞳孔像兩個黑洞，再沒有一絲一毫人性。

季冕只用一雙眼睛就完美演繹出凌濤由理智陷入瘋狂的全部過程，而他的臉龐從始至終都像石頭那樣堅硬。鏡頭向下移動，開始拍攝他的手，但即便如此，他的演技依然能通過這隻手體現得完美。手背的青筋、泛白的骨節、微微顫抖的手腕，無一不在訴說此人的痛苦。

肖嘉樹盯著螢幕，連眼珠子都忘了轉動，好半晌才偏頭去看季冕，心裡啊啊啊地叫嚷開了。這是他頭一次體會到：原來演技是一種有形的、有神的、充滿了生命力的東西。如果有人說它們是虛無縹緲的，看不見抓不著的，那是因為他們從未遇見過像季冕這樣的演員。

他把凌濤演活了，他的演技富有靈魂！

肖嘉樹完全不在乎自己演得怎麼樣，幾乎是如飢似渴地把季冕的表演看了一遍又一遍，心裡的震撼難以言喻。

與此同時，季冕也在觀摩肖嘉樹的表演。起初他的眸光很專注，但漸漸開始飄忽，緊接著耳根有點發燙，手握成拳抵住嘴唇，輕輕咳了兩聲，似乎有些尷尬。他隔一會兒便看肖嘉樹一眼，反覆幾次後見對方一無所覺，目光始終盯著螢幕上的自己，只得默默走開。

他在旁邊站了幾分鐘，便聽羅章維拊掌笑道：「好，這條過了！肖嘉樹、季冕，你倆抓緊時間吃飯，等會兒繼續拍弒親的第一場第二鏡。」

周圍的人一哄而散，雖然面上都帶著笑，心理活動卻一個比一個複雜。開賭盤的那位演員不得不把賭金還回去，肖嘉樹一次都沒NG，輸的是他們所有人。什麼沒用的、只知道搶占資源的、沒有演技的富二代，這話誰說的？臉腫不腫？

肖嘉樹對自己的大獲全勝一無所知，他正沉浸在季冕神一般的演技裡，見對方遙遙看過來，臉上還帶著溫柔的微笑，臉頰一紅，竟然轉身跑了。他忽然發現，螢幕上的季冕與現實生活中的季冕完全不一樣。一旦登上螢幕，他的魅力就像一個黑洞，能吸引所有人的目光。

季冕被肖少爺羞澀的舉動弄得微微一愣，末了搖頭失笑。

方坤拿來便當讓季冕去保姆車上吃。林樂洋下午沒戲，正躺在後排座假寐，聽見開門聲連忙爬起來，「季哥，飯菜是不是冷了？要不要我去外面幫你買新的？」

「不用，待會兒還得接著拍戲，沒時間。」季冕叮囑道：「你不用管我，繼續睡。」

「我睡不著。你的外套髒了，換一件乾淨的吧？反正西裝外套都一個樣式，觀眾看不出來的。」看見季冕後背上的濕痕，林樂洋眸光暗了暗。

「不用換，第二鏡接著第一鏡的劇情拍，凌濤的衣服上若是沒有淚痕，那就穿幫了。

如果開拍的時候淚痕乾了，我還得把它弄濕。這些拍戲的小細節你以後也得注意，不管導演和劇務有沒有提醒，你自己都要記在心裡。」季冕拿起筷子遲遲沒開動，沉默片刻喟嘆道：「方坤，我記得鄧老曾經說過這樣一句話：一流的演員可以從最難堪、最悲傷，甚至最恐懼的人生經歷中去挖掘表演的藝術。肖嘉樹將來一定能成為一流的演員。」

方坤不是外行，怎能看不出肖嘉樹的潛力，不由感慨道：「我總算認同了一句話，做為一門藝術，表演更看重天賦而不是勤奮。有的人生來就會演戲，有的人奮鬥一輩子，水準只在中游，這就是命啊！」

聽見兩人的對話，林樂洋眸光微閃，不禁思忖道：那我屬於哪種類型？有天賦還是沒天賦？為什麼有的人生來就擁有一切，有的人卻一無所有，只能靠自己打拚？不，這句話肯定是錯的，只要勤奮刻苦，所有夢想都會實現的！

季冕偏頭看他，嗓音溫柔：「樂洋，你既有天賦，人又勤奮，將來一定能獲得成功。」

林樂洋精神一振，連忙道謝。

季冕吃完飯後拿起一瓶礦泉水小口小口地喝，喝完便躺在前排座上，眉頭深鎖，雙眼緊閉，不知道在想些什麼。

林樂洋有心找他說話，剛張嘴就被方坤打斷：「不要吵他，他在心裡模擬排演接下來要拍的幾場戲，這是他的習慣。」

話說回來，方坤已經很久沒見過季冕這副模樣了。最初入行的時候，季冕總會認真對待每一場戲，開拍之前必定會反覆思考並醞釀情緒，然後以最飽滿的精神狀態投入進去。正是靠著這份認真和執著，他的演技才會提升到今天這種程度。

但也正是因為他提升得太快，爬得太高，近幾年來，他對演戲早已失去興趣，一場戲能不功不過地拍下來就好，再也沒有以前那種全情投入的熱切。他在原地踏步，而且完全沒有繼續前行的動力，所以才會轉到幕後。

方坤對他的現狀感到焦慮和痛心，卻沒料當他再次認真起來，竟會是因為一個新人。肖嘉樹的天賦有那麼可怕嗎？可怕到連季冕都受了刺激？

林樂洋只給季冕當了幾個月的助理，之後便進入大學讀書，並不知道他還有這個習慣，於是安靜下來。休息二十多分鐘後，車外傳來羅章維的喊聲：「開拍了，大家各就各位！」

季冕立刻睜開眼睛，放下袖子，穿上西裝，大步朝片場走去，期間不看任何人也不說一句話，表情十分嚴肅。林樂洋被這樣的季冕嚇住了，愣了好半晌才追上去，身後依稀傳來方坤的嘀咕：「果然是受了肖嘉樹的刺激，搞這麼大的陣仗。」

受了肖嘉樹的刺激？這話怎麼說？

林樂洋想到了一個可能，臉色微微發黑。

第四章
小少爺為了演戲叛出家門

肖嘉樹吃完飯重新化了妝，站在羅章維身邊等待開拍。接下來他的戲分很少，只要扮一扮屍體就好，大部分時間都沒事做。若在以往，他早就搬來一張懶人椅，躲到哪個安靜的角落玩遊戲去了，現在卻目光炯炯，躍躍欲試。

看見季冕走過來讓化妝師弄濕他的西裝外套，肖嘉樹的視線立刻黏上去，季冕走到哪兒他的腦袋就轉到哪兒，像一隻鎖定目標的小狼狗。

季冕飛快瞟他一眼，眸光有些複雜。當導演喊了一聲開機後，他臉上的柔和神色迅速褪去，變為冷酷。

下面的戲分講的是凌濤的死對頭屠彪並不知道凌峰被注射了新型毒品和愛滋病毒，他也是受人陷害，成了別人報復凌濤的一把刀，否則也不會大搖大擺跑到凌氏集團來談判。但凌濤並不管這些，無論如何，弟弟是在屠彪手裡出的事，他就要屠彪付出代價，於是在地下停車場殺死了對方。

場記打了板，演員們開始表演。之前試圖用凌峰背叛集團這件事當作籌碼威脅凌濤代理新型毒品的一眾元老不敢再說話，陸續告辭。當他們的車子開走後，屠彪才罵罵咧咧地從電梯裡走出來。

「媽的，凌濤簡直就是個瘋子，連自己的親弟弟都殺！走走走，快走！」他知道自己要倒大楣，卻已經晚了，剛走出電梯，一群黑衣人就拿著機槍對準他們掃射，所有保鏢都被打死，唯獨留下他毫髮未傷。

凌濤從陰影裡走出來，慢慢解開領帶，表情看似平淡，眼底卻透著瘋狂。屠彪嚇尿了，噗通一聲跪下，又是磕頭又是求饒，眼淚鼻涕糊了一臉，模樣比犯了毒癮的凌峰還狼狽。

看到這裡，肖嘉樹不禁目瞪口呆。

我靠！這個劇組簡直是藏龍臥虎啊，連一個不起眼的小配角都能有這種演技！

他碰了碰身邊的黃子晉，悄悄比劃一下大拇指。

黃子晉用手機打了一行字：這位是付明磊老師，專業反派，在業內有金牌配角之稱。不光他，之前扮演元老的幾位也都是演技一流的老戲骨，你以後多跟他們學學。

肖嘉樹拿出手機回道：我似乎明白什麼叫做演技了。演什麼像什麼不叫演技，演什麼是什麼才叫演技。

黃子晉笑咪咪地揉了揉小樹苗的腦袋。

肖嘉樹還想說說自己的感受，卻在看見季冕的表演後完全失去了反應能力。只見季冕繞到屠彪身後，用領帶緊緊勒住對方脖頸，牙齒用力咬合，以致於下頜角突出兩塊肌肉，顯得他面目猙獰，狀如惡鬼。屠彪劇烈掙扎起來，他也不斷施加力道，額頭、脖子、手背爆出許多青筋，像是某種瀕臨變異快要發狂的野獸。屠彪的掙扎越來越無力，不斷踢蹬的雙腿終於癱軟，在地上留下許多凌亂的劃痕。

季冕這才鬆開領帶站起來。

「ＣＵＴ！」羅章維乾脆俐落地喊道：「這條過了，情緒很到位，保持住！道具師在哪，上血包，趁季冕還沒出戲趕緊拍下一條！」

道具師答應一聲，然後抬了一個人偶上來，外面套著屠彪的衣服，胸腹等處藏著許多血包。扮演屠彪的付明磊老師連忙爬起來，看了看自己暗中抵住領帶的幾根指頭，感嘆道：「季冕，你剛才是動真格的啊？你看看我這手，都快被你勒斷了。」

「抱歉，付哥，拍完請您喝酒。」季冕揉了揉太陽穴，表情有些複雜。剛才那場戲他太認真了，但感覺似乎不錯？

「那還差不多。你快別說話了，免得情緒跑掉。」付明磊打趣幾句也就算了，哪裡會真的與他計較。

肖嘉樹目光炯炯地盯著季冕，心臟狂跳。我的媽，剛才嚇死人了！比來比去還是季冕的演技最厲害，足以吊打這些老戲骨！他才三十出頭啊，怎麼能這麼優秀？

季冕似有所感，飛快看他一眼，然後走遠了一些。

人偶準備好之後，羅章維再次喊「開機」，季冕就順著上一鏡的劇情，站起來猛踹已經被勒死的屠彪的屍體。一群黑衣大漢站在他周圍，紛紛低下頭不敢亂看。他的臉龐很平靜，找不出半點憤怒或悲傷的情緒，一腳接一腳，彷彿只是在重複一個簡單的動作，但仔細看就會發現，他的瞳孔早已被黑暗占據，再也沒有一絲一毫的人性可言，甚至連獸性都沒了。

他現在依然是一個人，而不是所謂的魔鬼或野獸，但這個人已經死了，伴隨著弟弟早已冷掉的屍體死透了。

藏在人偶衣服裡的血袋被踢破，迸出許多鮮血，灑在地上，也濺在季冕的鼻樑和額頭，令他俊美無儔又冷酷至極的臉龐顯得邪戾無比。

站在一旁觀望的工作人員噤若寒蟬，而付明磊則摸摸自己的脖頸，感覺皮膚有點發涼。這哪裡是在演戲？這是實打實地虐屍啊！季冕的演技似乎更厲害了，放眼娛樂圈，還有誰能與他相比？

施廷衡定定看了好一會兒，然後無奈嘆息。季冕不愧是季冕，這場戲裡表達出的瘋狂和絕望能把觀眾嚇哭。若是換他，或者國內任何一個影帝級人物來演凌濤，都無法做到這種程度，他身上散發的恨意幾乎能穿透螢幕而出。

肖嘉樹悄悄往黃子晉身邊靠了靠，並摟住他一條手臂，在羅章維石破天驚的「ＣＵＴ」聲下差點跳起來。羅導，說話之前能不能先打個招呼？快嚇尿了啊！

羅章維：「好，這條過了！季冕，你回來了，你知道嗎？」

這句話旁人聽不懂，季冕和方坤卻一清二楚。什麼回來了？曾經那個把表演當做生命去看待的季冕回來了，他巔峰狀態下的演技莫過於此。

「入戲了而已。」季冕淡淡擺手。

「保持住啊！千萬保持住！肖嘉樹，趕緊把你的臉弄髒，下一條準備！」羅章維風風火火地再次高聲喊道。

工作人員立刻調整幾臺攝影機的位置。

化妝師把假眼淚、假鼻涕和假血塗抹在肖嘉樹臉上，打趣道：「你看看你，哭就哭，幹嘛要流鼻涕，弄得我們得給你調製假鼻涕，你噁不噁心？」

「自己流的鼻涕不噁心。」肖嘉樹擺擺手，等妝容畫好之後便走到季冕身邊，不好意思地說道：「季哥，我有點重，你沒問題吧？」

以前不覺得如何，但現在他一靠近季冕就耳根發燙，臉頰發燒。季冕讓他好好演戲他不聽，還自詡演技一流，真是太不要臉了。與季冕的演技一比，他之前那些本色出演算什麼？根本連一絲一毫的技術含量都沒有。

被季冕帶入戲之後，他面對他總有種局促感，隱隱還有些激動。美軒姊說的對，與季冕同臺飆戲果然是求也求不來的機會，他太棒了！

季冕深深看他一眼，眸光有些閃爍，好半晌才道：「我沒問題。」

肖嘉樹揉了揉通紅的耳根，這才去了。扮演保鏢的壯漢將他抱起來，默默走到一邊。扮演屍體只要閉上眼睛就可以，似乎沒什麼難度，但肖嘉樹剛體驗到拍戲的樂趣，又哪裡會鬆懈？他想：就算是扮演屍體，我也必須拿出百分百的演技，不能呼吸過重導致胸膛起伏，也不能胡思亂想導致眼珠子亂顫。萬一我沒演好，不得連累季哥出戲？不行不行，一定不能扯他後腿，他可是神壇上的男人！

朝人偶走去的季冕腳下一個踉蹌，差點摔倒。他捂住臉低聲嘆息，莫名其妙地笑起來。

羅章維頓時急了，連忙喊道：「季冕，別笑了，保持住情緒！弒親這場戲眼看就要無N

G收尾了，你們再加把力！」

季冕走遠了一些，等笑意收住才在渾身染血的人偶旁站定，對羅章維打了一個手勢。

「ＡＣＴＩＯＮ！」羅章維一聲令下，幾臺攝影機同時開始運作。

季冕原本梳理得一絲不苟的頭髮已經全亂了，臉上沾滿血點，目光也森冷無比。之前他總愛戴著一副金絲邊眼鏡，外表看起來儒雅又俊逸，現在的他則煞氣沖天，狀若癲狂。一眾保鏢被他的氣勢鎮住，連頭都不敢抬。

他扔掉領帶，又抹了抹頭髮，這才拿出手機，語氣平靜地開口：「來給屠彪收屍，這次的大買賣我分你三成。」

接電話的正是屠彪的得力屬下，也是一名野心家，立刻就趕過來給凌濤善後。有了凌濤的支持，他既能接手屠彪的幫主之位，又能獲得巨額利益，何樂而不為？

凌濤掛斷電話後朝抱著凌峰屍體的保鏢走去，正想把人接過來，看見他臉上的汙跡，連忙拿出手帕去擦。他的動作十分溫柔也十分小心，但淚痕和血跡早已凝結成塊，怎麼擦都擦不乾淨。他愣住了，許久後才把帕子折疊整齊放回西裝內袋，然後抱著凌峰的屍體往前走。

地下停車場裡光線昏暗，四周籠罩在陰影中，唯有出口的位置亮著一盞燈。凌濤就迎著這盞燈，一步步前行，沉重而又緩慢的腳步聲在空曠的地下停車場裡迴盪，噠噠噠……

鏡頭慢慢拉遠，他抱著凌峰屍體的身影也在長長的通道裡消失，弒親這場戲結束了。

「ＣＵＴ！」羅章維激動地站起來，「這條過了！」

扮演保鏢的壯漢們齊齊鬆了一口氣，肖嘉樹卻半點反應都沒有。他的眉目安詳，表情平靜，甚至連眼皮都沒亂顫，就像死了一樣。還未開拍，他就反覆催眠自己，結果成功讓自己睡著了，這事弄得……

季冕怕吵醒他，把人抱到黃子晉身邊，低聲說道：「搬一張懶人椅過來，他睡著了。」

黃子晉嘴角微微一抽，但見小樹苗睡得實在香甜，又不忍心吵醒他，只好去搬椅子。圍觀的工作人員紛紛忍笑，心裡卻不得不對肖少爺表示敬佩。扮演死屍的時候能把自己整睡過去，這心理素質得多好？他完全進入了死屍的心理狀態，那就是沒有狀態。

羅章維掄起大喇叭，似乎想抽肖少爺，卻只是高高抬起輕輕落下，臉上露出哭笑不得的表情，「讓他睡，別吵他，你過來看看視頻。」他刻意放低了音量，語氣中飽含對優秀後輩的寬容與欣賞。

最後這一鏡依舊沒得說，季冕的演技控住全場，尤其是他抱著凌峰的屍體走向那盞微弱的燈光時，竟無端令人心酸。他一句臺詞也沒有，只是簡單的行走，卻把一個窮途末路的暴徒演繹得淋漓盡致。

羅章維把今天拍攝的幾個鏡頭按照順序播放一遍，頷首道：「不錯，拍出了我要的效果。今天提前收工，大家收拾收拾回家去吧。黃子晉，這個是小樹的紅包，你待會兒別忘了拿給他。他今天的表現讓我驚嘆，是一棵好苗子，你和黃美軒要好好栽培啊！」

「謝謝羅導，他現在在您手裡，要栽培也是您栽培。」黃子晉接過紅包真誠道謝。

羅導對小樹苗的態度轉變他已經看出來了，之前一口一個「肖嘉樹」地叫著，語氣十分不耐，現在卻改為「小樹」，一言一行都透著幾分親暱，可見起了愛才之心。如此，小樹苗總算是在《使徒》劇組立住了，他也不負薛姊所託。

「我肯定要栽培他的，他的演技既然能達到這種程度，再像以前那樣本色出演我可不答應。才第一次拍戲，就能通過有意識的心理技巧達到天性的下意識的創作，這種天賦可不多見。」羅章維指了指睡得香甜的青年，正色道：「只要他自己不鬆懈，將來絕對能成為華國最頂尖的演員之一。」

「羅導謬讚了。」黃子晉心裡樂開了花，面上卻謙虛擺手。當他們交談時，季冕已走到肖嘉樹身邊，默默看著對方。剛設定自己是一具屍體，下一秒就陷入深度睡眠並屏除一切心理活動，這樣的天賦的確可怕。

方坤走過來想叫他，卻被他抬手阻斷了未出口的話，只比劃著讓他上車。

兩人路過林樂洋時，故作客氣地問道：「一起走嗎？」

林樂洋灰暗的眼眸微微一亮，本想答應，看見周圍還有很多工作人員，只得搖頭。他之前承諾過，不在大庭廣眾之下與季哥表現得太親密。

季冕遞給他一個「稍後再約」的眼神，這才上車走了。與幾名副導演拉完關係的陳鵬新跑過來，責備道：「你怎麼不跟季總一起回去？路上一個多小時的車程，夠你們說很多話了。他是你的老闆，你得跟他處好關係懂不懂？」

「我懂，但是太上趕著了給人感覺不好。」林樂洋朝自己的保姆車走去，陳鵬新跟著他一路碎碎念，關上車門後才正色道：「肖嘉樹跟咱們一個公司，又是同時期出道，拍的第一部戲還撞上了，簡直像冤家對頭一樣。我有預感，以後別人少不了拿他跟你比較，你必須想辦法蓋過他的風頭，否則得被他壓一輩子。」

「被他壓一輩子？有那麼嚴重嗎？我倆根本不搭界，不去管他就好了。」林樂洋狀似輕鬆地笑了笑。

陳鵬新急了，壓低音量說道：「是你想得太簡單了。你倆一個公司，一個時期出道，都以拍電影為主，粉絲不拿你倆較勁拿誰？遠的不說，就說這部電影，你們一個扮演初入社會的貴公子，一個扮演初入職場的小警察，角色設定本來就有類似的地方，放映之後肯定會有觀眾注意到。你要是能在演技方面輾壓他，或者與他旗鼓相當也就算了，你要是被他的演技吊打，你自己想想丟不丟人？一出道就敗了，以後還能好？」

林樂洋的笑容勉強起來，「你是說，我的演技不如他？」

「不是，怎麼會？」陳鵬新趕緊擺手，「你的演技也很好，但是不能鬆懈，一旦鬆懈就糟糕了，那個肖嘉樹還是有兩把刷子的。我告訴你，羅章維這回聘請的演員都是娛樂圈裡以演技著稱的老戲骨，他想玩一票大的，既要賣座還得拿獎，你要是表現得稍微遜色一點，一定會被他們秒得連渣都不剩。前段時間播放完畢的《孽海》你看了吧？裡面那個女一號是個流量小花，人氣高得離譜，就因為給她配戲的全是老戲骨，《孽海》剛播完她的粉絲數就掉幾十萬，只因她的演技被那些老戲骨襯得不能看，而你的情況比她更壞，單你一個也就算了，表現差點還能用剛出道這個藉口來搪塞，但如果有了肖嘉樹的對比，你說你尷不尷尬？」

林樂洋拿出手機看了看，「鄔倩倩演技被一眾老戲骨秒殺」的新聞依然是占據熱搜榜第一位，不禁覺得壓力倍增。肖嘉樹今天的表現確實給他敲響了警鐘，但更令他無法釋懷的是季哥的反應。他似乎很欣賞肖嘉樹，甚至被他激起了鬥志。

能讓日漸淡漠的季哥重新變得熱切並專注，沒人比林樂洋更明白這有多難。

「鵬新，就算你不說，我也不會鬆懈的。」他表情凝重地關掉網頁。

❤ ❤ ❤

肖嘉樹一路睡回家，醒來後發現自己躺在沙發上，薛淼正坐在一旁喝茶。

「醒啦？今天感覺如何？拍戲辛不辛苦？」薛淼放下茶杯，狀似不經意地問道。

兒子的表現如何，她早已從黃子晉那裡得知，但並不妨礙她聽兒子再說一遍。別人眼裡看見的東西，並不會比兒子親身感受到的更深刻。

肖嘉樹連忙爬起來，興致勃勃地說道：「媽，您不知道，我今天入戲了，我終於明白把自己代入角色是什麼樣的體驗。演戲真的很有意思，它甚至能把你生命中原本很沉重很可怕的東西轉化為一種藝術，使之變得生動有趣。媽，我決定了，我要當演員，我喜歡拍戲！」

「你的幽閉恐懼症根本沒治好是嗎？」薛淼憂心道。

「要是不把我鎖進箱子裡，我就不會害怕。」肖嘉樹避重就輕道：「我被羅導推進箱子裡的時候的確很恐懼，但是我看見了季冕扮演的凌濤，然後意識到我在拍戲，那種恐懼感就自然而然轉移到凌峰身上，而我正是凌峰，我得用他的身體去說話去行動。一旦我出戲了，恐懼感也隨之消失，這就是表演最奇妙的地方，它使人忘我。」

薛淼看著眼睛發亮的兒子，不知道該笑還是該哭。兒子一定不知道，他現在所說的這番話，正是體驗派大師史坦尼斯拉夫斯基最為推崇的一種表演方式，亦即「從自我出發並最終達到忘我」。但這只是他第一次拍戲啊！他還那麼年輕，心性未定，如果入戲太深，會不會終有一天走不出來？

生了一個天才兒子真是甜蜜的苦惱！

這天晚上，肖嘉樹照例被肖啟傑罵了一頓，說他整天就知道在外面玩，不務正業、無所事事等等，但肖嘉樹卻一點也不像往常那般覺得傷心委屈，反而很平和，因為他找到了願意為之奮鬥終生的事業，將來的每一天他都會過得很充實。

他十歲便被送出國，很少關注國內的新聞，更沒看過幾部國產電影，對季冕、施廷衡等大咖的了解僅限於聽過，從不關注，但現在他決定把季冕參演的所有電影都看一遍，好好了解一下這個人。

打開電腦沒多久他就陷了進去，直到凌晨四點才草草睡了一覺，第二天七點起床，八點趕到片場，拿著一個小本本跟在羅章維身後轉悠。

「你跟著我幹嘛？」羅章維哭笑不得地回過頭。

「我想跟你學戲。」肖嘉樹認真答道。

「喲，你這小子開竅了？不玩遊戲了？」羅章維很意外，但更多的是高興。

「演戲比較有趣，我喜歡演戲。」肖嘉樹晃了晃小本子，上面寫滿了羅章維不經意間說出口的話，譬如「演員是以自身為創作的手段與工具」、「沒有豐富想像力的人做不了演員」等等，鬧得羅章維挺不好意思的。

他咳了咳，正色道：「你別整這些虛頭巴腦的東西，在片場，最好的老師就是實踐，你多拍幾部電影比紀錄我說話有用的多。你要是真有時間就找個安靜的地方看看劇本背背臺詞，把自己的角色研究透，理論上的東西閒暇之餘再學。你們公司有開設表演班，黃子晉就是老師，你去報個名，上幾堂理論課，知道演戲是怎麼一回事就差不多了。真正的演技得從生活中去學習，平時多看點書，多去外面走一走，豐富自己的生活經歷。」

肖嘉樹邊聽邊點頭，擔心自己忘記了，還在本子上認真寫道：下午去公司報名參加表演班，買幾本理論書。

羅章維笑看他一眼，擺手道：「體會到表演的魅力了吧？去去去，一邊研究劇本去，別跟著我轉，待會兒我給演員說戲的時候你再過來聽，從別人那裡吸取一點經驗。」

「好的，羅導。」肖嘉樹乖乖走到旁邊，拿起劇本苦讀。

沒多久，黃子晉匆忙趕到片場，把肖少爺拉到無人的角落詢問：「今天怎麼不等我？早餐吃了沒有？這是後天你要拍的戲分，我幫你分析好了，你先看看，有不懂的地方再問。」

肖嘉樹盯著資料，臉頰慢慢漲紅，「子晉哥，我想跟你說一件事。」

「什麼事？」

「你以後不用給我當助理了，回去上課吧。我想試著自己去研究臺詞該怎麼說，角色該怎麼演，我想塑造屬於肖嘉樹的凌峰，而不是黃子晉的凌峰。子晉哥，我以前很怕黑，更怕被鎖在箱子裡，昨天我以為自己會崩潰，但是沒有，當我脫離凌峰這個角色的時候，我也脫離了恐懼。表演讓我獲得了一種強大的力量，那力量來源於現實，又超脫於現實……」肖嘉樹絞盡腦汁想了半天，這才拍著腦門說道：「我不知道該怎麼形容，總之謝謝你這段時間的照顧，以後我會自己學著去表演，謝謝子晉哥！」

他邊說邊鞠躬，感激之情溢於言表。

黃子晉定定看他，忽然笑起來，「不用謝，那我就在電影院裡等著《使徒》的首映了。加油，小樹苗。」他目送肖嘉樹走遠，然後把精心準備的資料扔進垃圾桶，嘴角掛著既無奈又欣慰的笑容，剛轉身就見季冕站在不遠處，表情有些複雜。

「季哥，來這麼早？」他率先打招呼。

「被解雇了？」季冕略一頷首。

「是啊，」黃子晉不以為意，「雖然被解雇了，但不知道為什麼，卻覺得很高興。」

「或許是因為看見他就會想起年輕時的自己？」季冕下意識地接了一句。

黃子晉並未聽清，追問道：「什麼？」

「沒什麼，我還要拍戲，先走了。」季冕擺手離開，來到片場後不由自主地環顧四周，發現肖嘉樹坐在休息棚裡看劇本，這才朝羅章維走去。

他今天的戲分不多，前面還有苗穆青和施廷衡的兩場對手戲，至少得等到十一點才能開拍。施廷衡似乎被他激起了鬥志，態度特別認真，抓住苗穆青反覆對戲，有銜接不順暢的地方便去詢問羅章維的意見，三人討論得熱火朝天。

季冕跟他們打了招呼，走到休息棚吃早飯。

肖嘉樹已經放下劇本，正戴著耳機看季冕主演的一部電影，發現正主來了，蹭地一下站起來，面紅耳赤地道：「季哥早上好！」

「坐下吧，別緊張。」季冕聲音裡帶著笑。

肖嘉樹正想問他吃早飯了沒有，沒吃便等會兒，自己已經讓生活助理去買御膳軒的豪華早餐了，再過十分鐘就能送到。沒錯，他今天之所以來得這麼早，一是為了學習，二是為了跟季冕套近乎，拉關係。身為新出爐的迷弟，他怎麼能放過與偶像交流的機會？

不等他開口，陳鵬新推搡著表情靦腆的林樂洋走過來，諂媚地笑道：「季總，我們早餐買多了，您要不要跟我們一塊吃？包子、餃子、饅頭、花卷，什麼都有。」

季冕微不可察地瞟了肖嘉樹一眼，頷首道：「那就多謝了。」

「不用謝。您要是不嫌我礙事，以後我專門給您送早餐過來。」陳鵬新是個會來事的，臉皮也厚，二話不說就往季冕身上黏。

林樂洋臊得要死，好半天才抬起頭，低低喊了一聲「季哥」。

「都是一個公司的，別那麼生疏，坐下吃吧。」季冕不忘招呼肖嘉樹：「你吃早飯了嗎？要不要來一點？」

肖嘉樹好好的計畫被打亂，心裡別提多鬱悶，瞄了塑膠袋一眼，搖頭道：「這是在片場外面買的早餐吧，包子怎麼發黃了？季哥，外面的餐館都不乾淨，要不……」

他話沒說完，停好車的方坤走過來，嘲諷道：「片場幾百個工作人員，天天都在外面買早餐也沒見出什麼事。正宗的麵粉本來就是黃的，雪白的麵粉都經過二次加工，沒有老麵粉健康。你們這些富二代就是事多，一點苦都吃不了。季哥有一回去甘肅拍戲，連續半個多月沒水洗澡，要換成是你，你不得發瘋？」

他拿起一個肉包塞進嘴裡，含糊道：「好吃，我就愛這家的香菇肉包！」

陳鵬新大為舒坦，奉承地笑道：「坤哥，您愛吃就多吃點。」

林樂洋偷偷瞟了季冕一眼，不知道自己該不該主動把對方最愛吃的千層餅遞過去。

拍戲要吃很多苦，這一點肖嘉樹自然明白，見方坤當著季冕的面懷疑自己的職業素養，立刻拿起一個發黃的饅頭吃起來。接近偶像的第一步看他演的電影，第二步吃他愛吃的東西。嗯，這樣季哥總不會覺得自己矯情事多了吧？

他也不解釋自己剛才無意冒犯，只是想請季哥吃早餐而已，低下頭給生活助理發了一條微信，讓對方把豪華早餐送給羅導和施廷衡等人。解釋多了人家不但不領情，還以為你炫富，這又是何必？

季晃瞥他一眼，溫聲道：「別發微信了，吃吧。」

「好的，謝謝季哥。」肖嘉樹嘴裡啃著饅頭，心裡卻樂淘淘的。

方坤忍不住懟他一句：「早餐是小陳買的，你謝季哥幹嘛？」

「謝謝你啊，小陳。」肖嘉樹也不生氣，自然而然便轉過頭向陳鵬新道謝，表情依然樂呵呵的，末了低下頭看電影，想著等人散了再與季哥搭訕。

陳鵬新心裡嫌棄他，面上卻笑得很客氣。林樂洋瞥一眼他的手機，驚詫道：「你在看《亂世流離》？」像肖嘉樹這樣的富二代，怎麼會看文藝片？他看得懂嗎？

「是啊，季哥第一次獲得影帝獎就是憑藉這部電影，可好看了！」肖嘉樹晃了晃手機，臉上全是炫耀，彷彿季晃的成功也是他的成功，完全忘了正主就在對面。

林樂洋頷首贊同，心裡則滿是不屑：又一個藉電影話題來巴結季哥的新人！他打死也不相信肖嘉樹這種從小在國外長大的香蕉人能看懂民國時期的文藝片。那些家族興衰、國家敗亡、亂世流離，他真能理解？真能入眼，甚至入心？

與林樂洋想法一致的人還有方坤。

他似笑非笑地道：「那你說說這部電影哪個鏡頭拍得最好？」

肖嘉樹一時之間說不清楚，乾脆把影片倒回去，讓方坤自己看，「我覺得這個鏡頭最好，孔荀的兩個兒子都戰死了，他收到噩耗的第二天照常起來餵雞餵鴨，打掃屋子，掃到兒子空蕩蕩的房間時，他站在窗戶邊發呆，臉頰照著太陽，眼裡卻全是渾濁與空寂。這一幕我特別喜歡！」但他不好意思說的是：每次重複播放這一段時，他就會哭一次，心裡酸澀得厲害，卻偏偏說不清道不明。

這部電影方坤看過不下三次，卻沒有一次注意到這個鏡頭，不免呵呵笑起來。富二代就是富二代，什麼都不懂還喜歡裝逼。

林樂洋雖沒有方坤表現得那麼明顯，心裡卻對肖嘉樹的眼光表示懷疑。這個鏡頭在電影裡一晃而過，莫說季哥，連導演都從未提及，可見它不過是一種情緒的渲染而已，沒什麼特別的。想到這裡，他緩緩說道：「我最欣賞孔荀的妻子被日本人打死時他抱著屍體嚎啕大哭的片段。這一段把季哥對角色的掌控力和感染力展現得淋漓盡致，我看一遍哭一遍。」

話落他滿懷期待地看向季冕，卻發現季冕正直勾勾地盯著肖嘉樹，眼裡閃爍著亮光。

季冕看向肖嘉樹的眼神非常專注，叫林樂洋有些心慌。他正想說些什麼來拉回季冕的注意力，就聽方坤贊同道：「我也最喜歡這一幕，而且季哥之所以能拿到華表獎，憑藉的也是這一幕的精彩演出。當時的幾位評審把這段視頻反覆看了很多次，並最終將之定義為年度最佳演繹。電影正式上映時，每到這一幕，臺下的觀眾就哭得稀里嘩啦，連大男人也不例外。」

陳鵬新立即附和：「沒錯，當年我去看這部電影時是紅著眼眶出來的，本以為會丟人，沒想到大家都一樣，那個場面現在想起來還有點好笑。」

肖嘉樹環顧四周，見大家都這麼說，也就沒再爭辯。管他什麼華表獎最佳鏡頭，最權威評審，他認定打掃空屋那一幕才是最打動人心的就行，不需要別人的認同。既然話不投機，他便不想再待下去，吃掉饅頭，與季冕打了一聲招呼，就躲到旁邊的休息棚看劇本去了。

方坤搖頭道：「這位少爺才演多久的戲，就以為自己是專業影評人，敢在季哥面前評論他的電影，也是勇氣可嘉。這個馬屁拍到了馬腿上，我給他打一分。」

陳鵬新連連點頭，「是啊，你要真想偽裝季總的影迷，好歹把功課做全，別張口就來。我們樂洋才是真的崇拜季總，微博裡全是季總的消息和照片。這部《亂世流離》他看了得有十幾遍，所有臺詞都會背了。」

林樂洋連忙去瞪好友，表情十分窘迫。他的確愛看這部電影，但也沒有看十幾遍那麼誇張，自己與季冕本就是情侶關係，私底下是什麼樣他還能不清楚？

陳鵬新這才是胡亂拍馬屁呢！整一個大寫的尷尬！

季冕把最後一口饅頭吃完，徐徐道：「大眾的審美往往與藝術家的審美相悖，這似乎是一條定律。為了拍好那場哭戲，我準備了兩小時，但為了拍好打掃空屋那場戲，我卻準備了足足一個月。拍哭戲我是一鏡就過，拍打掃空屋的戲，萬學東導演卡了我二十六次，我們一直討論到半夜一點多鐘才互相道別，第二天繼續拍，又卡了十幾條才算是過了。」

他掏出紙巾擦了擦嘴，起身朝肖嘉樹走去。

方坤過了好一會兒才反應過來，驚愕道：「他這話是什麼意思？」

林樂洋心裡亂成一團麻。什麼意思還不明白？能讓季哥耗費一個月的時間去準備的戲自然是重頭戲，而萬學東導演卡了他那麼多次，也足以證明這幕戲在整部電影中的地位……

當他胡思亂想時，季冕已走到肖嘉樹身邊，張口道：「你大概並不清楚，打掃空屋那段戲才是萬學東導演原定的《亂世流離》的大結局。」

聽見這話的林樂洋臉色白了白，胸口竟有些透不過氣。枉費他跟在季哥身邊好幾年，卻連他最喜愛的一部電影都無法理解。不理解也就算了，偏偏還拿自己的無知去抨擊肖嘉樹的審美，這不是上趕著給人當墊腳石嗎？

以季哥的脾氣，他當然不會計較這個，但林樂洋還是覺得很丟臉。因為他看出了肖嘉樹的潛力，也看出了自己與對方的差距。他其實算不上什麼新人，這些年時時刻刻都在研究電影，為出道做準備，跟在季哥身邊也學到了很多東西，按理來說應該比肖嘉樹這種學金融專業的強出百倍。

然而，他現在忽然發現，肖嘉樹無論是在天賦還是審美方面，都比自己厲害多了。他能瞬間理解並演繹一個角色，也能領會導演隱藏在電影中的，所要表達的思想和藝術語言，這都是一個頂尖演員必須具備的素養。

與之相反，自己不具備這些素養，未來會不會被肖嘉樹輾壓？有他在旁陪襯，自己會不會顯得越來越平庸？林樂洋不敢深究，明明很想，卻又不能在眾目睽睽下打斷兩人的談話。

季冕回頭看了林樂洋一眼，眉頭微蹙。

肖嘉樹被這句話弄懵了，過了好一會兒才恍然道：「難怪我總覺得後面那些戲分很多餘！萬導演為什麼要改結局？孔荀經歷了那麼多大起大落，最後妻子、兒子全走了，只留下一片心酸難抑的空寂，這種感覺才是最抓人心的，後面忽然冒出來一個流落在外的小孫女，還把小孫女帶大，聽著新中國成立的消息閉上眼睛，這結局才真是落了俗套，把這部電影的格調一下子拉低很多。」

季冕的心神被這番話吸引，不再看林樂洋，轉頭道：「孔荀的兩個兒子分別參加了立場敵對的兩個政黨，還在內戰爆發時互相廝殺，最終兩敗俱亡，這個劇情有些敏感，過審時組委會沒給批，萬導不得不刪掉很多戲分，又補拍了一個主旋律的結局。為了拍好打掃空屋這一幕，我準備了一個多月，還NG了四十多條，也算是史無前例。」

肖嘉樹愣了愣，遲疑道：「季哥，你的意思是……你也最喜歡這場戲？」

「沒錯。」季冕頷首。身為一名演員，對藝術擁有精準而又獨特的審美是一種極其難得的天賦，而他絕不會眼睜睜地看著肖嘉樹的天賦被所謂的大眾審美扼殺掉。說一句不中聽的話，藝術這條路從來都是狹窄的，不是大眾的。

由於臨時更改結局，使這部電影狗尾續貂，硬生生毀掉了它的藝術性，萬導鬱恨難平，之後的很長一段時間都沒再執導過任何影片，也不在媒體面前談論此事，所以外界並不知道《亂世流離》背後還有這樣的故事。那所謂的最佳鏡頭、最佳演繹，不過是一群附庸政治的偽藝術家的自娛自樂罷了。

肖嘉樹抿著嘴唇笑起來。他並不因為自己的眼光勝過方坤等人而沾沾自喜，只是覺得季哥認真演繹的角色自己看懂了、理解了，與他的關係彷彿拉近很多，心情也跟著飛揚。

他摸摸鼻子，又翻翻劇本，興奮道：「季哥，我有一個問題想問你。凌濤為什麼要殺掉凌峰？他應該很愛這個弟弟才是。」

「正因為愛，所以才會殺掉他。你看過劇本就應該知道，凌濤和凌峰的父母被人折磨而死，死後屍體還被大卸八塊。凌濤緊緊捂住了凌峰的眼睛和耳朵，所以凌峰並沒有看見或聽見這一幕，長大後才能保有陽光和正直。但凌濤卻從頭看到尾，血腥和殺戮留給他很深的心理陰影，他的性格在那一刻已經扭曲了，所以他絕不會看著凌峰活受罪。他殺死凌峰也是一種愛，只不過這種愛很瘋狂，很決絕。」

肖嘉樹恍然大悟，感慨道：「季哥，當演員真不容易，還得學好心理學。」邊說邊在小本本上寫道：買幾本心理學的書籍。

「那是當然。」季冕瞟了一眼他做的筆記，嘴角不禁帶了一絲笑意，「這個本子不錯。當年我剛入行的時候也像你一樣，總把感悟寫下來，拍完戲回去翻一翻，想一想，不知不覺就睡死過去。」現在想快速而又香甜地入睡，似乎已經成為不可能的事。經歷的太多了，人也就不純粹了。

肖嘉樹笑得眼睛都彎了，把小本本塞進口袋，又拍了拍，慎重道：「我會一直記筆記，然後把它們保存下來。等我老了就整理成回憶錄，叫做《一位演員的創作與生活》。」

季晃愣住，看向肖嘉樹的目光極其複雜。曾幾何時，他也有過同樣的想法，但後來他漸漸對表演失去了興趣，那些筆記本也被忘到了腦後。他張了張嘴，卻一時無言，只得生硬地轉移話題：「那是你的助理？他買了御膳軒的早餐？」

「對，我今天請大家吃早餐。」主要還是請季哥，卻被小陳搶占了先機！

「你有讓助理買蟹黃包嗎？御膳軒的蟹黃包很出名。」

肖嘉樹蹭地一下站起來，「當然有買。季哥，你等著，我去拿來給你。」

「拿兩個就夠了……」季晃話沒說完，肖少爺已經像一陣風捲了出去，腆著臉從羅章維的筷子底下搶走一籠蟹黃包，又飛快跑回來，眉開眼笑的模樣像朝主人飛奔的小狼狗。

「季哥，快趁熱吃！」他掰開免洗筷遞過去。這頓早餐本來就是為季哥準備的，只有進入季哥的肚子才算實現了存在價值。都說吃人嘴軟，拿人手短，自己以後應該可以經常與季哥討論演技方面的問題吧？

季晃夾包子的動作一頓，失笑道：「以後你在拍戲中遇見問題可以隨時來找我。」

肖嘉樹眼睛一亮，立刻拿出手機，「那季哥我們加個微信吧？我掃你還是你掃我？」

「我掃你。」季晃打開微信。

肖嘉樹喜孜孜地加了偶像微信，未免打擾他吃東西，便坐到一旁戴上耳機，把《亂世流離》再看一遍。瞅瞅季哥飾演的孔荀多生動，年輕時是個讀書人，儒雅俊逸，後期落草為寇又彪悍狠辣，性格轉折一點也不突兀。這場哭戲也很精彩，簡直是撕心裂肺，痛不欲生，難怪能被評為年度最佳影片。當然，最厲害的還是原定的大結局。他蹣跚而行，目光荒寂，像失去了靈魂的空殼。尤其是他的眼睛，竟然從原本的清亮轉為渾濁，這渾濁還不是戴瞳片裝出來的，而是動用了演技使之自然轉換，是真正屬於一個行將就木的老人的眼睛。

這演技簡直神了，超級棒！最頂尖的演員就該這樣，放得開也收得住，痛哭時撕心裂肺，悲哀時淪肌浹髓！肖嘉樹的心理活動不斷湧現，對季冕的讚譽足以湊成一篇幾萬字的長文。

季冕吃包子的動作越來越僵硬，幾分鐘後無奈道：「肖嘉樹，你坐遠一點。看見羅導沒？他在跟人說戲，你快去聽一聽。」

肖嘉樹掏出小本本朝羅章維跑去，季冕盯著他的背影搖頭笑笑。年輕人果然有衝勁，只是不知道能保持多久。

方坤等兩人說完話才走過來，埋怨道：「季哥，你竟然專門去跟肖嘉樹說他的觀點才是對的，我們都錯了，你不夠意思啊！他要面子，我們就不要面子啊？一個鏡頭而已，有什麼好爭的，你當沒聽見不就得了？」

「你們在討論我的電影，我還不能發表看法？」季冕放下筷子慢慢擦手，「你總跟一個小孩計較，你不覺得丟臉嗎？肖嘉樹招你惹你了，你要處處針對他？」

「那你跟我說說為什麼要幫著他封殺李佳兒，這裡面有什麼我不知道的內幕？」一說起這事方坤就撓心撓肺的，特別想挖掘出真相。

「既然是內幕，我又怎麼能告訴你？有本事你去找肖嘉樹問。」季冕不會胡亂曝光別人的隱私，擦完手正想與林樂洋好好談一談，卻見他已經走到羅章維身邊，也跟肖嘉樹一樣，手裡拿著一個小本本記筆記。

他搖頭失笑，對陳鵬新招手，「我聽說樂洋每天早上七點就來片場幫忙？」

「是啊，季總，我們樂洋可勤快了，一大早就來幫場務搬道具、布置場地和燈光，忙活完了便躲到一邊去背臺詞，時刻不敢鬆懈。季總，樂洋是您旗下的藝人，往後還得請您多關照，他一個人出來打拚不容易，早年還住過地下道……」陳鵬新說著說著就紅了眼眶，煽情的功力不比一線演員差。

季冕有些頭疼，抬手打斷他，「行了，我知道樂洋這些年過得不容易。以後你別那麼早帶他來片場，他是演員，不是雜工，那些活兒用不著他做。」

陳鵬新連忙點頭，心裡卻琢磨開了。

季總這話是什麼意思？心疼樂洋還是嫌棄樂洋？他還沒琢磨清楚，季冕已經站起來朝化妝間走去。待會兒他有一場打戲要拍，得事先在衣服裡面綁上安全帶，這樣才好吊鋼絲。

為了節省成本，趕上檔期，製片主任往往會安排某些鏡頭集中在一段時間拍攝，譬如臨時租借一棟別墅，所有在這棟別墅裡發生的劇情都得在租借期內拍完，否則便浪費錢。而今天羅章維要拍攝的鏡頭大多是打戲，因為吊鋼絲的設備搭建起來很麻煩，能集中拍完就避免了人力資源的浪費。

打戲比文戲難拍，這是眾所周知的，既要演員做到感情的傳遞，又要達到動作的流暢與逼真，沒有事先排練過幾十次甚至上百次，絕不可能一鏡就過。肖嘉樹沒學到什麼演戲方面的技巧，卻認識到了做為演員的艱辛。若要演好每一個角色，他們必須方方面面都學一點，說一句「十八般武藝樣樣精通」也不誇張。

之前留給他不堪印象的苗穆青，拍起打戲卻十分拚命，被施廷衡連續踢了好幾腳都沒皺過一下眉頭，只要導演說再來一次，她就能立刻爬起來再打，半句抱怨也沒有。

肖嘉樹看得一愣一愣的，對每個人的觀感都在不斷刷新。

兩段打戲拍了兩個多小時才算通過，苗穆青帶著渾身青紫離開了，施廷衡卻站在場邊等待下一場戲。

「咦？今天季哥也要領便當？」肖嘉樹看了看羅章維的筆記本，上面紀錄著下一場打戲的內容，竟然是凌濤被何勁殺死的一幕。

「沒錯，先把重頭戲拍了，剩下的戲分我可以慢慢來，這樣比較沒壓力。」羅章維正色道：「你待會兒好好看看季冕是怎麼演的，能與他同臺飆戲，比你上一年的表演課都有用。」

肖嘉樹連連點頭，深表認同。

說話間，季冕走了過來，一邊綁鋼絲一邊聽羅章維說戲。

這場戲的標題叫做「末路」，說的是凌濤利用男主角何勁和女主角安妮搗毀了凌氏集團和東南亞販毒圈，甚至抓捕了歐洲一名大毒梟，於是準備搭乘直升機前往家鄉安置弟弟的骨灰盒，卻沒料何勁收到線人提供的消息，趕來抓捕。兩人在天臺發生打鬥，最終何勁擊斃了凌濤，卻發現他胸前佩戴的銘牌雕刻著兩個花體英文字母T和F，而這正是暗地裡給何勁提供線索的神祕人的代號。

這一刻，真相被揭開，原來搗毀跨國販毒鏈的最大功臣不是警方，而是一個販毒頭子。

這場戲很不好拍，一是打鬥動作太難，二是感情衝突太激烈，文戲、武戲摻雜在一起，不能這頭輕了那頭重了，得相當益彰才可以。若是能夠順利把這場戲拍下來，羅章維敢打包票，二十年內必然沒有哪部警匪片能超越它。

「季冕、施廷衡，你倆給我打起精神來！要知道我們不是在拍戲，而是在創造經典，別給老子扯後腿！」羅章維揮了揮手裡的大喇叭。

季冕和施廷衡也不廢話，綁好鋼絲便上了場。

肖嘉樹雙手插兜，站姿瀟灑，實則心裡的小人早活躍開了，一邊蹦躂一邊高聲吶喊：季哥加油！而林樂洋卻是滿臉的擔憂，生怕吊鋼絲途中發生什麼意外。

羅章維聘請了國內最著名的武術指導團隊，設計的動作透著一股狠勁，偏偏很飄逸，打鬥起來十分賞心悅目。季冕和施廷衡私底下排練過很多遍，可說是配合默契，兩人一拳一腳氣勢萬鈞，偶爾騰挪跳躍宛若遊龍，竟只NG八九次就過了，樂得羅章維哈哈大笑。

第二鏡接著第一鏡的動作拍攝。施廷衡不敵季冕，便去搶奪他緊緊抱在懷裡的木盒，並不小心將木盒踢翻，才發現裡面裝的不是現金或珠寶，而是凌峰的骨灰。天臺上風大，骨灰被吹得漫天都是，季冕沉穩的表情瞬間扭曲，幾乎是往死裡揍施廷衡。他眼珠子一片血紅，額頭和脖頸的青筋一鼓一鼓的，像一隻狂獸。

周圍的工作人員都被他忽然爆發的情緒嚇住了，更何況是直面他演技的施廷衡？施廷衡被打得連連往後退，眼看快要掉下天臺，一股大風吹過來。發狂中的季冕微微一愣，下意識便鬆開了勒住施廷衡脖頸的手，改去看骨灰盒。施廷衡抓住這個機會將他踢開，翻滾兩圈後撿起一把手槍，從背後打中了他的心臟。

季冕嘴裡吐出一口鮮血，人也應聲倒下，卻用力摳住地面，一寸一寸爬到骨灰盒旁邊，用沾滿鮮血的手將散亂的骨灰攏起來，一點一點，一遍一遍，攏到一處的時候終於不動了。血紅的雙眼始終睜著，緩慢擴散的瞳孔裡再沒有一絲一毫的瘋狂，唯餘平靜。與弟弟死在一塊，這是他窮途末路中的最好歸宿。

攝影機給他的雙眼來了一個長達一分鐘的特寫，完全不用化妝，他的眼眶便能因為瘋狂而呈現出病態的猩紅，眸光慢慢渙散，最終化為永久的黑暗。

這一幕攝住了羅章維的心，更攝住了肖嘉樹的魂。他盯著螢幕，滿臉都是崇拜和熱切。

這是一種什麼樣的感情？生時唯一在乎的人是弟弟，死時唯一記掛的東西是弟弟的骨灰。直到親眼目睹這場戲，肖嘉樹才真正理解季冕之前所說的話。凌濤不是不愛凌峰，恰恰相反，他的愛比任何人都深沉，幾乎刻入了骨髓。凌峰是他的命，凌峰死了，他的命也沒了，所以他能為他做盡一切瘋狂的事，包括摧毀自己辛苦創下的基業。

季冕憑藉高超的演技，將這種徹骨之愛演繹得淋漓盡致。

厲害！實在是太厲害了！肖嘉樹在心裡瘋狂為季冕點讚，看見他解開鋼絲走過來，腿腳不禁有些發軟。哎呀，我的媽！季哥被汗水打濕的頭髮雖然凌亂，卻超級有型！貼身的白襯衫將他健碩的肌肉線條勾勒出來，再加上略顯猩紅的眼珠和唇邊的一抹血跡，簡直是行走的費洛蒙，野性十足！

季哥不但長得帥，演技好，會武功，連氣質都這麼超凡，不行了，我要給季哥跪了！肖嘉樹不由自主往前走了兩步，過快的心跳令他呼吸困難。季冕原本有些避著他，不知怎地卻又走過來，扶住他的手臂。

五迷三道的肖嘉樹瞬間清醒，臉頰漲紅道：「季哥，你有事？」

「沒事。」季冕放開他，表情有些哭笑不得。

躲在人群中的林樂洋看見這情景，臉色灰敗地走開了。十分鐘之後，季冕回到休息室卸妝，似是想到什麼，對方坤說道：「你去把樂洋叫過來，我有話跟他說。」

「什麼話？」方坤不太情願。雖然他倆的關係在外人看來一個是老闆一個是員工，相處多一點沒什麼好懷疑的，但也不能時時刻刻黏在一起。

「去叫。」季冕語氣微冷。

方坤悻悻去了，找了一大圈才把人帶回來。林樂洋剛調整好的心態在看見季冕的一瞬間又崩了。他受不了季冕總是把目光放在肖嘉樹身上，拍完戲第一個看的人是肖嘉樹，還跑去拉他的手臂，這是什麼意思？

季冕原本有很多話想說，看見這樣的林樂洋卻一時無言。

他疲憊地揉了揉太陽穴，喚道：「過來坐，我們談談。」

林樂洋下意識地露出開朗的笑容。無論內心多麼慌亂不安，又產生多少糾結，他總會習慣性在季哥面前保持陽光的一面，他知道季哥抗拒不了這樣的人，他喜歡純粹的東西。

季冕先是一愣，然後眉頭越皺越緊，繼而用審視的目光打量林樂洋，彷彿不認識他。幾分鐘後，他嘆息道：「我聽陳鵬新說你每天一大清早就趕來劇組幫忙？以後不用了，你是來當演員的，不是當雜工的，演好自己的角色才是你的本職工作。」

「好的，季哥。」林樂洋滿口答應下來，心裡卻難受得厲害。

他一個沒背景、沒資源、沒資歷的剛出道的新人，進了劇組當然要與其他人打好關係，否則日後怎麼立足？他難道愛做那些雜活？還不是為了拓展人脈，給劇組留下一個好印象？如果他像肖嘉樹那樣有一個強硬的家世背景，或像季哥這般爬到高處，他也可以什麼事都不做，什麼人都不理。

但他現在一無所有，不得一步一步往上爬？劇組裡那些人哪一個能得罪？化妝師、燈光師、剪接師……隨便一個都能給他找麻煩，季哥根本理解不了他的處境。

林樂洋滿心都是委屈，卻不能在季冕面前表現出來，還得笑得毫無芥蒂，陽光燦爛。

季冕搖頭扶額，更顯疲憊，斟酌半晌才道：「樂洋，我明白你急於拓展人脈的心情，也明白你想好好表現給羅導留一個好印象，但我要告訴你，我就是你的人脈，我擁有的資源也是你的資源，你不用委屈自己去做不願意做的事。你喜歡演戲，那你有既定的目標嗎？」

林樂洋怔愣片刻後說道：「我想成為大滿貫影帝，與你站在同樣的高度。」

這才是他不想倚靠季冕的真正原因。他也是男人，如果處處仰賴季冕照顧，跟吃軟飯有什麼分別？就算成功又如何，對他來說完全沒有意義。

季冕搖搖頭，竟不知該怎麼繼續這個話題。

「既然你想成為大滿貫影帝，那就認真演戲，盯緊這個目標往前走，不要看腳下的路，也不要看周圍的人。我幫你報了表演班，等會兒送你回公司上課。你的演技還很青澀，需要再好好磨練。」至於肖嘉樹的問題，季冕不想多談，日後疏遠些也就是了。

林樂洋點點頭，似乎很感激，但心裡終究有些不得勁。

季哥居然說他的演技還很青澀，為什麼？之前不是說他很有靈氣嗎？是因為看過肖嘉樹的演技，有了比較？不知不覺間，陳鵬新的那番「不是東風壓倒西風，就是西風壓倒東風」的言論在他心裡扎了根，不知什麼時候就會冒出頭來。

季冕狠狠皺眉，卻已無話，只好揉了揉林樂洋的頭，眼底滿是無奈和疲倦。

恰在此時，化妝間的門被敲響了，肖嘉樹禮貌的聲音傳來：「季哥，你在嗎？」

季冕遲疑半秒，回道：「進來吧。」

林樂洋的笑容凝固住，又很快恢復正常。

肖嘉樹推開門走進來，見季冕神色間有些疏離，立刻放下手裡的東西，「季哥，這是跌打損傷藥，你收著。聽說吊完鋼絲身上會很痛，你用這種藥膏揉一揉會好很多。」

他雖然崇拜季冕，但也只是圈地自萌而已，還沒瘋狂到時時刻刻都想黏在人家身邊的程度。薛淼也當過明星，而且是超一線的那種，他自然比任何人都明白他們最需要的是私人生活，而不是無休止的追逐。拍戲已經很累，能不打擾對方還是不打擾為好。

懷著這樣的想法，肖嘉樹飛快補充道：「季哥，我還有事要先走了，你好好休息。」話落揮揮手，還對林樂洋笑了笑，並未注意季冕緊繃的臉龐柔和很多，眼底的疏離也淡去不少。

「好的，謝謝你。」季冕把人送出門，轉身卻見林樂洋正拿起藥盒打量，並驚訝道：「是肖氏製藥廠生產的跌打損傷特效藥，一般的藥店很難買到，只提供給國家隊的運動員使用。季哥，肖嘉樹真有心。」

話雖這麼說，但他心裡更不舒服。季哥本就對肖嘉樹有種莫名的好感，還時時關注他，如今肖嘉樹也反過來討好季哥，他倆再發展下去會不會……明知道自己的想法是空穴來風，毫無根據，林樂洋卻停不下來。

季冕抹了把臉，無奈道：「你去換一套衣服，我帶你回公司上課。」

「好的，季哥我把藥放進你包裡。」林樂洋恨不得把藥扔掉，偏偏自虐般將它收起來。

「晚上你幫我揉？」季冕只能用別的方法來轉移男友的注意力。

林樂洋臉上的笑容僵住。

他不喜歡肖嘉樹接近季哥的行為，可也害怕與季哥發生親密的關係。他不是天生的同性戀，很難得到生理上的滿足。之所以愛上一個男人，是因為這個人在最艱難的時候幫助他走出絕境，也因為這個人太有魅力，讓他忽略了性別相同的問題。奈何忽略並不代表忘卻，某些時候，尤其是在床上，性別一致產生的問題會讓他特別難受。

「好啊，我晚上過來，順便幫你做晚餐，你想吃什麼？」林樂洋毫不遲疑地答應下來，拎包的手卻緊了緊。

季冕深深看他一眼，改口道：「我差點忘了，晚上周芳芳導演約我吃飯，我倆要談一個新的合作案。」

林樂洋暗鬆一口氣，面上故作失望，「那我們改天再約，你回去自己擦藥，別忘了。」

季冕頷首答應，背對男友時臉色沉了下來。兩人坐車回到公司，一路上不怎麼說話，倒是陳鵬新不停套近乎，聒噪得很，吵得方坤都有些煩了。

「你們先去十二樓報到，我待會兒就來。」季冕按了十二樓，又按了二十六樓。十二樓是培訓中心，二十六樓是冠冕工作室。

「好的。」林樂洋和陳鵬新先下電梯，季冕靠在牆壁上，用力抹了把臉。

「怎麼了？看起來很沮喪的樣子。」方坤轉頭看他。

「交往以後才發現自己的男朋友是直男，你會怎麼辦？」季冕一手插口袋，一手拿出香菸，意識到這裡是電梯，不能抽菸，只好把菸盒塞回去，整個人有些頹廢。

方坤差點笑出來，幸災樂禍道：「這個倒楣蛋該不會是你吧？」

季冕冷冷瞥他，不說話。

方坤想了想，正色道：「反正你已經把直男掰彎了，還計較那麼多幹嘛？林樂洋現在對你可是死心塌地的。」

季冕沒有多加解釋，只是悠長地嘆了一口氣。

能在那麼嚴重的車禍中活下來，果然不完全是一件好事。

兩人回到工作室處理了幾份文件，這才前往十二樓。

與此同時，林樂洋正坐在教室裡等待開課。

這個表演班的導師是黃子晉，圈內有名的造星大師，所以來聽課的也不是一般人，其中兩個學員是剛從韓國回來的，有了很大知名度的小鮮肉，正湊在一起用韓語聊天，並不搭理旁人，看見林樂洋時還譏諷地笑了笑，然後一邊使眼色一邊嘰哩呱啦地說著什麼，讓本就情緒低落的林樂洋憋了一團火。

另一個更不巧，正是肖嘉樹。他的譜擺得比兩位當紅小鮮肉還高，目不斜視地走進來，身邊跟著大魔王黃美軒。黃美軒坐定後拿出一疊合約為他講解，怕他有不懂的地方還會追著問幾句，聲音壓得很低，旁人根本聽不見。

林樂洋坐得很近，忍不住瞟了一眼，發現那是一份S級合約，幾乎對肖嘉樹沒有什麼限制。兩個小鮮肉不說話了，連忙站起來鞠躬，他們的經紀人一口一個「黃姊」地叫著，態度恭敬得不得了。

這就是人跟人的差別，這就是踩低捧高的娛樂圈！

林樂洋心裡滿是不平，卻被陳鵬新拉起來，恭恭敬敬地打招呼。

黃美軒隨意擺手，然後把合約收進公事包。不多時，黃子晉來了，誰也不看，先去觀察肖嘉樹的狀態，發現他眸光清亮，朝氣蓬勃，便笑開了，「過來坐。」誰都看得出來，他眼裡只有肖嘉樹，沒有別人。

四位學員連同經紀人圍坐在他身邊，相繼上交資料。

一位祕書走進來，禮貌地問道：「請問各位想喝什麼？咖啡還是果汁？」

有人想喝咖啡，有人想喝果汁，林樂洋只要了一杯白開水，肖嘉樹則是什麼都沒要，拿出手機自顧自刷微博。

黃子晉趁這個空檔把他們的資料看了看，心裡好有個數。能交到他手上的新人大多是公司重點培養的對象，他得在最短的時間內讓他們脫胎換骨。

看完之後，他指著林樂洋說道：「你這長相說醜不醜，說帥也不是特別帥，在娛樂圈一抓一大把，實在是太普通了，唯一的優點是笑起來陽光……」

他話沒說完，從韓國回來的小鮮肉竟「噗哧」笑了一聲，另一個人擠了擠眼睛。

林樂洋不自覺握緊水杯，不料杯壁太滑，手心汗濕，開水全灑在褲子上。難堪與怒火從心底攀爬上來，燒紅了他的臉，他不但不能宣洩，還得忍著，因為這裡是公司，而對面的人是黃子晉。他僵硬地站起來，聲音沙啞地道：「對不起，黃老師，我去洗手間清理一下。」

陳鵬新正準備帶他離開，卻見季冕斜倚在門口，目光晦澀。他大步走進來，把林樂洋按回座位，沉聲道：「你不是女人，褲子濕掉而已，不用急著清理，坐下把話聽完。」

林樂洋被按回座位，滿心都是抗拒與羞憤，卻又無可奈何。這些人在羞辱我，難道季哥你沒看見嗎？為什麼你不幫我出頭，還讓我繼續待在這裡？

一瞬間，他想了很多，卻聽黃子晉繼續道：「但這正是你最大的優勢。你這張臉可塑性很強，只要造型對路，既可以扮演正派，也可以扮演反派，老中青三個年齡段的角色也完全可以撐控，戲路比別人寬很多。有了這張臉，你天然就可以駕馭很多角色，我給你的外表打九分，滿分十分。這是一張適合大銀幕的臉，只要配上相應的演技，成名不難。」

黃子晉話落，看向其中一名小鮮肉，「我給你的臉打五分，為什麼？因為你臉太嫩，而且今年已經二十六歲，沒有再長開的可能，除非參演青春電影或校園偶像劇，基本上駕馭不了別的角色。再好的演技配上這張娃娃臉也違和，戲路太窄了，除非你有神一般的演技。」

小鮮肉臉上的譏笑凝固了，表情如遭雷擊。

黃子晉指著另一名小鮮肉說道：「你長得比較成熟，也帥，但你臉上動過刀，笑起來不自然，很多表情也做不出來，演面癱勉強可以，演有笑有淚的人就難了。我建議你少打點玻尿酸或肉毒桿菌，那會毀掉你臉上的肌肉，沒有肌肉你怎麼做表情？外表這一項，我給你打四分，太假了。」

末了看向滿臉期待的肖嘉樹，溫柔地笑了笑，「小樹，我給你打七分，扣掉三分全是因為你太帥，帥得很有攻擊性。你這張臉如果單純當偶像肯定迷死人，但你若是要拍戲，很多角色根本駕馭不了。今年剛得到奧斯卡影帝獎的那位演員你知道吧？正是因為長得太帥，早些年他一直被奧斯卡拒之門外，這些年來不斷自毀形象才有了今日的成功。你和他一樣，都被容貌拖累了。電影圈和別的圈子不同，太帥有時候反而不是好事。」

肖嘉樹瞟了旁邊的季冕一眼，爭辯道：「季哥也很帥，但他已經是大滿貫影帝，他什麼角色都能駕馭。」

「這正是我要跟你說的。和傑西一樣，你也需要神一般的演技才能讓觀眾忽略這張臉，從而注意到你本身的實力。別人努力一分，你得努力十分，別人努力一倍，你得努力百倍。別人輕鬆就能駕馭的角色，你得全身心投入進去，你能做到嗎？」

肖嘉樹非但沒被問住，眼裡還燃起兩團火焰。

越是艱難，他越是不想放棄。全身心投入表演對別人來說或許很難，對他而言卻是一種享受。他喜歡那種經由想像進入另一個世界並演繹另一段人生的感覺，它太奇妙了。

「我能做到。子晉哥，我準備跟公司簽約，以後就是一名正式的演員了。」他指了指黃美軒的公事包。

黃子晉笑起來，頷首道：「那你以後加油。我再分析一下你們的形體和氣質，這有助於你們確定自己今後該走什麼路線，各位經紀人也可以參考……」

接下來的話林樂洋已經沒心思再聽，他低頭看看褲子，又抬頭看看季冕，羞愧難當。

如果他剛才憤憤然走了，黃子晉會對他留下多麼惡劣的印象？當然，哪怕他沒走，對方對他也肯定沒有好感。話沒聽完就先變臉繼而失態，實在是太沉不住氣，結果說來說去反而是他的分數最高，簡直尷尬！

季哥把自己糟糕的表現全看在眼裡了吧？他一定很失望！

林樂洋越想越沮喪，如果不是大家都在，他恨不得把臉捂住。

季冕敲了敲椅子扶手，低聲道：「認真聽課。」

林樂洋趕緊把心思收回來，卻發現兩名小鮮肉正用羨慕嫉妒恨的目光看著自己。經歷了太多世態炎涼，他當然明白他們為何會有這種轉變，無非是因為自己是季哥旗下的藝人，而他親自來陪自己上課，僅憑這個關係，他的起點就比他們高很多。

原來有人依賴，有人關照，甚至有人撐腰的感覺竟是這樣。林樂洋心神恍惚了一下，又立刻把這個念頭甩開。當他集中精神聽課時，黃子晉已經說完了，並把書單分發下來。

季晁不停敲擊椅子扶手也沒能喚回林樂洋的心思，眉眼間已透著一股沉鬱。

他看了看追在黃子晉屁股後面不停問問題的肖嘉樹，又看了看拿著書單神遊的林樂洋，提醒道：「明天正式上課，你拍完戲什麼時候過來都行，黃子晉沒有固定的上課時間。他是根據你們每個人的資質來排課，學得快還是學得慢全看你們自己。總共只有六十堂課，抓住機會，別浪費了。」

林樂洋如夢初醒，臉紅道：「季哥，你放心，我一定會努力的。」

季晁打發走陳鵬新，又把人帶回辦公室，這才徐徐開口：「樂洋，我今天才發現你有一個毛病，那就是太容易胡思亂想，一胡思亂想就鑽牛角尖，怎麼都走不出來。做為一名演員，你需要的是專注，不要因為外界的評價把自己焊死，因為成名之後你將面對更多評論，好的壞的都有，甚至還有惡意中傷。你想想，以你現在的心態，你能應對嗎？」

林樂洋遲疑片刻，不得不搖頭。他連黃子晉的幾句評語都受不了，更何況普羅大眾的評頭論足？但身為演員，這些都是避免不了的。

「我明白了，以後我會專心演戲，像你說的那樣只盯著腳下的路，不看周圍的人。」

「嗯，把演技提升上去，你的路自然而然就寬了，目標也近了，被周圍的人或物迷惑只會繞很多彎路。」季晁擺手，「好了，你先回去吧。以後專注點，把心思放在演戲上面。」

「好的，季哥。」林樂洋走到門口停住，然後轉回來，飛快親了親季晁的嘴唇。

季晁看著跑得比兔子還快的人，不禁搖頭苦笑。

反觀另一頭，肖嘉樹就完全沒有林樂洋那樣的困擾。他只管演戲，別的根本不擔心，反正兵來將擋水來土掩，有什麼大不了的。

他拿著合約回到家，宣布道：「爸、哥，我跟冠世簽約了，我要當演員。」

「你說什麼？」肖啟傑又驚又怒，臉色看著看著就黑了，「你要當演員？可以，先從肖家滾出去！我們肖家沒有你這種丟人現眼的玩意兒！好好的肖家二少爺不當，跑去當戲子，你祖父要是知道了，非得把你逐出家門不可！」

肖家祖上是御醫，手裡握有很多價值連城的養生方子，開設的養生館更是負責調養國家領導人的身體，對家規看得很重，也保留了很多傳統思想。

肖啟傑娶了薛淼已是離經叛道，生的兒子要當戲子更是反了天。肖老爺子若是知道，肯定會暴跳如雷。

肖嘉樹正想分辯，薛淼冷冷地開口：「當我們多稀罕肖家似的？兒子，去樓上拿行李，我和你一塊走！」

「媽，真走啊？」肖嘉樹傻眼了，萬萬沒料到母親能這麼乾脆。

「你一打電話過來我就知道會這樣，早就做好準備了。你爸和你爺爺是說不通的，咱們直接走人。」薛淼看向肖啟傑，一字一句道：「你要離婚，或是剝奪小樹的繼承權都隨你。我們當了幾十年丟人現眼的玩意兒，現在也當夠了，以後不再給你肖家抹黑。小樹，你捨不捨得肖家的財產？」

肖嘉樹想也不想地搖頭，「反正那些也不是我的東西，有什麼捨不得？爺爺給我的股份我早就轉給哥了，轉讓合約放在我床頭的櫃子裡，哥你記得收好。」

肖啟傑被母子倆氣得話都說不出來，手指抖啊抖得，像中風一樣。

一直沉默的肖定邦慢慢說道：「轉讓合約我不簽，股份還是你的。你要當演員隨你，你要出去住也隨你，爸和爺爺我來勸。老李，去幫薛阿姨和二少爺拿行李。」

肖嘉樹沒想到大哥這麼快就會放自己離開，不免有些發愣。薛淼卻不覺得奇怪，肖定邦心思雖深，卻也不壞。他害怕小樹爭奪家產是真的，但也不會昧著良心搶走原本屬於小樹的那一份。小樹若是當了演員，對他來說反而是好事，他不會不同意。由他出馬安撫，肖啟傑和老爺子更不成問題。

管家很快提著兩個行李箱下來，又盡職盡責地把人送走。

肖定邦站在門口看著遠去的車，久久沒動。

肖啟傑回過神，大發脾氣地道：「你就這麼讓他們走了？你們合夥起來想氣死我啊！我們肖家幾百年都出不了這麼一個丟人的玩意兒……」

「夠了，父親，人已經走了。」肖定邦穿好西裝外套，淡淡地道：「我回老宅一趟，爺爺那裡我去說，您不用管了。」

不知道肖定邦用了什麼手段，原以為肖老爺子會大半夜派保鏢來抓人，卻平平安安過去了，第二天醒來，肖嘉樹還有些不敢相信，但看了看空間不大卻非常溫馨的公寓，又呼吸著格外自由的空氣，他整個人都雀躍起來。

離開肖家後，肖嘉樹反而每一個毛孔都舒暢了，薛淼與他的心情也是一樣，這會兒正穿著一件碎花圍裙在廚房裡做早餐，嘴裡哼著時下最紅的流行歌曲。

「媽，今天早上吃什麼？」肖嘉樹一邊刷牙，一邊晃進廚房。

薛淼拿起不停震動的手機看了看，發現是肖啟傑的來電，立刻按掉，愉快道：「吃番茄雞蛋麵，媽很久沒做飯了，不知道手藝有沒有退步。」

「好香，絕對是大廚級別！」肖嘉樹用力聞了聞湯麵的香氣，然後豎起大拇指。這才是他想像中的家庭生活，沒有奢華的別墅和庭院，也沒有觥籌交錯的宴會，只有一個媽媽和一個兒子，外帶一間灑滿陽光的小套房。

薛淼被兒子逗笑了，催促道：「快去刷牙洗臉，再過幾分鐘麵條該糊了。」

肖嘉樹用最快的速度刷完牙洗完臉，然後感慨道：「要是我們早點搬出來就好了。」

薛淼揉揉他的頭，苦澀道：「我一直想給你一個完整的家，卻反而害了你。小樹，媽想跟你爸離婚，你怎麼看？」

肖嘉樹早就想開了，無所謂地擺手，「只要您開心就好，我沒意見。」

「好，我這就去聯絡律師。」薛淼話音剛落，一直打不通電話的肖啟傑竟發了一份文件過來，赫然是離婚協議書，上面註明若是薛淼離婚，她一分錢都得不到。這是打量著薛淼捨不得肖家的富貴，想藉此拿捏她。

薛淼冷笑起來，一字一句回覆：「我同意了，你把簽好的離婚協議書寄給我的律師，我委託他全權辦理。」接著把該律師的名片發送過去。

肖啟傑以為她是嘴硬，很快也聯絡了一名律師，將離婚協議書列印出來並簽好字，按照薛淼提供的地址寄過去。肖家是一等一的豪門，他就不相信薛淼捨得放棄肖家夫人的寶座。

捨不捨得你等著瞧吧？

薛淼盯著手機螢幕，淬了冰的目光能凍死人。有一句話說的好，誰年輕的時候沒遇見過幾個渣？她要是早知道肖啟傑是這麼一個玩意兒，當初打死也不會嫁過去。她的事業，她的夢想，全都被他毀了！

肖嘉樹發覺母親情緒不對，連忙把人摟進懷裡搖了搖，親了親，像哄孩子般說道：「媽，我們不生氣，既然搬出來了，我們就好好過自己的小日子。您看看，您的樣子一點都沒變，走出去別人還以為您是我姊呢，您離婚以後行情肯定比我爸好。」

「真的沒變老？」薛淼拿出手機照了照，發現自己明豔逼人，這才笑開了。

肖嘉樹暗鬆一口氣，告別母親後去御膳軒打包了幾份豪華早餐帶去劇組請羅導等人吃，剛走進片場就見修長郁也在，正與季冕站在一起說話。

「修叔、季哥、羅導，我帶了早餐給你們吃。」

肖嘉樹和生活助理把幾袋早餐放到桌上，笑容比晨光還燦爛。

羅章維是個吃貨，立刻走過來搶包子，並好奇地問道：「連著兩天請我們吃早餐，肖嘉樹你遇見什麼好事了，這麼高興？」

肖嘉樹心裡快活得不得了，下意識答道：「我被我爸趕出來了。」

羅章維一口包子嗆進氣管，差點咳死。

這是什麼鬼答案？被自家親爸趕出來還很開心？

修長郁原本笑咪咪的，聽見這話目光微冷，沉聲道：「肖啟傑把你趕出來了？你媽呢？」一邊說邊拿出手機打電話，卻發現薛淼那頭始終占線。

剛緩過氣來的羅章維聽見「肖啟傑」三個字又開始劇烈咳嗽。他一直都知道肖嘉樹來頭大，卻不知他是肖氏製藥的二少爺。

肖氏製藥生產的好幾種特效藥都屬於國家級保密配方，國外那些製藥公司哪怕把成藥買回去分析也做不出一模一樣的產品。人家那是真正的古方，只有肖家繼承人才能掌握，而且背後有國家支持，旗下還建有好幾個世界最頂尖的生物研究所和養生機構，人脈之雄厚，非常人可以想像。

如果自己生在肖家，死活也不會出來當演員，真不知肖嘉樹是怎麼想的。

羅章維搖搖頭，對肖少爺的觀感更為複雜。

「我媽也跟我一塊出來了。修叔，您別打了，我媽肯定在跟她的律師通話。」肖嘉樹拿出一籠蒸餃，催促道：「快吃，再不吃該涼了。」

跟律師通話，為什麼？

修長郁想到一個可能，心中一顫，卻又很快按捺住。他哪裡還有心情吃早餐，把蒸餃遞給季冕，匆匆交代道：「我有事先走了，你幫我照顧一下小樹。小樹，你別傷心，我去肖家問問肖啟傑究竟想幹什麼。」

修長郁的背景比起肖家一點都不差，所以才能一口一個「肖啟傑」地叫。

「修叔，您不用問，我和我媽好著呢……」肖嘉樹話沒說完，修長郁已經跑沒影了，只好去勸季冕：「季哥，這裡有你最愛吃的蟹黃包，你嘗嘗。」

被父親逐出家門，把股份轉讓給哥哥，他真的一點也不傷心。他能拍戲，能一心一意地實現夢想，這才是最有價值的一件事。比起剛回國的那段迷茫的時期，現在的他才是真正為自己而活。

季冕認真看他幾眼，表情由凝重變為輕鬆，接過蟹黃包後鼓勵道：「既然離開家獨立了，那就好好拍戲。」

「嗯，那是當然。」肖嘉樹眼裡沒有陰霾，只要能繼續拍戲，他什麼困難都能克服。

季冕再次打量他，表情說不出的複雜，似乎有些詫異，又有些感慨。

肖嘉樹已經吃過早餐，未免打擾大家，主動走到外面的休息棚研究劇本。他一會兒唸唸有詞，一會兒手舞足蹈，一個人也能折騰出一場大戲。

羅章維透過窗戶觀察他，感嘆道：「我起初很看不慣肖嘉樹，覺得他的眼睛長在腦門上，調子擺得高，演技也不好，人還不勤奮，純粹是來劇組搗亂的。沒想到啊沒想到，他哪裡是演技不好又懶惰，他只是不開竅而已，一開竅真是比誰都用功刻苦。我要是有他那樣的身家背景，除非腦子壞了才跑來娛樂圈混，看得出來他是真愛演戲啊！」

季冕沒接話，搖頭笑了笑。

不知修長郁怎麼跟肖啟傑談的，原本打算默默推出新人的黃美軒竟全網發了一個通稿，用最大的版面放送了幾張肖少爺的美照，全是穿著西裝，貴氣逼人的樣子。那張極具侵略性的臉比聚光燈還炫目，鍍了一圈銀白光暈的虹膜定定注視著你，幾能攝魂。

通稿一出，遍布網路的顏狗們興奮了，螢幕不知被舔壞幾塊。

與肖少爺的高調相反，林樂洋也在同一時間宣布出道，工作室卻遵循季冕的吩咐，並未大肆宣傳，只等《使徒》上映再帶他出去參加活動，免得過早消費他的人氣。他的幾張照片默默掛在工作室的官網上，新造型比以前帥很多，笑得也陽光燦爛，若在以往，肯定能吸引不少人注意，但有了肖嘉樹作對比，竟顯得格外平庸。

不少粉絲在網頁下留言，說季神怎麼會看上這樣一個新人，隨便在街上抓一個路人甲都能把林樂洋秒掉。還有好事者將今天出道的兩名藝人放在一起比較，然後從顏值、年齡、身高、學歷、身材、穿著、氣質等各個方面進行評分，結果自然是慘不忍睹。

有黑子幸災樂禍地噴道：「不知道冠世怎麼想的，把相差懸殊的兩個人放在一起出道，一個像貴公子，一個像小跟班，特別搞笑好嗎？」

也有粉絲憂心忡忡地問：「季神，您要不要再考慮一下？您的工作室加上您總共才有三個藝人，為什麼要讓林樂洋占掉如此寶貴的資源？我真的看不出他的潛力在哪裡啊！」

沒人看好林樂洋的發展前途，他陽光俊朗的長相混在普通人裡算是出色，但放在娛樂圈卻泯滅於眾人。更悲劇的是，他與肖嘉樹的照片被網友拼接在一起掛上論壇，這種對比就顯得更強烈，而公司對兩人的不同態度也令人浮想聯翩。

一個力捧，一個漠視，怎麼看都有貓膩！

林樂洋死死盯著手機，好半晌才問：「肖嘉樹也是今天出道？」

陳鵬新憤憤不平地點頭，「我也是剛收到消息，否則一定會花錢幫你買幾個通稿。媽的，冠冕也靠掛在冠世旗下，大家都是同一個公司的，憑什麼一個出道大張旗鼓，一個出道卻默默無聞？這是典型的差別待遇！這樣太欺負人了，不行，我得找季總商量商量，不能讓你一出道就被別人壓下去！」

「不行，你別去找季哥！」林樂洋強笑道：「季哥早就跟我說了，讓我先演好戲，有了名氣之後再慢慢發展。像肖嘉樹這樣還沒有作品就開始高調宣傳，熱度起得快也降得快，我們不回應就行了。」

「他這是拿你當墊腳石踩，情況怎麼能一樣？我讓季總想想辦法，你別操心。」陳鵬新罵了一句娘，眼裡透著陰鷙。

……

林樂洋許久沒說話，等保姆車抵達片場才斬釘截鐵地道：「聽我的，別去麻煩季哥。」

肖嘉樹的微博「小樹苗」被公司拿去做認證，從今以後這就是他的大號，有自拍照和宣傳消息都可以發上去，關注欄目前只有季冕，還得把羅導、施廷衡、苗穆青等人加進去。

他剛打開手機螢幕，鈴聲響了，定睛一看卻是很少打電話給自己的父親。

「爸，您有事？」

按照以往的經驗，沒事的時候肖啟傑絕不會主動打電話給小兒子，哪怕兒子在國外碰上解決不了的麻煩，也多是交給祕書處理，他這個當父親的似乎只具有權威和象徵意義，並不需要承擔相應的責任。但對肖定邦，他卻是無微不至的好父親，幾乎把該給的都給了他。

「你媽在哪裡？快讓她回來！她要是不願意，你就問問她當初為什麼要處心積慮嫁入肖家！不要以為生了兒子就可以有恃無恐，我隨時能找個比她更年輕更漂亮的！」肖啟傑氣急敗壞地說道。

「爸，媽為什麼要嫁給您，您還不明白嗎？因為她真心愛您啊！她當年要錢有錢，要名氣有名氣，身邊還圍繞著那麼多追求者，有些人條件不比您差，您還結過婚，有一個兒子，媽嫁給您得幫您照顧兒子，照顧家庭，甚至因此退出娛樂圈，犧牲多大您心裡沒數？您捫心自問，您真不知道她為什麼嫁給您嗎？您只是仗著她愛您才會對她如此苛刻。有恃無恐的那個人，一直以來都是您。」

肖嘉樹越說越難受，低下頭擦了擦眼角才繼續道：「一段感情的維繫需要兩個人的努力，媽一直在努力，您一直在心安理得地享受她的付出，只是再多的感情也都被您的冷漠消磨乾淨了。昨晚媽睡得很好，沒有吃安眠藥，早上起來一邊哼歌一邊煮麵條。離開您之後她過得很快樂，您知道為什麼嗎？」

肖啟傑的氣息有些不穩，沉默許久才聲音沙啞地開口：「為什麼？」

「因為她不愛您了。她能為您簽下婚前財產協議書，您就應該明白，她愛一個人有多義無反顧，不愛的時候就有多乾脆。爸，您……」

肖嘉樹話沒說完，那邊就匆忙掛斷了，再打過去就一直占線。

他不知道的是，有恃無恐的肖啟傑果真把離婚協議書寄給了薛淼的律師。他以為這是妻子威脅自己的手段，聽了兒子的話才如夢初醒，火急火燎地去攔截。

「鬧了半輩子，也該鬧夠了。」肖嘉樹掛斷電話後搖頭嘆息，卻不覺得多麼傷心。父母都是成年人，他們有足夠的能力主導自己的生活。

由於來電人是肖啟傑，他怕說話不方便，於是走到化妝間來接，掛斷後推門出去，卻聽到隔壁傳來隱隱約約的說話聲。

第五章 他是站在神壇上的男人

苗穆青的經紀人抱怨道：「青青，妳看妳的手臂又紫了一塊，明天有一個化妝品的廣告要拍，這可怎麼辦啊？」

苗穆青道：「用遮瑕粉蓋一蓋不就得了。」

「妳這青一塊紫一塊的，得用多少遮瑕粉才蓋得住？我早叫妳請一個替身，妳不聽，要是惹惱了廣告商，說不定會被解約的！」

「請什麼替身？衡哥和季哥那麼大的咖位都沒請替身，我能請嗎？」

「那不一樣，他們是男人，妳是女人！」

「在劇組裡，男人、女人都是演員，沒有區別。好的女替身很難請，請到了打戲未必拍得比我好。我是舞蹈演員出身，拍打戲完全沒問題。要是請了男替身，那粗壯的身材能看？一到露正臉的時候還得停下來換我上，得浪費多少膠捲？羅導煩都能煩死。我當年為什麼走紅你不是不知道，我的口碑是靠我自己的汗水，甚至血水拚下來的，不能壞。」

經紀人似乎被說服了，好半晌才無奈地嘆了一口氣。

肖嘉樹喜歡上拍戲之後，就把同劇組的演員都調查了一遍，自然知道苗穆青的背景。當年她只是萬千北漂族中的一個，沒人脈，沒背景，是真真正正的草根出身，由於敢拚敢衝，無論是裸戲還是打戲都親自上陣，這才闖出一片天地。

她有如今的地位，正如她自己所說，是用汗水和血水換來的。當年拍一部飆車戲的時候差點死在車禍裡，出了院繼續拍，從未退卻過。雖說她愛周旋於一眾製片人、投資商裡，卻也是因為沒背景的無奈之舉，可以理解。

在這娛樂圈裡，人人都披著兩張皮，一張皮覆在外，一張皮藏在內，誰都有無法言說的心酸和祕密，所以看人真的不能只看表面。剛來劇組的時候，肖嘉樹對苗穆青很反感，不喜歡她總來巴結自己，現在則感慨萬千，心中動容。他發了一條微信給生活助理，讓他去肖氏的研發部拿些活血化瘀的特效藥過來，這才悄悄離開化妝間。

今天依然拍打戲，施廷衡和林樂洋已經綁好鋼絲，認真聽羅導說戲，只等苗穆青來了就可以開拍。苗穆青扮演的安妮同樣也是臥底，在凌氏集團擔任會計師，卻來自於國際刑警組織，與施廷衡扮演的何勁不是一個系統。他們互不相識，又在調查過程中發現彼此的蹤跡可疑，於是打了起來。

今天要拍的正是這場戲，三人一陣打鬥，完事了互相表明身分，然後結成攻守同盟。何勁負責調查周邊毒梟，安妮負責調查凌氏集團，石宇負責找出警局的內奸。

肖嘉樹趕緊走過去聽羅導說戲。每一次的拍攝都是一次教學，他像海綿一樣，正以驚人的速度吸收著表演技巧的點點滴滴。

「苗穆青準備好了嗎？準備好了就開拍。」說完戲的羅導舉起大喇叭。

「準備好了。」苗穆青豎起大拇指。

「各組人馬注意，開拍了啊！」羅導做了一個手勢，場記立刻打板子。

肖嘉樹搬來一個小板凳，蹲在羅導身邊津津有味地看著螢幕，沒過多久發現自己被一片陰影籠罩，抬頭一看卻是季冕。他一隻手夾著菸，一隻手插在口袋裡，正眉頭緊皺地盯著場上。他身高足有一百九十公分，從下往上看滿滿都是大長腿，挺直的腰背和梳理得一絲不苟的頭髮令他顯得格外冷漠嚴肅。平時的季冕卻又春風化雨，儒雅俊逸，尤其在戴上金絲邊眼鏡後，不像一名演員，倒像大學的教授。他自然而又多變，能掌握好每一個角色。

肖嘉樹盯著他看了大半天，不得不承認季哥是真的帥。每一個造型，每一個表情，每一個動作都帥，然而這都不算什麼，當他認真投入表演的時候，那種強烈的個人魅力簡直無遠弗屆，帥到爆炸。

季冕繃了好一會兒才看向他，無奈道：「你看什麼？」

「看你帥！」肖嘉樹在心裡默默回答，臉皮卻薄得很，趕緊看向場中，不好意思地道：「沒有啊，我就是發一會兒呆。」

季冕輕輕勾了勾唇角，表情不似之前那樣嚴肅。

場上的打鬥停下來，林樂洋再次吃了ＮＧ，氣得羅章維差點把大喇叭摔壞，「ＣＵＴ！武術指導在哪兒？把他帶下去再練練！踢腿都不會，你體育課是國文老師教的嗎？」

連帶這次，林樂洋已經吃了二十六個ＮＧ，再加上施廷衡和苗穆青的幾條，這場打戲拍得很不順利。看得出來，林樂洋本人也很尷尬，卻難以集中注意力，而他的經紀人則一直躲在休息棚裡刷微博，指尖狠狠戳著螢幕，不知在忙些什麼。

林樂洋連連向羅章維、施廷衡、苗穆青道歉，然後臉色通紅地看了看季冕，又看了看蹲在他腳邊的肖嘉樹，下次再拍的時候照樣吃ＮＧ，不知不覺幾小時就這樣耗過去了。

「你有沒有長眼睛啊？」苗穆青的一聲尖叫徹底結束了上午的拍攝。她被林樂洋一腳踢中左臉，皮膚很快紅腫起來，看起來有些嚴重。

她的經紀人急得直跳腳，在羅導喊ＣＵＴ之後連忙跑過去查看，然後逮著林樂洋罵個不停，甚至連「滾出娛樂圈」這樣的話都吼了出來。林樂洋起初還乖乖受著，到後面已是眼中含淚，極力忍耐。

季冕杵滅香菸，走過去親自向苗穆青道歉。

苗穆青捂著臉頰，表情憤恨，但季冕的咖位放在那裡，她不得不息事寧人，「看在季哥的面子上這次就算了。年輕人不要太浮躁，拍戲的時候認真點。」

「我知道了，穆青姊，真的很抱歉！」林樂洋連忙鞠躬，彎腰的時候兩滴淚珠從眼眶裡掉下來，打濕了地面，沒在臉上留下痕跡。

苗穆青咬咬牙根沒說話。要是可以，她真想給林樂洋一個永生難忘的教訓。她明天還得拍化妝品廣告，現在傷了臉頰算是違約，如果廣告商要終止代言，她的損失誰來賠？

季冕很無奈，正準備跟她談賠償問題，肖嘉樹走過來，關切道：「穆青姊，你擦點藥，睡一晚應該能消腫。」

苗穆青接過藥盒一看，竟是肖氏的特效藥，鐵青的臉色這才緩和起來。

苗穆青拿到藥之後趕緊讓經紀人給自己敷上，每隔一分鐘就問對方有沒有消腫。

肖嘉樹怕她希望越大失望越大，不由澆了一瓢涼水：「穆青姊，雖然這個藥效很好，但是腫成這樣，一天是能消下來，卻肯定會留下青紫。」

苗穆青剛消下去的怒火又開始熊熊燃燒，用眼刀狠狠剮了林樂洋一下。她的經紀人急得不行，連忙打電話聯絡皮膚科的專家。那位專家也沒有特別有效的辦法，到最後竟然說：「不然你找關係買一盒肖氏製藥廠生產的，專供國家隊的特效活血化瘀藥吧。那個很有效，國外的足球巨星、籃球巨星都對它十分推崇，一分錢不拿還幫著打廣告。」

經紀人看看手裡的藥瓶，當真快哭了。

肖嘉樹特別見不得別人哭喪的臉，安慰道：「穆青姊，您別擔心，消腫之後留下的淤青很淺，能用遮瑕膏蓋住。不然您乾脆讓廣告商改企劃嘛，直接讓他們拍您鼻青臉腫的樣子，然後當著鏡頭的面上一個完美無瑕的妝容，更能彰顯化妝品的威力。」

他原本只是開玩笑，沒想到苗穆青竟眼睛一亮，拿上手機走了。她的經紀人連忙跟了過去，臨走還對肖少爺比劃一下大拇指。

肖嘉樹滿臉莫名，林樂洋則心緒翻湧，久久難平。他很感激肖嘉樹為自己解圍，卻也明白他是看在季哥和苗穆青的面子上，自己在他眼裡或許什麼都不是。他拿出手機，翻了翻網友嘲諷的留言，心裡備受煎熬。雖然陳鵬新及時購買水軍引導輿論，但效果並不顯著。如果只看外表，他的確沒有哪一點能比得上肖嘉樹。

他準備關掉手機，來個眼不見為淨時，季冕伸出手臂將他摟住，柔聲道：「笑一笑。」

他習慣性地仰起臉，露出陽光燦爛的笑容。

兩人頭碰頭，肩並肩的畫面定格在照片上。季冕登錄微博發送照片，如是寫道：@林樂洋，這是我親自簽約的小新人，很有潛力，請大家多多關照。

他的粉絲足有幾千萬，且忠心無比，之前有多嫌棄林樂洋，現在就有多擁護，一個兩個冒出來，諂媚道：「展開我們的小翅膀把洋洋抱住！」

「相信季神的眼光，小新人其實長得很陽光可愛，笑起來的時候還有兩顆小虎牙！」

「超可愛！把小萌新舉高高！」

諸如此類的言論還有很多，幾乎一下就扭轉了林樂洋被肖嘉樹比到泥裡的處境。雖然還有嘖子不肯甘休，卻也很快被小皇冠們擠兌下去，微博上頓時一片和諧。

林樂洋還在發呆，季冕又朝施廷衡招手，「過來合個影，順便推一下。」

施廷衡秒懂，與林樂洋拍了一張關係比較親密的照片，然後在微博上圈對方，並讚嘆小新人演技不俗，前途光明。兩大影帝相繼出來保駕護航，林樂洋的微博自然被慕名而來的粉絲擠爆了，他們紛紛加關注，十分鐘不到粉絲量就過了百萬。

季冕把林樂洋帶進休息棚拿便當給他，叮囑道：「吃吧，吃完飯認真拍戲，別多想。」

林樂洋這才回過神，微紅的眼眶蓄滿淚水。他很想跟季哥說些什麼，但又覺得任何言語在此時此刻都顯得蒼白無力。季哥總是這樣，在他最需要幫助的時候出現，並輕輕鬆鬆地帶他走出困境。

他點點頭，慎重道：「謝謝季哥，我會努力的。」這樣的話季冕最近經常從林樂洋嘴裡聽見，幾乎快沒有感覺了。他深深看他一眼，到底沒有再說什麼。

陳鵬新刷了刷微博，滿臉都是得意。季總果然給力，一分鐘不到就把他一個早上都解決不了的麻煩解決了，這就是巨星的影響力，如果哪天樂洋能混到這個程度就好了。

下一秒他得意的笑容就僵在臉上，只因肖嘉樹拿著便當走進來，自然而然地道：「季哥、衡哥，跟我也合個影唄！」

明星合照之後最喜歡幹什麼？當然是發微博啊！

陳鵬新差點把一盒涼拌皮蛋蓋在肖少爺臉上。怎麼哪兒都有你？人家發微博，你也發微博，人家蹭熱度，你也蹭熱度，你沒完了是吧？

林樂洋的臉色也很不好看。他明白，若是肖嘉樹發微博並圈季哥和衡哥，兩人一定會回應，他們跟他的關係可一點都不差。若是羅導看見了，說不定也會勉勵幾句。這些天下來，他對肖嘉樹的欣賞和喜愛已是人盡皆知。

施廷衡誇自己那句「演技不俗」真的有些言過其實，但安在肖嘉樹頭上正合適。這些大咖一個接一個地冒出頭來響應，肖嘉樹的熱度很快就會超過自己。眼看好不容易反轉的局面又要失控，林樂洋竟暴躁起來，他是真的有點討厭肖嘉樹了。

肖嘉樹對眾人的心思一無所知，眼巴巴地看向季冕。

季冕猶豫兩秒後頷首道：「在哪裡拍？這裡擺滿便當，拍出來不好看。」

「這樣拍才真實。」肖嘉樹笑彎了眼睛，立刻捧著便當湊到季冕身邊，對助理說道：「就拍我們吃飯的樣子。」

「好。」助理喀嚓喀嚓拍了幾張，正要給肖少爺看一看，他已經跑到施廷衡身邊，捧著便當擺好姿勢。施廷衡非常的配合，一個新人是推，兩個新人也是推，反正都是同一個公司的，不會得罪人。

拍完照後季冕和施廷衡都等著肖嘉樹發微博並圈自己，沒料到他只是拿著手機看了看，然後扒起飯來。肖嘉樹長年待在國外，回來之前連微博都沒有，又哪裡會發照片宣傳自己。他拍照只是單純為了留念，存在相冊裡也就是了，發什麼微博？

飯才吃了兩口，苗穆青回來了，笑嘻嘻地說道：「妥了，廣告商對我的建議很感興趣，正在重新調整方案。小樹，待會兒姊請你吃晚飯啊！」

「不了，穆青姊，我媽買了排骨和冬瓜，肯定燉上了，我不回去吃飯她能把我吃了。」

苗穆青也不強求，發現施廷衡和季冕聯手起來推送林樂洋，冷笑一聲後說道：「小樹，跟姊姊合個影。來，茄子……」拍完直接把照片發送給肖少爺，就等著他發完微博自己再回應一下，幫他增加一點熱度。

若非黃美軒早就警告過她不准糾纏肖少爺弄出緋聞，她會自己把照片發到微博上。

她一邊吃便當一邊刷新網頁，可惜等了十幾分鐘也不見肖少爺有動靜，回頭一看才發現對方又添了一碗飯，正吃得香呢。拍照不發微博，你怎麼回事？懂不懂炒作啊？苗穆青真是恨鐵不成鋼，卻拿神經粗壯的肖少爺沒有辦法。

林樂洋和陳鵬新則暗暗鬆了一口氣，卻不敢全然放鬆，生怕肖嘉樹吃完飯後再把合照發出來。眼下網友們已經從合照中猜到他與季哥和衡哥在拍攝《使徒》，正用力誇他資源好，起點高，眼看要蓋過肖嘉樹的風頭。若是肖嘉樹也發了同樣的照片，那簡直是打臉現場啊！

肖嘉樹哪裡能想到發一條微博而已，眾人會生出這麼多的內心戲，一頓飯吃得有滋有味的。季冕頻頻轉頭看他，他也回視過去，毫不吝嗇地贈送一個燦笑。

季冕臉皮繃了繃，終是忍不住低笑起來。

是不是所有專注的人都活得比較無憂無慮？不，或許用沒心沒肺來形容更貼切！

肖嘉樹吃完飯果然拿起手機擺弄，卻沒發微博，而是註冊了一個小號，專門用來窺屏。

他想了想，把暱稱取為「別低頭，小皇冠會掉下來」。

季冕的粉絲自稱「小皇冠」，這名字擺在那兒，是個人都知道他粉的是誰。

給季冕加了關注後，他開始流覽今天的消息，發現季哥推送了林樂洋，連忙切換大號給這條微博點讚，又給施廷衡點了一個讚。他完全不知道林樂洋被網友拿來與自己比較的事，就算知道了也不會多想。他只管拍戲，粉絲多不多、人氣高不高、影響力大不大等利害，完全不在他考慮範圍之內。

他始終相信一句話：對演員來說，好的作品才代表一切。

用完大號他切換回小號繼續窺屏，發現網友竟拿季哥和施廷衡做比較，從長相到身材，從身材到氣質，從氣質到演技……吵得不可開交。肖嘉樹很少關注國內新聞，又哪裡見過這等撕逼大戲，不禁看得津津有味。

看完手癢，還不怕麻煩地戳了一段話：「不是我吹噓，季神的演技目前在國內無人能敵，拿到國際上也鮮有對手。他每一部電影都堪稱經典，《亂世流離》中的孔荀、《最後一片海洋》中的賀雲雷……」

洋洋灑灑，有理有據地誇了一大堆之後，他驕傲道：「季冕的發展比施廷衡好，為什麼？因為他夠全面，幾乎沒有他掌控不住的角色。反觀施廷衡，這些年來一直在重複自己，說起硬漢、英雄、正派，大家首先想起的就是他扮演的角色。他已經定型了，戲路很窄，這是他最大的不足之處。」

「我看過他拍攝的《黑山》，講的是一個性格窩囊的小職員在上司的欺壓和妻子的背叛下黑化卻復仇失敗的故事，結局很慘，也帶著一點黑色幽默，是他票房最爛、口碑最差的一部電影，但是我要說，擺脫掉英雄形象的施廷衡完全發揮出了自己最高超的演技。他是一名被嚴重低估的演員，他其實可以駕馭更多角色，只是沒人能認可這一點而已。他不是敗給自己，更不是敗給季冕，而是敗給了影迷。」

打完字後，肖嘉樹偷偷摸摸瞄了施廷衡一眼，這才點擊發送。

季冕一邊吃飯一邊打量肖少爺，滿眼複雜。

施廷衡吃完飯，習慣性打開手機刷微博，然後就看見一條引起熱議的評論。這條評論來自於「別低頭，小皇冠會掉」，洋洋灑灑寫了一堆，說的是自己和季冕在演藝事業上的不同發展，下面有很多網友留言，有表示認可的，有嗤之以鼻的，還有粉絲追著罵，說小皇冠在侮辱施影帝，太可惡了。

施廷衡抱著玩笑的心態看了兩行，接著表情越來越嚴肅，眉頭也越皺越緊。幾分鐘後，他忍不住問道：「這個小皇冠是誰啊？真他媽……」

坐在一旁的肖嘉樹瞥了他一眼，隨即悄悄溜走。雖然這樣說有些對不住衡哥，但季哥的發展是真的比他全面啊，他不能昧著良心說話。

施廷衡並未注意到肖少爺的異常，咬了咬牙根才又道：「真他媽說到我心坎裡去了！老子的演技真就比你差？不是！老子的戲路被嚴重限制了！公司和影迷不讓我演別的角色，我有什麼辦法？我最喜歡的一部電影就是《黑山》，但每次記者問我類似的問題我都不敢回答，我心裡苦啊！這個小皇冠很有眼光嘛，不行，我得給他點個讚！」邊說邊用力戳了一下手機。

他的粉絲原本還在噴小皇冠，看見偶像竟然站出來點讚，頓時安靜如雞，還有人傻乎乎地問：「怎麼回事？施影帝被盜號了？」

盜個屁！施廷衡心裡默默回了一句，樂呵呵地點開小皇冠的微博，發現這是一個剛註冊的小號，關注的人只有季冕一個，不禁有些酸溜溜的。都說季冕的粉絲在數量和素質上是全網最高的，這話果然沒錯。從字裡行間可以看出來，小皇冠應該是一個專業的影評人。如果不是把自己和季冕的電影全部看完並理解透徹，他絕對說不出那番話。

季冕盯著評論看了好一會兒，指尖停留在點讚上，終究沒按下去。網友本就愛拿他和施廷衡比較，若是他也站出來回應，這事就鬧大了。

「你該轉型了。」他看向好友，慢慢開口道：「三十四歲，年紀正好。」

「我也在考慮，」施廷衡笑呵呵的，「下一部電影我想演一個反派，壞得流油那種。」

季冕莞爾，「如果有好本子我推薦給你。長著正派臉的反派，應該會很有意思。」

林樂洋一邊吃飯一邊聽兩人聊天，被網友拿來與肖嘉樹比較的鬱氣早就散了。

苗穆青小睡了二十分鐘，醒來後紅腫果然消退，只留下一些青紫，拿遮瑕膏蓋一蓋勉強能看，倒也沒之前那麼惱怒。

於是乎，下午的拍攝在一片和諧中開始，那場打戲只ＮＧ了幾條就過，終於讓羅章維的棺材臉緩和一點，「這條過了，下一條準備。」

劇組轉移到攝影棚外的籃球場，繼續拍攝凌氏兄弟的日常。

肖嘉樹已經換好休閒服，正與幾名群眾演員聊天。他們年紀都很輕，最大的二十歲，最小的不滿十六，拍一場戲拿五百塊錢，帶臺詞的話有一千。

「你們爸媽同意讓你們出來演戲？十五六歲的年紀應該還在讀書吧？」

「不同意，我們自個兒偷跑出來的。成績太差，讀了也是白費。」

「那多不好啊，還是得跟他們說一聲，要不然他們都不知道你們在外面幹什麼，安不安全。」肖嘉樹正準備苦口婆心地勸一勸這些小北漂，卻見季冕慢慢走過來，身上穿著一套休閒服，頭髮並未像往常那般用摩絲固定到腦後，而是蓬鬆柔順地垂落於鬢角，看起來年輕了好幾歲，氣質也格外柔軟。

電影中的凌濤在面對凌峰時也是如此。在人前，他是威嚴的凌氏集團總裁，說一不二；在人後，他是販毒集團的頭目，殘忍無情；在弟弟面前，他卻是最睿智、最溫柔的兄長。他的生活被切割成了兩面，黑暗的一面留給自己和整個世界，光明的一面只留給弟弟。

看見他的新造型，肖嘉樹眼睛一亮，完全不擔心自己待會兒找不到感覺。為了貼合人物形象，季冕已經考慮到了方方面面，從外表到眼神再到氣質，無一不妥，與他對戲實在是一份輕鬆的工作。

「羅導，我準備好了。」肖嘉樹很有自信地對羅章維比了一個手勢。

季冕也點點頭，走到場邊站好。

「ACTION！」羅章維一聲令下，兩人沿著籃球場開始散步。

小北漂們扮演社區裡的小孩在比賽打籃球，等兩人走到近前便裝作不小心的樣子把籃球拍飛。按照劇本，肖嘉樹應該接住飛來的籃球，然後重新拋回去，並得了一個完美的三分。小孩們紛紛拍手叫好且邀請他一塊玩，他把凌濤也拉上場，兄弟倆一邊打籃球一邊回憶幼時的快樂時光。散場後，凌濤便做了一個決定，拒絕新型毒品流入東南亞的計畫，因為他不想毀掉弟弟眼裡的美好世界。

奈何真實的情況是……肖嘉樹是個運動白癡，明明籃球是正對著他飛過來，他硬是接不住，還頭朝下差點栽倒。所幸季冕飛快拽了他一把，這才拯救了他的俊臉。

「哥，還好有你！」肖嘉樹站穩之後抬起紅彤彤的臉，明亮的眼裡滿是感激和崇拜。手已經舉起來的羅章維看見他甜蜜度滿分的表情又慢慢放了下去，並未喊CUT。專業的演員都具備一流的臨場應變能力，只要導演不喊停，哪怕臺詞和劇情全演脫了，他們也能照常發揮。季冕揉了揉肖嘉樹的腦袋，輕笑道：「在國外沒有好好鍛煉吧？接個球都接不住。」話落撿起球，遠遠投進籃筐中。

原本這個鏡頭不會拍全，不管有沒有進球，劇組都會補拍一個投進的特寫，後期再進行剪輯，但季冕是個運動高手，站在場外幾米遠的地方也能投進空心三分球，動作很完美。

小北漂們真心實意地鼓起掌來。

肖嘉樹呆了呆，隨即熱切地說道：「哥，你怎麼什麼都會？我這個留美高材生在你面前真是一無是處。」

「說什麼傻話呢？哥哥就不會讀書，但我弟弟是學霸。」季冕滿臉驕傲，然後在小北漂們熱情的邀請下捲起袖子，把肖嘉樹拉入籃球場。

肖嘉樹這個廢柴不是打籃球，是被籃球打，好在有季冕幫他出頭，否則輸慘了。兄弟倆一個狼狽萬分，一個遊刃有餘，進球之後擊個掌，抱一抱，場面比劇本中描寫得更加妙趣橫生，也表現出了凌濤更為柔軟、更為溫情、更為生活化的一面。若是把這副面貌與他後期的殘忍瘋狂做對比，劇情會更有矛盾性和衝突性。

肖嘉樹認認真真地打籃球，完全忘了在演戲，直到季冕退到場邊，用懷念的目光看著自己才清醒過來。季冕的表情複雜，似乎很欣慰，又似乎透著幾分沉重。但無論怎樣，在面對弟弟時，他臉上始終掛著微笑，那微笑很溫暖很輕柔，像雨露般灑在肖嘉樹身上。

肖嘉樹不知怎地竟想起了「末路」那場戲，凌濤用沾滿鮮血的手一遍一遍攏著凌峰的骨灰，最終平靜地死去；轉念又想起「弒親」那場戲，他抱著凌峰的屍體，用絕望的語氣一字一句說道：「小峰，你不明白，人的手一旦染黑，永遠都洗不白。」

為什麼洗不白？不是他不想洗，是不能洗。他如果變得軟弱，第一個受害的絕對是弟弟凌峰。他這一生都在呵護著凌峰，把最美好最光明的一切都留給他，卻最終失去了所有。

肖嘉樹的心一下子就被這種義無反顧的愛占滿了。他把球傳給別人，站在籃筐下對哥哥微笑。他並不知道自己此刻的笑容有多溫暖、多純粹，他只是熱切地期盼自己唯一的親人能獲得幸福。他小跑到季冕身邊，真心實意地道：「哥，你是不是該結婚了？你別總顧著我，也該為自己考慮考慮。我長大了，從今往後換我來照顧你。」

季冕拍拍他肩膀，「我等你結婚之後再考慮這件事。還玩嗎？不玩我們就回去？」

「不玩了，我去喝口水。」肖嘉樹擺擺手，朝場邊的飲水臺跑去。

季冕盯著他的背影，笑容由深變淺，最後定格為凝重。

他拿出手機，沉聲道：「終止艾波拉病毒計畫。」由於弟弟的存在，他不想把災難帶入這個國度，而此刻的決定正是一切悲劇的開端。

「CUT！」遲遲沒動靜的羅章維大吼一聲。

肖嘉樹喝了兩口水，又在籃球場邊坐了坐，等強烈的心疼感過去，這才慢吞吞地走到導演身邊查看視頻。季冕卻站在原地許久沒動，然後以手掩面緩緩搖頭。

方坤見勢不對，連忙走過去詢問：「你怎麼了？」

季冕放下手，聲音沙啞道：「我剛才入戲了。」

「啊？」方坤驚訝極了，將他上上下下打量了好幾遍。

別人不知道，他還能不了解？季冕屬於典型的表現派演員。什麼叫表現派？用法國著名的表演藝術家老科格蘭的話來說：演員必須要能夠自制，儘管他扮演的人物熱情如火，他卻必須冷若冰霜。他必須像個無情的科學家似的解剖每一根顫動的神經，剝露每一條跳動的脈管，任何時候都要使他自己像古希臘神一樣，以免心裡的熱血湧上來破壞他的表演。

季冕正是這樣一個冷若冰霜又無情無欲的表演者。他可以輕易讓別人入戲，但他自己哪怕已化身為角色本身，內心也毫無波動。他的理智永遠在操控他的身體和情感，使他外在的表現無懈可擊。

然而，此時此刻，他竟然說……他被帶入戲了？那個人還是剛入行的肖嘉樹？

方坤對季冕的話表示嚴重懷疑：「不可能吧？剛才那場戲情節很簡單，你們什麼也沒做，就打個球，說幾句臺詞而已，怎麼可能入戲？」

季晏搖頭苦笑，「你不明白，他回饋給我的感情太真摯了，沒有一絲一毫的虛假。他的外在表演或許有所欠缺，但他迸發出來的情感卻能輕易取信於任何人。有那麼一瞬間，我竟然真的把他當成了我的弟弟。」

那種被溫暖的祝福、熱切的期盼所包圍的感覺，季晏一時間不知該如何形容，更糟糕的是，他竟然完全沒辦法立刻擺脫掉這種氛圍。他的人生從未被祝福過，也沒有人對他抱有期盼，所以他很不習慣。

「這麼厲害？」方坤還是有些不相信。

季晏看似溫柔隨和，但其實只是表象，真正的他總是過於理智，從不會讓情感支配自己的行為。他覺得應該立業，於是成為了影帝；他覺得應該談一段戀愛，於是有了林樂洋；他覺得應該休息，於是有了退居幕後的決定。若是哪一天他覺得該安定下來，方坤毫不懷疑他會立刻出櫃，然後與林樂洋去國外結婚，甚至領養或找代孕生個孩子。

他的人生一直在他的掌控之內，所以他更喜歡表現派的表演方式，那會讓他始終保持清醒。誰也不知道，當他塑造一個又一個經典的人物形象時，在大銀幕之下，他經過多長時間的準備和練習。他能為了演好精神分裂者專門跑去神經病院住幾個月，也能為了演好農民去鄉下種田。他的演技是靠歷練、經驗和模仿，而不是所謂的「共情」。

但誰也不能否認，他卓越的表達能力和豐富的人生經驗使他塑造的每一個角色都栩栩如生。忽然之間從一種表演方式跨越到另一種截然不同的，甚至可以說完全相反的表演方式，他肯定很不好受吧？

想到這裡，方坤緊張道：「你還好吧？要不要回休息室獨處一會兒，讓自己出戲？」

「不用了。」季冕思忖片刻後忽然搖頭低笑，「其實這種感覺並不壞。」

「那就好。來，喝點水。」方坤鬆了一口氣，把一瓶礦泉水遞過去。

肖嘉樹也被強烈的心疼感影響著。如果他是編劇，一定會把凌峰和凌濤的結局改一改，哪怕是破產，哪怕是坐牢，哪怕一起逃亡海外，也比現在雙雙慘死的結局好一萬倍。唉，人真的不能走錯路，錯了一步，等待自己的將是萬劫不復。

他一邊感慨一邊盯著螢幕，想要看看剛才的拍攝效果，然後才遲鈍地意識到：咦，他好像完全沒按照劇本來演吧？臺詞也一句沒對，羅導怎麼不喊卡啊？

羅章維為什麼不喊卡？答案在肖嘉樹的眼睛裡。他差點摔倒後看向季冕的眼神充滿一個弟弟對哥哥的依戀，只這一瞬間的感情流露便足以說服攝影機，說服導演，繼而說服觀眾。

當他玩入迷，而季冕站在場外靜靜看他時，羅章維準備在這個節點穿插一些幼時回憶，喚醒凌濤心中僅剩的良知，也讓觀眾明白他為什麼會忽然做出終止艾波拉病毒計畫的決定，但這段回憶所起到的作用遠遠比不上肖嘉樹察覺到季冕在看著自己時回贈的那一個笑容。

他本人或許沒有感覺，但在攝影機裡，他黑白分明的眼眸忽然蒙上一層水潤的亮澤，這亮澤迎著黃昏的日光微微顫動，裡面飽含著心疼、溫暖、敬愛與感激，他是多麼熱切地希望為自己付出一切的哥哥也能找到最終的幸福。而他在球場上的笨拙表現也讓凌濤意識到弟弟還像幼時那般需要自己照顧，所以他不能在泥潭中越陷越深。

劇本裡並未明說，可羅章維能解讀出凌濤隱藏的心聲。在這一刻，看見沐浴在陽光中無憂無慮的弟弟，他是想要洗白的，甚至徹底退出黑道。肖嘉樹並未按照劇本來演，臺詞也一句不對，但他流露出的情感讓這一幕比劇本中描述的更深刻，更有說服力。

「演員工具論」在如今的電影圈大行其道，很多導演認為電影演員是實現導演意圖的活道具，只需機械地聽從導演的任意擺布，在氣質和形象上符合角色設定就好，有沒有演技完全無關緊要，更有人提出：「沒有不會演戲的演員，只有不會拍戲的導演。」把一部電影的成功與失敗，完全歸結於導演的能力。

羅章維並不認同這個說法，某些重要的鏡頭，他會要求演員按照自己的意圖去原原本本地展現，但某些日常劇情，尤其是那些需要很多感情才能成功鋪墊的鏡頭，他會放任演員自己去發揮。歸根究柢，電影是一種團體創作。一部好的電影必須擁有好的導演、好的演員、好的燈光師、好的剪接師、好的化妝師等等，才能最終成就票房的大賣。

很顯然，肖嘉樹就具備這種自行參悟並創造角色的能力，與他配戲的季冕也有足夠的能力壓制他。若是換個人來，這場戲一定毀了。

「很好，這條過了。」他看向乖乖坐在小板凳上的肖嘉樹，讚許道：「小樹，你的優點是感情豐沛，容易入戲，缺點是肢體動作不夠協調。平時可以多做一些肢體動作的練習，然後多看看書，去旅遊，讓自己的心境昇華一下。等到肢體動作協調、感情流露真摯、生活閱歷豐富，你的演技才算是成熟了。」

「好的，羅導。」肖嘉樹認真點頭，看見季冕走過來，臉一紅，連忙拎著小板凳跑了。不行，他現在還無法面對季冕，總想抱抱他，拍拍他，勸他改邪歸正。

季冕盯著他的背影看了好一會兒，末了扶額失笑。

改邪歸正？什麼鬼？

林樂洋走到季冕身邊，悄悄扯了扯他衣袖，「季哥，你能跟我來一下嗎？」

明知道是演戲，他卻控制不住內心的醋意。剛才季哥笑得太過溫柔，似乎對肖嘉樹的疼愛刻進了骨子裡，令他感覺極為不適。

季冕眼底的笑意微微凝固，把人帶進專屬化妝間後問道：「什麼事？」

「季哥，我想再招一位生活助理。」

「兩個助理不夠用？」

「夠用，只是陳鵬新的妹妹高考失敗，又不肯復讀，想來京市闖一闖。她學歷不太高，別的事做不了，來給我當生活助理正合適。」畢竟是好兄弟的親妹妹，林樂洋哪能不管。

「如果我不同意呢？」季冕沉聲道：「你要明白，她是陳鵬新的妹妹，你不好讓她做事，只能供著。還有一點，她和陳鵬新若是有了不軌的意圖，聯手起來就能把你控制得死死的。你身邊最好不要招太多親友，辦不了事，麻煩還多，裙帶關係會毀了一個優秀的團隊。」

林樂洋已經答應了陳鵬新，不免有些著急，「季哥，薪資我自己來出，不會麻煩你的。等她做完這個暑假，我幫她聯絡學校復讀。再說，我和陳鵬新一塊長大的，對他們兄妹倆很熟悉，他們不會害我。」

「別的不提，我只問你一點，你怎麼幫她聯絡學校？沒有京市戶口和京市學籍，哪個學校肯收她？」

林樂洋哪裡會不知道外地人來京市求學有多難？他當初能重新上大學也是多虧了季哥的幫助，原以為這次不用自己開口季哥也會把事情包攬過去，卻沒料到他一句一句把他問懵了。

季哥不是很樂於助人嗎？

季冕臉色微僵，末了嘆息道：「好，你先讓她來，來了之後我再看看。如果是個靠譜的，我就幫她聯絡一間學校。」

「謝謝季哥！」林樂洋用力在季冕臉上親了一口便跑走了。他得把這個好消息告訴陳鵬新，還要幫他妹妹買最近一天的機票。

季冕抹了抹臉，眼底滿是無奈。

下午，扮演幼時凌濤和幼時凌峰的兩位小演員前來報到。肖嘉樹原本已經走了，看見小演員又轉回來，準備看看他們怎麼演戲。

羅章維認認真真、詳詳細細地跟他們說了一遍戲，趁他們醞釀情緒的時候對坐在專用小板凳上的肖少爺說道：「別看他倆年紀小，一個十三歲，一個六歲，其實已經有兩三年的表演經驗，演技不比你差。待會兒你好好觀摩觀摩，多學一學。」

「兩三年啊？那不是三四歲就出來拍戲？」肖嘉樹瞠目結舌。

「他們出身演藝世家，父親創辦了一個兒童劇團，母親是唱京劇的，自然入行早。」

「難怪。」肖嘉樹恍然大悟。

接下來要拍攝的是凌父、凌母被仇人虐殺的戲，兄弟倆躲在安全屋裡逃過一劫，而凌濤卻通過監視器全程目睹了父母的慘死，自此黑化。兩位小演員穿著髒衣服，臉上和手臂等處抹了一些血跡，造型看起來很符合劇情，只是不知演技如何。

要表現出極致的恐懼和刻骨的仇恨可不容易啊！

肖嘉樹剛想到這裡，羅章維便喊了「ＡＣＴＩＯＮ」，兩位小演員躲在安全屋的角落，哥哥抱住瑟瑟發抖的弟弟，滿是驚恐的雙眼死死盯著監視器。

監視器上正在播放王副導演事先拍好的凌父、凌母被殘殺時的畫面，為避防嚇著兩個孩子，畫素有些低，音效也不逼真，後期還得靠剪接師重新剪接。

弟弟入戲很快，一下子就抖起來，一邊哭泣一邊把頭埋進哥哥的胸膛。哥哥將他的頭按住，然後意識到什麼，用手捂住他的耳朵，自己卻怎麼也無法將視線從監視器上移開。

他眼睛睜得極大，說是目眥欲裂也不誇張，漆黑的瞳孔裡先是布滿恐懼，待父母的屍體被切割成碎塊後，這種恐懼又變成了滔天的仇恨。他緊緊咬住牙根，以免自己哭出來，卻由於太過用力，竟咬破牙齦流出一絲鮮血。他的眼眸越來越暗沉，最終變成了兩口深潭，把一切光明吞噬。

是弟弟的顫抖將他從魔怔中喚醒，他一隻手用力圈住弟弟瘦小的身體，一隻手狠狠擦掉嘴角的血跡，扭曲的面容緩緩恢復平靜，眸子裡卻再也沒有光。這一幕結束了……

羅章維嘶嘶吸了幾口氣，這才舉手說道：「OK，這條過了！」

圍觀的工作人員紛紛鼓掌叫好，肖嘉樹已經驚呆了。他原以為這麼難的一場戲，又是由兩個小孩來演，怎麼著也得NG個二三十條吧？卻沒料到這兩位一次就過，感情還那麼的到位，簡直是震撼人心啊！

等小演員手牽著手走下來，他連忙迎上去，笑咪咪地問道：「你倆長得真像啊，是親兄弟嗎？叫什麼名字？」

「哥哥你好，我叫魏博容，他叫魏博藝。」大點的少年很有禮貌地做著自我介紹。被他牽在手裡的小男孩奶聲奶氣地叫「哥哥」，眼眶和鼻頭紅紅的，一看就很招人疼。

「哥哥車裡有浴室，水是熱的，帶你們去洗一洗好不好？」肖嘉樹決定認真拍戲後便把保姆車換成了房車，裡面什麼設備都有，隨便在哪兒拍戲都跟在家一樣方便。

兄弟倆看向保姆，保姆又看看肖嘉樹的穿著打扮，最終同意了。這麼貴的房車，這麼貴的行頭，應該不會誘拐小孩吧？

肖嘉樹樂呵呵地把兄弟倆帶上車，又從各個櫃子裡翻出很多零食，然後捲起袖子問道：

「阿姨，要我幫忙嗎？」

保姆受寵若驚地擺手，「不用，博藝很乖，自己會洗。」然後將魏博藝剝光推進浴室。

「那行，您隨便坐。大熱天出來拍戲真不容易，片場裡沒有冷氣，還得化這種滿身是血的妝，不趕緊洗洗怎麼受得了。」肖嘉樹把一個果盤擺在桌上，招呼拘謹的魏博容吃東西，「來來來，喝點飲料，冰箱裡還有霜淇淋，我拿給你們。」

他打開冰箱拿出三盒霜淇淋，涼爽又甜膩的食物立刻收買了保姆和魏博容的心，就連浴室裡的魏博藝也探出半個腦袋，臉紅紅地說道：「肖哥哥，我也想吃霜淇淋。」

「好，給你留著呢。」肖嘉樹樂得不行，接著開始向魏博容討教演戲的問題。

魏博容對熱情爽朗的肖少爺印象很好，見他只是單純地詢問演技方面的事，不免放鬆很多，說著說著話題便拉開了，很是專業地道：「……所以說，我們小孩子演戲全靠模仿，多看經典的電影，多接觸各種各樣的人群，去認真觀察他們的行為舉止、眼神、表情，就能逐漸完善自己的演技。我們年紀小，閱歷少，真要採用體驗式的方法去拍戲，那是畫虎不成反類犬，會被導演罵死。」

「沒錯，說的很有道理，體驗派和表現派其實可以結合起來進行表演。你等等啊，我做個筆記。」肖嘉樹一邊思索一邊在小本本刷刷寫字，看得魏博容捂嘴直笑。

剛開始他還以為肖哥哥是個屌炸天的高富帥，畢竟他的長相太俊美了，甚至帶著一些銳利的攻擊性，但越是相處越是發現這位其實是個蠢萌，性格相當單純。

魏博藝飛快洗完澡，眼巴巴地等著肖哥哥拿霜淇淋給自己。魏博容半點也不拘謹，脫掉外套進了浴室。雖然只相處了十幾分鐘，但他很喜歡肖嘉樹，對他更提不起防備。這是一個很純粹的戲癡，跟爸爸一樣。

肖嘉樹寫完筆記才發現魏博藝的眼睛快瞪直了，連忙拿起一盒霜淇淋遞給他。魏博藝是個小話癆，嘰嘰喳喳地說起自己拍戲的趣事，指了指不遠處的一個攝影棚，「看，我爸爸也在那邊拍戲，我在裡面演世子，我哥哥演我爹。」

「你說啥？」肖嘉樹懷疑自己幻聽了。

這是兩個小屁孩沒錯吧？怎麼一個扮演兒子，一個扮演父親？

保姆笑起來，「您沒聽錯，魏先生拍的是兒童劇，裡面的演員全是小孩，可好玩了。哦，對了，他們翻拍的劇叫做《一夢百年》。」

肖嘉樹掏了掏耳朵，更加懷疑自己的聽力。《一夢百年》是華國最有名的古典巨著之一，說的是某個古代大家族的興衰榮辱，裡面人物眾多，劇情複雜，至今拍攝過八個版本，卻只有最初那一版最經典，號稱不可能超越的永恆。

如今魏爸爸不但要翻拍，還要請一眾小演員來演，膽子真大啊！肖嘉樹立刻來了興趣，摸摸魏博藝的腦袋說道：「等你哥哥洗完澡，咱們一起去看看你爸爸拍戲？」

「好啊！」魏博藝乖巧點頭。

魏博容自然不會拒絕肖嘉樹的請求，洗完澡便把他帶去了攝影棚。

魏江正在拍攝一場宮宴大戲，小演員們穿著古裝坐在長桌後，鋪著紅地毯的空地中有幾位小美女在跳舞，目測年齡均不滿十歲，一個個矮冬瓜似的，偏偏表情和動作認真得很，一會兒甩袖一會兒扭腰，自帶反差萌。飾演貴族的小演員們各自斟酒、聊天，搖頭晃腦，捋著鬍鬚。如果忽略他們的年紀，簡直是經典重現。

肖嘉樹忍不住了，背轉身捂住嘴，怕自己笑出來，好不容易收住笑，這才悄悄走到魏江身邊，盯著他跟前的螢幕看。

「好，這條過了！」魏江拍了拍手，小演員們這才站起來活動筋骨，安靜的片場瞬間變得鬧騰起來。

「你是？」魏江轉頭看向肖嘉樹。

「我叫肖嘉樹，在隔壁的攝影棚拍戲，跟魏博容和魏博藝有合作。」肖嘉樹指指螢幕，問道：「魏導，我能看看您最近拍的東西嗎？」

「當然。博容，搬張椅子來給肖哥哥。」魏江調出以前的視頻，興致勃勃地道：「我已經拍了七八集了，還有十集就能拍完。演員畢竟都是小朋友，很多情節不方便拍攝，精力也跟不上，只得壓縮劇本。」

「對，像原著那樣一拍拍八十集，小朋友們受不了，觀眾也沒耐心看。」

十歲之前的每一年暑假，肖嘉樹都會被薛淼帶著重溫這部連續劇，又怎會對它不熟悉？他看著看著就入了迷，對魏江的導戲水準和小演員們的高超演技嘆為觀止。

他們雖然年齡小，卻善於模仿，幾乎把初版的精髓吸取了十之八九，一張張娃娃臉做出或悲壯，或潑辣，或無賴的表情，簡直能萌化觀眾的心。肖嘉樹有些受不了，覺得自己如果把所有劇情看完，一定會忍不住要一個寶寶。

當他看到第二集時，一群大漢走進來，罵罵咧咧道：「魏江，跟你說了三點鐘滾蛋，你怎麼還在這兒？剩下的租金什麼時候交？再不交，我們把你這些破爛玩意兒全給砸了！」

小演員們嚇得瑟瑟發抖，幾名成年女性連忙圍過去阻止，雙方拉扯起來，撞壞了幾個道具箱，衣服、鞋子、仿古首飾散落了一地。魏江一邊疏散小演員一邊跑去保護自己的女員工，場面越發混亂。

肖嘉樹把魏博容和魏博藝帶去安全的地方，問道：「怎麼回事？他們是幹什麼的？」

「這間攝影棚是我爸爸租的，到期了，那些人讓他還。我爸爸不是不還，他只想把宮宴那場戲拍完而已。」魏博容臉都嚇白了，還頻頻往攝影棚裡看，生怕爸爸被打。魏博藝緊緊拽住哥哥的衣襬，眼眶通紅。

「到期了再續約啊！」肖嘉樹心疼地拍拍兄弟倆。

「沒錢怎麼續約？我們連攝影機和道具都是租來的，攝影棚的一部分租金也交不上，爸爸還跟別人借了很多錢。再不還錢，這部戲就拍不了了。這幾天爸爸正準備聯絡買家把我家的房子買了，以後我們就沒地方住了。」少年老成的魏博容終於低下頭抹起了眼淚。

這麼好的戲竟然拍不成？那多可惜！經過三秒鐘的思考，肖嘉樹拍板道：「你倆待在這兒別動，我進去跟他們談。我來投資，咱們一定得把這部劇拍完。」話落大步走了進去。

他的生活助理趕緊跟上，還不忘打了一個電話給薛淼說明狀況。

薛淼不以為意地道：「你說小樹想投資拍攝兒童版本的《一夢百年》？好，讓他投資，錢不夠我來出，拍戲之餘做點投資也好。什麼？怕他賠？不怕，眼光都是練出來的，慢慢就好了。你不說我差點忘了，片場亂得很，我得給他找兩個保鏢，十分鐘內一定趕到，你別讓那些不長眼的傷到小樹。」話落匆匆掛斷了電話。

肖嘉樹知道娛樂圈很亂，卻不知道能這麼亂，不過是一家租賃攝影棚的公司而已，請來的工作人員整得跟黑社會一樣，身上紋龍、紋鳳，還敢對小朋友下手，真是沒有王法了。

無奈他也知道憑自己的小身板肯定討不了好，一邊走一邊掏出支票本，大喊道：「鬧什麼鬧？剩下的租金我來付，多少錢報個數！」

四處打砸的大漢們紛紛轉過頭，見他手上戴著一只價值百萬的手表，衣服和鞋子也都是名牌，這才慢悠悠地停手。其中一名壯漢報了個數，他刷刷幾下填好支票，瀟灑地甩過去，接著威脅道：「快滾，不然我報警了！」

幾名壯漢本就是老闆雇的，能拿到錢誰願意在大夏天裡打打砸砸，弄得像狗一樣累，當下便拿起支票走人，一句多餘的話都沒有。

被打倒在地的魏江這才在兩名員工的攙扶下站起來，捂著流血不止的額頭說道：「小肖，剛才真是多虧你了。我寫一張借條給你，保證七天之內把錢還給你。」他的房子已經找到買家，七天之內應該能到帳。

他看看四周，擔心道：「孩子們沒事吧？」

負責照顧小朋友的工作人員連忙擺手，「魏導您放心，孩子們都在外面，沒受傷。只是砸壞了三臺攝影機，您看……」

魏江神色怔愣，頹然嘆息。那些攝影機也都是租來的，一臺幾萬塊，砸壞三臺至少得賠不少錢，也是一筆不小的開支。但無論如何《一夢百年》都得拍下去，因為這不僅僅是他的夢想，也是小朋友們的夢想。

肖嘉樹見他脊樑骨都彎了，立刻徵詢道：「魏導，剛才我看了樣片，覺得你們這部劇很有潛力，想給你們投點錢，您覺得怎麼樣？」

「啊？」魏江好半天才意識到肖嘉樹在說什麼，搓著手道：「這……肖先生，您得知道，咱們這部劇是兒童劇，還是翻拍的永恆經典《一夢百年》，目前娛樂圈還沒人這麼做過，能不能賣出去很有問題。您若是投資這部劇，就不怕血本無歸嗎？」

他也曾四處拉過投資，但人家一聽說拍的是兒童劇，先就搖頭，再聽說翻拍的還是《一夢百年》，頭便搖得跟撥浪鼓一樣。像肖先生這樣主動找上門來的投資人還是第一個，他無論如何也得把情況交代清楚。

肖嘉樹不以為意地道：「我看過，覺得好，所以才會投資。您和小朋友們只管拍戲，能不能賣出去是我的事。這樣吧，您給我一份企劃書、一份預算表，我先拿回去看看。」

魏江佝僂的脊背一點一點挺直了，搓著手在攝影棚裡轉了幾圈，這才想起企劃書放在自己的車裡，連忙去拿。

肖嘉樹一把拽住他，關切道：「您別急，先把額頭的傷處理一下。小朋友們就在外面，別把他們嚇壞了。」

「哎，好好好！」魏江立即坐下，讓兩名女道具師幫自己處理傷口。

恰在此時，一群人拿著棍子衝進來，領頭的大聲嚷嚷道：「誰他媽來砸場子？這是不把我趙川放在眼裡啊！我告訴你們，我已經報警了，再不走，把你們全抓進局子吃牢飯！老魏，你怎麼樣了？博容和博藝在我那裡，你別擔心！」

薛淼派來的保鏢剛好趕到，被他們當成流氓圍了起來。

「各位，誤會！我們不是來砸場子的，我們是肖先生的保鏢！」肖嘉樹的助理滿頭大汗地解釋。保鏢們也不與普通人動手，只是做出防備的姿態。

領頭的青年上身穿著花襯衫，下身套著破洞牛仔褲，蹬著夾腳拖，半長的頭髮因為太久沒洗而結成塊，看著更像流氓。他用食指點了點生活助理，痞裡痞氣道：「肖先生？哪個肖先生？忽悠你爺爺呢？」

「趙導，誤會！這位就是肖先生。剛才收帳的人來，是肖先生幫我疏散了孩子們，還幫我付清了租金。肖先生是好人，那些流氓早就走了。」魏江擠到青年身邊，急切道：「他們是肖先生的保鏢，剛趕到，還沒了解情況呢。誤會，都是一場誤會，麻煩大家了！」

名叫趙川的青年看看狼狽的魏江，又看看肖嘉樹昂貴的行頭，這才把帶來的人遣散。他們也在附近的攝影棚拍戲，一接到消息就趕來了。

「真是不好意思啊！」青年變臉極快，剛才還跩得二五八萬，眼下已爽朗地笑起來。

「沒關係，你們也是好心幫忙。」肖嘉樹看一眼手錶，沉吟道：「魏導，不然你把企劃書發到我的郵箱裡吧，我把聯絡方式給你。你的額頭都流血了，最好去醫院拍個片子，看看有沒有腦震盪，傷到腦子可不是鬧著玩的。」

他猶豫片刻，補充道：「你的房子最好別賣，賣了魏博容和魏博藝住哪兒？後續的投資我來負責，你不用擔心。」話落便想走人。

魏江感動得眼淚都出來了。頭一回見面的陌生人，誰管你賣不賣房？誰管你怎麼照顧孩子？肖先生真是大好人啊！他一邊點頭一邊把人送到攝影棚門口，卻沒發現趙川的眼睛像兩盞探照燈，刷地一下亮起來。

「肖先生，您等會兒，來都來了，乾脆去我的攝影棚看一看！不遠，就幾步路，我跟您說，我們也在拍攝一部古裝大戲……」他像猴兒一般竄到肖嘉樹身邊，憑著三寸不爛之舌和子彈都打不穿的厚臉皮，終於把財神爺忽悠到了百米開外的另一個攝影棚。

肖嘉樹只聽見他囉哩囉嗦個不停，腦袋都被他說暈了，手臂還被他死死拽著，想走都走不了。好不容易到了攝影棚，定睛一看，越發暈乎乎的。

這都什麼跟什麼啊？古裝劇的女演員怎麼可以穿抹胸和超短裙？那個白色嵌珍珠的是婚

紗吧？還有那個鞋，我雖然讀書少，但你別騙我，我大天朝的古人從來不穿羅馬綁帶涼鞋！

肖嘉樹感覺自己的眼睛很酸痛，還想流淚，應該是被辣的。他正想堅定地推開趙川遞來的劇本，卻聽對方憤憤不平地說道：「我們這個劇組簡直是良心劇組，聘請的造型師是聞名國際的新銳設計師傑斯，得過美國時裝設計師協會頒發的年度最佳女裝設計師獎、年度最佳飾品設計師獎，在國外搶手得很。您看看我們演員的造型，漂不漂亮？有沒有創意？我也是想不通，怎麼會有人說我們的造型辣眼睛，真是太沒水準！」

「您再看這些場景，全是按照我的構想搭建，綜合了唐宋元明清各大朝代的建築精髓，低調中透著奢華，奢華中又兼具典雅，簡直是太完美了！演員們穿著精緻的戲服往那一站，就是一幅夢幻般的油畫！」

人家又指了指正埋頭吃便當的幾個演員，繼續道：「這些演員雖然都是還沒出道的新人，但顏值一個賽一個地高，不用說話也能迷死人。說到演員，我他媽就來氣，前陣子有一個姓李的女藝人來面試女主角，嗓音帶著金屬質感，相貌也英氣，很適合扮演太子，我就準備錄用她，結果她轉頭就毀約，還說什麼母親病重需要錢，但我給的片酬不夠。我就說那行啊，我給你分成，她也不幹，還是走了，背地裡卻跟別人嚼舌頭，說我這是草臺班子，拍不了戲。他奶奶的，好玄沒把我氣死。我這部劇場景夢幻、演員漂亮、造型新穎、情節有趣，日後肯定大火特火，到時候我看她後不後悔。」

肖嘉樹推開劇本的手不自覺改為握住，試探道：「李姓女藝人，李佳兒？」

「您認識她啊？」眉飛色舞的趙川瞬間變得小心翼翼，生怕肖少爺跟李佳兒有瓜葛。

「不認識。」肖嘉樹收好劇本，認真道：「我先看看你這個專案對不對我胃口，明天再給你答覆。我的手機號是……你要是打不通可以來六號攝影棚找我，我白天在那兒拍戲。」

趙川臉皮厚歸厚，卻不是胡攪蠻纏的人，見肖先生表情慎重，不像是忽悠人的，連忙高高興興地記下電話號碼。

度過迷茫和叛逆期的肖嘉樹恢復了本性。他做事認真，目標堅定，否則也不會在短短四年內完成本科和碩士學業，說要投資便耗費了一晚的時間把《一夢百年》的劇本和企劃書研究透徹，並制定了新方案。《一夢百年》劇組隨時面臨停拍的危險，他不抓緊點怎麼能行？

第二天早上他略微休息了兩小時，這才前往《使徒》的劇組，還不忘把《冷酷太子俏王妃》的企劃書和劇本帶上，準備在拍戲間隙看。照例為羅導等人買好早餐，他一邊攪拌海鮮粥一邊翻開厚厚一疊資料，眉宇間滿是疲憊。

「昨天沒睡好？」季冕在他身邊坐下。

「昨晚熬夜了。」肖嘉樹老老實實交代，並招呼道：「季哥，蟹黃包在靠左第二個塑膠袋裡，你自己拿吧。」

「你喝的是什麼粥？」季冕吸了吸鼻子。

肖嘉樹把粥碗往季冕的方向推了推，推薦道：「海鮮粥，很甜很鮮。」

「裡面有蝦仁？」

「是啊，好多大蝦仁，你看。」肖嘉樹用湯匙攪拌，把沉到碗底的蝦仁全都撈上來。

季冕眉頭微皺，似在猶豫，大概兩三秒後才從口袋裡取出一瓶藥，乾脆道：「還有嗎？給我來一碗。」邊說邊倒出一顆藥塞進嘴裡。

隨後趕來的方坤睜大眼睛喝斥：「你怎麼又作死……」見肖少爺抬頭朝自己看來，臉上還帶著探究的神色，他不得不把餘下的話嚥回去。

肖嘉樹從保溫箱裡取出一碗粥遞給季冕，然後繼續看劇本。

方坤瞄他一眼，頓時笑了，「你怎麼也有《冷酷太子俏王妃》的劇本和企劃書？該不會是趙川拉投資拉到你這兒來了吧？我跟你說啊，你可千萬別聽他忽悠，他那個劇組太奇葩了，明明是古裝劇，造型整得比現代時裝劇還新潮，請的也都是些沒畢業的學生去拍，只要長得足夠漂亮就能上，根本不看演技……」

吐槽起趙川的新劇，方坤可以連續不停說上幾小時。

肖嘉樹根本沒在聽，注意力全集中在劇本上。

這部戲的劇情真是神了！太子是女扮男裝，王妃是男扮女裝，兩個各有苦衷的奇葩就這樣湊成了一對。婚後發生了很多事，女太子要爭皇位，男王妃要打仗，最後一個當了皇帝，一個當了將軍，還生了一大群孩子。開頭天雷滾滾，中間狗血傾盆，結局惡俗無比，簡直是挑戰人類的三觀。

更神奇的是，這樣雷的劇情，肖嘉樹居然覺得很有趣，好幾次都差點笑出聲來。他抽出一張紙巾捂捂嘴，這才繼續翻看劇照，末了開始沉思。該怎麼說呢，這部戲完全就是惡搞，但它輕鬆有趣，打破常規，趙川也是採用打破常規的手法在拍攝。他採用了全新的造型、全新的演員、全新的場景，初看令人眼花繚亂，再看卻又能品出一些特別的味道甚至美感。

他的構圖技巧、色彩運用、情感渲染、劇情編排都很獨特，一點也不像是第一次拍戲的新人導演，反而像一位新銳藝術家。他的審美或許有些小眾，但絕不是毫無生氣的，反而充滿了夢幻般的感染力。

肖嘉樹翻完劇照，沉吟道：「謝謝坤哥提醒，但我覺得這部劇很有意思，值得嘗試。」

他正準備把資料放回資料袋，季冕已伸手過來，低笑道：「讓我看看。」

「好的。」肖嘉樹把兩個資料袋一起遞過去，解釋道：「季哥，這是《一夢百年》劇組的企劃書，你也看看。我覺得這兩部劇都很有潛力，準備投資。」

「魏導的《一夢百年》？那好像是兒童劇？」季冕徐徐說道：「這些年的兒童劇不好賣，市面上大賣的兒童劇題材都很玄幻，要麼是超人，要麼是怪獸，要麼是各種小動物，像這種歷史正劇，受眾面不太好定義。」

「我做了一份新的企劃，受眾面主要是成年人。」肖嘉樹把自己花費一晚的時間寫好的方案找出來，讓季冕先看。如果說昨天晚上他還對這兩個投資心存疑慮，現在則下定決心，他相信自己的眼光和判斷。

季冕翻了翻投資方案，再看向肖嘉樹時眸光有些閃爍。

他只能給出兩個評價，一是超出想像的專業策劃，二是異乎尋常的精準定位。

「不錯，很可行。」他中肯地道。

「季哥，你不是在開玩笑吧？」方坤快笑抽了，「就那兩個破劇組，還投資？一個用小孩來拍歷史劇，一個用奇葩造型來拍古裝劇，不把內褲賠掉算不錯了。肖嘉樹，季哥是在安慰你呢，你千萬別當真。」

季哥是不是在安慰我，我能看不出來？要知道，季哥當年可是全額獎學金考上的哈佛大學數學系，雖然由於家庭原因沒能畢業，智商也足夠甩開你幾十條街，我能不聽季哥的聽你的？肖嘉樹很不以為然，面上卻未表現出來，篤定道：「季哥說行，那就是真行。」

「你家季哥要是真的看好這兩個專案，你讓他也投資一筆錢啊？」施廷衡走了過來，調侃道：「季冕，光說不練假把式，你的支票本呢，快拿出來。」

季冕果真掏出支票本，認真道：「你是想獨資還是合資？我也很看好這兩個專案，但劇本是你帶來的，企劃書是你寫的，我能不能分一杯羹還得問過你的意見。」

大家都以為他在逗弄肖嘉樹，玩笑開過之後肯定會全力阻止對方把錢扔水裡的決定，頓時擠眉弄眼，捂嘴偷笑。

林樂洋也來了，正坐在一旁靜靜地聽兩人說話，面上愉悅，心裡卻很不舒服。季哥從來沒像現在這樣跟自己開過玩笑，他永遠是溫柔的、體貼的，看似近在眼前，實則遠在天邊。他面對肖嘉樹時比面對自己時要真實多了，他究竟是怎麼想的？

當林樂洋胡思亂想時，肖嘉樹興高采烈地點點頭，「好啊，季哥咱們一塊做這兩個專案。我一點經驗也沒有，可以跟你多學學。分成什麼的咱們晚上再談，我把魏導和趙導約出來一起吃個飯。」一邊說邊打開微信邀請兩人，作風雷厲風行。

方坤見季冕玩笑開大了，連忙去搶肖少爺手機，「喂，你先等等……」

「不用等了，就約中午，我晚上還有事。」季冕收起支票本，語氣淡淡，「別看熱鬧了，吃你們的早飯去。」

眾人雖面帶驚奇，卻也沒再說什麼，拿了早餐一哄而散。

人家愛往水裡扔錢聽個響，關你什麼事？

肖嘉樹這才甩開方坤，給魏江和趙川各自發了一條訊息，約他們中午在附近的餐廳吃個飯，順便談一談投資的事。

季冕是林樂洋的戀人，這筆註定會打水漂的投資林，樂洋怎麼能不在乎？趁著肖少爺跑去洗手間的空檔，他偷偷拉了拉季冕的衣袖，勸說道：「季哥，你真的要投資這兩部劇啊？我休息的時候去附近的攝影棚看過，發現他們的劇組真的很簡陋，劇情奇葩，導演和演員也都不專業，根本就是胡拼亂湊的！你是不是，是不是……」

餘下的話他沒說完，也不敢說。

你是不是看在肖嘉樹的面子上才準備投資？你是不是對肖嘉樹懷有特殊的感情，想引起他的注意？你是不是覺得我沒有肖嘉樹優秀，所以嫌棄我了？各種各樣的擔憂充斥著他的心中，但是沒辦法，肖嘉樹就在他的眼皮底下，還對季哥那樣熱情，他怎麼能不多想？他甚至無時不刻不在防備著對方，總愛拿他與自己比較，然後更為忌憚。

季冕揉了揉太陽穴，似乎很疲憊，緊皺的眉心昭示著他正在隱忍某種情緒，但他終究沒發作出來，反而心平氣和地解釋：「這兩部劇各有特色，很適合現今的娛樂市場，也迎合了觀眾的口味。現在的人生活節奏越來越快，生活壓力越來越大，回到家再看那些抗日劇、宮鬥戲、宅鬥戲，肯定會覺得疲勞。這兩部劇能使人放鬆，甚至開懷一笑，而且拍攝的品質也不差，那麼它們就是有受眾群的，能樹立起良好的口碑，哪怕不賺錢也虧不了多少。如果後期再好好宣傳一下，要火並不困難。」

林樂洋點點頭，笑容真摯，「季哥做了那麼多投資都沒失敗過，這次肯定也能行的，我支持你。」事實上他一個字也不信。兒童劇本就冷門，再加上一部毫無邏輯可言的古裝雷劇，能火才怪！什麼迎合觀眾的口味，季哥只是在迎合肖嘉樹而已。

季冕定定看他，完全無法從他的眼裡找出一絲一毫的虛偽，眸色不禁加深。

樂洋的演技比肖嘉樹差？不，他擁有著完全不輸於，甚至遠超於肖嘉樹的演技，但這一點並不能令他感到高興。

林樂洋被看得頭皮發麻，正準備說些什麼緩和氣氛，肖嘉樹卻回來了，同來的還有苗穆青。她一邊走一邊照鏡子，急切地問道：「小樹，你看看我臉上的淤青淡了沒有？」

林樂洋正為得罪苗穆青的事發愁，這會兒搶先開口：「穆青姊早，我看您臉上的淤青好像比昨天淡了很多。」

苗穆青臉色立刻變黑了，正要開懟，肖嘉樹卻擰眉道：「穆青姊，淤青一點都沒淡，妳昨晚是不是忘了擦藥？」

生活助理小周又是擠眉又是弄眼，沒料到二少依然給出最實誠的答案，不免扶額。二少爺在國外待久了，不知道該怎麼處理國內的人際關係。面對一個女人，尤其是女明星，你能拿她的臉說事？你這個答案不是加分而是送命啊！

苗穆青逐漸變黑的臉色立刻轉晴，笑嘻嘻地晃了晃鏡子，「沒淡就對了。昨天我去了萊雅總部，他們對我身上的青紫很滿意，一再要求我保持顏色和形狀，今天好拍攝一段完美變身的視頻，我要是把淤青揉淡了才真是搞砸了這份工作。現在的人越來越虛偽，就喜歡睜著眼睛說瞎話，還是小樹最可愛。」

她對肖少爺挑了挑眉，這才走進化妝間，全程沒給林樂洋一個正眼。林樂洋下意識地往季冕身後躲，滿心都是委屈。他只是想給苗穆青一個安慰而已，怎麼就虛偽了？

苗穆青擔心在身上留下青紫影響萊雅化妝品的代言，所以拍戲的時候很注意保護自己，現在沒了那方面的顧忌，自然是放開手腳去打，拍攝效果很逼真。

羅章維特別喜歡她那股狠勁，幾個鏡頭下來已是大為滿意，拊掌道：「穆青今天表現得很好，不比男演員差。林樂洋，你看好了，待會兒輪到你的時候也照著這股勁去演，得真打。和你對戲的都是專業武術師，身上做了保護，不會被你那些花拳繡腿弄傷。」

林樂洋笑呵呵地答應下來，彷彿絲毫不介意羅導的直言直語，但真上場的時候卻頻吃NG。他心裡一旦藏了事就很難再集中注意力，除非能把煩惱解決。

連卡幾十條後，羅導頗不耐煩，讓他躲一邊涼快去，讓別人先演。他尷尬地捂臉，瞥見季冕正朝自己招手，連忙跑過去解釋：「季哥，我運動神經不太發達，很多動作學不會。」

季冕掏出一根香菸點燃，徐徐道：「學不會就多下些苦功，武術指導不是擺在那好看的，你得多跟他們學習。」

林樂洋嗯嗯兩聲，表情很乖巧。

季冕透過薄薄的煙霧看他，繼續道：「中午的飯局你跟我一塊去，趙川其實並不是新人導演，他拍攝的一部短片曾獲得過國際新銳導演獎，只是他一直待在國外，名氣沒傳回來，我介紹他給你認識認識。」

林樂洋點頭答應，心裡也舒服很多。能阻止季哥跟肖嘉樹獨處便好，能不能認識什麼新銳導演都無所謂。不過那兩部劇一看就是爛片，季哥的錢若是投進去肯定會虧，還得想辦法讓他打消主意才是。看見不遠處的方坤，他的眼睛亮了亮，這才徹底釋懷。

本打算再安撫他兩句的季冕忽然掐滅香菸，語氣略沉，「去找武術指導練習吧。」

「那我過去了。」林樂洋笑得很開朗，彷彿完全沒受之前那幾十條NG的影響。與武術指導對練過後，他把方坤拉到角落說了一會兒話，再上場時已變得非常專注，幾個很難的武打鏡頭幾乎一條就過，令羅章維刮目相看。

季冕全程站在一旁觀察他，狹長的雙目微微瞇著，表情有些莫測。

臨到中午，方坤找上季冕，直言道：「季哥，我剛才和工作室的幾位總監通過電話，都不看好《一夢百年》和《冷酷太子俏王妃》那兩部劇。你看你要不要先回去跟大家開個會再做決定？賺了固然好，虧了損害的是全體員工的利益，你不能一意孤行啊！」

季冕正欲開口，走過來邀請他的肖嘉樹卻尷尬地咳了咳。若是不來這一趟，他還不知道方坤是這樣想的。也是，在一般人看來，《一夢百年》和《冷酷太子俏王妃》的製作團隊的確很不靠譜，賺了是撞大運，虧本才是正常。他能拿錢出來試水，因為他不必對任何人負責，但季哥不一樣。季哥是有公司的，他做出的每一個決定都關乎很多人的利益。

如果是一本萬利、毫無風險的投資，他肯定會拉季哥一起，但這種帶有不確定性的、風險很大的投資，再找季哥不是給他添麻煩嗎？

這樣一想，肖嘉樹滿心羞愧，擺手道：「季哥，你要是不方便，這事就算了。我和魏導、趙導已經約好了，先走一步。」

季冕正準備挽留，他已經腳底抹油溜得沒影了。

方坤大鬆口氣，暗忖道：肖嘉樹挺識趣的嘛，知道不能拖累咱們公司。什麼爛劇都敢投資，他也是在國外待傻了，適應不了國內的環境。

季冕點燃香菸，眉眼在薄霧中顯得尤為冷峻，「阿坤，你跟我幾年了？」

「季哥，你失憶了？你剛出道我就開始跟著你，到現在已經差不多快十三年了。」

「那你應該了解我這個人最恨什麼。」

方坤頓時不敢開腔了。季哥最恨什麼？像他這種掌控欲極強的人，自然最恨別人干涉他的決定。他可以被勸服，卻不能被挾持，而方坤剛才所做的便是以公司的名義在挾持他。

「公司不同意，我可以以個人名義進行投資，我不會拿員工的利益當兒戲。跟在我身邊太久，頂著金牌經紀人的光環也太久，你失去了基本的職業素養。正好前幾天公司簽了一個新人，你去帶一帶她吧。」季冕微薄的唇吐出幾縷輕飄飄的煙霧，說出的話也輕飄飄的。

方坤壓力倍增，囁嚅道：「季哥，你該不會趕我走吧？我剛才說錯話了，我道歉。」

「我只是想讓你重新體會該怎麼做好一名經紀人。」季冕撣掉菸灰，語氣平淡，「行了，你回去吧。」話落轉身離開。

方坤懊悔無比，又不敢去追，只恨自己為什麼要多那個嘴。季哥要投資就讓他投資唄，如果風險太大，自然會有公司元老去阻止，輪不到他去當這個惡人。

「季哥呢？」拍完戲的林樂洋興沖沖跑過來，卻發現休息室裡只有方坤一個人。

「季哥先走了。」方坤沒好氣地說道。若不是林樂洋慫恿，他能做剛才那種蠢事？

「他怎麼先走了，不是說好要帶我一塊吃午飯嗎？」

「我怎麼知道，你自己打電話問他啊！林樂洋，我告訴你，以後別拿老子當槍使！」方坤冷笑道：「季哥生意上的事不是你能插手的。當初跟季哥在一起的時候，你不是說過不圖他什麼嗎？怎麼又會在乎他賺了多少虧了多少？你是不是怕他虧多了，自己能哄到手的就變少了？你那些齷齪的心思季哥哪能看不清楚？什麼拜金玩意兒！」

方坤憤憤不平地走了，到底沒敢去季冕面前說什麼。

林樂洋臉色慘白，心緒紛亂，好半天才回過味來。

什麼叫背後使壞？什麼叫拜金玩意兒？季哥是不是也是這樣想的？他心裡咯噔一下，連忙拿出手機打電話給季冕，沒接通又跑去找陳鵬新，讓他趕緊開車送自己回公司。

季冕把手機調成靜音模式，回到公司後小睡片刻，再睜眼卻發現林樂洋正坐在對面的沙發上看著自己，滿臉都是忐忑不安。

「你回來了。」他抹開額前的髮絲，聲音透著沙啞。

「季哥，有一件事我想跟你解釋清楚……」林樂洋一邊斟酌一邊開口。解釋清楚我不是為了圖你的錢才跟你在一起，我只是感動於你當初的幫助，所以想回報你的恩情，回應你的愛意。我不在乎你每年能賺多少，我只想好好與你在一起。

他有很多動情的話想說，卻不知該如何表達。

回報恩情？季冕微微一愣，然後將林樂洋扯到床上壓在身下，去吻他蒼白的嘴唇。林樂洋習慣性地偏頭躲了一下，狀似在調整角度，緊接著又自然而然張開齒縫去迎合。明亮的雙眼早已閉上，窺不見半點情緒。

情侶之間解決分歧的最好方式不是解釋，而是滾床單。如果一次不行，那就兩次。為了安撫季哥，林樂洋打算豁出去。

豁出去？季冕品評這三個字，半晌才道：「你下午還有幾場打戲要拍，得好好休息。」

林樂洋有些懵，等人走到外間才如釋重負地鬆了一口氣。

能不滾床單自然最好，至於那些表白的話，等以後找到合適的機會再說。自己是什麼樣的人季哥應該清楚，要真是圖他的錢，能到現在還住在十幾坪的小公寓裡？

三天後，肖嘉樹已經與魏江和趙川談妥投資的事。他雖然出身豪門，但能動用的錢並不多，滿打滿算也就四千多萬，兩個劇組分一分只能說勉強夠用。現在的影視劇都往高投資、大卡司走，幾個億才算起步，十幾億都是常事，演員的片酬更是高得離譜，隨便一張口就能喊出五六千萬的天價。

一個億的投資裡，演員片酬占去幾千萬，剩下的幾塊錢全用來搭建場景、製作道具、支付人事成本，最後剩下五毛做特效。這就是「五毛特效」的由來。娛樂圈越來越浮躁，似乎已經忘記一部好的作品最需要的東西是什麼。

魏江和趙川卻沒有忘記，他們並不打算另請大牌演員，而是把錢全用在攝影器材、道具和場景、特效的改進上，準備拍出兩部精益求精的佳作。而肖嘉樹也明確表示不會干涉他們的任何決定，更不會對演員指手畫腳。

有了這麼好的投資人，魏江和趙川頓時迸發出百分百的熱情，在後期拍攝中靈感頻現，進度飛快，可肖嘉樹卻遇見了新的麻煩，這麻煩還不是他能解決的，得去找林樂洋投訴，因為問題就出在他剛聘請的助理身上。

該助理名叫陳鵬玉，是林樂洋的經紀人陳鵬新的妹妹，高考失利來京市闖蕩，人長得挺清秀，看著也很斯文，卻時不時往肖嘉樹的化妝間跑，一會兒問東問西，一會兒摸摸這個碰碰那個，一點都不拿自己當外人。

肖嘉樹忍了好幾天，終於在陳鵬玉偷拍自己脫衣服的照片後忍無可忍。

「林樂洋，我有話跟你說。」趁大家都在午休，肖嘉樹把林樂洋叫到自己的化妝間。

「什麼事？」林樂洋左右看看，羨慕道：「你的化妝間真大，還有獨立的浴室。」

肖嘉樹倒了一杯開水給他，然後拿出手機說道：「你看，這是陳鵬玉昨天偷拍的照片，要不是我的助理及時發現，她還準備發到網路上去。」

林樂洋瞟了手機一眼，發現那是一張肖嘉樹換衣服的照片。他雙手捏起衣襬，露出一截細腰和一片雪白的胸膛。衣服擋住了他的臉，照片畫素不是很高，除非是熟悉他的人，否則根本認不出這是誰。

林樂洋覺得問題不嚴重，正準備為陳鵬玉求情，便聽肖嘉樹繼續道：「如果她真的把照片發到網路上去了，我有權控告她侵犯我的隱私權。做為一名助理，她這種行為很沒有職業道德，也令我非常生氣，我要求你解雇她。」

小玉是我的助理，你有什麼資格要求我解雇她？

這是林樂洋下意識的反應，但他並未表現出來，而是軟著語氣解釋：「小玉剛從我老家過來，年紀還小，很多規矩都不懂，你能不能再給她一次機會？」

「這就是我要跟你討論的第二個問題。她還是個未成年人，你不應該讓她工作。」肖嘉樹認真說道。

「我明白，所以過完暑假我會幫她聯絡一個學校讓她去復讀。也就兩個月的時間，你原諒她這一次吧？」林樂洋面上笑呵呵的，內心卻極不舒服。肖嘉樹高高在上的語氣令他非常反感。他不是他的下屬，沒必要聽他的指揮。

聽說陳鵬玉只是打臨時工，肖嘉樹嚴肅的表情才緩和下來，頷首道：「那就好。她年紀還小，讀書才是正途。你告訴她以後別再這樣做，這是犯法的。」

「好，我一定轉告她。」

林樂洋剛走出化妝間，開朗的笑容就轉為陰沉。他回到自己的休息室，沒發現陳鵬玉的身影，想了想便往外面的大棚走去。

大棚裡坐滿了正在吃便當的工作人員，季冕一點架子都沒有，也混跡其中。陳鵬玉果然蹲在他的身邊，正仰著臉興致勃勃地說著什麼。季冕偶爾回應她一兩句，表情看似溫和，眸光卻是冷的。

林樂洋心裡咯噔一下，連忙跑過去吩咐道：「小玉，幫我拿個便當過來。」

陳鵬玉噘嘴，「樂洋哥，你自己沒有腿啊？便當就放在那裡，二十米都不到。」

「死丫頭，妳還不快過來？三個人的便當我怎麼拿？」陳鵬新不耐煩地吼道。

陳鵬玉滿臉不情願，又擔心哥哥罵得更凶讓自己沒臉，這才勉勉強強地跑過去。

「肖嘉樹找你說什麼？」季冕隨意問了一句。

林樂洋笑著搖頭，「沒說什麼，就跟我對幾句臺詞。」

他可不能讓季哥知道小玉做的那些事，否則季哥一定會責備他公私不分，更有可能讓他解雇小玉。不過是偷拍一張照片而已，又不是女人，臉還看不清楚，有什麼關係？

季冕夾菜的手頓了頓，吩咐道：「把陳鵬玉炒了。」

「為什麼？」林樂洋笑不出來了。

「她來了三天，有做什麼正經事嗎？讓她待在家裡看書比什麼都好。」

「那我等會兒跟她說。」林樂洋想也知道陳鵬玉不會答應，她剛來那天就曾說過，死也不會再回學校復讀。

念頭一轉，他開始幫陳鵬玉解釋：「是不是別人說她什麼了？她年紀小，又剛來京市，還有很多地方不懂……」

「十七歲的人什麼都懂，解雇她，否則你會有麻煩。」季冕語氣慎重，見陳家兄妹拿著便當走過來，立刻放下筷子離開。說實話，他也對陳鵬玉的糾纏感到厭煩。

「樂洋哥，季哥怎麼走啦？他還沒吃完呢！是不是飯菜不合胃口？我去外面的餐廳買一份送過去給他。」陳鵬玉狀似熱心地說道。

「對，樂洋你趕緊問一問。季總下午還要拍戲，吃這麼少可不行。」陳鵬新慫恿道。

林樂洋怎會看不出他們急於巴結季哥的心思，頓時有些惱了，「季哥有助理，不用你們多事。小玉，妳明天別來上班了，待在家裡好好看書。肖嘉樹找我投訴妳，說妳侵犯了他的隱私權，還要告妳。」他可不會讓季哥背這個黑鍋，自然是甩給肖嘉樹。更何況這事也是真的，不是他說謊。

「什麼，不就是一張照片，有必要大驚小怪嗎？」陳鵬玉氣極了，卻不敢得罪肖嘉樹，畢竟人家是豪門公子，有背景有後臺的。她眼珠一轉，而後朝季冕的化妝間跑去，「我找季哥幫我求情！」

「妳快回來！」林樂洋大驚失色，想去阻攔已經晚了，陳鵬玉早就跑沒影了。

陳鵬新還優哉游哉地說道：「季總才是我們的老闆，要解雇小玉得季總開口才行，肖嘉樹算個什麼東西！」

林樂洋被這突如其來的變故弄懵了，好半晌才回過神，連忙去追，剛走到化妝間門口就聽季冕一字一句說道：「要解雇妳的人是我，不是肖嘉樹！從現在開始，妳已經不是冠冕工作室的員工，這是妳的薪資！」

陳鵬玉面如火燒，卻忍不住盯著桌上的一疊鈔票看。她來自貧窮的小縣城，又只是一名高中生，何曾一次得到過那麼多錢？兩天的薪資就有幾千塊，一個月會有多少？想到這裡她越發不甘，正想說些什麼，季冕已經沒有耐心了，對兩名助理擺手，「送她回去。」

貪婪、自私、虛榮、懶惰，這樣的人根本不適合做任何工作。

林樂洋眼睜睜看著陳鵬玉被架出去，又看著她掙脫束縛跑回來拿走鈔票，臨走前還狠狠瞪了自己一眼，彷彿自己才是害她被趕走的罪魁禍首，心中真不知是什麼滋味。

隨後趕來的陳鵬新慌忙去追妹妹，一個勁兒追問：「你們做什麼？快放開小玉……」吵鬧的聲音漸漸遠去，季冕點燃香菸，沉默地抽著。

林樂洋擰眉道：「季哥，我發現你最近抽菸抽得很凶，你不是答應過我要戒掉嗎？」

「是我讓你解雇陳鵬玉，你為什麼要說是肖嘉樹？」季冕銳利的雙目牢牢鎖定他。

林樂洋瞬間尷尬起來，小聲道：「我怕小玉記恨你，所以才說是肖嘉樹。鵬新還得在冠冕工作室上班，關係鬧僵了不好。」

「我無法理解你的邏輯，但我必須告訴你，做人，尤其是做為一名男人，得有責任心和擔當，不要把自己的責任推卸給別人。陳鵬新如果記恨我，他也可以一塊走。我開的是公司，不是家庭小作坊。樂洋，」季冕一字一句說道：「你最近讓我很失望！如果你覺得我們的感情是你的負擔，覺得我給了你壓力，讓你為我犧牲，你隨時可以離開。」

林樂洋徹底慌了神，撲上去抱住季冕，哀求道：「季哥，我錯了，你別跟我分手！你不是負擔，是救贖，我這輩子都想跟你在一起！」

他是真心實意想跟季哥過一輩子的，或許最初的確是為了報恩，但這些年下來，怎麼會沒有真感情？更何況季哥是如此優秀的一個人，愛上他太容易了！

是的，他愛季哥，也願意為他改變自己的性向！

他已經很努力很努力了，難道季哥看不見嗎？

季冕眸子裡的冰霜略微融化，卻始終殘存著一絲陰霾。過了好一會兒，他才反摟住林樂洋，疲憊道：「等會兒去跟肖嘉樹道歉。」

這是原諒自己了？林樂洋點點頭，破涕為笑。

第二天，陳鵬玉沒再出現，肖嘉樹從林樂洋那裡得知事情經過簡直無語。

你解雇就解雇吧，拿我說什麼事？我是背鍋俠嗎？

他到底沒說什麼，還接受了林樂洋的歉意。陳鵬新也變得很奇怪，總會趁他不注意的時候用仇恨的目光剮他一下，見他看過來又露出禮貌的微笑。

肖嘉樹下意識遠離此人。

兩面三刀、陰險詭詐什麼的，是垃圾人裡最危險的那一類。

又過三天，羅導拿出一個大紅包晃了晃，「小樹，看見沒？你要是能無ＮＧ拍完最後這個鏡頭，紅包就是你的，反之，一分錢也拿不到。」

最後一幕說的是凌峰從安妮那裡得知凌氏集團真正賺錢的管道是販賣毒品，而非對外出口，心裡既覺得不敢置信，又忍不住黑進公司網路查了查祕密帳簿，然後三觀破碎，差點崩潰。凌濤恰在此時出現，凌峰不得不收斂起洶湧澎湃的情緒，把這件事掩蓋過去。

羅導說了一遍戲，然後強調道：「凌峰是個正義感很強的青年，肯定接受不了這個事實。小樹，好好利用你臉上的每一塊肌肉，盡量還原他複雜的內心感受。他很不想相信眼前的事，卻又不得不信，同時還有恐懼、失望、焦躁等等。」

肖嘉樹琢磨片刻，點頭道：「羅導，您放心，我肯定不會幫你省錢。」

他之所以如此自信是因為他忽然想到，如果把凌濤置換成哥哥肖定邦，把凌氏集團想像成肖氏製藥，而自己忽然有一天發現，最優秀、最有能力的哥哥竟然靠販賣毒品發跡，而且自家公司生產的不是藥竟是毒品，自己會有什麼樣的心情？

這一瞬間，肖嘉樹全身的血液都凍結了。

第六章
原來小樹苗是這樣的大戲精

羅章維看見肖嘉樹的表情變化，立刻拊掌道：「對，就是這種狀態，像死了孩子一樣！各組人馬注意，準備開拍！三、二……ACTION！」

肖嘉樹的指尖在鍵盤上飛快移動，幾秒鐘後又僵硬地停下，目光微凝，眉頭緊皺。電腦螢幕上出現一份祕密帳簿，記錄著凌氏集團最近半年的毒品買賣數額，業務範圍幾乎囊括了整個東南亞，毒品種類更是多達數百。

毫無疑問，凌氏集團正如安妮說的那樣，是一個大毒窟，凌濤也不是什麼民營企業家，而是東南亞地區實力最強的毒梟。找到確鑿證據的肖嘉樹簡直不敢相信自己的眼睛，卻又不得不信。他盯著電腦螢幕，視線彷彿被什麼可怕的東西攝住，根本移動不了，又過片刻竟連眼皮都開始顫抖。

他完全忘了這是在演戲，更做不出驚恐的表情。他如墜深淵，不敢面對，只能死死捂住自己的臉，彷彿不去面對，眼前的一切就都不存在一般。

捂臉的動作違背了羅章維的初衷，這樣一來，觀眾還怎麼去領會凌峰此時此刻的絕望？但是，當羅章維準備喊卡時，卻看見了肖嘉樹青筋暴突的手背，還有他越咬越用力，完全緊繃到快要變形的下頷骨，最後，他修長的脖頸也開始染上紫紅色，肌肉的紋理一條一條浮現出來，似乎快要將他的腦袋撐裂。

只有極端的恐懼和焦躁才能讓一個人出現這樣的生理反應，它是如此逼真，如此扭曲，表達出來的情緒遠比一個生動的表情更強烈。羅章維舉起的手慢慢放下了，示意季冕上場。

季冕立刻收起滿心震撼，推門進入辦公室。

肖嘉樹身體微微一僵，迅速調整好心態。他並未放下捂臉的手，而是繼續靠在椅背上，似乎只是在閉目養神，另一隻手卻握住滑鼠微微一動，將帳簿關掉。當季冕走到他身邊時，他才自然地放下手，露出滿是血絲的眼睛。

「這麼晚還沒走？」季冕狀似不經意地掃了一眼電腦。

「在做計畫書。這次的專案風險太大，我沒有把握。」肖嘉樹疲憊地嘆了一口氣。螢幕上顯示的不是帳簿，而是一份正在完善中的企劃方案，堆疊在他手邊的也都是相應的資料，進一步佐證了他的話。

季冕不動聲色，眸光卻柔和下來，拍拍他的肩膀說道：「別做了，跟我去吃宵夜，還記得城南那個燒烤攤嗎？現在還開著呢。」

「現在還開著？」肖嘉樹疲憊盡掃，狀似輕鬆地道：「那你等等我，我存個檔。」

「好，我等你。」季冕站在辦公桌對面，肖嘉樹存好檔案關上電腦，這才站起來露出後背。他淡藍色的襯衫早已被冷汗濕透，一大片水漬印在背部，顯得非常扎眼，而室內開著空調，溫度只在十八度左右，別說穿著襯衫，就算再加一件外套也不會覺得熱。

若是季冕看見這件襯衫，或許他能猜到一些端倪，但肖嘉樹卻一點也不慌，拿起搭放在椅背上的西裝外套，自然而然地穿上，掩蓋住了唯一的破綻。

他走到季冕身邊，笑容爽朗，季冕則將手按在他後背上，輕輕拍了拍。兄弟倆走出辦公室，感應燈在幾秒鐘之後開始一個接一個熄滅……

這只是一個情節再簡單不過的鏡頭，可演員所要表達的情緒卻是強烈的、懾人的，甚至於顛覆性的。為什麼？因為凌峰的整個世界就是在這一刻盡數崩塌，不留灰燼。而肖嘉樹若是不能表現出他的無助和恐懼，這一幕便徹徹底底失敗了。而當季冕走進辦公室後，他又要及時掌控這種無助的情緒，讓它既在體內翻騰又不能流露於表面，這很考驗演員的演技。

羅章維原本還擔心肖嘉樹不能演繹出自己所需要的那種感覺，但他做到了，而且做得很好。當他站起身露出被汗水濕透的後背時，這一幕的拍攝效果幾乎可以用完美來形容。

越是不起眼的細節越能表現出深層次的情感，所以說做為一名優秀的演員，不僅肢體動作要帶著戲，眼裡要帶著戲，連身體的每一個細胞都要參與到表演中來。

「ＣＵＴ！」羅章維掏出紅包，故作不情願地道：「拿去，拿去，這條過了！」

「謝羅導打賞！」肖嘉樹接過紅包，然後蹲坐在自己的專用小板凳上，準備檢查拍攝效果。季冕也走過來，眼睛盯著螢幕。

羅章維將之前的視頻重播一遍，季冕這才看見肖嘉樹汗濕的後背，眸光閃了閃。做為搭檔，他當時一點也沒發現這個破綻，相信電影中的凌濤也是一樣。這不是在演戲，而是實打實的恐懼、無助、焦躁，所以才會產生這樣的生理反應。

肖嘉樹可真是……

他垂眸去看青年，發現他沉著一張臉，嘴唇微微泛白，狀態極其不好。

肖嘉樹入戲很快，出戲卻很慢。他完全沒法從凌峰的感情中抽離，甚至有點懷疑人生。凌氏集團那麼賺錢是因為販賣毒品，那肖氏製藥呢？要知道肖氏製藥本來就是靠生產藥物起家，合成幾種毒品簡直輕而易舉。如果他們私底下也搞幾條毒品生產線，然後把成品混在一大批藥物中運送到全國……

他越想越害怕，連身體都發起抖來。

季冕隱忍了片刻，最終彎下腰，拍了拍青年冷颼颼的後背。

肖嘉樹沒有反應，他已經完全被莫須有的想像嚇懵了。

季冕抹了抹頭髮，表情似無奈似好笑，然後蹲下身與肖少爺平視，輕輕拍打他臉頰，「在想什麼呢，嗯？」

肖嘉樹打了個哆嗦，差點從小板凳上掉下去。他沒有焦距的眼睛漸漸映照了出季冕的身影，這才從虛幻中抽離，艱難道：「沒想什麼，就是在發呆。」

「去化妝間休息一下，喝杯熱飲。」季冕拉他起來，見他不忘帶上小板凳，嘴角飛快劃過一抹笑意。什麼時候狂霸跩的肖少爺變成了到哪兒就把小板凳帶到哪兒的小屌絲了？

肖嘉樹木愣愣的，被季冕一路拖著走，直到一杯熱牛奶下肚才稍微好點。

「入戲太深最忌諱一個人自己待著，越是這樣越愛胡思亂想。你的手機呢？打個電話給家裡的人。」季冕提議道。

肖嘉樹睜大眼睛，似有所悟，接著飛快跑到門外，悄摸摸地打電話給肖定邦，「哥，你現在在哪兒呢？」

肖定邦嚴肅的聲音從手機裡傳來：「在公司，有什麼事嗎？」

「哥，咱們家到底是做什麼的？」

「製藥的。」

「沒賣毒品吧？」

肖定邦沉默良久，似乎在暗暗運氣，過了好半天才咬牙切齒道：「你晚上回家一趟，我給你洗洗腦子。」

「不不不，我不回去！沒賣毒品就好，哥，你千萬不能走錯路啊！」肖嘉樹趕在兄長暴怒之前掛斷電話，這才狠狠吐了一口氣。他推開房門，探進去半個腦袋，感激道：「季哥，謝謝你的牛奶，我已經沒事了。」

季冕隨意地擺手，「不用謝。拍戲歸拍戲，別和現實弄混了。」

「我知道了。」肖嘉樹點頭答應，關上房門，走出去十幾米才想起小板凳還留在季哥的化妝間裡，連忙跑回去拿。敲開房門之前，他好像聽見一陣低沉的笑聲，但開門之後，季哥的表情卻很嚴肅，「還有什麼事？」

「我忘了我的小板凳。」肖嘉樹奇怪地看他一眼。

季冕嘴角往上勾了勾又迅速抿直，將小板凳遞給他，調侃道：「喏，你的專屬寶座。」

肖嘉樹臉頰微微泛紅，再次道謝後便一溜煙地跑了。他前腳剛走，林樂洋後腳就到，壓下滿心不適，狀似不經意地問：「季哥，肖嘉樹找你做什麼呢？」

「他入戲太深，我讓他緩緩。」

緩緩可以，就不能在外面緩，非要帶進化妝間嗎？

林樂洋止不住這樣想，但不敢多問。好在肖嘉樹的戲分已經拍完，今後不用再看見他。

季冕把杯子洗乾淨，並不多解釋什麼。有時候解釋的越多，情況反而會越複雜。

「我有一筆投資要談，得跟羅導請三天假，」他苦口婆心道：「你好好拍戲，別分心，也不要跟不熟悉的演員或導演去吃飯，這個圈子太亂了。」

「我知道。」林樂洋乖巧地答應下來，走過去想給男友一個親吻，卻被季冕推開，「我先走了，你中午多吃點再好好睡一覺，下午還要拍幾場打戲。拍之前讓道具師多檢查幾遍鋼絲，注意保護自己的安全，實在演不了就用替身，別怕丟臉。」

林樂洋連連點頭，心裡甜絲絲的。把季哥送上車後，他走到大棚吃飯，卻見陳鵬新正與一名副導演湊在一起嘀咕著什麼，表情有些神祕。副導演走後，他端著兩個便當飛快跑了過來，興奮道：「樂洋，晚上我帶你去參加一個酒會！」

「我不去。」林樂洋下意識地拒絕。

陳鵬新恨鐵不成鋼地斥道：「你知道是什麼酒會嗎？居然這樣就說不去？我告訴你，是丁震組的局，還邀請了很多大導演！我好不容易才幫你打通關系，如果你不去，知不知道自己會錯過多少機會？你傻啊！」

丁震是創維娛樂公司的總經理，黑白兩道很有一些關係，可說是跺一跺腳就能讓娛樂圈抖三抖。他性格豪爽，出手大方，時不時便舉辦一次酒會，邀請許多的大導演或人氣偶像出席，不圖炒作，就圖一樂呵。

能受邀出席他的酒會，對目前毫無人氣的林樂洋來說不啻於一種榮耀。他遲疑了，但很快就想起季哥的吩咐，再次拒絕道：「我不去。」

「為什麼啊？你給我一個正當的理由！」陳鵬新嘔得要死。

「季哥不讓去。」

「季總要是知道我們能拿到丁震的邀請函，說不定得誇我們厲害呢！季總是老闆，手底下有很多員工很多藝人，他不能把全部的精力都用來栽培你，你得自己想辦法找出路。那麼多好資源都是天上掉下來的？不是，是靠咱們自己去爭取，自己去搶奪的！你現在還不紅，季總不會多關照你，等你紅起來，他才會把好的資源給你，你得先靠自己努力啊！」

陳鵬新的話觸動了林樂洋的心弦。是啊，他走上這條路，不就是想憑藉自己的努力追趕上季哥的步伐嗎？怎麼現在反而對他越來越依賴？這樣下去，他恐怕連自我都會失去吧？

「好吧，我去！酒會幾點鐘開始？」林樂洋咬牙答應下來。

「晚上七點，六點半我去你家樓下接你。」陳鵬新飛快道：「我跟你說，湯戈就是在丁震的酒會上認識了張導，而後主演了他拍攝的《梨花雨》，去年還一點名氣都沒有，今年就大火特火成了一線明星。你想想，從十八線到一線，就一個酒會的距離，你能不好好抓住這個機會嗎？娛樂圈裡什麼最重要？人脈最重要！」

「知道了，我會好好把握機會。」林樂洋心頭火熱，很快就把季冕的囑咐忘到腦後。

與此同時，肖嘉樹也從黃美軒那裡得到一張請帖，「丁震？不認識。」

「沒必要認識，就過去吃個飯。主要是胡銘導演也會去，他最近正在籌拍一部懸疑恐怖片，購買的是國外很有名的一部恐怖小說的影視版權，全球發行量高達幾千萬冊，粉絲都在關注。你過去跟胡導熟悉一下，我準備讓你去試鏡他的男一號。」

「不會是《逐愛者》吧？」肖嘉樹瞬間來了興趣。《逐愛者》是國外某位知名恐怖小說家的代表作之一，刊印後頻頻再刷，發行量已經接近八千萬冊，擁有全球數億粉絲，影響力巨大。能拿下它的影視版權，足以彰顯胡銘導演的實力。

「沒錯，就是《逐愛者》，你去不去？」黃美軒並不看重這次機會，能拿到男一號固然是好，拿不到也沒什麼可惜的，反正薛姊早就說了，讓小樹苗自己去發展，他想拍什麼片子就拍什麼片子，不用干涉。當然，如果他想拍個色情片什麼的，不用黃美軒出手，薛姊就能打斷他的腿。

「去吧，我挺喜歡看《逐愛者》。」肖嘉樹很快便答應下來。

「去之後跟胡導談一談咱們就出來，不多待。你怕是不知道，那個丁震是出了名的色中餓鬼，喜歡玩弄男演員，手段下作得很，有些人被他玩殘了還不敢說，下半輩子全毀了。」

肖嘉樹摸摸自己的俊臉，憂心道：「美軒姊，我這個長相應該很危險吧？」

「嗤，他敢動你試試！不提你爸媽和你大哥，就是修總也能扒掉他兩層皮！」

肖嘉樹搖搖頭，滿臉複雜，「美軒姊，娛樂圈真亂啊！我不想踏進這個圈子太深，咱們就好好拍戲吧，別的都不管！」

「好，你只管好好拍戲，其他事全交給我。走，我帶你去買兩套西裝。」黃美軒發動汽車揚塵而去，臨到六點半才從百貨公司裡出來。

肖嘉樹左右手各提了五六個包裝袋，黃美軒則清清爽爽，滿臉愉悅。

這麼乖的小孩上哪兒去找？不但主動拎東西、刷卡，還能給出富有建設性的意見，審美觀很不錯，簡直是婦女之友啊！

「走，赴飯局去了！」黃美軒撫平嶄新的裙襬，昂首闊步地朝停車場走去。

肖嘉樹像個移動置物架一般艱難地跟在後面，好不容易才把一大堆袋子全部都塞進後備箱。兩人準時來到會館，在服務生的帶領下走進宴客廳。

看見俊美無儔的肖嘉樹，丁震眼睛一亮，卻沒有立刻過去搭訕，而是悄悄詢問助理：「黃美軒帶來的人是誰？什麼背景？」

「丁總，那是肖定邦的弟弟，不能動的。」助理壓低聲量說道。

丁震指尖一麻，似乎能想像到自己的雙手被肖定邦剁掉的情景。那位可是個狠角色，人脈更是通了天，跟他完全不是一個層面上的人物。只不過他的弟弟怎麼會來混娛樂圈？難道是私生子？以前可從來沒聽說過肖家還有個二少爺！

「私生子？」他滿懷希冀地問道。

「不是，正房生的，十歲那年送到國外去了，今年才回來。」

肖啟傑的正房不就是薛淼嗎？

丁震徹底打消了齷齪的念頭。不提肖定邦和肖啟傑，就是薛淼他也招惹不起。人家可是同時擁有冠世、瑞水、嘉禾三大娛樂公司股份的人，比他的實力還雄厚。

他遺憾地搖搖頭，轉眼又看見一名男藝人走進來，二十四五的年紀，穿著簡單的白襯衫和牛仔褲，容貌只是清秀，笑起來卻像一朵綻放的花兒，非常明媚。他一下子就喜歡上了，低聲問道：「那是誰？」

「我也不認識，您等等，我去打聽一下。」

助理很快離開，丁震毫無異樣地說了開場白，然後宣布宴會開始。

林樂洋發現了肖嘉樹，肖嘉樹卻沒看見林樂洋，他正與一名矮胖的中年男人站在一起聊天，黃美軒時不時湊個趣，逗得男人哈哈大笑。

陳鵬新對那邊努努嘴，低聲道：「看見沒有？肖嘉樹也來了，跟他聊天的是胡銘導演，剛拿到《逐愛者》的影視版權。我敢拿我的腦袋打賭，肖嘉樹想演《逐愛者》的男一號，這是攀關係來了。我沒騙你吧？在丁震的酒會上，你能認識很多牛人，也能拿到很多機會。走，咱們四處轉轉。」

林樂洋第一次見識到何謂名利場，頓時有些眼花繚亂。他漫無目的地走在大廳裡，由於沒人引薦，那些大導演並不會搭理他，甚至連一個正眼也不給，這叫他很挫敗，卻也激起了鬥志。他沒有肖嘉樹那樣的家世背景，但他可以比他更努力。

當他嘗試著去結識某些人時，一名身材健碩的中年男子走過來，笑容和藹地問道：「第一次來我的酒會？」

我的酒會？難道他是丁震？

林樂洋心中一跳，面上卻不卑不亢，「丁先生，您好，我的確是第一次來。」

「以前沒見過你？」丁震邊說邊遞給他一杯香檳。

「我剛出道，目前還沒什麼名氣。」

剛出道啊，那就很容易上手了？丁震的表情更加熱切，開始利用自己豐富的學識去引導這場交談，順便探探林樂洋的底。他的助理走到他身邊，附耳說了幾句話，他點點頭，再看向林樂洋時已沒有半分謹慎，而是抓捕獵物的勢在必得。

林樂洋對此卻一無所覺，甚至還有些欣喜。

「那是你們劇組的演員？看起來有些面熟啊！」黃美軒指了指肖嘉樹背後。

肖嘉樹轉過頭，表情立刻緊繃起來。他對林樂洋原本還有些好感，覺得他拍戲很認真，天賦也好，但自從上次甩鍋事件後便對他敬而遠之，覺得這人表裡不一，不值得深交。

然而，關係好不好都在其次，關鍵是他不能眼睜睜看著認識的人掉進火坑裡。他把酒杯遞給侍者，慢慢走了過去，黃美軒則跟隨胡銘導演去外面的大廳聊天。

他們並未注意到，方坤也帶著一名女藝人出席今晚的酒會，看見林樂洋被丁震盯上，經過幾番掙扎才拿起手機通知季冕。季冕剛談完一筆重要的投資，正是身心俱疲之時，收到消息頭都快炸了。他沉默了半天才吩咐道：「我就在附近，你幫我看著他，我馬上過來。」

方坤連連答應，正準備把林樂洋拉到身邊，卻發現肖嘉樹走過去，先是對丁震點頭，然後找了個藉口讓林樂洋跟他走。兩人一前一後出了宴會廳，陳鵬新看見之後連忙追過去，很快也沒了蹤影。

「你沒請司機嗎？」電梯裡，林樂洋耐著性子問道。

「請了，但今天是黃姊載我來的，她現在還有事，我喝了酒不能開車，只好麻煩你。」肖嘉樹盯著不斷下降的樓層。

「我也有事不能離開，你可以找代駕啊，下面多的是。」

「代駕不安全，我畢竟是明星。」肖嘉樹搖搖頭。

你算什麼明星？粉絲才一百萬出頭，目前一部作品也沒有，誰認識你？知名度還沒有我高呢！林樂洋很不高興，等電梯下到一樓，周圍的人少了之後才提出抗議：「肖嘉樹，我跟你真的不熟，你要回家另外找人送你好嗎？我不是你的員工，需要時刻聽從你的吩咐！」

「你先跟我去停車場，這裡不方便說話。」肖嘉樹看著來來往往的賓客，終究不好這時開口。他總不能在大庭廣眾之下告訴林樂洋丁震想上他吧？

林樂洋似乎被他惹惱了，說什麼也要回宴會廳，兩人正僵持著，一名戴墨鏡的高大男子走了過來，沉聲道：「你們這是鬧什麼？」

「季哥？」肖嘉樹和林樂洋異口同聲地喊道。

不等季冕說話，肖嘉樹繼續道：「季哥，你也來參加酒會？」

「嗯，我在對面的飯店談生意，談完順便過來看看。你們這是在做什麼？」季冕目光沉沉地瞥了林樂洋一眼。

肖嘉樹擺手道：「沒做什麼，就是我喝了一點酒，林樂洋說要送我回去，我不讓。外面都是代駕，我隨便找一個就行了。季哥，我有事先走了，你和林樂洋上去參加酒會吧。」

既然季哥來了，他就放心了，哪怕全天下的老闆都能賣了自己旗下的員工，季哥不會，他相信他的人品。這樣一想，肖嘉樹真準備回家了，他本來就很討厭這種浮華吵鬧的場合。

對三人揮揮手，肖嘉樹走出會館叫了一輛計程車，等車開出一段距離才發了一條微信給季冕：「季哥，丁震好像看上林樂洋了，你們小心一點。」末了又發送一條給黃美軒：「美軒姊，我先走了，車子留給妳，妳不要太晚回去，如果喝多了不能開車就打電話給我，我讓司機去接。妳一個女孩子半夜別找代駕，不安全。」

都快奔四的「女孩子」黃美軒看見這條微信，整顆心都是暖的，而季冕的心情則完全相反。他把林樂洋帶到地下停車場，一路沉著臉不說話。幸好這家會館是丁震開的，為了招待娛樂圈的朋友設置了最嚴密的保全措施，否則他們明天一定會上八卦頭條。

陳鵬新老老實實地跟在後面，一會兒看看好友，一會兒看看老闆，總覺得他們之間的氣氛不太對，但究竟哪裡不對他又說不清楚。恰在此時，林樂洋悄悄伸出一隻手去拉季冕的衣襬，眼中透著親暱和討好，完全不像是老闆和員工的關係，倒像是一對吵架的情侶。

靠！不會吧？

陳鵬新嚇呆了，正恍惚著，就聽季冕勒令道：「你先回去吧，我送林樂洋。」

「好的，季總。」陳鵬新下意識地答應，再回神時，那輛低調的越野車已經開走了。

季冕全程沒說話，弄得林樂洋非常忐忑不安。

他盯著迅速倒退的霓虹燈，小心翼翼地開口：「你怎麼來了？是專門來接我的嗎？」

季冕依舊沉默，甚至連個眼角餘光也沒給他。

林樂洋頭皮發緊，為了突顯自己的無辜和可憐，順便緩解季哥的怒氣，便抱怨道：「你說肖嘉樹是什麼臭毛病？剛才我與他拉扯根本不是因為我想送他回家，是他硬把我從酒會上帶出來的。他說他喝了酒不能開車，要我給他當代駕。我說我有事不能離開，他偏不聽，活像我是他的小弟，應該被他呼來喝去一樣。他怎麼那麼不尊重人啊？不對，他其實也懂得尊重人，只不過對象不一樣而已。你一來他立刻就改口了，說要自己坐車回去，搞得自己多通情達理一樣，你說他是不是表裡不一？」

季冕越聽眉頭皺得越緊，終於沉聲道：「夠了，不要每次發生什麼事就為自己找一堆理由或藉口。你知道肖嘉樹為什麼要把你拉出來嗎？因為丁震看上你了，而上一個被他看中的男藝人被玩出了精神病，現在還關在療養院裡。一杯加了料的酒灌下去，不管你願不願意，今晚你就是他的獵物。他會把你裡裡外外收拾一遍，再拍下視頻和照片。你能想像你今後將過上什麼樣的日子嗎？」

林樂洋完全能夠想像。

在那樣的情況下，丁震不但摧殘了他的身體，還毀滅了他的精神，更將長久控制他的人身自由。他讓他往西，他不敢往東，他讓他趴下扮狗，他絕不能直起腰來。這樣的日子只能用四個字形容，那就是生不如死。

意識到剛才發生了什麼，林樂洋渾身上下都冒出了一層冷汗，再想起自己抱怨甚至責怪肖嘉樹的行為，更是羞愧欲死。季哥一定是聽肖嘉樹說了這件事才趕過來的，但他卻在他面前詆毀肖嘉樹，這是典型的恩將仇報啊！

林樂洋哆哆嗦嗦地拿出手機，發了一條道謝的訊息給肖嘉樹。

季冕瞥他一眼，繼續道：「是方坤通知我過來的，他也在酒會上。要是沒有他，沒有肖嘉樹，你想想今天晚上你有可能遇見什麼？」

林樂洋不敢深想，乾巴巴道：「季哥，我錯了，我不應該不聽你的話。」

「那你為什麼不聽我的，非要自己跑來參加什麼酒會？」季冕直視前方，語氣冷硬。

「我只是想靠自己的努力去爭取一些東西而已。我不能總依賴你，我也是個男人。」林樂洋終於把埋藏在心底深處的話說了出來。他不想當小白臉，更不想一輩子活在季哥的陰影下。他要與他站在同樣的高度，肩並肩前行。

季冕冷笑一聲，毫不留情地戳破這些話：「不依賴我，你大學怎麼上的，學費怎麼交的，娛樂圈怎麼進的，電影怎麼拍的？你是我的伴侶，所以我想為你提供最好的生活條件，這沒錯吧？你不能一邊接受我的幫助，一邊又在心底抗拒我的幫助。你把我當成什麼，硬要倒貼你嗎？你是我旗下的藝人，我為你提供最好的資源和進階的平臺，這也沒錯吧？你不能一邊享受我的資源，一邊去外面謀求發展，你這是吃著東家想西家。林樂洋，你自己好好想一想，於公於私，我有哪點對不起你？你回饋我的又是什麼？你要是真覺得是我限制了你，讓你活得不像個男人，你當初完全可以不簽我的公司，你可以憑自己的實力去娛樂圈闖蕩。」

林樂洋轉頭看他，滿臉都是不敢置信。

說出這些話的人真是季哥嗎？他從來沒對他如此冷酷，如此刻薄，如此絕情過！

季冕看也不看他，又道：「我與你說過的每一句話，你表面答應，轉頭就會忘到腦後。我讓你專注，讓你安心，讓你什麼都不用管，只管好好拍你的戲。我把能給你的都給了你，把能考慮到的都為你考慮周全，但你呢？你回贈給我的又是什麼？疏遠、猜疑，甚至是抗拒。林樂洋，你到底想要我怎麼辦才好？」

林樂洋忽然意識到，季哥是氣得狠了才會說這些話。如果今天沒有方坤和肖嘉樹，季哥再找到自己時，有可能在某個飯店的房間裡，而畫面將極其不堪。他又驚又怒還害怕無比，所以才會脾氣失控。

「季哥，對不起，我真的知錯了！以後我再也不去參加酒會，拍完戲就老老實實待在家裡！我不要你怎麼辦，我只想跟你好好在一起！」他哽咽道。

季冕沉沉看他一眼，「你最近認錯的次數有些多，你回答不出我的問題是嗎？那我告訴你你究竟想要什麼。你想要我為你提供最好的一切，卻又不想我管束你、干涉你。你在享受我的付出，但你自己卻寸步不進。你要與我站在同樣的高度不是為了鞏固我們的感情，而是為了維護你那可笑的尊嚴。林樂洋，我從來沒有侮辱你的意思，我一直把你放在平等的位置，是你在看輕自己。尊嚴的確很重要，但過分在乎自尊，何嘗不是自卑的體現？」

過了一會兒，他把車停靠在公寓樓下，疲憊道：「你回去吧，或許我們當初發展得太快，現在應該放慢腳步。」

「季哥，你是什麼意思？你想跟我分手嗎？」林樂洋慌了神，死活不肯下車，「季哥，你再給我一次機會吧！我是真心愛你，不是為了你的錢和地位！正因為我無法心安理得享受你帶給我的一切，才會胡思亂想做了那麼多錯事，我今後都聽你的還不成嗎？」

季冕揉了揉太陽穴，「那我讓你辭退陳鵬新你願意嗎？」

林樂洋僵住了，斟酌半晌才道：「季哥，除了這件事，別的我都答應你。正如你忘不了修總的恩情，我也忘了不鵬新的恩情。丁震的事他是真不知道，否則絕對不會把我推進火坑。如果我發達之後轉頭把他拋棄了，季哥不會覺得寒心嗎？」

季冕盯著他看了一會兒，擺手道：「隨你吧。」

「季哥，我今晚不在這裡住，你帶我去你家吧！」林樂洋使出了殺手鐗。哪怕被季哥幹死在床上，他也不能跟他分手！

季冕一隻手緊緊握著方向盤，一隻手扶著額頭，俊美的臉龐籠罩在陰影中，好半天才聲音沙啞地道：「我沒想跟你分手，只是讓你好好調整心態。如果你總是這麼敏感或抗拒，我們之間沒辦法長久。問題出在你身上，不是在我。」

「我知道，所以我一直在調整。」

但林樂洋所謂的調整是指性向，而不是心態。他以為自己掩飾得很好，季哥看不出來。

「你能盡快調整過來自然很好，調整不過來我也不會勉強你。」季冕真的累了，再次吩咐道：「你先回去吧，我最近沒有心情。」

林樂洋盯著他看了很久，確定他不生氣了，而且沒有分手的意思，這才推門下車。

黑色的越野車消失在街角，林樂洋卻還站在原地發呆。陳鵬新比他晚到一步，隱在黑暗中看了老半天才走過來，擠眉弄眼地問：「你和季總是什麼關係？」

「沒關係。」林樂洋緩緩回過神來。

「騙誰呢？沒關係你會去拉他衣服？沒關係你倆能在車裡聊那麼久？你倆是這個吧？」陳鵬新豎起兩根大拇指，做了一個對吻的手勢。

「你別亂說，對季哥不好！」林樂洋瞪他一眼。

「好好好，我不說！你要是早點告訴我季總是你的男朋友，我哪裡還用累死累活去幫你找資源，直接跟季總要不就得了？嘖嘖嘖，難怪你的第一部電影就能跟兩大影帝合作，原來是這樣啊！」陳鵬新興奮地笑了起來，「樂洋，你有這麼好的靠山還愁不紅？哥們兒能不能飛黃騰達全指望你了！」

「你又胡說什麼，我不想靠季哥……」話沒說完，林樂洋便啞了。他現在已經完全沒有底氣說出不靠季冕的話，因為他一路走來，最依賴的人還是季冕，他幫他安排了學校，為他付出了充足的學費和生活費，還為他鋪就了光明的前程。沒有季冕，就沒有現在的他。

「我要好好拍戲，像今天這種酒會以後不再去了。你知道嗎？那個丁震不是好人。」林樂洋及時改了口。

陳鵬新也不在乎，「不去就不去，反正季總會帶你去參加更高級的酒會。啊，不對，你倆是認真談戀愛吧，不是金主和包養的關係？」

「不是，我倆是正經八百在談戀愛。」說到這裡，林樂洋總算露出一點笑意。

兩人乘坐電梯回到家，卻發現陳鵬玉還沒回來。這棟樓的十樓到二十二樓全被冠世租下借給藝人住，林樂洋利用季冕的關係幫陳鵬玉弄了一個房子，就在他的對面。陳鵬新擔心妹妹一個人住不安全，每天都會過來看一眼。

他打開房門沒找到妹妹的蹤影，卻在沙發上發現了一個新款的名牌包，少說也要三四萬塊錢才能拿得下來。

「樂洋，你過來看一下，這是真品還是假貨？」陳鵬新拿起名牌包喊道。

「小玉哪來的錢買真品，肯定是假貨。」林樂洋根本沒把這個包當一回事，疲憊道：「我先去睡了，你等她吧。」

「去吧去吧。」陳鵬新現在完全把好友當成搖錢樹看，連聲囑咐他好好休息，好好維持與季總的感情。等到晚上一點多鐘，陳鵬玉總算是回來了，身上還帶著濃烈的酒氣，所幸陳鵬新心情好，沒怎麼罵她，反而把林樂洋和季冕的事跟她說了。

「我沒聽錯吧？季冕是同性戀，還跟樂洋哥在一起了？」陳鵬玉立刻清醒過來，臉龐微微扭曲一瞬，又興奮道：「那哥哥你不是發了？有季冕在，樂洋哥一定能紅，到時候你就是金牌經紀人，還有好多好多的抽成！」

「沒錯，哥哥一定讓妳過上好日子。」陳鵬新拍拍妹妹的頭，與她一起暢想未來。

酒會風波後，林樂洋的心態放平很多，每天只在家裡、公司、片場這三個地方活動，拍戲的時候也很專注，令羅章維大感欣慰。他認為在新生代的男藝人裡，最有潛力的兩個非肖嘉樹和林樂洋莫屬，只要他們堅持走在正確的道路上，未來一定能成大器。

這天，林樂洋的戲分全部殺青，與劇組道別過後便回公司上表演課。經過一段時間的系統性訓練，黃子晉給四位學員安排了一次小考，題目就藏在暗箱裡。

「來，你們一個個輪流上來抽籤，抽到什麼扮演什麼，還得把過程拍攝下來交給我，我會根據你們的表現給出相應的評價。注意啊，你們有三天的準備時間，如果測驗中有人識破了你們的偽裝，這次考核就算不及格。」黃子晉招手道：「小樹，你第一個來抽，看看你的運氣如何。」

肖嘉樹依言跑上臺，把手伸進箱子裡攪了攪，然後拿出其中的一個小紙團，展開後上面寫著三個字：流浪漢。

「這個不算太難，回去好好準備。」黃子晉忍笑道。

肖嘉樹認真點頭，回到座位後便拿出手機查資料。

第二個抽籤的是娃娃臉傑西，第三個是整容臉金世俊，兩人分別抽到了老人和殘疾人。林樂洋是最後一個抽的，抽到的是女人。

「喲，運氣有點差，竟然要變性！不過你這張臉很寡淡，隨便上什麼妝都容易，應該沒問題！好了，都回去準備吧！」黃子晉把抽籤過程拍下來做成視頻，以便日後存檔記錄。

傑西和金世俊嘻嘻哈哈地散了，林樂洋轉道去了形體室，肖嘉樹則乘坐電梯往下走。電梯門打開後他頭也沒抬地走進去，一邊翻手機一邊思忖：流浪漢該怎麼演？首先肯定要外形貼合，其次要注重精神面的一致，只有外表和內在都扮演到位才能達到形神兼備的效果，但怎樣做才能形神兼備呢？光憑想像力肯定是不行的，每一個流浪漢背後都藏著一段心酸往事，你沒具體感受過是無法理解他們的，這就得靠最原始的方法——實際體驗。

對的，體驗！找一個流浪漢最多的地方待三天三夜，好好觀摩他們的生活，不是表演，而是融入。想到這裡，肖嘉樹在網路上詢問：京市哪個地方流浪漢最多？

不等網友給出答案，一個低沉的嗓音便從他身後傳來：「你可以去公車西站，還有南門廣場，那裡的流浪漢最多。」

「咦？」肖嘉樹回過頭，這才發現季冕站在斜後方。由於身高優勢，對方一垂眸就能看見自己的手機螢幕。

「謝謝季哥！」他樂呵呵收起手機，不再考慮網友的回答。

季哥說的還能有錯？

兩人在停車場分開，一個原地等人，一個直奔公車西站。又過片刻，林樂洋下來了，爬上車後笑嘻嘻說道：「季哥，三天後我有一個堂妹想來公司應聘練習生，你去見見她？」

這主意還是陳鵬新出的，他說既然要考就挑最難的等級，瞞過別人不算什麼，瞞過季總才是真演技。林樂洋覺得這番話很有道理，立刻來為自己做鋪陳。

季冕笑看他一眼，毫不猶豫地答應下來：「好，你讓她來，但醜話說在前頭，她要是不夠優秀，我不會給她開後門。」

「好，絕對不讓你開後門。」林樂洋想笑，又及時忍住了。

三天後，公司來了一個新人，魔鬼般的身材配上天使般的面孔，簡直是個聚光燈，走哪兒都能吸引眾人的注意。陳鵬新跟在「她」身後，領口的位置別了一個針孔攝影機，專門用來拍攝「美女」的表現和周圍人的反應。

「鵬新，我胸口悶得慌，是不是矽膠貼得太緊了？等會兒我們先去衛生間調整一下。」

林樂洋滿臉通紅地走進電梯，見四周沒人，又道：「你為什麼要做直播？不是說好了只拍我走在路上的畫面，不拍公司嗎？季哥不喜歡炒作，更不喜歡別人拿他炒作。」

「你化妝的時候我就開了直播，到現在已經有十幾萬粉絲在關注，還給了很多打賞，你說不錄就不錄，他們能同意？」陳鵬新低聲道：「反正季哥是你的男朋友，配合你炒作一下有什麼關係？別說不該說的話，我要開直播了。」

為了不暴露地址，出了家門，陳鵬新就關掉了直播，還告訴粉絲半小時後再進房間，有更精彩的內容放送。

林樂洋化了女妝之後顏值直線飆升，從一個長相清秀的男孩變成了膚白貌美大長腿的女神，令粉絲們直呼不可思議。當然，為了不讓粉絲誤會自己是異裝癖，林樂洋事先也說明了原因，還把抽籤當天的視頻發給大家看，以證清白。

大家都表示理解，並且非常期待他接下來的表現，然後他果然沒讓人失望，一舉一動都柔美而又清純，連逛了好幾家服裝店，硬是沒有半個路人看出他的不妥，甚至還有一名男生跑上來跟他搭訕，讓粉絲們差點笑倒在地。

原本以為拍完逛街就結束了，卻沒料到陳鵬新竟然告訴大家他們還得回公司看一看老闆的反應，敬請大家期待。林樂洋的老闆是誰？是季冕啊！消息一放出來，小皇冠們激動了，差點沒把直播間撐爆。

看著直播間裡不斷飆升的人數，林樂洋真是騎虎難下。播了，對不起季哥；不播，對比不起粉絲。

唉，這事鬧得……

「好了，別猶豫了。你不是都跟季總約好了嗎？再說這又不是什麼大事，不過是讓季總出個鏡幫你拉抬人氣而已。他本來就想捧紅你，還能因為這個跟你生氣？」眼看樓層到了，陳鵬新果斷道：「笑得自然一點，我要開直播了，一、二、三，好了，開了。」

林樂洋立刻擠出微笑，踩著高跟鞋穩穩當當走出去。

季哥應該不會生氣，他不是總讓自己多依賴他一點嗎？

這樣想著，他便安下心來。

季冕與林樂洋約好在十一點鐘面試他的「堂妹」，眼看時間快到了，就聽門外傳來高跟鞋的喀喀聲。他挑高一邊眉梢，表情似笑非笑。

「季總，您好，我是林樂洋的堂妹林樂樂，今年二十歲，大學在讀生，還有一年才會畢業，我來面試貴公司的練習生。」林樂洋進入辦公室後狀似手足無措地做著自我介紹，祕書各倒了一杯咖啡給他和陳鵬新。

「二十歲才來面試練習生，年紀有些大了。」季冕按照正常的流程來，該說什麼就說什麼，一點都不留情面。

林樂洋瞄了一眼手機，果然發現直播間裡炸開了鍋，有人吐槽他取的名字太隨便，有人吐槽他舉止不自然，但對待季神卻都是跪舔加追捧。現實中的季神果然與螢幕中的他沒有差別，總是那麼認真嚴肅，一板一眼，面對高顏值的美女連眼睛都不眨一下，工作態度不能更讚。打賞打賞！拚命給季神打賞！

看見極速上升的打賞數額，林樂洋目光微閃。

季哥的號召力果然很可怕！不行，不能再看手機了，他會懷疑的！他要是知道我在進行直播，不會生氣吧？這樣一想，他趕緊把手機放進包包裡。

同一時間，季冕眼底的愉悅正在慢慢消散，但他表情太過嚴肅，竟沒有任何一個人發現異常，他繼續道：「雖然年紀有些大，但你的顏值線上，如果有比較突出的才藝，還是值得培養的，你今天過來應該有所準備吧？」

林樂洋硬著頭皮說道：「我自彈自唱一首歌。」

陳鵬新立刻把吉他遞給他。

「可以開始了。」季冕漫不經心地擺手。

林樂洋吉他彈得很不錯，這是一個亮點，但他為了扮女人不得不尖著嗓子唱歌，效果實在不敢恭維。季冕聽得眉頭直皺，直播間裡的粉絲們則笑倒一大片，並且對季神報以萬分的同情。這年頭，果然有人唱歌是要命的。

一曲結束，季冕直白道：「我勸你不要在歌壇發展，沒什麼前途。除了唱歌，你還有別的才藝嗎？譬如跳舞？」

林樂洋穿著高跟鞋怎麼跳舞？

他羞愧地搔頭，「季總，我不會跳舞。」

「那你會演戲嗎？」

「這個我會。」林樂洋立刻挺起胸膛，整個人顯得很自信，但看見高聳的兩坨後又佝僂下去，瞬間便頹喪了。他這個舉動讓粉絲笑得不行，而陳鵬新則不斷在辦公室裡移動，只為了拍攝出最好的效果，還對準季冕的臉來了一個大特寫。

季冕瞥了陳鵬新一眼，終究沒有發作，沉聲道：「那你演一段哭戲吧。」

啊？林樂洋懵了，然後堅定搖頭道：「不行，我不能哭。」

「為什麼？」季冕耐著性子問。

「妝會花。」妝花了我不就露餡兒了嗎？

很好，這個理由很強大，我給一百零一分，多一分不怕你驕傲！

粉絲們笑抽了，然後更為期待季神的反應。

季冕走到門口，伸出一隻手禮貌地說道：「那麼，你可以走了。唱歌不行，跳舞不行，演戲又怕毀形象，你這樣的我們真的沒辦法培養。如果你一定要進入娛樂圈，我建議你去當平面模特兒。」

樂洋，季神在暗諷你是花瓶啊！

哈哈哈哈，不愧是季神，損人不帶髒字的，面對這種級別的美女也能淡然處之，公事公辦，太有原則和定力，給季神點一萬個讚！

諸如此類的彈幕把直播間全都覆蓋了，打賞金額瞬間創造了新紀錄。

陳鵬新盯著手機螢幕看個不停，整個人差點興奮地抽過去。我靠，只這短短幾分鐘的面試，他就賺了一筆鉅款，老話說的果然沒錯，背靠大樹好乘涼啊！

林樂洋卻一點也高興不起來，走到門邊停了停，咬牙道：「季哥，其實我是樂洋，我正在考核中。」他突然用正常的男聲說話，前後反差又叫粉絲們笑得半死。

季冕挑高一邊眉梢，表情顯得很驚訝。

林樂洋乾脆扯掉假髮，再次聲明：「我是樂洋啊，季哥。黃老師讓我們鍛煉演技，我抽到的題目是女人。」

季冕這才收起驚訝的表情，扶額笑道：「原來是這樣，我還以為你是異裝癖。」

看見他的笑容，林樂洋緊張的心情立刻放鬆下來，對陳鵬新擺手道：「好了，把直播關掉吧，考核結束了。」

陳鵬新在粉絲們的慘嚎中關掉直播，先去後臺查了一下收益，又登錄微博看了看林樂洋的粉絲數，發現漲了幾十萬，心裡別提多得意了。

林樂洋搓著手，忐忑不安地問道：「季哥，黃子晉老師讓我們把考核過程錄下來，所以我開了直播，你不會生氣吧？」

「沒事，不過下次你要先跟我說一聲。」季冕回到辦公桌後，擺手道：「我還有一份文件要處理，你回去吧。」

「我可以坐在這裡等，中午我們一起吃飯？」林樂洋明顯感覺到最近自己與季哥單獨相處的時間越來越少。

「穿成這樣跟我去吃飯？」季冕上下看他一眼。

林樂洋這才發現自己手裡還拎著假髮，胸前貼著矽膠，下身穿著短裙和高跟鞋。別說出去吃飯，就是多待一秒都難受。他立刻跑出去，活像後面有鬼在追一樣。

陳鵬新樂呵呵地跟季總道別，也跟了出去。

兩人一走，季冕臉上的笑容便消失了。

他點燃一根香菸慢慢抽著，雙目隱藏在薄煙後，顯得閃爍不定。又過片刻，方坤敲門進來，指著手機上的熱搜頭條說道：「你和林樂洋一起做直播？你是什麼咖位，啊，竟然去做這種直播？而且從頭到尾被蒙在鼓裡，代言商差點把我的手機打爆！雖然你的粉絲很樂呵，但你的逼格全都沒了！他這是借你上位，拿你炒作！」

「行了，偶爾接一次地氣也好，事情沒你想像的那麼嚴重。」季冕語氣淡然。

他一沒有被美色迷惑，二沒有大開方便之門，全程認真嚴肅，公事公辦，所造成的影響也都是正面的。網友對他的評價很不錯，少數黑粉也沒抓到把柄，後果的確不嚴重。

方坤坐在他對面，一時無言。

「我就不明白了，」他斟酌良久才緩緩說道：「你對待自己都如此嚴苛，為什麼會對林樂洋縱容到這種程度？要是別人偷偷拿你做直播，你還會這麼氣定神閒？你就不怕把他的胃口養大了，他爆紅之後反過來踩你？」

季冕杵滅香菸，聲音低沉：「既然決定開始一段感情，我就不會輕易選擇結束，但是你放心，我也有自己的底線。」

「你的事我現在也不敢多管，你自己心裡有數就行。」方坤拿出手機看了看，接著又冷笑道：「現在的年輕人越來越懂得炒作和行銷自己。林樂洋的直播剛結束，傑西和金世俊就開始跟風了。媽的，這家速食店不是老趙他媳婦開的嗎？」

季冕根據網路上的評論找到兩個直播間，就見傑西假扮的老人在一家速食店門口轉悠，說是得了健忘症，找不到回家的路。速食店老闆娘立刻放下工作幫他尋找親人，看得粉絲十分感動。但背後的真相是，速食店是冠世娛樂內部員工開的，老闆娘根本不是在行善，而是在配合演戲。

這究竟是弘揚正能量還是欺騙大眾，季冕說不上來，除了一陣陣膩歪，還有些厭煩。

金世俊那邊的套路也一樣，殘疾人搭乘地鐵，遇見一位好心的女生幫他買票，護送他回家。女生不但人美，心更美，獲得大眾一致點讚。不為人知的是，這個女生其實是公司的練習生，再過不久便要出道了。

「現在的炒作手段真高明，像說故事一樣。」方坤翻了翻網路上的評論，好奇道：「他們一個班總共四個人，有三個都放出了考核視頻，現在就差肖嘉樹了。他的團隊那麼厲害，應該會炒得更凶。」

季冕隨即開始翻找娛樂新聞，發現沒有肖嘉樹的消息，冷硬的臉龐頓時柔和很多，他擺擺手道：「別人的事你操什麼心？讓公關部時刻注意輿論動向，別把樂洋炒糊了。」

「我知道分寸。」方坤一邊推門一邊搖頭，「作戲也不知道逼真一點，一個幫老趙媳婦的速食店打廣告，一個幫練習生帶熱度，日後粉絲懷疑起來一定會出現反效果，這根本是往自己身上抹黑呢！」

季冕頭也沒抬，顯然已經對這些事失去了興趣。他一直忙到晚上八點半才收拾文件準備回家，開車路過公車站時彷彿想起什麼，在周圍轉了轉，然後往更遠的南門廣場開去。

夜晚的京市霓虹閃爍，人來人往，一派繁華景象，然而在繁華背後，有很多無家可歸的人正四處遊蕩。他們衣衫襤褸，形容憔悴，不知道今天的晚餐在哪裡，也不知道明天能往哪兒去。他們得過且過，活得完全沒有希望。

季冕把車停好，沿著廣場繞了一大圈，雙眼掃過每一個流浪漢的臉龐，卻在苦尋無果後搖頭失笑。他在做什麼？想要找誰？

……

肖嘉樹信奉一句話，沒有真實的體驗就沒有真實的表演，所以在拿到考題後，他便讓造型師幫自己戴上半長的假髮和絡腮鬍，混到流浪漢當中去。他在南門廣場實打實地生活了三天，沒帶手機，沒帶錢包，渴了去公共廁所或公園喝自來水，餓了跟路人討飯或翻垃圾桶，反正流浪漢們怎麼過他就怎麼過，完全忘了自己是肖氏製藥的二少爺。

熬到最後一天的時候，他已經餓得前胸貼後背，整個人像麵團一樣癱在地上。皮膚髒兮兮，衣服臭烘烘，毫無形象可言。他看了看廣場邊豎立的鐘樓，暗暗給自己規定了考核截止的時間是十二點，這次的體驗到十二點才能結束。做為一名優秀的演員，你必須去體驗不同的生活，而每一種體驗將成為你寶貴的精神財富。

小樹苗，堅持住啊！

這樣一想，他眼裡冒出兩團名為「鬥志」的火焰，卻在下一秒迅速熄滅，然後露出慫包的表情。那……那個人該不會是季哥吧？

雖然夜幕降臨光線昏暗，而季冕為了掩藏身分更是戴了口罩和帽子，但肖嘉樹對他實在是太熟悉了，僅憑背影就能把人認出來。他連忙拎起地上的蛇皮袋，準備轉移陣地。季冕忽然轉頭看過來，視線在他身上掃過，又自然而然地移開。

慢慢走過去，慢慢……肖嘉樹一邊告誡自己，一邊步履蹣跚地走著。

他快餓昏了，不用裝就把一個落魄的流浪漢演繹得相當傳神。原來最好的表演並不是模仿，而是身臨其境，難怪以前拍電影的時候，演員都要進行團體培訓，演什麼題材就讓他們體驗什麼生活，拍出來的效果一個比一個好。可惜現在的電影業早已屏棄了這種優良傳統，於是再也沒有亮眼的演員和作品出現。

肖嘉樹心裡亂七八糟想了很多，不知不覺就越過季冕走到前方去了，再一回頭，哪裡還有對方的身影。

季哥果然是路過的！

他暗暗鬆了一口氣，爬上天橋後在路邊坐下，死魚一般等著最後幾個小時過去。

臨到晚上十一點，路上的行人越來越少，他駝著背站起來，先把蛇皮袋折疊整齊夾在腋下，這才一步一搖地走下天橋。幾名喝得醉醺醺的年輕人與他擦肩而過，似乎被他身上的臭氣熏到了，頓時暴怒，揪住他就是一頓揍。

這樣的事經常發生在流浪漢身上。他們無權無勢，無家可歸，位於社會的最底層。沒人關心他們的死活，自然也不會有人上前勸阻。

肖嘉樹連忙蜷縮身體護住頭臉，以免被打中要害。

這些天他與幾個流浪漢討教過，知道該怎麼應付這種情況，只要不被打到要害就行，千萬別想著反抗或呼救，那只會更加激怒施暴者。當然，你也可以選擇逃跑，但前提是你得跑得過這些人。若是跑不過卻被揪回來，迎接你的將是雨點般的拳頭。

肖嘉樹痛得不行，卻只能咬牙忍耐，因為十二點還沒過，此時此刻的他並不是肖氏製藥的二少爺。當其中一個施暴者舉起酒瓶準備給他開瓢時，一名高大的男子握住了對方的手腕，沉聲道：「我已經報警了，你們最好住手。」

理智尚存的幾個人這才慌了神，丟下酒瓶跑得沒了蹤影。

肖嘉樹暗暗鬆了一口氣，心裡更是感動得稀里嘩啦。救他的不是別人，正是季哥。季哥果然是個大好人，路見不平一聲吼，該出手時就出手，風風火火闖九州……咦？怎麼心情突然變好了？咦？怎麼還唱起來了？肖嘉樹已經被打懵了，整個人都處於神遊狀態。

季冕擔憂的表情微微一滯，嘴角不停抖動，似乎想往下拉，偏偏又不自覺往上揚。

肖嘉樹怎麼能這麼憨？他一邊感慨一邊蹲下身，無奈道：「傷得重不重？還能走嗎？我帶你去醫院看看？」

「我米四，逗是腦殼有闊痛，謝謝這位大鍋！」肖嘉樹用不標準的話語答道。

他不敢抬頭，不敢挺胸，背駝得比先前還厲害，但哪怕他絲毫不加掩飾，旁人也無法從他骯髒的外表和頹廢的神情中看破他的身分。至少對季冕而言是如此。要不是他擁有特殊的能力，根本沒可能在那麼多流浪漢中找準目標。

「你真的沒事？」季冕眉頭緊皺。

「針滴，多謝大鍋！」肖嘉樹連連鞠躬，姿態卑微。

季冕不忍心再看下去，掏出一張鈔票說道：「拿去買點吃的吧。」

「謝謝大鍋，大鍋，你四個好人！」肖嘉樹渾濁的眼睛冒出幾絲淚光。

三天了，這是他感受到的第一份溫暖！

季冕抬起手想摸摸他的頭，看見塊狀的頭髮又糾結地放下，改成揮手，然後慢慢走開。

恰在此時，時鐘的指針走到了十二點，三天的流浪生活結束，隱藏在附近的保鏢走了出來，心有餘悸道：「肖先生，我說要跟緊一點你不同意，剛才差點就出事了。」

「跑掉的那幾個人呢？」肖嘉樹捏著一百塊錢的鈔票，表情有些恍惚。

「都被老六扭送到警察局去了。肖先生，我在對面的飯店開好了房間，您過去洗個澡，吃個飯吧？」保鏢對這位肖二少佩服得不得了。他原本以為這個人絕對撐不過三天，不料他不但堅持下來了，還表現得那樣好。渴了喝自來水，餓了翻垃圾桶，比他當年當雇傭兵的時候過得還艱苦。

「謝謝你，這幾天辛苦你們了。視頻拍下來沒？給我看看。」肖嘉樹沒忘記考核任務。

保鏢連忙把視頻發送給他，「都拍下來了。你們班上那幾個學員都把視頻傳到網上了，您要不要也傳上去？」他真心覺得那幾個人的演技和努力程度比不上肖二少的一半。這幾段視頻要是發到網路上，絕對能顛覆眾人對肖二少固有的印象。他不高傲，也不嬌貴，恰恰是相反，他對待工作和生活的態度比任何人都認真，一旦確定目標就會不遺餘力地去做。

「不發！」肖嘉樹果斷拒絕，然後拎著蛇皮袋走進五星級大飯店。

門口的侍者在看見他的那一刻表情有些崩裂，正準備攆人，赫然發現他身後還跟著一名壯漢，看樣子似乎是個保鏢，頓時僵在原地，「這位先生，您……」他思維混亂，額冒黑線。

保鏢拿出一張房卡晃了晃，侍者立刻放行，並且暗暗吐槽道：嘖嘖嘖！現在的有錢人越來越神經病了！

另一名保鏢隨後趕來，走到肖二少身邊交代了情況。由於路上有監視器，所以幾名酒鬼已被拘留，可能得在警察局待個三四天才會被放出來。

「嗯，我知道了。」一行人進入套房，肖嘉樹趕緊洗澡，跟薛淼報平安，斟酌片刻後繼續道：「媽，我想捐錢建造流浪之家，還想設立一個專門用來幫助流浪者的慈善基金會，您有什麼門路嗎……好好好，我沒事，謝謝媽媽。」他頓了頓，隨即聲音沙啞地道：「媽，謝謝您為我營造這麼好的生活環境並伴隨我健康成長，我愛您！」

兩名保鏢聽得眼眶都濕了，幸好臉上戴著墨鏡才沒毀壞形象。

肖嘉樹得到母親愛的親吻，三天的創傷才算徹底平復，拿出那張百元鈔票看了看，終究沒忍住，拍了一張照片，發到微博上，並且寫道：「這是我二十年以來收到的最暖心的禮物，謝謝大鍋！」

季冕躲在暗處觀察肖嘉樹，發現他身邊跟著保鏢，這才放心離去。回到家，拿出手機翻了翻，意外看見一張百元鈔票的照片。由於他和施廷衡先後關注了「別低頭，小皇冠會掉」，小皇冠現在也有十幾萬的粉絲了。消息一出，大家全都很莫名，問他是不是想錢想瘋了。

這憨包！季冕簡直無語，花了很大的力氣才沒讓自己的手指按讚。

翌日，四名學員陸續上交了考核的視頻，黃子晉似笑非笑地道：「厲害啊，炒作手段一個比一個溜，有人竟然能請動季影帝，了不起！小樹，你怎麼一直沒動靜？」

「我扮演流浪漢，形象太醜了，哪裡好意思往外發？」肖嘉樹把隨身碟交上去，同時叮囑道：「子晉哥，你私下看看就好了，千萬別外傳啊！」

「得了，我又不是大嘴巴，你的成績我稍後再評。傑西、金世俊，你倆不及格，以後不用來了，我教不了你們這種弄虛作假的學生。」黃子晉看向林樂洋，「你勉勉強強及格了，前期表現得很自然，後期卻很矯情，完全沒把自己當女人看待。我要是季冕，一眼就能把你認出來。或許他早認出來了，不過是陪你演戲而已，你那點演技能騙得了誰？」

傑西和金世俊很憤怒，當下便離開了，說是要找老闆投訴。

黃子晉絲毫不在意，打開電腦插上隨身碟，開始觀看小樹苗的表現。

他說過會給學員三天的時間準備，沒料到小樹苗竟從第一天開始就在南門廣場流浪。他完全融入了流浪者的生活，體會著他們的艱辛與痛苦，他甚至還挨了打，卻恪守著流浪者的行為準則，半點都沒有反抗。

他明明是在體驗，卻活出了真實的模樣。

視頻播放完畢，黃子晉許久說不出話來，因為好奇而留下的林樂洋更是震撼無比。

黃子晉盯著視頻看了好一會兒，感慨道：「小樹，如果你每一次拍戲都能做到這種程度，那麼我已經沒什麼可以教你了。高超的演技來源於生活，而不是理論。這次考核你無疑是最優秀的，但願你能一如既往地堅持下去。」

「我會堅持的！」肖嘉樹大言不慚地道：「子晉哥，跟你說一句實話，我給自己的定位是表演藝術家，而不是演員！」

「噗……」黃子晉不小心笑出來，看見小樹苗拉長的臉，立刻擺手道：「我沒有嘲笑你的意思，我就是覺得你太可愛了，哈哈哈哈……」到最後他還是沒忍住，捂著臉大笑。

表演藝術家？這是一株有理想的小樹苗啊！

「子晉哥，你別笑了，幫我分析一下視頻，看看我還有哪些地方做得不好。喂，你聽見沒有啊？」肖嘉樹撲上去勒黃子晉的脖子，兩人來往一段時間，早已是亦師亦友的關係。

林樂洋看著嬉笑打鬧的兩人，心情相當複雜，等黃子晉分析完所有人的視頻並指出優缺點，才渾渾噩噩地來到二十六樓找季冕。他坐在靠窗的椅子上等待季冕處理完文件，腦子裡亂哄哄的，什麼想法都有。

他原以為肖嘉樹只是徒有家世沒有演技的紈絝，事實證明對方的演技很不錯。他還以為肖嘉樹即便演技很好也只是靠天賦，自己努力一把絕對能追上，可惜他的判斷又錯了。他忽然想起一句話：比你優秀的人不可怕，可怕的是比你優秀的人卻比你更努力。

是的，他有點害怕這樣的肖嘉樹，即便在最困難的那一段時期，他也從來沒在垃圾桶裡翻找過食物。看著肖嘉樹一口口吃掉過期酸臭的廚餘，他心裡湧上的不是噁心，而是恐懼。正如黃子晉所言，他有這樣的毅力，將來什麼戲拍不好？他一定會成為自己最大的勁敵！

濃重的危機感令林樂洋坐立不安。不知從何時起，他已經或被動或主動地把肖嘉樹當成了假想敵。他以為自己可以憑藉努力去打敗對方，卻在某一天發現，對方比他努力百倍甚至千倍，這種巨大的心理落差馬上就催化了焦慮。

咖啡早就喝完了他卻沒發現，始終將杯子置於唇邊，小口小口啜飲。

季冕放下文件看向他，無奈道：「你怎麼了，看起來失魂落魄的。」

「我……」林樂洋想跟季哥談談肖嘉樹這三天的經歷，也談談自己的茫然，但很快意識到這樣做只會增加季哥對肖嘉樹的好感，立即改口：「我在想最近接到的幾個代言。」

季冕盯著他看了一會兒，吩咐道：「不要胡亂接代言，先找準自己的定位再去看產品的定位，找適合自己並與自己的形象相輔相成的產品，否則只會虛耗人氣。你都接到了什麼樣的代言？讓方坤幫你看看，從裡面挑一個合適的，不要貪多。」

咦？可是鵬新已經都幫我接下來了，馬上就要簽約了！

林樂洋頭皮發緊，面上卻不敢反對，支支吾吾的，到底沒說實話。

季冕緩緩靠倒在椅背上，一隻手解開領帶，一隻手按揉眉心，顯得很疲倦。沉默了好一會兒，他勒令道：「以後你無論接到什麼工作都得跟方坤說一聲，由他來做決定。」

方坤雖然有些婆媽，還愛管閒事，但工作能力卻是一流的。

「那鵬新不就沒事做了？」林樂洋緊張起來。

「他可以跟著方坤學，薪資照開。」季冕擺手，「你馬上去找方坤把代言的事處理好。周朝陽是怎麼被逐出娛樂圈的，你還記得吧？」

周朝陽原本是極光娛樂的新生代小天王，前途不可限量，但他的經紀人為了賺錢什麼代言都接，保健食品、電動車、化妝品、奶粉、房地產等等，幾乎是無所不包。結果其中有好幾種商品被確定為假冒偽劣產品，並予以全網通報。一夕之間，周朝陽的信譽就破產了，更被所有人抵制，很快就在娛樂圈銷聲匿跡。

想起這個前車之鑑，原本還有些不情願的林樂洋警醒起來，連忙跑去找方坤和陳鵬新。

少接代言不僅影響藝人的收入，也會減少經紀人的抽成，陳鵬新自然不同意，但上有季總強勢鎮壓，下有方坤咄咄逼人，他只能咬牙點頭。方坤精心挑選了一個巧克力代言，並推掉其他代言，這才發送微信給季冕，表示事情辦妥了。

季冕關掉微信，想了想，又打開微博看看最近的娛樂新聞。

由於林樂洋、傑西、金世俊和肖嘉樹是同一個表演班的成員，前三者都發了考核視頻，網友便理所當然地認為肖嘉樹也會發，他們應該是一個系列的。可惜等了又等始終沒能看見肖嘉樹的更新，他們就開始不耐煩了，有人催促，有人質疑，還有人謾罵。漸漸有人帶起了節奏，說肖嘉樹太過在意形象，不願意把自己扮演流浪漢的視頻發出來。

還有人陰謀論，說肖嘉樹根本就沒有參加考核，因為他不願意受那個罪。人家可是富二代，手裡多的是資源，根本無須搭理黃子晉老師。哪怕他完全沒有演技也能參演最牛逼的電影，這就是社會現實。

這些言論一放出來就吸引了廣大網友的注意力，很快便有人去追查肖嘉樹的家庭背景，但到目前為止還沒有什麼實證。

憑藉多年的經驗，季冕意識到這是有人在故意帶話題去抹黑肖嘉樹，他肯定得罪了什麼人，或者擋了誰的道。季冕眉頭越皺越緊，想也不想便拿上手機前往頂樓找修長郁。

與此同時，黃美軒也發現了這種狀況，正一下一下點著小樹苗的腦袋，「你清高什麼啊？你是明星，炒作是很正常的事！只要你把視頻發出去，保證這些黑子全部閉嘴！到時候老娘就可以啪啪啪打他們的臉，爽不爽？你自己想想爽不爽？你怎麼就是不同意？你這個榆木腦袋！你清高就別來混娛樂圈啊，趁早給老娘滾蛋！」

「美軒姊，您小聲一點，這裡是總裁辦公室。」肖嘉樹指了指門上的名牌。

「總裁辦公室怎麼了？正好讓修總來聽聽你的破爛藉口！什麼怕丟臉，怕曝光季冕？你要是怕丟臉能在街上流浪三天？你要是怕曝光季冕不會給他打馬賽克？你當我傻子啊？」

眼看自己的腦袋快被戳出一個窟窿來，肖嘉樹不得不低聲解釋：「好吧好吧，我告訴您真正的原因，我怕我媽看見視頻以後會傷心。我跟她說我去收容所當三天義工，沒跟她說要去街上流浪。您想想看，她要是看見我喝生水翻垃圾桶，還差點被人打得頭破血流，她會有什麼心情？如果要用我媽的眼淚去換我的爆紅，那對不起，我絕不答應。」

暴怒中的黃美軒瞬間安靜下來，她定定看了小樹苗很久，然後扶額低笑。

薛姊啊薛姊，妳不知道妳生了多好的一個兒子！

薛淼不知道嗎？她太知道了！

她此時就站在走廊外，不停用指腹抹眼淚。

修長郁輕輕拍打她後背，用口形無聲問道：「還進去嗎？」

察覺到兒子三天之內暴瘦了幾公斤，薛淼很快便從保鏢口中逼問出了真相，但現在她哪裡還有興師問罪的衝動，又哭又笑地擺手，「不進去了，讓他折騰，我是管不了他了！」

如果妳的表情能更凶狠一點，眼裡的驕傲能再少一點，我會相信妳的憤怒！

修長郁暗自覺得好笑，繼續道：「那妳先去對面的咖啡廳等我，我幫小樹處理一下網路上的言論再去找妳，我們一起吃午飯。」

「好，別讓他知道我來過。」薛淼戴上墨鏡，悄無聲息地走了，繞過轉角卻發現一名高大的男子正站在盆栽邊，手裡夾著一根香菸，表情有些深沉。她認出這個人就是目前國內最有影響力的男明星季冕，於是對對方微笑頷首。對方立刻站直了，畢恭畢敬地彎腰致意，然後目送她離開。

等人消失在電梯口，季冕拿出手機打電話給母親。

他忽然很想她，很想很想……

修長郁走進辦公室，開門見山道：「你們是為網路的言論來的吧？我讓人去處理了。」

「謝謝修叔！」肖嘉樹禮貌地站起來，又被修長郁壓回沙發，「客氣什麼。我這裡有一個代言，你接不接？」話落從抽屜裡拿出一個文件袋。

黃美軒接過來看了看，挑眉道：「禪悅溫泉渡假飯店？這可是國內首個水上七星級飯店，他們怎麼會找小樹代言？」不是她看不起小樹，但相對於同期出道的幾個男藝人，小樹的人氣是最低的，因為他不愛炒作，曝光度也不高，背後更沒有大咖帶熱度，委實吃虧得很。

如果小樹同意，黃美軒有幾千幾萬種方法讓他迅速竄紅，但他偏偏不同意，只想專心拍戲，真不知道該罵他還是誇他。

「對啊，我的粉絲不多，找我代言不怕虧死？」肖嘉樹自黑起來半點心理負擔都沒有。

修長郁意味深長地看他一眼，「你對自家的產業怎麼那麼不了解？禪悅溫泉渡假飯店的控股方是肖氏製藥。這家飯店最大的功能不是旅遊休閒，而是養生。」

肖嘉樹在國外的生活只能用一句古話來形容：兩耳不聞窗外事，一心唯讀聖賢書。

肖家到底有多少資產他真的完全不知道。

「原來是肖家的生意，難怪會找上小樹。」黃美軒拿起文件夾拍了拍肖少爺的腦袋，調侃道：「肥水不流外人田，咱們接了吧？」

「接！」肖嘉樹乾脆俐落地點頭，並未去看代言費是多少。

正事談完，兩人約修總吃飯卻被拒絕了，只好告辭離開，下到一樓就看見牆上的大螢幕正在播放一則廣告：拍完打戲的苗穆青渾身青紫，狼狽不堪，卻必須參加一個酒宴。化妝師圍繞她左看右看，表示無能為力，她輕鬆一笑，然後拿出化妝包，自己幫自己化妝，轉瞬就從落魄女打仔變成美豔女神，效果驚人至極。

肖嘉樹停下腳步看了一會兒，感慨道：「這些化妝品的效果真神奇！」

黃美軒不以為意地笑了笑，「淤青才是化妝品畫出來的，用手一抹就掉了，哪裡還用化妝品去遮？我前些天買的遮瑕膏連鼻頭的痘痘都蓋不住，現在的廣告真是越來越誇張了。」

「不，淤青是真的……」肖嘉樹還想解釋，黃美軒已經懶得聽他說話了，敷衍道：「好好好，都是真的。快點去取車，老娘餓了。」

肖嘉樹摸摸鼻子，老老實實去停車場取車。做為明星，拍戲的時候只有一個助理，不拍戲的時候還得給人當助理，可能全世界只有他一個人混得這麼慘吧？

兩人去了一家隱密性很高的私房餐廳，點完菜拿出手機刷刷刷。黃美軒在刷購物網站，肖嘉樹在刷微博，兩人的表情都很陶醉。

「季哥剛出道的時候真帥，不過現在更帥。咦，妳來看看，這是他在哪一部電影裡的劇照，我怎麼沒印象？」肖嘉樹把手機螢幕放在黃美軒面前。

「那是《惡果》裡的劇照，電影沒有過審，從當年一直卡到現在，你當然沒見過。滾滾滾，別打擾我血拚！」

肖嘉樹收回手機，遺憾地搖頭道：「怎麼會沒有過審呢？我要是長官，季哥的每一部電影我都給他過。季哥出品，必屬精品！」他一邊誇獎一邊用小號點讚，完了翻一翻其他人的微博，卻看見這樣一篇文章：扒一扒娛樂圈的心機婊。統共幾千個字，全部用來數落某位苗姓女星如何耍大牌，如何不敬業，如何上位踩人等黑歷史，寫得有板有眼，高潮迭起。

有神通廣大的網友立刻指出這位苗姓女星就是苗穆青，然後翻出許多苗穆青耍大牌的照片予以佐證。

肖嘉樹越看越氣憤，沉聲道：「美軒姊，網路上這些人太能造謠了。穆青姊的人品究竟好不好我不知道，但她絕對敬業。您看看他們發的這張照片，穆青姊拍戲的時候摔傷了腿，不為了不影響拍攝進度一直忍著，還讓助理每天幫她用藥酒揉，怎麼就被人說成是耍大牌，不把助理當人看？他們根本不了解真相，助理跪著是為了揉腿方便，不是被逼的！」

黃美軒不以為意地擺手，「娛樂圈就是這樣，一張照片可以添加無數註解，想抹黑你就抹黑你，想誇你就誇你，全憑博主一張嘴。只要廣大網民信了就成，誰管你真相如何？苗穆青最近很紅，應該是擋了誰的道。」

肖嘉樹沒再說話，而是默默流覽網頁，結果發現越來越多的人加入抹黑苗穆青的行列，心裡實在是難受。不行，我得做些什麼！這樣想著，他就把那張照片複製到自己的微博大號裡，並留言解釋道：穆青姊拍打戲時傷了腿，助理拿藥酒幫她揉，不是耍大牌，她是我迄今為止見過的最敬業的女藝人！

微博一發出來，原本抹黑他的人又開始冒頭，說他蹭熱度、抱大腿等等，還說有本事你把自己的考核視頻也放出來。你是不是睡了苗穆青所以才幫她說話？呵呵，你倆真是一丘之貉，婊子配狗！

這話說得太過分了，肖嘉樹心裡冒火，卻也知道自己如果拿不出證據只會越幫越忙，於是打開手機翻找視頻。他之前喜歡在片場拍ＮＧ的畫面，打戲的ＮＧ尤其多，剛好有實錘。

黃美軒直到此時才發現小樹苗竟然蹚進苗穆青的渾水裡，氣得差點暈過去。她擰著他的耳朵咆哮道：「你真行啊！別人都遠遠躲開唯恐躺槍，你偏要撞上去讓人插刀！你知不知道我們才剛把不利於你的言論壓下去？快把留言刪掉！」

「我不刪。簽約的時候我們已經說好了，您不能干涉我發微博。如果他們抹黑穆青姊別的方面，我肯定一聲不吭，但他們不能汙衊她對表演的熱忱。您沒去片場，所以您不知道，穆青姊的傷痕都是真的，她沒有用過一次替身，堅持拍完了所有的打戲。無論她其他方面有多糟糕，但在敬業這方面，她值得我的尊敬。身為演員要有藝德，而藝德之中最根本的一點不應該是敬業精神嗎？演員如果不敬業，不好好拍戲，那還當什麼演員？」

肖嘉樹把視頻整理打包，發送給苗穆青，怕她心煩關手機，還打了一個電話給她確定她目前的狀態。

黃美軒放開他的耳朵，哭笑不得地道：「你怎麼這麼倔？帶了你，老娘非得短壽十年！」但到底沒再說刪除博文的話。

與此同時，苗穆青正優哉游哉地躺在自家的游泳池邊享受日光浴。

「博文發出去沒有？」她懶洋洋地問。

「發出去了，不用請水軍就有一大幫人爭先恐後地來抹黑妳。」助理滿臉的欽佩，「穆青姊，妳怎麼會想到這種行銷手段啊？真是太有才了！」

「廣告的拍攝效果沒達到預期，主意又是我出的，我能不幫金主彌補嗎？也怪現在的廣告慣愛弄虛作假，我明明是真受傷，觀眾硬要說我的淤青是畫的，還罵我虛假宣傳！好啊，那我乾脆就把事情鬧大，先抹黑我自己不敬業，再把拍攝期間受傷的視頻全放出來，一為自己洗白，二為金主正名，三為電影宣傳，口碑和人氣一下就飆升了，不虧還賺呢！」

她趴在池邊撩撩水，渾不在意地道：「有沒有跟我關係好的朋友站出來挺我？」

助理頓時尷尬了，「穆青姊，暫時還沒有。」

「得了，沒有就沒有，什麼暫時不暫時？現在的社會就是這樣，人情比紙薄，說不定抹黑我的人裡還有他們請的水軍……」苗穆青話音未落，就聽助理驚訝道：「哎呀，有人出面挺妳耶，是肖嘉樹！」

「咦？」苗穆青驚訝了，連忙爬起來看手機，然後就收到一個壓縮檔案，裡面全是她拍戲時受傷的視頻，末了又有一個電話打進來，鈴聲很急促。

苗穆青盯著手機螢幕，心情十分複雜。在行銷前她就料到自己會四面楚歌，孤立無援，反正是假的，情況多糟糕她都能控制，也不會感到難受，但現在盯著「肖嘉樹」三個字，她鼻頭忽然就酸起來，心裡暖得不得了。

如果換一個男人為她說話，她會像網民們猜測的那樣，懷疑對方動機不純，可她與肖嘉樹朝夕相處幾十天，又怎會不了解他的為人？他只對拍戲感興趣，別的一概不管，先前被抹黑得那麼厲害也沒見他為自己說過一句話，卻能站出來替她發聲。

這個人怎麼這麼憨啊？

苗穆青哭笑不得，正準備接通電話，那頭卻掛斷了，很快又有一條微信發了過來，安慰她道：「穆青姊，我發過去的視頻都是在片場拍的，或許能幫到忙。剛才我問過羅導，他說只要您剪接得當，不洩露劇情，就可以拿來用。」

「我知道了，小樹苗，謝謝你。」苗穆青頭一次對娛樂圈裡的男人產生好感，很可惜這個男人是她高攀不上的。她捂著臉笑了一會兒，轉頭對助理說道：「我怎麼覺得自己好齷齪？有罪惡感了！」

「妳別這麼想。妳看，現在全網都在抹黑妳，只有肖嘉樹一個人為妳說話，等妳把準備好的實錘全放出去，肖嘉樹肯定也會得到大家的認同。因為只有他敢說真話。這年頭真真假假都弄不清了，明明是真的，還非得先說自己是假的，等大家罵夠了再證明自己是真的，這樣拐來拐去的才會有人信，妳說這是什麼世道？」助理搖頭唏噓。

「資訊大爆炸的時代都這樣，大家接收到的訊息太多了，不好辨別。」苗穆青想得開，樂呵呵地發了幾個表情包給小樹苗。

另一頭，季冕也正在關注網上的言論。

林樂洋坐在他身邊刷微博，不知出於什麼心理，指尖久久停留在讚上。他忘不了苗穆青對他的羞辱，網友說的那些話全是真的，她眼裡只看得見大咖，看不上小人物。

「我勸你別點讚。」季冕瞥他一眼，「這點小風浪動不了苗穆青的，她敬不敬業，全國的導演都知道。」

「我沒想點讚啊！」林樂洋嚇得手指一哆嗦，不小心把「讚」按了下去。不等他取消，眼疾手快的網友立刻截圖，並以此佐證那些流言。畢竟先前施廷衡和季冕還發過與林樂洋的合照，全網都知道他們正在拍攝《使徒》，而苗穆青恰好是《使徒》的女主角。

同一個劇組的小新人都敢站出來點讚，可見苗穆青有多不得人心。

事情一下子鬧大了，讓林樂洋差點哭出來。

他真的不是故意的！

第七章

驚天大逆轉，肖少爺翻身把歌唱

林樂洋嚇得趕緊把讚給取消，然後抱著手機哇哇直叫：「慘了慘了，季哥，我真的不是故意的，現在該怎麼辦啊？」

季冕無奈道：「發微博澄清一下，就說你手滑了，順便對苗穆青表示支持。」

澄清可以，但是為什麼要挺苗穆青？

林樂洋很不情願，卻又不敢說出來，於是委婉地道：「我先打個草稿，回去讓公關部的人幫我看看合不合適。季哥，我反應這麼大，會不會顯得此地無銀三百兩？」

再者，苗穆青自出道以來就一直很招黑，每隔一段時間就有人要撕一撕她，要麼罵她作風放蕩，要麼罵她耍大牌，要麼罵她打壓新人，還說她為了上位曾睡遍整個劇組，簡直就是一輛公車。如此骯髒的言論也沒見她站出來反駁過，這次肯定也是冷處理，自己若是為她背書，說不定還會被網友拖著一起罵。

憑什麼她可以看不起別人，別人卻還得捧她的臭腳？

這樣一想，林樂洋就更不樂意為苗穆青說話了，但季哥的吩咐又不能不聽，真是憋屈！

他心裡非常不舒坦，面上卻還得強撐起開朗的微笑，思緒七拐八拐，忽然就意識到，自己是不是走進了一個誤區？

季哥說所有的感情問題都出在他身上，真的是這樣嗎？可季哥最近又都做了些什麼？他不顧他的意願辭退了小玉，還差點趕走鵬新，現在又剝奪了鵬新的權利，阻止了他的代言，讓他一舉一動都處於他的控制之下。他美其名曰為他好，實際上卻嚴格限制著他的自由。

現在他拍的每一部戲，走的每一步路，甚至說的每一句話，都是季哥規定好的，而他若是稍有不滿或抗拒，竟就成了自卑的表現。

林樂洋越想越不甘心，然後懊悔於自己的口舌笨拙。

如果他能早點想明白這些道理，那天他就會義正辭嚴地告訴季哥，他根本不是在維護自己的「可笑」尊嚴，而是在維護自由。季哥什麼都要掌控，難道他就該像個人偶一樣被他擺布嗎？他窮，他沒背景，但他也是人啊！他有權利決定自己該做些什麼，說些什麼！

林樂洋越想越氣不過，一下子就鑽進牛角尖出不來了。

他依然覺得這段感情不公平，季哥表面上打著為他好的名義，實際上卻沒把他當成平等的個體看待。什麼「你只要專心拍戲就成，所有的路我都為你鋪好」，這話多動聽？但仔細一想，根本就不是那麼回事！

林樂洋怕自己氣憤的表情被季哥看出來，只能埋頭編輯微博，但寫了刪，刪了寫，磨蹭了好幾分鐘都沒寫完。

季冕原本想帶他出來安安靜靜地吃個飯，現在什麼心情都沒了，「算了！」他首次在他面前露出了不耐煩的神情，「不用澄清了，你想怎麼處理就怎麼處理，只是我得提醒你，這次的輿論大戰來得蹊蹺，很可能會出現風向逆轉的情況。」

怎麼逆轉？苗穆青被人黑慣了，從來沒見她出面澄清過。更何況娛樂圈裡沒有所謂的人情，除了肖嘉樹那個傻子，誰還會站出來為苗穆青說話？羅導、衡哥，甚至於季哥，不也都沒有什麼反應嗎？

林樂洋不以為然地關掉微博，終究一個字都沒發出去。

季冕掏出一根香菸，悶不吭聲地抽著。

「季哥，你答應過我要戒菸的。」林樂洋幫他盛了一碗湯，關切道：「你最近抽的比過去還多，這樣對身體不好，我買電子菸給你吧？」

季冕盯著他看了一會兒，忽然問道：「樂洋，你是不是覺得我管太寬了？」

「怎麼會？季哥你也是為了我好。你畢竟是過來人，吃的鹽比我吃的米還多，有你在，我可以少走很多彎路。」林樂洋直視男友，表情很真誠。

「呵……」季冕低聲一笑，再不說話。

包廂裡煙霧繚繞很嗆人，似乎連飯菜都變了味。

苗穆青的確是招黑體質，由於她特別敢拚敢衝，很多大導演都愛找她合作，而她又擅長鑽營，無形之中擋了很多人的路，於是每隔一段時間就有黑子大規模抹黑她，卻從來沒將她打倒，反而令她扶搖直上，前途燦爛。

從十八線奮鬥成超一線，她只花了三年的時間，而黑子們厥功甚偉。自此之後，娛樂圈便產生了一個新名詞，叫做黑紅，意思是黑著黑著就紅了。

然而，這次苗穆青不願意再保持沉默，她想把自己受過的所有汙衊都還回去，讓普羅大眾知道，有的人慣於保持沉默並不是因為心虛，而是因為行得端坐得正，毫不膽怯。

澄清的時機也得要掌握好，不能太早也不能太晚。早了影響力不夠大，晚了熱度都過去了，沒人會在乎，得趕在不早不晚正高潮的時候。所幸苗穆青的黑粉很給力，拿到她故意放出來的照片就開始狂歡，連續三天保持著全網第一的熱度，還連累肖嘉樹被罵慘了。

總裁辦公室內，修長郁和黃美軒把肖二少夾在中間，準備來一次嚴厲的審判。

「你看看網路上的這些言論，沒影的事他們也能說出花來，現在你知道胡亂幫人出頭的代價了吧？羅導、施廷衡、季冕都不開腔，哪裡有你說話的地兒？」黃美軒把幾張照片狠狠拍在茶几上，「你好好解釋一下這些照片是怎麼回事？」

肖嘉樹沒去看照片，反而急著為季冕辯解：「季哥從來不在微博上回應任何事，只發工作相關的微博，他不開腔才是正常的。」

「你好好看看照片，別管季冕了成嗎？」黃美軒伸手去揪他耳朵。

修長郁連忙替他擋了擋，勸解道：「妳好好說話，別嚇著他！」

黃美軒快瘋了，只能用力抓自己的頭髮。

修總，你愛屋及烏也不能這樣啊！你就那麼喜歡幫小樹收拾爛攤子嗎？

肖嘉樹這才瞟了照片一眼，然後愣住了。

在照片中，年少的他滿臉茫然地跪在一輛被撞得面目全非的跑車旁邊，臂彎裡躺著一具破敗的屍體，幾名外國警察拉起封鎖線，還有很多路人在遠處圍觀。汽車殘骸和死者的鮮血遍地都是，場面非常慘烈。

那是他十六歲時趕去車禍現場為何毅收屍的畫面，不知被誰拍下來，又傳回國內。

他忽然就啞了，不是解釋不清，而是傷心得開不了口。

黃美軒見他捂住臉，似乎很羞愧的樣子，不禁急了，「你在國外真的飆車撞死人過？」

她話音剛落，公關部的人便打了一通電話進來，說某個博主爆料肖嘉樹在國外吸毒、飆車，還撞死了人，現在連照片都發出來了，問修總該怎麼處理。

撞死人的照片拍得很清晰，不僅肖嘉樹和警察都正面出鏡，連地上的屍體都很顯眼。更糟糕的是，他當時的面相很稚嫩，一看就是未成年。

未成年人犯罪該如何判刑一直是國內近些年來最關注的社會問題之一，消息一出，無疑會激起廣大民眾的關注。這次的風皮不小，不是奔著抹黑肖嘉樹來的，而是想直接踩死他。

問題是，他才剛出道，誰會對他抱有這麼大的敵意？

黃美軒的冷汗都流下來了，修長郁卻淡然依舊，他拍拍肖嘉樹的肩膀，溫和道：「小樹，這件事交給我來處理。你不想說就不說，叔叔相信你不會做那些事。」

「謝謝修叔……」

肖嘉樹怎麼忍心讓長輩為自己受累，正想把以前的事告訴他，又有一個電話打進來，對方是禪悅溫泉渡假飯店的負責人，宣稱肖嘉樹品德有問題，他們將放棄與他的合作。

「我已經把消息放出去了，你們怎麼能夠反悔？就算反悔了，你們也不能夠發那樣的聲明啊！你們這是在落井下石……」黃美軒正要申訴，那邊已經不耐煩地掛斷電話，再打開微博，禪悅溫泉渡假飯店的解約書已被網友瘋狂轉載。

「品德有問題，不予合作」，短短一句話扼殺了肖嘉樹的星途。

那是大哥的飯店，發出這樣的聲明是不是大哥的意思？更甚者，連這次的風波也是大哥策劃的？他想把自己打入深淵，再也沒辦法與他爭奪家產嗎？

肖嘉樹明知道不應該，卻忍不住這樣想。

幾張捕風捉影的照片完全不能打擊到他，但最後這一擊卻令他徹底失去了鬥志。他現在只想找個地方把自己藏起來，什麼都不看，什麼都不聽。

薛淼打電話來給修長郁，他拍拍肖嘉樹的肩膀，走到外面去接聽。黃美軒也拿著手機四處聯絡人，只想盡快把這些黑料壓下去。肖嘉樹趁大家不注意悄悄溜走了，順著樓梯間一階一階往下爬，來到二十六樓的時候終於堅持不住，一屁股坐在地上，然後把腦袋埋進臂彎，默默流淚。

或許他不應該回來，不應該妄想得到父親和大哥的關愛。他們才是一家人，自己和母親都是多餘的，沒有那些奢望也就沒有現在的絕望。

手機不停震動，有薛淼的電話，也有助理的，甚至還有苗穆青的，可就是沒有父親和大哥的。肖嘉樹靜靜地等待了一會兒，最終關掉了手機。

……

季冕正在辦公室裡處理文件，方坤忽然走進來，嘆息道：「肖嘉樹完蛋了。」

「怎麼回事？」季冕立刻抬起頭，眉頭皺得很緊。

「他在國外飆車撞死過人，照片被人爆出來了，禪悅溫泉渡假飯店第一時間與他解除了合作關係，還公開表示他品行有問題，現在他們已經換了代言人，是極光一姊阮令怡，簽約儀式就定在今天下午四點舉行，很多記者都收到了邀請函，場面搞得很隆重。話說回來，肖嘉樹不是肖家二少嗎？怎麼混得這麼慘？被自家飯店黑成屎，肖家竟然沒有一個人站出來為他說話。」方坤唏噓不已地搖頭。

毫無疑問，這又是一齣豪門爭產的大戲。把肖嘉樹搞臭，逼他出國，肖家就是他大哥的天下了。

「他不可能撞死人。」季冕先打電話給修長郁，又按照他的吩咐往美國發了一封郵件，這才穿好外套匆忙交代：「我去頂樓看一看，你讓冠冕工作室的公關小組控制一下網路輿論，這裡面有誤會。」

「不是啊，季哥，這件事咱們還是不摻和吧！剛才李佳兒放出話來，說還有一個大猛料要爆，也是關於肖嘉樹的，請網友三點鐘準時去看她的微博。我覺得她是想拿之前肖嘉樹封殺她的事蹭熱度，這一環套一環的，全是死局啊！」方坤連忙追上去阻攔。

「極光娛樂的手段真是越來越下作了，我說怎麼會有人平白無故去抹黑肖嘉樹，原來是為了爭奪禪悅溫泉渡假飯店的代言。也是，價值幾千萬的代言費，誰不眼紅？」季冕盯著樓層顯示器，冷笑道：「你通知公關部，讓他們準備開會，我去找修總一起制定應對方案。」

方坤想攔又攔不住，正滿心焦急，忽然發現苗穆青更新了一條微博，只有一句話。

造謠一時爽，全家火葬場！小樹苗，我相信你的清白！

哎呀，這下好了，網友的抨擊更猛烈了，集火兩人準備一波將他們帶走。方坤快被這落難二人組氣笑了，卻發現季冕正打開微博編輯文字。

「季哥，你幹嘛？你放下手機行不行？咱們冷靜一點！你跟肖嘉樹關係只是一般，何必蹚這個渾水？」方坤撲上去搶手機，在季冕冷厲目光的瞪視下又慢慢縮回去。

「肖嘉樹是我近年來最看好的新人，我不能眼睜睜地看著他因為這些莫須有的黑料而消失。」季冕一字一句強調，末了將編輯好的文字發了出去。

行端坐正，無愧於己，不畏於言！@小樹苗。

如果說苗穆青的微博只會更加激起網友的憤怒，那季冕的微博簡直是掀起了軒然大波。網友更加堅信肖嘉樹背景深厚的傳言，他不但能逃脫殺人罪責，還能請瑞水和冠世的一姊和一哥齊齊為他洗白，權勢簡直通天了。

這樣的人就是社會毒瘤，應該剷除！

方坤匆忙掃了一眼評論區，著急道：「季哥，你看看，你的粉絲可是最忠心的，現在卻都表示不能理解你的行為。這件事過後，你的聲譽肯定會嚴重受到影響。就算你打算息影也不能這樣糟蹋自己吧？你怎麼能肯定肖嘉樹是被冤枉的？萬一是真的呢？」

「讓你去通知公關部你就去，廢什麼話？肖嘉樹是什麼樣的人，我比任何人都清楚。」季冕表情嚴厲，目光深邃。只要一想起肖嘉樹因為熱愛表演而產生的強烈信念，他就無法做到坐視不理。他不能眼睜睜看著一顆本該閃亮無比的星辰被黑暗吞噬並墜落。更何況，他比所有人都清楚那些所謂的黑料是怎麼一回事。

被害者尚未發聲，加害者反倒抖起來，顛倒黑白不過如此。

電梯慢慢上行，眼看快抵達二十六樓，季冕卻隱約聽見一陣哭聲，並不撕心裂肺，也不刺耳尖銳，只是嗚嗚咽咽的十分難過，像一隻受傷的小動物。他忽然就想起在醫院裡的那一次，於是離開電梯往樓梯間走去，登上轉角看見了肖嘉樹把自己縮成一團，腦袋埋在雙膝和臂彎之間，一下一下輕輕顫著，卻沒發出任何聲音。

季冕知道他內心是如何的難過，絕望感都快將他淹沒了。

「哭什麼？」季冕沉聲開口：「有時間在這裡哭，不如想辦法去澄清。」

「季哥？」肖嘉樹猛然抬頭，露出一張沾滿鼻涕和眼淚的臉。

季冕掏出手帕蓋在肖嘉樹臉上，用力擦了擦，「我知道你是無辜的，把證據找出來。」

「季哥，你不明白，我是不是無辜的不重要，重要的是背後的推手是誰。如果是我家人幹的，那麼無論我說什麼，他們都會把我送走。如果連你的家人都在抹黑你，那麼你永遠都洗不白。我知道這種感覺，我有一個好朋友就是這樣死的。」肖嘉樹按住手帕，不想讓季哥看見自己最狼狽的一面。

「打電話給你的家人，問問他們這件事究竟是誰做的。如果他們承認，那你可以得到一個真相；如果他們否認，那你可以得到一個安慰。什麼都不問，自己躲在角落裡瞎猜是最愚蠢也最懦弱的做法。」季冕撿起地上的手機，柔聲道：「你看看，這麼多未接來電全都是關心你的人，你還沒有走到窮途末路的地步。」

肖嘉樹接過手機一看，臉頰立刻漲紅。

媽媽、修叔、蘇姨、美軒姊、子晉哥、助理、羅導、苗穆青……幾十個未接來電差點讓他的網路卡死，微信更是被各種各樣安慰的訊息擠爆了。微博裡不斷有人圈他，最顯眼的就是季哥剛發出來的消息「無愧於己，不畏於言」，季哥竟然是百分百相信他的。還有穆青姊，她也在最具爭議的時刻站出來為他說話……

肖嘉樹冷透的心瞬間復活，打了一通電話給大哥，無法接通後站起來，堅定道：「我不會認輸的，我有證據！」車禍調查卷宗、自己當時配合警方取證的供述，還有何毅臨死時錄下的對話都是最好的證據。

他要告那些造謠誹謗的人，讓他們賠得傾家蕩產！

「有證據就好，去頂樓吧，修總應該急壞了。」季冕把人帶到電梯口，見他下巴還沾著眼淚和鼻涕，掏出一張衛生紙糊過去。

匆忙趕來的林樂洋恰好看見這一幕，頓時打翻了醋缸子。他無論如何也不敢相信極少在微博發言的季哥竟會站出來力挺肖嘉樹，這可是破天荒頭一次。他跟肖嘉樹究竟是什麼關係？就那麼肯定對方是無辜的？

季冕似有所覺，轉過頭看他一眼，並未解釋什麼。

「季哥，現在網路上都鬧翻天了。你去公關部看看吧，他們正準備召開會議。」林樂洋走上前，勉強擠出了微笑。

「讓他們去頂樓開會，所有的公關人員都聽修總安排。」季冕深深看他一眼，似是有話說，終究沒有再開口。

電梯門開了，電梯門關了，電梯迅速上行，林樂洋卻沒進去，而是緊緊盯著樓層顯示螢幕，嘴角的笑意一點一點變得苦澀。肖嘉樹如果能就此消失該多好？他克制不住地想著。

總裁辦公室內安靜得落針可聞，幾名助理來往遞送資料，卻連呼吸都不敢放開，臉上還帶著誠惶誠恐的表情。瑞水總裁蘇瑞、嘉禾總裁宋行舟、普眾傳媒執行長詹世博……這些隨便咳一聲都能引起娛樂圈震盪的人物正齊聚一堂，用擔憂的目光注視著坐在窗邊的女人。

女人氣質高雅，容貌豔麗，斜飛入鬢的濃眉更令她增添了幾許殺伐果決的英氣。她就是曾經紅透整個亞洲，又在巔峰時刻毅然退出娛樂圈的不老女神薛淼。她用塗著深紅蔻丹的指尖點了點擺放在桌上的手機，漫不經心地道：「等李佳兒爆完料，阮令怡簽完約，我們再把實錘放出去。想抹黑我兒子？我讓她倆身敗名裂，讓禪悅血本無歸，看看誰比誰狠！」

靠！肖嘉樹竟然是薛淼的兒子？這可真是一齣狗血大戲！助理們驚訝極了，連連感嘆現實果然比電視劇更誇張，沒這麼往死裡黑自己兄弟的！

「淼淼，妳別擔心，季冕已經找到小樹，很快就上來。」修長郁看了手機一眼，隨即追問道：「肖啟傑那邊怎麼說？」

「他說除非我和他再婚，否則小樹就不是他的兒子，他絕對不會管。」薛淼冷笑道：「不管就不管，我稀罕嗎？對了，這次真是多虧了季冕，否則我們沒有辦法這麼快就把當年的調查檔案拿到手。」

「他在美國有些人脈，調取檔案並不困難。」說起季冕，修長郁也很驚訝。別看他經常提攜小輩，像現在這種真相不明的撕逼，他是從來不牽扯的，他很愛惜自己的羽毛。

「無論如何還是得謝謝他。我經常聽小樹在家裡誇他，十句話裡八句離不開季冕。」聽說兒子快來了，薛淼冷硬的表情變得柔和，她感激萬分地說道：「也謝謝你們那麼快就趕過來幫助小樹，等這件事了了，我請你們吃飯。」

「薛姊跟我們客氣什麼，多大的事？我們還巴不得看一場好戲呢！」蘇瑞打開電視，幸災樂禍地笑起來，「我等著看這些人等一下怎麼收場。」

……

有了季冕的安慰，肖嘉樹很快振作起來。他邁著雄赳赳氣昂昂的步伐跨入頂樓，卻在看見薛淼的那一刻萎了，「媽，您怎麼來了？」

「電話打不通，人也找不見，我能不來嗎？」薛淼正準備揪兒子的耳朵，陡然發現他眼眶和鼻頭都紅了，下巴還沾著少許紙屑，想來應該哭過。

「瞧你這點出息！多大的事，值得你哭成這樣？」薛淼恨鐵不成鋼地戳他腦門，心裡卻疼得不行。這次的事她絕對不會善罷甘休，所有攪和進來的人都得付出慘痛的代價！

「去休息室洗完臉再過來，這麼多長輩在這裡，你也不嫌丟臉！」

肖嘉樹這才發現辦公室裡坐滿了一票人，有的從小看他長大，有的素未謀面，但他們此刻全都用慈愛的目光看著他，給了他很大鼓舞。他逐一行禮打招呼，然後用袖子擋住臉，跑到休息室裡去了。

「小冕，坐吧，這次多虧你了。」薛淼對季冕招手。

「薛姊太客氣了。」季冕微笑回應，然後在修長郁身邊落座。憑他的資歷和財富，早已經擁有與這些大佬平起平坐的資格。

「小樹經常在家裡提起你，他很崇拜你。」薛淼似嘆息道：「你問也不問就發微博力挺小樹，就不怕被他坑了？」

「肖嘉樹的為人我很了解。」季冕並未過多解釋，但這句話已經足夠令薛淼滿意。

以季冕如今的地位，他實在沒有必要蹚這個渾水。他連續七年登上娛樂圈富豪榜榜首的位置，又哪裡需要抱肖家的大腿？

「感謝你的支持，我向你保證，這件事絕對不會牽連到你。」薛淼掏出一包香菸，客氣徵詢：「抽嗎？」

「謝謝薛姊。」季冕也不客氣，從菸盒裡抽出一根香菸夾在指尖。洗完臉的肖嘉樹跑出來，熟門熟路地拿起擺放在桌上的打火機，弓著身，彎著腰，低著頭，像個狗腿子一般為薛淼老佛爺點菸。他從小就是這樣，一旦闖了禍就會變得特別乖巧，讓他做什麼他就做什麼。

薛淼似笑非笑地瞥他一眼，這才叼著香菸湊近火苗。橘紅色的火光照亮她玉白的臉龐，也令她殷紅的朱唇更顯性感，但她自己渾然不覺，上下齒縫輕輕開合，吐出繚繞的煙霧，「幫你蘇姨、詹叔、季哥把菸點上。」

「好的！」肖嘉樹正愁沒有表現的機會，連忙拿著打火機挨個點菸，之前的傷心無助早被他忘到腦後。

季冕盯著沒心沒肺的肖少爺看了一會兒，然後搖頭失笑。「修叔，」他故意喚醒對著薛淼愣神的修長郁，「你們應該制定好公關計畫了吧？需要我配合嗎？」

「不用了，你已經發微博力挺小樹，這就是最大的配合。」修長郁擺擺手，迅速抹掉眼底的癡迷。

薛淼並未注意到他的異樣，而是認真盯著手機，冷笑道：「把這些所謂品德高尚的藝人和網民的名字記下來，記者招待會之後我要一個一個起訴他們。造謠誹謗是犯罪的，需要承擔法律責任，可不是上嘴皮碰下嘴皮的事。」

「好的，薛總，我立刻就記下來。」一名女祕書很快將網頁逐一截圖存證。

肖嘉樹放下打火機左右看了看，發現大佬們把沙發全坐滿了，只好擠到季哥身邊老老實實待著。現在已經沒有他插手的餘地，桌上堆滿了各種文件，全是母親在半小時之內搜集到的證據，甚至連證人都已經坐上飛機趕回國，只等開戰了。

他忽然想起一句話：薑還是老的辣。

母親在肖家做了二十年的賢妻良母，依然保留了內心的崢嶸和稜角。看見她脫掉典雅的貴婦裝，換上修身的黑色裙裝，唇紅似火，眼如寒星，高傲得像個女王，他便覺得很開心，他喜歡母親現在的樣子。

剛才還慘兮兮的，現在樂得快飄起來，肖嘉樹的心情嚴重影響了季冕，令他想擺出嚴肅的面孔都做不到，只好垂眸扶額，默默感嘆：老天疼憨人，這話果然沒說錯。

在季冕神遊的時候，三點鐘到了，李佳兒召開了一個小型的記者招待會，在微博直播間裡同步放映。她先是哭訴了自己少年時期的悲慘遭遇，然後指出自己之所以被冠世、冠冕和瑞水等多家娛樂公司聯合封殺，全是肖嘉樹在背後指使的。他和強姦她的犯人是朋友，要對她趕盡殺絕，並把當年的文件也複印了一份，蓋上相關部門的印章，還有肖嘉樹與何毅從小到大的合照，以證明他們的朋友關係。

證據鏈非常清晰，立刻造成了轟動，網友們紛紛感嘆現在的富二代竟猖狂到這種地步，犯了法他們還有理了，還來迫害受害者，警察就不管管嗎？

「我已經舉報了！這件事引起如此大的輿論關注，相信警察不會視而不見的！」一些正義人士如此回覆。

短短二十分鐘的直播，李佳兒近日來不斷跌落的人氣又衝回高點，甚至還在飛速上漲。大眾對她的同情再一次造就了她超高的人氣，許多女權組織聯合起來準備為她討要公道。肖嘉樹的微博粉絲量也同樣如此，短時間內從一百萬出頭達到了六百萬之多，但絕大多數粉絲都是黑粉，專門跑來罵他的。

肖嘉樹打開微博評論，看見的只有汙言穢語。別人罵他仗勢欺人、人品低劣，他可以不理，因為他知道真正的自己是什麼樣，但別人若是罵他沒有演技，他便會氣得原地爆炸。

我哪裡沒有演技，你看過我演的戲？他很想懟這麼一句，但瞥見身旁的季哥，又悻悻放下指尖。好吧，在季哥面前，他那點演技的確不叫演技，還有得磨練！咦？罵我就算了，你們還罵季哥是非不分抱大腿？這我可忍不了！

他咬牙切齒地點擊回覆，想與這些人好好理論一番，卻被季冕伸過來的手抽走手機，告誡道：「別理他們，沒有意思。」

「哦。」肖嘉樹立刻消停，雙手平放在膝蓋上，乖巧得像個小學生。

薛淼等人已經忙碌起來，為即將在四點半召開的記者會做準備。

該幫的忙都幫了，季冕這便站起來向眾人告辭，臨走時把手機還給肖嘉樹，叮囑道：

「別看微博，別回覆評論，沉默應對才能顯現出你的態度。」

沉默應對才能顯現出你的態度？

沒錯，如果一群人對你大喊大叫，歇斯底里，而你卻能始終保持冷靜，那麼你就贏了，因為你的內心比他們更強大。肖嘉樹垂下頭，抹了抹眼角，真誠道：「季哥，謝謝你！」

如果沒有季哥，他不會走上這條路。雖然經歷了很多困難和波折，但他依然熱愛表演。

季冕拍拍他的腦袋，又笑著搖搖頭，繼而滿心感慨地離開。

回到二十六樓，他把方坤、陳鵬新、林樂洋一起叫到辦公室。

「今天上午我做了一個錯誤的決定，」他徐徐道：「我不應該剝奪你們自由選擇的權利。樂洋，我可以不干涉你，從今以後你自己安排工作。方坤，把陳鵬新的行程表還給他。」

「好的，季哥。」方坤二話不說就把上午剛交接完的工作推回去。

陳鵬新連忙向季總道謝，他可不想再做打雜的工作，樂洋有季總捧著，搭上了他的順風車，早晚能混成金牌經紀人。

「不用謝，有問題多向方坤請教，他比你有經驗。以後除了特別重大的公關事件，不用再向我彙報樂洋的工作行程。」季冕擺手道：「你們都出去吧。」

三人魚貫而出，方坤感到輕鬆，陳鵬新歡喜雀躍，唯獨林樂洋心裡很不得勁。他站在門外發了一會兒呆，忽然感到很迷茫。季哥限制他的自由，他會覺得心煩甚至氣憤；季哥什麼都不管，他又覺得空落落的，連走路都無處下腳。

季哥為什麼會做出剛才那番決定，是什麼促使他改變了心意？說不管就不管，是因為自己在他心裡已經不那麼重要了嗎？

林樂洋越想越惶恐，額頭抵著門板，簡直想狠狠撞上去，而門內的季冕比他更心煩。這樣做不對，那樣做也不對，哪怕擁有看破人心的能力又如何？他依然不知道林樂洋真正想要的是什麼。

時間不知不覺臨近四點，剛從歐洲飛回來的肖定邦對司機說道：「不回家，去禪悅飯店，我記得今天是小樹的簽約儀式。」

「好的。」司機徑直往禪悅溫泉渡假飯店開去。

坐在肖定邦身旁的女祕書欲言又止，終究什麼話都沒說。

受邀記者已經到齊，阮令怡和禪悅飯店的高層這才連袂而來。他們一路走一路談笑，氣氛看起來十分融洽。被眾位高層簇擁在中間的是一名英俊的年輕男子，他非常紳士地為阮令怡拉開正中間的椅子，待她落座後才在她身旁坐下，順手為她調整麥克風的高度。

該男子便是禪悅飯店的執行長，也是肖定邦的堂弟肖定澤。他左右看看，微笑道：「感謝各位出席今天的簽約儀式，讓我隆重介紹禪悅溫泉渡假飯店的代言人阮令怡小姐……」

他的話還沒說完，一名身材高大，氣勢逼人的男子緩緩走進會場，擰眉道：「代言人阮令怡？這是什麼時候的事？」

記者的鎂光燈瘋狂對準男子閃爍，他不是別人，正是肖家的掌舵者肖定邦。上一秒還淡定自若的肖定澤，下一秒已誠惶誠恐地站起來，彎腰道：「大哥，你怎麼來了？」

阮令怡攏了攏鬢邊的捲髮，儀態萬千地打招呼：「肖總您好，很榮幸見到您。」

肖定邦並不理會他們，目光掃視全場，沒發現弟弟的身影，又瞥見了祕書緊張不安的表情，心裡便有了底。他關掉手機的飛行模式，發現兩點多鐘有一個弟弟的未接來電，但他當時在飛機上沒能接到，下了飛機匆忙趕來飯店也忘了看。

出事了……

他一面忖度一面緩緩步入會場，在主位坐下，並不回答記者們的提問，而是打開手機流覽新聞。幾乎不用搜索，他需要的訊息就接二連三地蹦出來。

弟弟在國外飆車、吸毒，還撞死了人，甚至幫一個強姦犯迫害被害者？

什麼時候的事？

他本就冷硬的臉龐漸漸爬上一層寒霜，不停吵鬧的記者被他的氣勢所攝，慢慢地安靜下來。大約十分鐘後，他抬起頭環視眾人，沉聲道：「為大家介紹一下，肖嘉樹，我的親弟弟，今年二十歲，畢業於沃頓商學院，以最優異的成績提前兩年拿到碩士文憑。無不良嗜好，無道德瑕疵，無不堪過往，所有的經歷皆可查證。」

他一邊宣告一邊刪掉禪悅官網接連發出來的兩條消息，隨即看向阮令怡，「這位小姐，我不知道妳是誰，但我可以肯定地告訴妳，妳走錯地方了。如果我弟弟被抹黑的這件事與妳有關，那麼，請妳做好上法庭的準備，我一定會追究到底。」

剛才還春風得意的阮令怡已是面色慘白，她顫聲道：「肖總，您誤會了……」

「保全，把她帶出去，簽約儀式取消。」肖定邦向來是這種作風，你若是給我不痛快，我當場能跟你翻臉。沒錯，我情商低，所以我該發作時就發作，你情商高就給我憋著。

阮令怡為了保持形象，不得不主動離開會場，下臺階的時候膝蓋有些發軟，差點摔得鼻青臉腫。肖定澤咬牙道：「大哥，有什麼事我們不能等簽約儀式過後再說，非要大庭廣眾之下鬧得這麼難看？你就不怕有損飯店的形象？」

「顛倒黑白你們不怕，我還怕有損飯店形象？」肖定邦不疾不徐地說道：「小樹是我的親弟弟，這一點永遠都不會變。」

若不是那天晚上老爺子一再聲明，如果小樹在娛樂圈裡鬧出什麼醜事，肖家就會將他除名，甚至剝奪他原本擁有的百分之五的股份，就不會發生現在這種事。

逼走小樹誰最得益？不是阮令怡，而是他的這幫兄弟。百分之五的股份平分下去，每年也能分到不少錢。肖定邦冷笑著搖頭，大步離開，絲毫不理會提問的記者和慌亂的公司高層人士。臨上車前，他對女祕書擺擺手，「妳被辭退了。」

被拋下的女祕書懊悔不已，但悔之已晚。當初修長郁來要代言合約時，肖總頭也沒抬地說道：「給他吧。」輕飄飄的語氣就像打發乞丐，她當時便覺得肖總肯定很不待見二少爺，於是接受了四少爺的賄賂，暗暗幫他隱瞞國內的消息。

現在她總算明白了，肖總不是不在乎二少爺，是不在乎那份代言合約。對他來說，幾千萬的代言費不過是用來討好弟弟的工具而已。

他何曾不在乎弟弟？他是太在乎了！

上車之後，肖定邦掏出手機，看著未接來電發呆，並不敢回撥過去。

十歲之前的小樹一直很黏他，他卻對這個弟弟相當不耐煩。若不是他故意扔下小樹跑去找同學玩，小樹也不會遭遇那場綁架。這些年他被愧疚折磨著，不知道該如何去彌補。他害怕小樹還在恨他，所以他竭盡所能地去滿足他的任何心願。

小樹不想工作便不工作，玩到白髮蒼蒼他也養著他；小樹想演戲便去演，所有壓力他來扛。但他萬萬沒料到自己不敢靠近的行為竟被外人解讀成對小樹的排斥，簡直是可笑。

肖定邦胸膛劇烈起伏幾瞬，這才打開微博，在肖氏製藥的官網上發布了一條消息。

@小樹苗，這是我的親弟弟，打斷骨頭連著筋的親弟弟！

肖定邦以極強的能力和極高的成就聞名於國際商業界。他年輕、英俊、才華洋溢，關注他的人很多。眼下他一改沉默寡言的風格，強勢站出來為弟弟出頭，引起的震盪是巨大的。

此前，肖嘉樹的身世成謎，曾有人懷疑他是肖氏製藥的子弟，但沒有肖家人站出來認領他，於是眾人以為他只是普通有錢，底蘊不深厚。如今肖定邦親手投下的深水魚雷忽然炸開了，炸死的人自然一大片。那些誹謗、侮辱、謾罵肖嘉樹的藝人安靜如雞，莫說再揭黑幕，就連呼吸都小心翼翼的。

普羅大眾卻無須顧忌肖定邦的打壓，他們依然認為肖嘉樹是個仗勢欺人的渣滓，家世再好也得接受法律的制裁。在國外撞死人也是犯法，也得坐牢的。

輿論再次發酵，肖嘉樹已經沒有心思去關注了。他一面刷微博一面揉眼睛，生怕自己看錯了，「媽，您看見大哥發的微博了嗎？他說我是他的親弟弟耶！」

「定邦是個好孩子，他跟他爸不一樣。」薛淼欣慰地笑道：「好了，別看手機了，我們這邊準備召開記者會，你快去換衣服。」

肖嘉樹喜孜孜地答應一聲，跟隨黃美軒去做造型。

雖然發生了很多糟心事，但能得到大哥的認同，這就什麼都值了。

二十六樓裡，林樂洋正與兩位師兄、師姊待在休息室裡觀看禪悅飯店的簽約儀式。看見肖定邦匆匆出現又匆匆離開，把所有人整得灰頭土臉，師姊感慨道：「帥啊，沒想到肖嘉樹的背景這麼深厚！阮令怡搶代言搶到肖家自己人頭上去了，她這是找死呢！」

師兄不以為意地搖頭，「肖家人行事都這麼猖狂嗎？撞死人也不給個交代？要是沒法洗清這個黑點，季總也會被連累。網民對這種事越來越敏感，沒有證據不好洗白啊！」

林樂洋一方面希望肖嘉樹能洗白，這樣季哥就不用受到波及，一方面又希望他能就此消失，這樣就不會對自己造成威脅。正當他胡思亂想時，又有一條重磅消息出來了，肖嘉樹將於四點半召開記者會澄清之前的流言，請廣大網友去直播間觀看。

「快快快，快進直播間！」師姊立刻切入房間，然後驚叫起來，「啊啊啊！我、我不是眼花了吧？那是薛淼嗎？我的女神薛淼？」

師兄完全沒辦法回答她，因為他的嘴巴合不上了。

只見一名女子緩緩走入現場，身上穿著一襲黑色連身裙，勾勒出玲瓏的曲線。一頭烏髮燙成浪漫的大波浪，隨意披散在肩頭，一舉一動皆是風情。她豔麗的五官本就出眾至極，卻又在一雙斜飛入鬢的長眉襯托下更彰顯出幾分霸氣，塗著深紅蔻丹的指尖不經意撩過紅唇，氣場強到爆炸。

她一出現，跟隨在她身後的人全成了背景板，記者的照相機只對準她一個人拍拍拍，根本不管此次事件的男主角。

肖嘉樹畢恭畢敬地為母上大人拉開椅子，在她身邊落座。

由於肖老爺子反感薛淼的出身，於是勒令她徹底淡出娛樂圈，只有上流人士知道她的丈夫是誰，背景如何，一般人都以為她出國神隱了，甚至是失蹤了。

再次看見這位引領了一個時代的女神，粉絲們快高興瘋了，更令他們不敢置信的是，她一點也沒變老，反而在歲月的洗禮下更顯光彩奪目。

「介紹一下，這是我的兒子肖嘉樹。」薛淼把纖纖玉手放置在兒子的肩頭，繼續道：「就目前所發生的一系列預謀抹黑我兒子的行為，我將給出如下解釋：一，所謂吸毒。這是我兒子近三年的體檢報告，你們可以看一看。」她拿出遙控器開始播放簡報，一份又一份蓋了章的，擁有真實性和權威性的體檢報告被做成巨大的投影片，供所有人觀看。

記者連忙拿起照相機猛拍。

「二，所謂尋歡作樂、荒廢學業。這是我兒子在國外求學的所有成績單、獎狀、獎盃、獎學金證明和畢業證書。」

這次的投影片比之前還多，肖嘉樹曾經獲得過的榮譽一張一張閃過，而且每一年都是拿全額獎學金，成績始終名列前茅，並用兩年的時間完成了本該四年才能完成的學業，他的優秀是無庸置疑的。

投影片足足播放了一分半鐘才結束，薛淼一邊操控簡報檔案，一邊繼續道：「三，所謂的飆車撞死人。大家可以看見，這是當地警方提供的案件調查記錄，死者名叫何毅，時年十六歲，也就是李佳兒口中的強姦犯。在我為我兒子解釋之前，我想請你們先聽一段錄音。關於這段錄音的真實性，稍後我會提交法院，並請權威部門對它做出鑒定，你們不用急。」

薛淼把錄音筆放置在麥克風下方，聲量調到最大。

再沒有記者咄咄逼人的提問，大家全都豎起耳朵認真聆聽，就連螢幕那頭的觀眾都沉默了。薛淼準備得太充分，氣勢也非常強硬，幾套組合拳下來早已把他們打懵了。

……

某些人為了達到將肖嘉樹逼出娛樂圈甚至內國的目的，刻意捏造黑料購買水軍，在極短的時間內對他進行了大規模的抹黑行動。由於財力、物力、人脈充足，且每一個黑料都戳中了國人最忌諱的幾個道德點，是以，此次事件所造成的影響是非常負面也非常巨大的。

用三個字便足以概括肖嘉樹現在的處境，那就是「全網黑」。放眼看去全是罵他的博文和評論，好似一夕之間他就成了國民罪人，而極光娛樂和禪悅飯店推波助瀾的行為更是令網民陷入了盲目的聲討大戰當中。

當事者接二連三站出來召開記者會，先是李佳兒的泣血控訴，後是阮令怡的截胡代言，肖嘉樹顯然已經到了窮途末路的地步。所有人都在等待他的回應和解釋，於是當他決定召開記者會時，直播間裡的人數瞬間爆滿，還有很多直播平臺進行了轉播。

極光娛樂的藝人也都聚在休息室裡準備迎接他們的勝利。

阮令怡是極光一姊，為了幫她爭搶禪悅飯店的代言合約，極光的藝人得到老闆吩咐後全都站了隊，對肖嘉樹大加鞭撻，李佳兒更是「勇敢」地站出來曝光自己悲慘的遭遇，以達到徹底踩死肖嘉樹的目的。

召開完記者會的李佳兒回到休息室，眼眶略顯紅腫，目光卻很堅定。同期出道的藝人紛紛圍上去擁抱她，像擁抱一位英雄。

「妳太棒了！」

「大家都會支持妳的！」

「過去的事情已經過去了，妳還會有更美好的明天！」

「那個人渣一定會得到報應的！」

大家你一句我一句地安慰著，表面看起來很真誠，內心怎麼想就不得而知了。

李佳兒真是好運，眼看人氣快滑落谷底，卻又藉著肖嘉樹這塊墊腳石一下子爬了上去。

被強姦又怎麼樣？只要炒作得當，這也是一個加分的點。現在的網友就喜歡這種不畏權貴又自立自強的人設。

「謝謝，謝謝你們！」李佳兒感激不已地鞠躬，然後找了一個僻靜的角落坐下，狀似垂頭抹淚，實則偷偷笑了。她就知道自己總會有出人頭地的一天。

肖嘉樹，你不是狂嗎？還能狂得過阮令怡？人家背後站著的可是肖氏製藥的四少爺！

刻意把眼睛揉得更紅一點，她這才抬頭看向電視機。

四點鐘到了，阮令怡的簽約儀式即將舉行，每年四千五百萬的代言費，這個價碼誰能拿到？如果我也有這樣的一天……當她胡思亂想時，簽約儀式出現了重大變故，肖家真正的掌舵者來了，而且當場投下一顆重磅炸彈。

肖嘉樹竟然是他的親弟弟，怎麼可能？

他那一輩的肖氏子弟不都是「定」字輩嗎？跟肖嘉樹有什麼關係？

形勢瞬間逆轉，不被肖定邦承認的阮令怡立刻被「請」出會場，走下臺階時的踉蹌背影為她的演藝生涯畫上了一個不太完美的句點。所有人都知道她完了，搶代言搶到肖家自己人頭上，使的還是如此下作的手段。身敗名裂算輕的，更有可能蹲監獄。

休息室裡安靜得落針可聞，眾藝人你看看我我看看你，都從彼此臉上發現恐懼的神色。下一秒，他們的經紀人紛紛打電話過來，要麼勒令他們閉緊嘴巴，要麼吩咐他們刪除博文，總之態度一個比一個著急。

李佳兒被這個巨大的變故嚇懵了，正惶惶不安著，卻又發現事態正往更糟糕的方向在發展。曾經的亞洲女神薛淼竟是肖嘉樹的母親，而她二十年來頭一次在公眾媒體面前出現，卻是為了幫兒子澄清流言。

且不提她拿不拿得出有力的證據，單她往那兒一站，對很多粉絲而言就是最激動人心的時刻。他們瞬間就瘋狂了，甚至有人喊出這樣的口號：女神，妳別說了，我們原諒肖嘉樹還不行嗎？他是妳的兒子，他一定是好的！

李佳兒盯著這些毫無立場和三觀的彈幕，整顆心都是涼的。

薛淼的影響力可見一斑，但更令她心驚的是，薛淼竟然拿出了很多證據，其中一份錄音檔剛播放出來，她腦子裡便瞬間閃過兩個血紅的大字：完了！

李佳兒能拿到《超級新聲代》的總冠軍，憑藉的正是她獨特的聲線。她不似普通女生那般嗓音婉轉清越，反而帶著幾分沙啞和冷硬，聽起來就像金屬撞擊般，令人入耳難忘。也正因為這份獨特，幾乎在錄音檔播放的瞬間，記者和網友就已經相信了它的真實性。

她用輕蔑的語氣奚落何毅，告訴對方她是如何的放蕩，又是如何的將他玩弄於股掌。她把不能宣之於眾的，所謂「強姦」的真相，原原本本告訴了何毅。言辭之無恥刻薄，令人髮指。何毅被她氣得說不出一句話，但錄音完整收錄了他粗重而又絕望的喘息。最後一聲巨響傳來，似乎有什麼東西爆炸了，對話才在斷斷續續的雜音當中結束。

李佳兒捂住臉，簡直不敢去看周圍人的表情。

她覺得此時此刻的自己就像是被人扒光了衣服丟進了雪地裡，一邊羞憤欲死，一邊心驚膽寒。她比任何人都清楚，這個錄音檔不是偽造的。她自己說過的話又怎麼會不記得？事後她才得知何毅在接電話的過程中撞死了，還曾心虛害怕過一段時間，發現何父根本沒把消息傳回國內，甚至連骨灰也不幫他帶回來，這才心安理得起來。

事實再次印證了一句話：善有善報，惡有惡報。不是不報，時候未到。

李佳兒的報應雖然來遲了很多年，卻並沒有缺席。

就在這時，她的經紀人歐姊帶著幾名警察走進來，表情畏縮地道：「她就是李佳兒。」不等警察開口，李佳兒便歇斯底里地喊叫道：「薛淼與何毅根本沒有關係，所以她沒有資格擔當原告！她不擔當原告，你們就沒有權力抓我回去調查！」

她為了「保護」自己，也是研究過法律的。

「妳懂的倒是很多，看來這些年沒少琢磨這件事。」一名警察冷聲道：「實話告訴妳，原告是何毅的弟弟妹妹，他們如今正在趕回國的路上，而且先行發了委託書給薛淼女士，請她全權代理這樁官司，所以請妳跟我們回去協助調查吧。」

「何毅哪來的弟弟妹妹？」李佳兒依然在垂死掙扎。

「妳問這麼多幹什麼？走不走？」一名女警不耐煩了，上前去拖拽李佳兒。

剛開始她還同情這個女明星呢，沒想到事情真相居然是這樣！把人家害死還反過來敲詐勒索外加耀武揚威，惡毒到這種程度的人還是人嗎？根本就是畜生！

李佳兒被帶回警察局，守在公司門外的狗仔將她如喪考妣的表情拍攝下來發到網路上。這場驚天逆轉嚇傻了群情激憤的網民，他們覺得自己的三觀遭到毀滅性的打擊。

聯手起來準備為李佳兒討要公道的女權組織又是氣惱又是尷尬，連忙把抨擊肖嘉樹的博文刪除乾淨，而眾人不知道的是，為了說服何毅同父異母的弟弟妹妹回國與李佳兒打官司，薛淼可是花了大價錢。

這也要怪何父多行不義必自斃，移民國外沒幾年就破產並鬱鬱而終，留下小三和兩個私生子艱難度日，但他終究是個狠人，當年與李佳兒一家人交涉時也曾錄音，還保留了胎兒的切片和DNA報告，就是為了防備他們貪得無厭，勒索無度。

如今這些證據足以送李佳兒下地獄。

一切發展都在薛淼的掌控之中，她關掉錄音筆，又給了大家半分鐘的時間沉澱心情，這才緩緩開口：「最後的巨響是車禍造成的。何毅，也就是你們口中所謂的『強姦犯』，在『受害者』李佳兒的言語刺激下心神失守，撞上護欄，最終不治身亡……這張我兒子飆車撞死人的照片，」她指著巨大的螢幕，「就是當時的車禍現場。」

照片被換下，改為一段監控視頻。

一輛跑車以極快的速度撞上護欄，駕駛被拋飛出來，卻沒當場死亡，隱約可以看見他還在掙扎。幾名路人報了警，然後跑過去撿起他的手機，給他最常聯絡的人打了電話。

視頻快轉了大約五分鐘，少年肖嘉樹出現在畫面中。他跳下計程車，以最快的速度跳起躍過圍欄，跑到何毅身邊。他跪下來，伸出雙手卻不敢碰他，只能無助地揪著自己的頭髮，接著一聲又一聲地高喊「ＨＥＬＰ」。監視器沒有收錄聲音的功能，卻錄下了他倉惶而又絕望的表情。他的臉上全是淚水，不停地大喊著什麼，顯然已經崩潰了。

救護車還未趕來，何毅撐不下去了，他抓住肖嘉樹的手說了一句話。肖嘉樹轉頭回望，一名好心人立刻把先前撿到的手機遞過去。又過了三十秒，何毅不動了，而肖嘉樹則露出茫然的表情。他無法接受好友驟然離世的事實，這一切就好像一場永遠醒不過來的惡夢。

薛淼按下遙控器讓畫面定格，再倒回去播放先前的照片。很明顯，兩個場景完全吻合。從人物到背景再到時間，沒有一絲錯漏或差異，這才是事實的真相。

時隔多年再重看這一幕，肖嘉樹依然覺得痛徹心扉。他別開頭不敢去看螢幕，雙眼漸漸蒙上一層水霧。為防眼淚忽然掉下來，他不得不仰起頭看天花板，然後緊緊握住拳頭。

記者連忙把他的表現拍攝下來，重點放在他淚光氤氳的雙眼和青筋暴凸的雙拳上。

觀看直播的網友一陣沉默。真相大白，所謂的吸毒是假的，所謂的紈絝也是假的，就連飆車撞死人都是假的。肖嘉樹這個被萬人聲討的人渣，到頭來才是真正的受害者。

何其諷刺？何其荒謬？

那些黑料是誰放出來的？這不是涮著大家玩嗎？把大家當傻子呢？

顯然幕後黑手也沒料到事情會發展到這個地步，他們並不知道薛淼早就和肖啟傑離婚，而且放棄了所有財產，於是也不再受到肖啟傑的轄制。現在的她就是一頭暴怒中的母獅子，誓要將傷害自己孩子的人咬死。她不在乎肖家夫人的寶座，也不在乎肖老爺子的看法，更不在乎肖家的財產，所以她不會在黑料爆出來的時候悄悄把兒子送走。

藏起尾巴做人？為繼承權折腰？

不存在的！要打輿論戰就來啊，她在娛樂圈混跡多年，何曾怕過誰？

薛淼拍拍兒子的肩膀，繼續道：「事實已經很清楚，相信有眼睛的人都能看見，我就不過多解釋了。這份視頻我同樣會遞交給法院和相關部門，請他們做出鑒定。」

這句話不是薛淼第一次說，但直到此時才有人回過味來，她再三強調不是為了突顯兒子的清白，而是在告訴眾人，她既然提交了證據，就做好了打官司的準備。至於被告？哪些人參與了造謠和誹謗肖嘉樹的行為，自己心裡應該有數。

與此同時，微博上不斷有人在加緊刪文，薛淼似有所感，冷笑道：「別忙活了，該截圖存證的我都已經做好準備，請各位坐等法院傳票。」

罵得最狠的幾位「道德標兵」當下臉色一白，差點順著螢幕鑽到薛淼面前去向她磕頭，但更糟糕的情況出現了，肖定邦立刻更新了微博，只有一句話……

我已經準備好打官司的資金，@薛淼，@眾象律師事務所，@邢凱。

有見識的人都知道，眾象律師事務所是國內目前最頂尖的律師事務所之一，而邢凱則是該所的金牌律師，成名以來未曾嘗過敗績。他是最貴的，但他也是最厲害的。

邢凱迅速進行了轉發並圈了薛淼的私人律師。兩家國內最頂尖的，也是敵對的律師事務所頭一次合作，卻是為了一樁小小的訴訟案，陣仗甚是龐大。

噴子和水軍早就不知道躲哪兒去了，只有看熱鬧不嫌事大的路人不斷在微博裡喊話。

我說那個誰誰誰，你怕不怕啊？有沒有嚇尿？

怕，怎麼不怕？但傻子才會站出來回應。

原本喧鬧不堪的網路現在一片安靜，側耳一聽，似乎還能聽見寒風颳過的聲音。

薛淼沒有時間看手機，也就沒有途徑得知繼子正默默支持著自己。她看了兒子一眼，確定他情緒穩定，這才繼續道：「四，所謂代言。這是阮令怡與某些博主私聊的截圖，還有他們購買水軍的紀錄。很明顯，這次的抹黑行動，極光娛樂是主要發起者，我將依法追究相關人等的法律責任。」

「最後，」她終於露出今天的第一個笑容，「我要為我兒子澄清一件事。他的演技不差，也不是吃不了苦。他很認真也很努力，他一直在用最熱忱的態度對待自己的演藝事業。」

投影片播放完畢，轉而開始播放一段視頻。

四位年輕人出現在螢幕上，分別是肖嘉樹、傑西、金世俊、林樂洋。他們依次走上講臺抽籤，肖嘉樹抽中了流浪漢，然後鏡頭一轉，他戴著假髮和假絡腮鬍，穿著骯髒破舊的衣服，混跡在一群流浪漢中間。他起初有些茫然，過了好一會兒才挑中一名年老的流浪漢，像個跟屁蟲般跟在他身後晃蕩。對方席地而坐，他也一屁股坐下；對方翻垃圾桶，他也去翻；

對方跟路人討要食物，他也跪下作揖，眼裡全是卑微和乞求……

薛淼原以為自己很堅強，但看到這一幕，終究還是忍不住，連忙別開頭仰起臉，免得淚水掉落。這次換成肖嘉樹去拍她的背脊，口裡無聲道：「媽媽，沒事的。對不起，媽媽。」

薛淼狠狠瞪他一眼，強迫自己看下去。

第二天，肖嘉樹似乎有了經驗，不知從哪裡撿來一個蛇皮袋，把丟在路邊和垃圾桶裡的塑膠瓶搜集起來帶著走。他也不知道這些瓶子可以拿去哪裡賣，問別的流浪漢，人家也不願意告訴他，他只好繼續餓肚子。後來他實在撐不住了，跑到某家餐廳的後面巷子，從垃圾桶裡翻找顧客扔掉的食物。

一隻流浪狗跑過來，虎視眈眈地盯著他手裡的半個肉包，齜牙咧嘴，咆哮不止。他嚇得臉都白了，連忙把肉包拋得遠遠的，踉踉蹌蹌跑出巷子。

薛淼看不下去了，按下暫停鍵，聲音沙啞地道：「這是經過剪接的視頻，長度八分鐘，就不在這裡播放了，免得浪費大家的時間。如果有誰對完整的視頻感興趣，可以去小樹的微博找連結。好了，今天的記者招待會就此結束，感謝各位的出席。」

她看向兒子，低聲問道：「小樹，你還有什麼話要說嗎？」

臺下有記者喊道：「肖嘉樹，請你說兩句吧！被人那樣汙衊，你當時是什麼心情？」

肖嘉樹想了想，搖頭道：「沒什麼可說的，都散了吧。」

母子倆攜手離開，背後是一片能閃瞎眼的鎂光燈。

網路輿論在停滯了十幾秒後忽然爆發了，無數人湧入肖嘉樹的微博觀看完整視頻。

如果不是親眼所見，他們完全不敢相信一個貴公子竟然能毅然決然丟下富裕的生活跑去街頭流浪，目的只是為了演技的考核任務。與他的較真比起來，傑西、金世俊、林樂洋的表現算個毛啊？什麼自毀形象、演技爆發、全程高能，全都是假的，太他媽膚淺了！

肖嘉樹這樣的才是真正的融入人群，全力以赴。他是在用生命去體會表演藝術，不像別人只是鬧著玩的。別說他一個富二代，換成一個普通人來，你去街上流浪三天試一試？怕早就哭著喊著要回家了。

不學無術？呵呵，不好意思，人家是學霸！性格惡劣？呵呵，不好意思，人家為了表演可以忍受幾個酒鬼的拳打腳踢卻不敢反抗！

他活得太認真也太沉默了，別人卻以為這種沉默是心虛怯弱的表現。

進一步了解肖嘉樹之後，網友對他全面改觀，之前有多討厭，現在就有多喜歡，不斷有人在微博裡道歉。為了罵他才湧進來的幾百萬粉絲一個都沒走，反而又增加了幾十萬，且人數還在不斷攀升之中。經過這次的全網抹黑風波，肖嘉樹可謂是因禍得福，一舉從小透明變成了當紅小生，人氣在同期出道的藝人中躍居榜首。

如果再有好的作品問世，他的咖位毫無疑問能穩固在二三線之間，速度比坐火箭還快。

與其相反的是，極光娛樂損失慘重，所有抹黑肖嘉樹的藝人都收到了薛淼和肖定邦的律師函，阮令怡更是沒能從禪悅飯店回來，直接被警察帶去協助調查了。

下午七點半左右，禪悅渡假飯店的官方微博發出一篇長文向肖嘉樹慎重道歉，並附上一份人事變動表格：肖定澤、盧曼妮等八位高層主管被解除職務，還有幾人停薪留職，歸期不定。總之升的升，降的降，開除的開除，簡直像是一場大地震。

明眼人一看就知道這裡面的內幕不單純，肯定與肖二少被抹黑的事件有關，但也不僅僅是娛樂圈裡那點事，或許還關係著繼承權或股份變動等更要命的利益糾葛。但無論怎樣，位於暴風圈裡的肖二少已經平安降落，且獲益匪淺。抹黑他的人非但沒能把他踩死，反而一手將他捧了上去，真是偷雞不成蝕把米。

林樂洋打開微博看了看，肖嘉樹的粉絲又增多了，剛才還只有八百多萬，現在已經快一千萬了。薛淼有很多鐵桿粉絲，如今全都湧入肖嘉樹的微博，一口一個「小樹苗」地叫著，愛護他就像愛護自家孩子一樣。

這就是超級偶像的號召力，哪怕離開二十多年，依然有很多人追隨。

人家都是拚爹，肖嘉樹倒好，拚爹、拚哥，還拚媽，全家人都能拿出來遛一遍，而且個個都是掛逼。人跟人真的沒法比！林樂洋越看越不是滋味，關掉微博後發了一會兒呆，這才去找季冕。只有季冕才能在迷茫的時候給予他安全感和踏實感，自己雖然出身不好，但好在還有一個依靠。

當他推開辦公室的門時，赫然發現季冕正目不轉睛地盯著電腦螢幕，從聲音判斷，那是肖嘉樹在外面流浪的視頻，他臉上的笑容瞬間凝固了。

肖嘉樹在外面流浪了三天三夜，自然發生很多故事。有一位剪接大神在看過全部的視頻後把精彩片段剪下來再配上背景音樂發布到直播平臺上，竟然創下了幾千萬的點擊量。

季冕現在看的就是這段視頻。

肖嘉樹被流浪狗搶走食物後沒敢再回餐廳後巷，只得找了一塊比較平坦的地方躺下來睡覺。到了晚上十一點多，負責跟拍他的保鏢憋不住了，買來一床薄毯，趁著周圍沒人的時候悄悄跑過去給他蓋上。

肖嘉樹驚醒過來，壓低音量說道：「你們幹嘛？告訴過你們多少遍，我現在不是肖嘉樹，是流浪漢！算了，我自己拍，你們回家睡覺！」

「肖先生，您好歹把肚子蓋一蓋，免得著涼。我們一個月拿你那麼多薪資，少睡幾個小時沒關係，這是我們的分內工作。」保鏢相當無奈。

肖嘉樹連連揮手，「快走快走，我這是在體驗生活，你們不會懂的！」然後走到對面的花壇邊，把薄被蓋在一名流浪兒身上。流浪兒揉揉眼睛坐起來，看見肖嘉樹先是嚇了一跳，再看見身上的被子，立刻不動了。

肖嘉樹對他做了一個蓋被子的手勢，接著慢慢退走。

流浪兒坐在那裡依舊不動，但黑夜中他的一雙眼睛卻因為充盈的淚水而顯得特別明亮。翌日，流浪兒把薄毯折疊整齊放進蛇皮袋裡，口齒不清地說了一句話。

肖嘉樹聽不太懂，只能張大嘴巴，露出一副呆傻模樣。

流浪兒或許真把他當成了傻子，耐心重複一遍，還舉起雙手做了個扒飯的手勢。原來他的意思是要帶肖嘉樹去撿瓶瓶罐罐賣錢，再拿錢去買飯吃。

肖嘉樹恍然大悟，連忙拎起蛇皮袋跟在流浪兒身後。兩人到處晃悠，好不容易賺夠了幾十塊錢，一人買了兩個肉包，坐在路邊狼吞虎嚥地吃著。

流浪兒吃完還叮囑他記住撿瓶子換錢的地方。

肖嘉樹吃得滿嘴是油，見小孩背上蛇皮袋要走，連忙站起來眼巴巴地看著他。

流浪兒似乎覺得他是個累贅，對他擺擺手，說了幾句話，意思是不要跟著他，他養不起他這個大塊頭。又嫌棄他手腳慢，撿沒幾個瓶子，簡直虧死他了。

哪怕有絡腮鬍擋著，肖嘉樹通紅的臉皮依然很明顯。他沒好意思跟上去，捂著肚子坐了一會兒，似乎在回味肉包的味道，接著繼續去翻找路邊的垃圾桶，偶爾遇見拿著空瓶子的路人，還會模仿流浪兒跟人家討要。

更多精彩的片段在後面，網友的彈幕幾乎遮蓋了整個螢幕。

有人說：「這是我見過的最清純不做作的富二代，跟那些妖豔賤貨完全不一樣！」

還有人說：「如果沒有肖家少爺的身分，相信肖嘉樹總有一天也能發財，資源回收界的一位大亨正在冉冉升起呢！」

更有人說：「馬蛋！肖少爺明明在很正經地演戲，為什麼我又想哭又想笑？人間雖然有很多苦難，但人間也有很多真情。」

許許多多的彈幕隨後跟上，都表示這段視頻充滿了正能量。看見肖少爺過得這麼苦，他們就覺得自己的小日子真他媽甜，這究竟是怎麼回事啊？

無論如何，肖嘉樹是真的紅了。

他的長相原本屬於妖豔賤貨那一掛，俊美且具有攻擊性，但看了視頻之後，網友卻發現他的內裡是個哈士奇，蠢蠢的、萌萌的，用很認真嚴肅的態度過著很搞笑的生活。在他自己眼裡，他的氣場或許有兩米八，但在廣大的網民眼裡，他就是個很容易較真又很容易被坑的蠢蛋，真實形象實在太接地氣了。

好感度一路飆升的網友再回頭來看記者招待會上的視頻，感觸又不一樣。

肖嘉樹別開頭，不敢去看車禍現場，通紅的眼睛和緊握的拳頭都在訴說內心的悲傷和憤怒。如果不是被逼到那個地步，相信他絕不會封殺李佳兒。反觀李佳兒，別人給妳留了一條生路妳還嫌不夠，反過來又是一番撕咬。你他媽不想當人要當狗是吧？妳怎麼這麼下賤？

網友的憤怒再次噴發，瘋狂湧入李佳兒的微博謾罵她。

季冕關掉播放完畢的視頻，盯著電腦發呆，過了許久才發現林樂洋的存在，驚訝道：「你什麼時候過來的？」

「在你看視頻的時候。」林樂洋扯了扯嘴角，「肖嘉樹真厲害，竟然出去流浪三天。」

「他這個人很認真。」季冕搖頭失笑。

林樂洋覺得他的笑容有些刺眼，正想轉移話題，卻見他盯著螢幕，表情變得凝重。

「季哥，怎麼了？」他走到他身邊，彎腰看向螢幕，然後發現直播平臺上出現了一行紅字：苗穆青將於十分鐘後於直播間召開記者會澄清先前的流言，敬請廣大網友期待。

從來不理會噴子的苗穆青破天荒站出來為自己澄清，不得不說是受了肖嘉樹的影響，而肖嘉樹淪落到全網黑的地步也是被她所連累。這兩個人真是難兄難弟，同病相憐。如今肖嘉樹的風波剛平息，苗穆青再來插上一腳，正是熱度最高，關注度也最高的時候。網友們蜂擁前來，萬眾矚目。

林樂洋臉色微微一白，緊張道：「季哥，苗穆青會說些什麼？我之前手滑點了一個讚，會不會有影響？」

季冕看也不看他，直接拿起手機撥通方坤的電話：「讓公關部時刻注意網上的輿論，有必要的話，買水軍轉移話題，不要往樂洋身上扯。」

那頭似乎答應了，季冕放下手機，沉聲道：「我之前就警告過你，輿論風向有可能逆轉，讓你發博文解釋一下。再怎麼說苗穆青都是你的前輩，咖位也比你大，你應該對她抱有最起碼的尊重。不過，現在說什麼都遲了，先看看她會怎麼說吧。」

有了薛淼的案例在前，苗穆青乾脆也做了一個投影片進行解釋。她步入直播間後指了指大螢幕，開玩笑道：「跟我女神學了一招，看看好不好用。」

臺下的記者還沒聽她開講就先哄笑起來，氣氛很輕鬆，網友更是不敢隨便發彈幕，就怕再見證一次驚天大逆轉，然後被啪啪啪打臉。他們可沒忘記自己先前是如何抹黑苗穆青，然後又把火燒到肖嘉樹身上去的。

「好了，廢話不多說，請看螢幕。」苗穆青打開遙控器，螢幕上出現她在片場拍打戲時的畫面，全是羅章維剪接過的，保證不洩露劇情，又能把她的敬業精神展現得淋漓盡致。

她被一名壯漢舉起來狠狠摔在地上，雖然背部墊了保護墊，撩起衣服一看依然青紫了一大片。她被施廷衡一腳踹中胸口，差點把肺咳出來，直起腰後卻調侃道：「幸虧我是平胸。」她被林樂洋一拳打中臉頰，側臉腫得像發酵的饅頭，卻毫不在意地擺手說：「下次注意。」

類似的鏡頭有很多，幾乎應和了她身上的每一個傷口，也應和了廣告中的每一塊淤青。這段視頻剛播放完畢，又有一段視頻接上，來自於肖嘉樹的友情提供，雖然拍攝的角度不一樣，畫素也不高，但跟羅導提供的很多鏡頭都能對上。兩相比較，更印證視頻的真實性。

苗穆青哪裡不敬業？做為一個女演員，她沒有使用任何替身，親自上場演完所有打戲，搞得自己遍體鱗傷，這如果叫不敬業的話，娛樂圈裡百分之九十的女演員，或許也包括男演員，都是不敬業的。這些人還能繼續拍戲，憑什麼要苗穆青滾出娛樂圈？

網友本就做好了真相逆轉的準備，現在一看果然如此，自是對苗穆青深信不疑。密密麻麻的彈幕遮蓋了直播間，大家幾乎是一面倒地支持她，對她的印象瞬間從「心機婊」扭轉為「拚命三郎」。

視頻播完，苗穆青言簡意賅道：「有人問我，妳憑什麼在三年的時間裡混成一線女星？

妳床上功夫一定很厲害吧？妳肯定睡過不少導演，妳背後有金主捧吧？今天我就告訴你們，我為什麼能在三年的時間內混成一線。我付出的是汗水、淚水，甚至血水。」

她舉起遙控器，繼續播放投影片，「這是我拍《修羅》時從屋樑上摔下來的照片，當時摔成了腦震盪，被男主角抱起來送醫，外界卻汙衊我爬他的床，抱他的大腿。這是我拍攝《極速特工》時的照片，由於車速過快我撞上了護欄，腿部骨折，外界卻汙衊我酒駕……」

苗穆青一張一張播放照片，粉絲的驚嘆和羞愧也逐一變成彈幕，將直播間埋沒了。他們打死也沒想到，被外界抹黑成「公車」的苗穆青，竟然是靠這種不要命的方式爬上來的。

輿論再次逆轉，之前是全網抹黑苗穆青，現在則是全網盛讚。與她合作過的導演紛紛站出來力挺她，誇她是最敬業的女演員之一。

羅導更是直白地說道：「現在大家明白為什麼苗穆青黑粉那麼多，名聲那麼差，我們這些導演依然喜歡與她合作了吧？沒有所謂的潛規則，一切只有四個字，那就是敢拚敬業。在此我同樣要表達一下對小樹苗的支持，他是我見過的最有潛力的新人之一，未來可期。」

第八章 小樹苗的戲魂覺醒了

接二連三的記者招待會引起了全民關注的熱潮，促使肖嘉樹和苗穆青的口碑逆轉。從此以後，如果有人提出「優質藝人」四個字，網友們頭一個想起的絕對是這兩位。

當然，女生的關注點往往與男生不同，她們很快就開始討論那則被斥為「虛假宣傳」的廣告。苗穆青是真摔真打，那些淤青，尤其是臉上的淤青，被粉底液和遮瑕膏蓋得嚴嚴實實，完全看不出來，這效果也太神奇了吧？快快快，趕緊去搶購，再晚就買不到了！

萊雅化妝品之前還不溫不火的銷售額瞬間呈現了爆發式的成長，喜得公司老闆親自發微博力讚苗穆青。這位代言人真是沒找錯，不但人美點子多，行銷手段更是給力。

苗穆青見好就收，略說幾句結語就離開了直播間，並未回答記者的提問。

回到後臺卸妝時，她的經紀人捂著嘴尖叫起來，「穆青，妳快掐我一下！快快快，這是汽車公司發來的代言邀約吧？」

苗穆青從未接過車子代言，更何況還是頂級超跑，只看照片就能感受到濃濃的奢華風。她的眼珠一轉，頓時笑開了，「有什麼不敢相信的？那個汽車公司的亞洲區總裁可是肖大少的朋友，他們之前選中的代言人是阮令怡。現在阮令怡把肖嘉樹得罪死了，這個代言肯定得落到別人頭上。應該是肖大少在裡面牽了線，否則人家只會找超一線巨星，哪裡看得上我？」

「哎呀，幸虧妳幫肖二少說了話，否則哪裡有這種好事？我當初還讓妳刪博文呢，還好妳沒聽我的！」經紀人雙手合十拜天拜地。這叫什麼？這叫運氣來了擋都擋不住！

苗穆青卸掉妝容，輕笑道：「我十幾歲就出道，不敢說看人百分百準確，但看男人的眼光卻錯不了。小樹要真能撞死人還毫無愧疚，我把腦袋砍下來給你當球踢。話說回來，那個林樂洋怎麼回事？蠢也要有個限度吧，這種事竟然也敢跑來湊熱鬧，我不黑他都對不起他。這回給他一個教訓，下回他就能記住了。別以為有人捧就可以囂張，季冕也不是萬能的。」

經紀人捂嘴笑起來，眼裡滿是嘲諷。

林樂洋此刻正指著電腦螢幕急切道：「季哥，你看見了吧？我雖然不小心打中了苗穆青，但她的經紀人也指著我罵了很久，說話要多難聽有多難聽，我後來還反覆跟她道歉，她為什麼要把這些剪掉，只放她原諒我的那一幕？她是在故意抹黑我！這段視頻也是她預先找人拍好的吧？她早有預謀，說不定這場抹黑事件就是她自己炒起來的！季哥，我現在應該怎麼辦啊？好多人在罵我！」

由於背後站著季冕，林樂洋自出道以來都是順風順水的，雖然幾次被人拿來與肖嘉樹比較，但很快就被季冕的強力支持和施廷衡的應援捧了上去，人氣在同期小生中名列前茅。他以為自己能一直這麼順利，卻在此時遭遇了第一次危機，毫無經驗的他頓時驚慌失措。

很多網友在看過視頻後想起了林樂洋的那個荒唐點讚，紛紛出言嘲諷：「我靠！那個叫林樂洋的新人，把我們苗姊踢傷了還敢對抹黑苗姊的博文點讚，太不要臉了吧？尊重兩個字會不會寫？這種行為跟李佳兒有什麼差別？」

李佳兒的名聲爛大街了，提起她，網友的第一個反應就是「噁心」。他們拿林樂洋與李佳兒做比較，可見對林樂洋的行為有多反感。眼看自己的微博被苗穆青的粉絲攻陷，就連自己的粉絲都倒戈相向寫下惡評，林樂洋慌了。

所幸公關部得了季冕指示，老早就購買了大量水軍為他說話，或解釋為手滑，或轉移焦點，連消帶打總算控制住了事態。但情況很快又惡化，一名網友發布了很多截圖，張張都能把林樂洋的口碑打落谷底。原來不止他點讚，連陳鵬新都在點讚，而且點讚的每一篇文章都與抹黑苗穆青和肖嘉樹有關。細細一數竟有四十餘個讚，這總不能是手滑吧？

陳鵬新是林樂洋的經紀人，在一定程度上，他的觀點也能代表林樂洋的觀點。這也就是說，他們是真的厭惡苗穆青和肖嘉樹，而非水軍口中的「誤會」。

公關部無可奈何，只能購買更多水軍引導輿論，然後聯繫各大媒體，讓他們不要把焦點放在這種「小事」上。只要沒人報導，在肖嘉樹和苗穆青的巨大熱度的衝擊下，林樂洋點讚的事情很快就能過去，只是人氣會受一點影響，倒不至於傷筋動骨。

接到公關部打來的電話，季冕只有一個詞能形容現在的自己，那就是心累。他看向臉色蒼白的林樂洋，聲音沙啞地道：「以後注意些。」他原本不止這點話想說，但張口卻又無言以對。林樂洋看起來很溫順，實則比誰都固執，無論別人說什麼都不能改變他既定的想法。

「我知道了，季哥。現在還有很多人在罵我，沒關係嗎？」林樂洋不安道。

「我只能盡量控制這件事的負面影響，不能完全封鎖別人的言論。在這次事件裡，你只是順帶的，等熱度過去就沒人再上綱上線了。不過，這將成為你演藝生涯中的黑歷史，以後總會有人提起，所以你一定要注意自己的言行，不要重蹈覆轍了。」季冕想了想，終是舊話重提：「這次事件證明陳鵬新不是合格的經紀人，我重新幫你挑一個合適的？」

「不用了，鵬新不了解內情，才會被網友的言論影響，你再給他一次機會吧！我和他從小一塊長大，說過要有難同當，有福同享的！要不是我手滑點了讚，他也不會跟風，說來說去還是我的錯！」林樂洋急得眼睛都紅了。誰對他好，他能記一輩子；誰對他壞，他也永生難忘。他看起來綿軟，骨子裡其實很硬。

季冕垂眸扶額，深深嘆息，「都說事不過三，我或許應該給他第三次機會，但是你可別忘了，這裡是娛樂圈，如果他再犯一次錯，毀掉的有可能是你的星途。你這次幫了他，害的有可能是你自己，你能承擔相應的後果嗎？做為一名經紀人，他沒有眼光，沒有遠見，也缺乏危機意識和輿論導向的判斷力，他實在很不合格。」

「季哥，我求你了，再給他一次機會吧！」無論季冕說什麼，林樂洋只有這一句話。若是季哥再不同意，他可以跟他下跪。

季冕無話可說了，擺手道：「好，我再給他一次機會，讓他去培訓部上幾天課，學一學該如何做一個合格的經紀人。」

「好的，季哥，謝謝季哥。」林樂洋歡天喜地下去了，卻沒告訴陳鵬新他差點被炒魷魚的事，只是讓他去培訓部學習，於是美妙的誤會產生了，陳鵬新以為公司要重點栽培自己，心裡不僅不慌，反而得意得很。

打發了林樂洋，季冕竟然覺得渾身輕鬆。他靠在椅背裡默默沉思，繼而搖頭苦笑。越是看透人心，他越是讀不懂人心，「人心」不愧為世界上最複雜的東西。

為什麼以前和林樂洋在一起，他會感到輕鬆快樂？原來是因為他從未真正了解過對方。這究竟是誰的錯？是他太過專斷獨行，還是林樂洋從未向他敞開心扉？

思及此，他不禁掩面長嘆。

……

網路上的熱度還未消退，有膽大的記者在肖氏製藥總部門口堵到肖定邦，詢問他對這次事件的看法，並責問他當場攆走阮令怡是不是太不近人情也太沒有紳士風度。

肖定邦原本誰也不搭理，自有保鏢會把記者擋開，但聽見這句話卻停下來，沉聲道：「那麼你認為我該怎樣做才合適？」

記者答道：「當然是等簽約儀式過後再談這件事，怎樣也不能當面給一位女士難堪！」

肖定邦冷笑起來，「她為了搶奪我弟弟的代言合約，用下作的手段抹黑我弟弟，差點讓他身敗名裂，而我卻要在會場上客客氣氣地對待她，繼續與她簽約，把我辛苦賺來的錢奉送給汙衊我弟弟的罪魁禍首，你是這個意思吧？」

他指著記者，命令道：「把他給我轟出去，我不跟腦子有病的人說話！相信日後有人陷害你的家人，你也會溫柔且富有同情心地對待加害者，我為你的家人感到悲哀！」

保鏢迅速架走了該記者，更多記者將這段對話忠實記錄下來，並對此表示讚賞。

網友們看見即時報導紛紛鼓掌叫好。

沒想到啊沒想到，沒想到肖定邦這種一年也不會公開對媒體說一句話的人，竟然為了維護弟弟一口氣說了這麼多！什麼叫弟控？這就是啊！肖嘉樹的命也太好了吧，有薛淼這樣的女神當媽媽，還有肖定邦這樣的霸道總裁當哥哥，以後還需要怕事嗎？他閉著眼睛走路也沒人敢去碰他的瓷兒！

記者會結束後，肖嘉樹坐在化妝間裡一邊等待母親卸妝一邊刷著微博，平淡的表情越來越凝重。他看見一些很不好的言論，有些是關於他自己的，有些是關於何毅的。網友說他心機重，所謂的「演技考核」不過是在作秀，是在譁眾取寵，但這無關緊要，因為他根本就不在乎。然而網友又說何毅之所以撞死是他咎由自取，誰讓他蠢，連一個女人都搞不定。他要是早點跟李佳兒上床，就沒有後面那些事了。

還有網友說：你怎麼知道他不想上李佳兒？其實他救下李佳兒的目的正是為了上她，但還沒來得及下手就被李佳兒告了。這兩人是賤男渣女湊一對，內部禍禍了！

諸如此類的言論還有很多，不管真相如何、是非對錯，總會有人用最大的惡意去揣度他人，胡亂抨擊，彷彿這樣才能突顯出自己的與眾不同。

肖嘉樹早知道會出現這種情況，所以才不願公開當年那些事。好友已經死了，為何還要去打擾他的安寧？不過，若是李佳兒能得到應有的懲罰，相信他在地下就能瞑目了。

他圈了幾個特別活躍的噴子，警告他們別再胡說八道，然後貼了一張律師函在微博裡，評論區瞬間變得和諧起來。很多心地善良的粉絲幫他把那些亂七八糟的評論刷了下去，還用慈愛的口吻說道：「沒想到我們崽崽已經長這麼大了，轉眼二十年，時間過得真快啊！」

「難怪我說小樹苗怎麼長得那麼眼熟，瞧這眉毛，瞧這眼睛，簡直就是我們淼淼的翻版啊！淼淼的基因真強大，生下的孩子完全繼承了她的優點！」

「每天來微博給我們小樹苗澆水，希望他快點長大！」

「……」

毫無疑問，這些人都是薛淼的忠實粉絲，他們愛屋及烏，在支持女神的同時也跑來肖嘉樹的微博熱場子，這才讓他的粉絲量在短短幾個小時內飆升到一千多萬。

肖嘉樹挑出幾人做了回覆，然後跑去母上大人的微博加關注。

薛淼剛卸完妝就看見兒子關注了自己，不禁笑道：「小樹，媽媽的粉絲都跑到你那裡去慰問，你會不會覺得不舒服啊？」

「為什麼要不舒服？」肖嘉樹一頭霧水地問道：「媽，您什麼時候開的微博啊？竟然都不告訴我！」微博裡有很多人取名叫「薛淼」，卻沒有一個是真的，所以網友打死也沒想到這個三天前註冊的新號會是女神本人。

「跟你爸離婚後我就一直想開微博，發現網路上有人在刻意抹黑你，這才臨時註冊了一個新帳號。」薛淼再次追問：「小樹，如果總是有人在你面前拿我說事，譬如說你沾了我的光才能進娛樂圈啦，你混得好全靠我啦，你能拿到好資源全是我的人脈啦，你會不高興嗎？」

肖嘉樹不以為然道：「媽，這不都是廢話嗎？難道我混娛樂圈不是靠您？我能拿到好資源不是靠您？我為什麼要不高興？」他略一思索，頓時明白了，啼笑皆非道：「媽，您想的太多了。我要是混得不好，那是我能力不夠，跟您有什麼關係？我要是混得好了，一是因為我努力，二是因為我有一個能幫到我的好媽媽，這也不是任何人能抹殺的事實。我們是母子，為什麼一定要劃清界限？您還記得嗎？小時候我總想讓您去幫我開家長會，但是爸爸從來不同意，說爺爺不准您拋頭露面，我那個時候只能躲在角落裡偷偷哭，一聲都不敢吭。其實我心裡可難受了，我恨不得告訴所有人，薛淼是我媽媽，是世界上最好的媽媽。」

肖嘉樹跑到薛淼身邊將她抱住，動情道：「媽媽，我愛您，我為您感到驕傲。」

薛淼眼眶都紅了，連連拍打兒子後背，卻一句話都說不出來，她怕自己一開口就會發出哽咽的聲音。雖然第一次的婚姻以失敗告終，但她得到了最珍貴的一份禮物。

蘇瑞偷偷抹了抹眼角，又用化妝棉補補妝，這才打斷母子倆的擁抱，「好了，別膩歪了，大家都等著你倆去吃飯呢。」

「妳一如既往地會破壞氣氛。」薛淼優雅地翻了個白眼，繼而叮囑肖嘉樹道：「打個電話給你哥哥，讓他也來吃飯。」

肖嘉樹正準備打電話給肖定邦，就見對方上了熱搜頭條，起因還是為了維護自己。

「媽，您知道嗎，其實大哥一直都很疼我呢！」他盯著視頻傻乎乎地笑起來。

「他的確很疼你，你在國外遇見的所有麻煩都是他幫你解決的。定期打電話給你的那個人其實是他的助理，不是肖啟傑的。你大哥比較悶騷，但人不壞，你以後一定要好好跟他相處，再怎麼說他也是你的親人，血緣關係是剪不斷的。」說起這個繼子，薛淼的心情其實頗為複雜。當年那件事他也有責任，但事情都過去了，她不想再提了。

「大哥當然好啦，我從小就把他當做我的榜樣。」肖嘉樹對肖定邦沒有一丁點怨恨。綁架他的是壞人，為什麼要把責任歸咎在大哥頭上？難道大哥一直帶著他，綁架犯就不會下手了嗎？不會的，那些假設都不存在。

他懷著緊張的心情打電話給肖定邦，得到肯定的答覆後才道：「大哥，謝謝你為我出頭。爺爺不是說不准我打著肖家的名頭在娛樂圈裡闖蕩嗎？你公開我們的關係會不會被罵？」

接到弟弟來電的肖定邦也是既緊張又激動，他狀似淡定道：「你不用管他，一切都有大哥在。肖家現在由大哥做主，誰也沒資格管你。你想做什麼就去做，不用顧慮任何人。」

「哦，那你記得來吃飯。」肖嘉樹首次直面大哥的關心和愛護，一時不知道該說什麼。他恍恍惚惚地掛斷電話，又恍恍惚惚地笑起來。

肖定邦掛斷電話後也忍不住勾起唇角，卻在下一秒抿直，只因肖啟傑正坐在他的辦公室裡，臉色很難看。

「你弟弟打來的電話？」

「嗯。」

「他約你吃飯？」

「嗯。」

「你薛阿姨也在？」

「嗯。」

「多說幾個字你會死嗎？你不會叫他們回來吃飯？發生那麼大的事都不回家，他們還想繼續在外面浪？老爺子早晚會被他們氣死！」肖啟傑的語氣漸漸變得焦躁。

他的話音剛落，老爺子的電話便打進來了，質問肖定邦為何要解除肖定澤的職務。

「爺爺，整整幾十噸重的毒膠囊還在倉庫裡囤著，如果不是我及早發現並找到新的供應商，您以為肖氏製藥還能挺到現在？二叔一家人都幹了些什麼混帳事您心裡最清楚，您讓他們老實縮著，別把我惹急了。他們要是再敢動小樹，我讓他們一無所有地滾出國。」

肖老爺子呼哧呼哧地喘了一會兒粗氣，終究拿這個孫子沒辦法，只好敗退。

肖啟傑擰眉道：「定邦，那好歹是你二叔，別做得太絕。」

肖定邦一邊翻閱文件一邊開口道：「爸，您知道您最大的毛病是什麼嗎？是親疏不分。小樹遇到那麼大的事，您為什麼不幫他出頭？您還拿這件事威脅薛姨，您又得到了什麼？您這樣做只會把他們越推越遠。」

「我沒有在幫他們嗎？我第一時間就找關係去控制輿論……」

肖定邦打斷他的話：「您的處理方法就是把輿論壓下去，然後悄悄把小樹送出國，以免肖家被推到風口浪尖上。您所做的一切都以肖家為重，卻不去幫小樹澄清。您以為沒人議論，這件事就算完了嗎？小樹的名譽怎麼恢復？」

「過個幾年誰還會記得這件事？反正那些黑料都是假的，就算警方來查又能如何？小樹一點事都不會有。清者自清這句話你沒聽過嗎？何必要鬧得滿城風雨，還把你堂弟和二叔都捲進去。我把小樹送去國外，給他一筆錢開個公司，不比在國內當戲子好？」肖啟傑沒好氣地斥責反駁。

「難怪薛姨寧願放棄一切也要跟您離婚，爸，您不如搬去老宅跟二叔和老爺子過吧，他們更需要你。」肖定邦穿上西裝外套，語氣淡淡地道：「以後二叔一家再有什麼事情不用來求我，我沒把他們趕盡殺絕就算對得起他們了。那幾十噸毒膠囊和爛帳我會一直留著，讓他們別惹小樹。是百分之五的股份重要，還是性命重要，讓他們想想清楚再行動。」

肖啟傑氣得直發抖，卻拿兒子沒有辦法，等人走遠了才掏出手機定定看著，表情極為複雜。螢幕上正在播放薛淼召開記者會的畫面，她眉眼飛揚，唇紅似火，一邊操作投影片一邊侃侃而談，整個人散發出強勢而又迷人的氣場，一如初見那般。所有人都在傾聽，並不由自主為她淪陷，她就是擁有這樣的魅力。

他當初一眼就愛上了她，愛得那麼熱烈，但在接下來的婚姻中遺忘了這份悸動。直到此時他才發現，薛淼依舊是他愛著的那個薛淼，只是他們再也回不去了。

……

薛淼帶著兒子和一幫好友去聚餐，臨走還不忘邀請公關部的諸位「鬥士」。大家自然齊齊拒絕了，那麼多大佬在，跟他們吃飯肯定會消化不良，還是算了吧。

修長郁今天特別高興，放話讓他們自己去吃，所有開銷掛在他的帳上，上不封頂。公關部的員工這才歡呼起來，連忙收拾東西準備提早走人。

「我聽說人民日報那邊也要發一篇評論表彰肖嘉樹設立慈善基金幫助流浪漢和流浪兒童的事蹟。有了官方表態，這次的輿論大戰總算是蓋棺論定，誰也別想再鬧什麼么蛾子。」

林樂洋在走廊遇見兩名公關部的員工，她們剛從頂樓下來，正在談論之前那些事。

「極光娛樂這下栽了，目測至少有二十幾個藝人要吃官司，阮令怡和李佳兒最慘，說不定還會坐牢。咦，那不是林樂洋嗎？全公司只有他一個人站隊，還站錯了邊，害得季總花了好多錢幫他請水軍。他究竟是怎麼回事？真的跟穆青姊和肖嘉樹不和嗎？」

「都是同期出道的藝人，人家資質比他好，他應該是嫉妒了吧？噓，他過來了，咱們先別說了。」兩人擦著林樂洋的肩膀走過，面上並未露出異樣，但林樂洋很想告訴她們別再裝了，他都聽見了。

他嫉妒肖嘉樹？或許有一點，但不和？沒有的事！

他知道網路上的人都這麼議論，說他心胸狹窄、兩面三刀、背後放冷箭、不尊重前輩等等，但他真的很冤枉，那個點讚真的只是手滑，季哥也在，可以為他作證的。

難道除了默默等待熱度消退，就沒有別的辦法洗白了嗎？

他絞盡腦汁地想了想，忽然靈光一閃。

恰在此時，季晁出現在走廊盡頭，詢問道：「收拾好了嗎？」

「好了！」他立刻跑回休息室拿外套。

「那走吧。」

兩人約好一起吃晚飯，且各自做了偽裝，並預訂了一家私密性很強的餐廳。季晁專心開車，林樂洋則出神地想著心事。他知道有一個辦法可以迅速幫自己洗白，但他做不到，只能請季哥幫忙，現在的問題是該如何開口。

只要苗穆青和肖嘉樹親自站出來表明他們與自己的關係很好，再發幾張合照佐證，他們的粉絲就沒有話說了吧？日後他好好與他們相處，這段黑歷史就不能稱之為黑歷史了。

季哥面子大，只要他開口，苗穆青和肖嘉樹沒有不答應的道理，但是自己該怎麼說呢？林樂洋感到很為難，他幾乎沒跟季晁提過要求，這還是第一次。

就在這時，季晁抽空瞥了他一眼，面色有些冷峻。他把車子開上高架橋，沉聲道：「我晚上有一個重要的飯局，你一個人回去沒問題吧？」

「誒？之前怎麼沒聽你說？」林樂洋的思緒被打斷了，更不知道該如何開口。

「公司裡出了那麼多事，差點忙忘了。」

「那你送我回去吧，家裡還有菜，我自己做飯吃。」林樂洋露出失望的表情，「季哥，你最近總是很忙，我們有多久沒在一起了？」

「公司有幾部電影和幾個真人秀在籌拍，都是大製作。」季冕簡單解釋一句便不再說話了，一路沉默地將林樂洋送回公寓，等對方消失在轉角，才打了一通電話給方坤，頗為疲憊地道：「你在哪兒，出來陪我喝酒。」

陳鵬新正躺在沙發上玩手機，看見林樂洋獨自一人回來，顯得很驚訝，「咦，你不是跟季總吃飯去了嗎？」

「他突然有事，就把我送回來了。」林樂洋打開冰箱問道：「你留下來吃飯嗎？」

「不用你動手，我讓小玉買回來。」陳鵬新打電話給妹妹，然後詢問道：「樂洋，你的微博都快被苗穆青和肖嘉樹的粉絲攻陷了，這樣下去可不行啊，要不要找季總想想辦法？」

林樂洋心裡微動，沉吟道：「讓季哥找苗穆青和肖嘉樹出面為我澄清，你說可行嗎？」

「可行，怎麼不可行？你再讓他們發幾張合照，粉絲就沒話說了。主子們都是好朋友，他們還鬧什麼？你快打電話給季總，讓他幫你搞定。」陳鵬新理所當然地催促。

「我不好說，你先跟方坤商量一下，看看這個方案可不可行吧。你畢竟是我的經紀人，以後這些事都歸你管。」林樂洋回到家才想起來，自己完全可以不用開口，讓鵬新去說不就行了嗎？方坤知道了肯定會告訴季哥，季哥自然會幫他的。

陳鵬新正想做出一番成績來，略略一想便同意了。他拿出手機打電話給方坤，而方坤恰好坐在季冕的車子上。

「你再說一遍？」方坤這次真是被氣笑了。

陳鵬新果然又重複一遍。

方坤直接開噴：「你他媽是不是腦子有病？知不知道季哥的面子有多值錢？他當年被黑得最慘的時候也沒求過任何人，你竟然讓他為了你這點狗屁倒灶的事去求爺爺告奶奶？苗穆青有那麼好說話嗎？肖嘉樹有那麼好說話嗎？這點芝麻綠豆大的事，人家理都懶得理你，你還大張旗鼓讓他們去幫林樂洋澄清，你把林樂洋當小皇帝啊，所有人都要捧著他？人家本來已經忘了這事，你又一鬧，知不知道人家心裡會有多膈應，又會對季哥產生多大的意見？你這是把季哥愛惜了幾十年的臉面丟到地上踩啊！你他媽太把自己當一回事了吧？滾蛋！有多遠給老子滾多遠！」

方坤也不管那邊是什麼反應，徑直掛斷了電話，冷笑道：「這個陳鵬新果然是個蠢貨，連這種餿主意都能想得出來！他是不是知道你和林樂洋的關係了，否則不會提出這種過分的要求！狗屁大的一點事，竟然讓你去找苗穆青和肖嘉樹說和，還拍什麼照片以茲證明。他把苗穆青和肖嘉樹當成什麼，又把你當成什麼？你要真去了，幾十年的老臉都能丟盡！他以為林樂洋是世界中心呢，所有人都得圍著他轉！混娛樂圈的人有哪一個沒被黑過？苗穆青十幾年都忍過來了，就林樂洋嬌貴，被罵幾句也不行，他是想把林樂洋捧上天還是咋地？我不太了解肖嘉樹的為人，但我太知道苗穆青了。你不去求她還好，你要真去求了，她表面答應，日後找著機會能把林樂洋整死！人家被黑的時候他在後邊點讚，惹上事又去找人家幫他洗白，他到底多大的臉？陳鵬新也不想想，憑林樂洋的咖位和背景，他有沒有資格以勢壓人！」

季冕臉色冷沉，默默無言，開到一家攤子才簡短道：「別說了，下去喝酒。」

「你把帽子、墨鏡和口罩戴好。」方坤提醒一句，末了又開始抱怨：「我早就說過讓你別帶林樂洋進娛樂圈，這樣下去你倆遲早玩完！你看看林樂洋這次幹的都是些什麼事，苗穆青好歹是前輩，還是一線女星，他也能背地裡黑她，這是仗著有你撐腰，無所畏懼啊！陳鵬新也有這樣的苗頭，再發展下去，他倆早晚會給你惹出大麻煩！」

「那個點讚的確是意外。」季冕實話實說，但除了這一句，卻再也沒有別的可以反駁。他讓老闆送來幾瓶啤酒，又要了幾串烤肉，這才抽出一根香菸點燃，徐徐道：「什麼時候該放手我心裡有數，不會毫無意義地堅持下去。」

方坤見他口氣略有鬆動，不禁好奇道：「你該不會已經決定跟他分手了吧？」

季冕搖搖頭，端起酒杯說道：「喝酒，不談這些。」

另一邊，陳鵬新被罵懵了，過了半天才回過神來。

不用他轉述，林樂洋已經把方坤的話聽得一清二楚，此時滿臉通紅，羞愧不已。他光想著這樣做能快速將自己洗白，卻忘了季哥會如何為難。苗穆青和肖嘉樹都不是好說話的人，季哥去求他們得捨下多大的臉面，自己怎麼會沒想到呢？

林樂洋滿心懊悔，過了半天才想起來，萬一方坤把這件事告訴季哥，季哥會如何看待自己？會不會覺得自己太自私自利，一點也不顧及他？

他悚然一驚，連忙讓陳鵬新再給方坤打電話，求他保密。

陳鵬新是個愛面子的人，死活不肯打過去找罵，只好發了一條微信給方坤，讓他把之前的事忘掉，就當沒發生過。

方坤把手機遞給季冕，冷笑道：「算他識相，這麼快就放棄了。要是他明天再提這事，老子非得讓他滾蛋。你說林樂洋是怎麼想的？那麼多金牌經紀人不要，偏偏要這種蠢貨？」

「樂洋比較敏感，喜歡待在安全的環境裡。你太尖銳了，讓他感覺不適，而陳鵬新恰恰能帶給他安全感。他需要掌控周圍的一切，不然就沒辦法安心工作。」季冕冷靜分析道。

「那豈不是跟你一樣？你倆真是絕配！」方坤諷刺地笑起來。

「我跟他不一樣。我需要掌控一切是因為我能辦到而且習慣了，他需要掌控一切是因為他辦不到卻又為此焦慮，我們存在本質上的分歧。」

「不知道你在說什麼。辦不到還偏要去掌控，他是不是有病，順其自然不好嗎？有分歧就解決，解決不了就分手唄！」方坤拿起一串烤肉開始啃。

季冕垂眸抽菸，並不答話。

他正在消除他的控制慾，但樂洋似乎不能消除他的不安感和焦慮。

……

林樂洋又開始焦慮了，他害怕方坤會把剛才的事告訴季哥。

陳鵬新扔給他一個抱枕，調侃道：「瞧你嚇成那樣，臉都白了！放心吧，沒事的。我覺得你心理承受能力不行啊！你看看人家苗穆青，那麼多黑子輪番黑她，她不也過得好好的嗎？當明星的哪一個沒有黑粉，你得早點習慣。」

林樂洋抹了把臉，嘆息道：「這是我第一次被黑，以後或許會習慣吧。」但他知道自己永遠不會，因為他太在乎別人對他的看法，稍有惡評就會耿耿於懷甚至無心工作。如果有一天他不再在乎別人的看法，或許就是他爬到季哥那種高度的時候。

「對的，這種事以後肯定還會有，咱們看淡點，做好自己就行……」陳鵬新正說著話，陳鵬玉提著兩個塑膠袋回來，打開門直嚷嚷：「哥，你看今天的網路新聞了嗎？我的天啊，那個肖嘉樹竟然是肖氏製藥的二公子，難怪他那麼囂張！你看看他的微博，真是牛爆了，圈他的都是些什麼人啊，有冠世總裁、瑞水總裁、肖氏製藥總裁……這應援團隊能上天啊！」

「行了行了，人家出身好是人家的事，妳再羡慕又有啥用？快去把拖鞋換了來吃飯。」陳鵬新把便當擺到桌上，眼角餘光瞥見妹妹的包包，當即便追問起來：「妳怎麼又換了一個包？妳這個月已經買了八個包了，妳哪兒來的錢？」

陳鵬玉縮了縮脖子，囁嚅道：「這是我在路邊攤買的，很便宜的。」

「再便宜也要錢，妳節儉一點啊！」陳鵬新許諾道：「等妳樂洋哥紅了，哥的薪資也變多了，一定買正版的給妳，不買這些地攤貨。」

「那樂洋哥什麼時候能紅？」陳鵬玉來勁兒了，擠到林樂洋身邊問道：「樂洋哥，你拍一部電影能拿多少錢？拍一個廣告能拿多少錢？」

「妳瞎問什麼，洗手去！等《使徒》放映了，你樂洋哥一準兒能紅，妳不知道他在裡面演得有多好。」陳鵬新不耐煩地擺手，林樂洋卻如實答道：「我現在咖位不高，拿到的酬勞也有限，一部電影幾十萬吧。廣告要看是什麼類型，高端產品給的錢多，低端產品給的錢少。當然，如果你咖位大了，自然就能接到高端產品的代言，應該有幾百萬吧。」

「才幾十萬？你確定？」陳鵬玉似乎很失望，找出一條微博說道：「樂洋哥，你看看，這個人把肖嘉樹的黑料賣給極光娛樂，從他們那裡拿到了兩百萬，明星的黑料怎麼比你拍電影的薪資還高啊？」

「肖嘉樹手裡有幾千萬的代言合約，如果拿到黑料把他踩下去，就能取而代之，極光娛樂當然願意付這兩百萬。明星黑料一直都很值錢，就看你能不能搞到手。那些資深狗仔就靠搜集明星黑料活著，無論是賣給媒體還是賣給明星本人，輕輕鬆鬆就能月入好幾萬了。」陳鵬新感慨道：「要不是有你樂洋哥罩著，我差點就去當狗仔了。」

陳鵬玉眼裡閃過一抹精光，當即央求道：「哥，我整天待在家裡很無聊，你能不能帶我去上班？我可以幫樂洋哥打雜，不拿薪資。」

「別鬧了，妳下半年還要去復讀。」陳鵬新一口否決。

陳鵬玉改去糾纏林樂洋。

林樂洋對親近的人耳根子特別軟，很快就答應下來。

大約七八天後，肖嘉樹和苗穆青被抹黑的事件熱度才漸漸消退。一舉成為當紅小生的肖嘉樹有幸獲得了《逐愛者》的試鏡邀請，角色是男一號。

同一個公司的藝人很快就收到消息，有羨慕的，有嫉妒的，也有不以為然的。娛樂圈裡的人都知道胡銘導演有多嚴厲，得到他的試鏡邀請並不能代表什麼，如果沒有與之匹配的演技，照樣給你刷下來。

陳鵬新整天上竄下跳地找關係找門路，自然也獲悉了此事，把林樂洋拉到僻靜的角落說道：「《逐愛者》被譽為本年度最值得期待的一部電影，關注它的人非常多，還沒開拍就已經紅了，你要是能拿到男一號，立刻就能把肖嘉樹踩下去。你去找季哥問問看，他和胡銘導演的私交很不錯，應該能幫你弄到這個角色。」

林樂洋也是《逐愛者》的忠實粉絲，曾經熬了整整一個通宵把它看完，然後如癡如醉。他知道這本書的情節和設定有多迷人，也知道它在世界各地收羅了多少粉絲，正如陳鵬新所說，無論是誰拿到男一號，都能憑藉這部電影一炮而紅。

大好的機會就在眼前，林樂洋怎能不心動？他咬牙道：「好，我去找季哥問問。」

他剛走進辦公室，季冕便吩咐道：「把劇本拿去好好看看，下午去試鏡。」

看見封面上的文字，林樂洋心頭一片火熱，「好的，季哥，我馬上去看劇本。」他興沖沖地走出去，連再見都忘了說。季冕盯著他遠去的背影，眸光晦澀。

下午所有受到邀請的藝人齊聚胡銘工作室等待試鏡，肖嘉樹就在其中。他坐在走廊最周邊，身邊沒有經紀人或助理陪同，顯得孤零零的。看見他，陳鵬新的眉頭皺了皺，轉眼又看見葉西，整張臉都黑了。

「為什麼葉西也來了？」他壓低聲量對林樂洋說道。

葉西也是冠冕工作室旗下的藝人，出道比林樂洋早，名氣也比林樂洋大。他來了，林樂洋的機會自然變小很多。

「這不是季總單獨給你找來的資源嗎？」陳鵬新對季冕的做法很不滿意，抱怨道：「你跟季總的感情是不是出了問題，我怎麼覺得他沒在全力捧你？」

「你還想季哥怎麼捧我？三部電影、一部連續劇、兩個真人秀，還有那麼多廣告代言，我的資源已經遠遠超過了同期出道的新人，該知足了。」林樂洋強笑道：「葉西是我師兄，他也有資格分享公司的資源，我倆無論誰拿到男一號都是一樣的。」

「怕就怕角色被肖嘉樹拿到，你也不想想他是什麼背景。」陳鵬新冷笑道。

「胡銘導演對演員的要求很嚴格，從來不接收關係戶，你放心吧。」林樂洋話音剛落，面試官就開始叫號，拿到一號牌的男藝人走進會議室，留下一眾藝人緊張不安地等待著。

胡銘果然如傳言的嚴格，面試一個攆走一個，一點面子都不留。不斷有藝人掩面離開，弄得氣氛更為緊張。有藝人被當場留下，但都不是太重要的角色，男一號始終懸而未決。

《逐愛者》是一部懸疑恐怖小說，講述的是一個雙重人格的男子在受過情傷後顯現出第二人格，並對周圍的女性展開追逐、誘騙和獵殺。男主角的戲分遠大於女主角，甚至可以說整部電影三分之二的情節都得靠男主撐起來。也因此，胡銘導演對男主角的甄選尤為慎重。

「三十三號可以進去了！」面試官高聲喊道。

肖嘉樹立刻推門進去。

他前腳剛走，後腳便有人議論開了。

「那個人就是肖嘉樹吧？完了，我們沒機會了，他隨便投點錢就能買到男一號。這年頭再有實力的演員都比不過四個字，帶資進組！」

「我看也是！劇組還發什麼試鏡邀請函啊，直接內定得了！」

不少藝人開始抱怨，讓林樂洋坐立難安起來。

肖嘉樹第一次參加試鏡，說不緊張是騙人的。他覺得喉嚨有些乾，進門後先喝一口水，這才開始做自我介紹。

胡銘導演全程繃著臉，沒等他說完便擺擺手，「你試一試『覺醒』那場戲。」

肖嘉樹翻開劇本看了看，頷首道：「我準備好了。」

覺醒這場戲是故事的開端：男主角被女友拋棄後準備跳橋自殺，一名好心人將他從護欄上拉下來。他摔倒在地，頭昏眼花，強烈的絕望先行殺死了第一人格，使第二人格甦醒。

肖嘉樹一邊回憶劇情一邊揉亂頭髮和衣服，上一秒還神采奕奕的他，下一秒變得十分憔悴。沒有女演員配合，也沒有橋可以讓他跳，這是無實物表演，一切都得憑空想像。他左手拎著礦泉水的瓶子，假裝那是一瓶烈酒，右手扶著護欄踉蹌前行。他眯著眼，似乎看不清前方的道路，走著走著便停下來，一口氣喝光瓶子裡的水，然後做出攀爬的動作。

他爬上不存在的護欄，垂頭往下看，先是丟掉酒瓶，然後怔愣發呆，隨即慢慢踮起腳尖準備往下跳。就在這時，他腦袋往後一仰，似乎被某個人拉住了衣領，從護欄上摔落。

他一邊掙扎一邊艱難地爬起來，背抵護欄席地而坐，整個人軟得像一灘爛泥。他許久沒動，凌亂的頭髮遮蓋了他的前額，使他整張臉都藏在陰影裡。又過片刻，他慢慢抬起頭來盯著前方，似乎那裡蹲著一個人，正在與他說話。他的表情很茫然，眼睛沒有焦距，但很快他渾濁晦暗的眼眸開始發光發亮，似乎凝聚起一團熱火，憔悴的臉龐也隨之煥發出神采。

他全程沒有動作，也沒有臺詞，只是目視前方，但僅靠一個眼神變化就把第一人格的死亡和第二人格的誕生演繹至傳神的地步。本還有些漫不經心的胡銘導演不知不覺坐正了，屏住呼吸看著他。

肖嘉樹盯著救下自己的「女人」，極為緩慢地咧開嘴角，露出「感激」的笑容。他把自己想像成一隻出閘的猛獸，正偷偷潛伏在獵物身邊，準備將她生吞活剝，鮮血和細嫩的肉一定能填補他不斷咆哮的欲望。

他快等不及了，於是下意識用舌頭去舔自己的牙齒。這使得他的嘴角歪斜了幾分，也令這個「虛弱而又滿帶感激」的微笑瞬間變得邪惡萬分。

他本就長得俊美，且這種俊美不含一絲陰柔與溫和，而是飽含攻擊性。當他露出邪惡至極的笑容時，這攻擊性成倍增加，令幾位面試官微微後仰躲避，卻又不自覺地被他吸引。

肖嘉樹站起來鞠躬，「我的表演結束了，謝謝各位前輩給我機會。」

胡銘思忖良久才擺手道：「你先出回去等通知吧，叫下一個。」

沒說錄取，也沒當場刷掉，就是還有機會？肖嘉樹並不感到失望。能參演這部電影是他的榮幸，不能參演也沒什麼遺憾的，日後繼續努力吧。他一邊給自己打氣一邊走出去，恰好看見陳鵬玉拿著手機到處亂拍，樣子有點鬼祟。

他被對方纏怕了，立刻順著牆沿溜走，看見坐在角落的林樂洋，終是走過去提點：「你管好陳鵬玉，讓她不要亂拍照。來面試的都是藝人，很看重隱私。」

「啊？」林樂洋有些懵，順著他的指尖一看才發現陳鵬玉正拿著手機在大廳亂竄。

「好的，我會管好她。」林樂洋猶豫片刻又道：「你面試怎麼樣？」

「我也不知道，胡導讓我回家等通知，我先走了。」肖嘉樹略頷首便離開了，惹得陳鵬新不滿，「狗拿耗子多管閒事！被拍的人都沒說什麼，偏他話多！小玉，妳給我回來！」

等妹妹走到自己身邊，陳鵬新低聲說道：「妳信不信老子把妳的手機摔壞？妳再亂拍，以後別跟我出來！」

「哥，我也沒拍到什麼嘛！你看，都是一些合照，人家那是自願的！」陳鵬玉打開圖庫讓哥哥看，發現有幾條訊息湧進來，連忙關掉螢幕。她一會兒撓頭髮，一會兒扯衣服，背轉身偷偷看手機，然後盯著半空發呆。

林樂洋和陳鵬新都很緊張，沒注意到她的反常，聽見面試官叫號，連忙站起來回應。

「妳待在這兒看著包包，別亂跑知道嗎？」

兩人推門進去，留下陳鵬玉繼續發呆。過了一會兒，她有些尿急，自然而然便把幾個包一塊帶上，卻發現林樂洋的手機插在背包的側袋裡，幾條未讀訊息正在閃爍。她臉色微微一變，朝洗手間飛奔，心臟跳得比任何時候都快。

與此同時，林樂洋也開始了自己的表演。前半段他的表現與肖嘉樹不相上下，畢竟只是一個喝醉酒跳橋的動作，再怎麼演也出不了彩，而後半段的人格覺醒才是重頭戲。

他摔倒在地，卻並未藏起自己的臉，而是仰起頭，木愣愣地盯著救下自己的「女人」。他臉上的肌肉變得很僵硬，這讓他看起來像一個已經死亡並冷透的屍體。他的眼球慢慢往上移動，消失在眼眶裡，又在下一秒移回原位。這是一個放慢了的翻白眼的動作，而林樂洋連續做了好幾次，最後一次，他的眼珠終於固定在眼眶的正中心，瞳孔也有了焦距。

他緊緊盯著救下自己的女人，露出如陽光般燦爛的笑容。

他的表演風格有別於之前的任何一位面試者，尤其是那幾個緩慢的翻白眼的動作，從鏡頭裡看去簡直像鬼上身，充滿了恐怖的氣息。如果說肖嘉樹的演繹華麗而又危險，那他的演繹就只有危險，他讓人打從心底裡感到害怕。

胡銘導演沉思片刻後說道：「你先回去吧，我們過幾天通知你。」

林樂洋忐忑不安地離開了。

等他走後，六位面試官展開了激烈的討論，其中三位女性一致選擇肖嘉樹，她們被他的顏值和演技打動了，如果讓他來扮演一位獵殺女性的變態狂，畫面肯定很帶感。

「雖然原著中並未對男主角的外貌進行描寫，但想也知道，他能如此順利地誘騙並獵殺那麼多女性，本身應該具備非凡的魅力，我覺得讓肖嘉樹來飾演男主角才具備說服力。」一名女製片人說道。

兩位副導演沒有發表意見，而是看向胡銘。

「我更傾向於林樂洋。你們看見他剛才那幾個眼神變化了嗎？那就是我想要的感覺，恐怖又詭異，令人寒毛直豎。比起他，肖嘉樹渲染恐怖氣氛的能力要弱很多。他的演技雖然很好，但不是我需要的風格。我們拍攝的是恐怖片，我擔心他把它演繹成愛情片，戀愛的氛圍搶占了恐怖的氛圍，那將是一場災難。」胡銘導演似乎下定了決心。

幾位女製片人不服氣，一再遊說他改變主意，甚至提出增加預算。正所謂一千個人眼裡有一千個哈姆雷特，同理，一千個人眼裡也有一千個逐愛者，並不能說誰的更好，只能說誰的立場更強硬。

最終胡銘導演取得了勝利，幾位女製片人只能遺憾嘆息。

試鏡結束後，所有角色都已確定，但男一號依然懸而未決，候選人有兩位，一位是肖嘉樹，一位是林樂洋。由於肖嘉樹風頭正勁，背景也雄厚，便有流言傳出說他被內定為《逐愛者》的男一號，林樂洋只是陪跑而已。更可惜的是，胡銘導演本身看中的男一號是林樂洋，卻被幾位製片人否決了，畢竟現在是資金為王的時代，導演的權力受到了極大的限制。

「媽的！有錢了不起嗎？明明你演得比他好！」陳鵬新聽到流言後氣急敗壞地罵道。

「你怎麼知道我演得比他好？肖嘉樹的演技很厲害。」林樂洋不得不承認這一點。

「這是葉西發給我的視頻，他從攝影師那裡搞到的。」陳鵬新指著手機說道：「你看，他演到最關鍵的地方根本就沒抬頭，把臉藏起來了，而你直面攝影機，把第一人格的死亡和第二人格的誕生演繹得非常精彩。我看了你的表演只覺得寒毛倒豎，看了他的表演卻一點感覺都沒有，不恐怖，還有點刻意耍帥的嫌疑。」

林樂洋把兩段視頻放在一起看了看，心底的不平和怨憤又開始翻騰。

陳鵬新見他臉色不對，便試探道：「不然你去找季總想想辦法？」

「不行，季哥已經給過我機會，不能再麻煩他了。」林樂洋下意識地拒絕。

「那我來想辦法。」陳鵬新大包大攬道。

不僅別人對流言深信不疑，就連肖嘉樹也覺得自己很有可能已經被內定了，畢竟冠世和瑞水是該片最大的投資商。

他喜歡《逐愛者》的這個角色，也準備好迎接它帶來的挑戰，卻很快遭受了當頭棒喝。一名微博的博主貼出兩段視頻並感嘆道：現在的年輕人真不得了，厲害了！

視頻的主角是他和林樂洋，兩人用不同的方式表演了同樣的劇情。《逐愛者》的書迷驚嘆道：「這是第二人格覺醒時的情境吧？演得好真實啊！」

的確，兩人的表演都很真實，很有說服力，但風格完全不一樣。一個華麗且邪惡，一個詭譎又恐怖，很難評論誰高誰低，誰輸誰贏。網友們自然分成兩個陣營，一派支持肖嘉樹，一派支持林樂洋，誰也不讓誰，在網上吵得翻天覆地。

漸漸的，支持肖嘉樹的陣營壓過了林樂洋的。也不能說林樂洋演得不好，只能說肖嘉樹的表演更符合時人的審美。該作者的書迷大多是年輕人，而年輕人更喜歡華麗唯美的東西，如果把《逐愛者》定義為暗黑哥德風，想必比懸疑恐怖風的受眾面更廣，吸引男觀眾的同時也能吸引大批女觀眾。

該博主發起了一場投票，結果肖嘉樹的支持率遠遠高於林樂洋，這得歸功於蜂擁而來的顏狗。長相俊美的變態，比長相普通的變態更有魅力。

然而，肖嘉樹並不因此而沾沾自喜。捫心自問，他覺得林樂洋演得比較好，他那幾個閃爍不斷的白眼簡直把第二人格的妖異體現得淋漓盡致，而原著作者想渲染的正是這種感覺，他用文字來攝取讀者的恐懼，而非神往。

輸了！徹底輸了！

肖嘉樹對林樂洋的表演心服口服，想起那個傳言，連忙走到樓梯間打電話：「喂，是胡銘導演嗎？我覺得我不太適合逐愛者這個角色，您可以考慮一下其他人。林樂洋就很不錯，他的表演太精彩了……什麼？您原本就打算錄用林樂洋？哦，不好意思，是我搞錯了，您的選擇非常正確，他很棒，祝你們影片大賣！」

肖嘉樹掛斷電話後慢慢捂住臉，然後用額頭一下一下撞擊牆壁。

靠！我這也太丟臉了吧？人家根本就沒內定你，你還主動打電話辭演，你的臉是有多大啊？他越想越窘迫，在牆角默默蹲了一會兒，等臉皮沒那麼燙了才悄然離開。

他前腳剛走，上一層的樓梯轉角便走出來一個高大的人影。

季冕一手夾菸，一手扶額，笑聲低沉而又愉悅。

他從來沒有見過這種活寶。

……

陳鵬新不斷刷新微博裡的評論，真有種騎虎難下的感覺。

胡銘導演原本看中的男一號就是林樂洋，他便想著幫林樂洋製造一些輿論支援，或許能促使胡銘導演堅定地站在他們這邊，也能促使製片人改變主意。拍電影最主要的目的是為了賺錢，是給大眾觀賞的，如果連大眾都不能認可男一號的演技，又怎麼能達到票房目標？

然而，他顯然忘了最重要的一點，肖嘉樹的演技本來就不差，甚至可以說與林樂洋旗鼓相當，只是風格不一樣而已。專業性並不強的觀眾又怎麼能看出兩人之間的差距？再者，肖嘉樹的長相、身高、氣質和熱度都遠遠勝過林樂洋，把他兩人放在一起比較，就算陳鵬新一口氣買下幾十萬的水軍造勢，也比不了肖嘉樹的「自來水」。

他的粉絲絕大部分是親媽粉，護犢子的心情無比強烈。

自家的孩子一定是最棒的，這是所有母親共同的想法。

有粉絲這樣寫道：「現在的年輕人的確都很厲害，但還是我家小樹苗演技更棒些。看見他抬起頭來邪惡一笑的時候，我的腿都軟了，真想跪下對他哭喊：你要什麼全都拿去！拿去拿去，全拿去！我把命給你，西裝褲下死，做鬼也風流！」

有人附和道：「說的太對了！原著本來就有寫，這個救下他的女人是他的第一個受害者，當天晚上便把他帶回家安置，還深深愛上了他。你說一個腦子正常的女人憑什麼把頭一次見面的陌生男人帶回家啊？肯定是因為對方有特別吸引她的地方。看過小樹苗的表演，我終於不再糾結這個問題了，要是作者筆下的男主角長成小樹苗這樣，還具備了如此強烈的個人魅力，就算明知道他是殺人狂魔，我也會把他帶回家！這不是邏輯有問題，這是人類愛美的天性，我們完全控制不住自己啊！」

「反觀林樂洋，我要是救下了他，再看見他詭異地對老娘翻白眼，老娘反手就是幾巴掌扇過去！嚇都嚇死了，還帶你回家？做夢呢！」

「是的，林樂洋的表演雖然也很精彩，但真的太詭異太恐怖了，我要是個女的，我真的不敢靠近他！再說，他長得也不是很帥，看起來就像鄰家弟弟，後期不是有幾個患了斯德哥爾摩綜合症的受害者幫男主逃脫警察的追捕嗎？沒有十足的魅力根本做不到這一點吧？如果導演選擇林樂洋當男主角，我真的很懷疑他有沒有好好讀過原著。男主角的確是變態，但他是個魅力十足的變態，而不是鄰家弟弟型的，鬼上身以後看起來特別恐怖的變態！」

「肖嘉樹的表演帶有魔性，讓人害怕又沉迷；林樂洋的表演帶有鬼氣，讓人感到畏懼，根本不敢靠近，我站肖嘉樹！」

「我也站肖嘉樹！我原本以為肖少爺混娛樂圈全靠家世和一張臉，現在徹底改觀了！他的演技與他的長相一樣，只兩個字可以形容，那就是完美！」

「無懈可擊的演技！精彩而又絢爛的眼神變化！期待小樹苗的表演！」

「……」

諸如此類的評論徹底占領了投票版面，叫陳鵬新急得不行。他哪裡知道如今的娛樂圈早已是顏狗的天下，「顏即正義」這句話可不是開玩笑的。當他準備再買一批水軍為林樂洋造勢時卻發現自己沒錢了，得向公關部申請。

「樂洋，快去找季總要點宣傳費，我們的水軍不夠用了！」他理所當然地喊道。

林樂洋全程看著他操作，心情從躍躍欲試變成了難堪羞臊。他的自信心早已被網友的評論打擊的涓滴不剩，雖然也有支持他的人，但大多數都是陳鵬新雇來的水軍，誇人的話千篇一律，根本沒有可信度。他自己看了都覺得可笑，更別提眼明心亮的網友。

這不是給自己造勢，這是給自己丟臉，何必呢？

「算了，我放棄。」林樂洋沮喪道：「我們不炒作了。得之我幸，失之我命，反正我還年輕，以後機會多的是。」

「不行啊，胡銘導演看中的本來就是你，你為什麼要放棄呢？我們繼續買水軍把你的票數刷上去！」陳鵬新最大的優點就是有恆心，絕不放過眼前的任何一個機會。哪怕胡銘導演最後沒選擇林樂洋，他不也趁著這個機會把林樂洋的人氣炒上去了？他們怎麼做都不虧。

林樂洋還想拒絕，方坤鐵青著臉走進休息室，沉聲道：「季哥有找，你們去一趟吧。」

兩人忐忑不安地走進辦公室，就見季冕正在打電話，那頭不知說了什麼，讓他臉色極為凝重。他一邊敲擊桌面一邊許諾：「您放心，我會處理好網路上的輿論……追加投資沒問題，您先擬個預算表給我，我讓審核部的人看看。好的，感謝您的支持，再見。」

他掛斷電話，然後說道：「知道剛才是誰打電話給我嗎？」

林樂洋和陳鵬新齊齊搖頭。

「是胡銘導演。試鏡會結束後，他和幾位製片人有了結論，決定任用你為男一號，但就在剛才，他們發現網友更偏愛肖嘉樹的表演，便想把你換掉，讓肖嘉樹來演……」

林樂洋的臉色漸漸發白，陳鵬新則開始揪頭髮，他打死也沒想到結果會是這樣，若是早知道劇組準備錄用林樂洋，他還折騰什麼？流言究竟是誰傳出來的，可把他們給害死了！

季冕深深看了林樂洋一眼，繼續道：「但是肖嘉樹拒絕了。」

他說他並不願意在導演不看好自己的情況下參演，因為電影想要表達的是導演本人的意志，而非觀眾的，更甚者，也不是原著作者的。文學是藝術，電影也是藝術，具有獨特性，是烙上私人印記的藝術品，哪怕所有人都不認同導演的審美，導演也要堅持下去。

這番話深深觸動了胡銘，也讓他對肖嘉樹改觀。說一句不中聽的話，在此之前，哪怕網友一面倒地支持肖嘉樹，他也不覺得自己的選擇是錯誤的，但他畢竟是個商業片的導演，不得不考慮票房問題。與肖嘉樹交流過後，他忽然意識到自己錯過了多麼優秀的一位演員。如果讓對方來演出《逐愛者》，或許會與他的恐怖美學會產生不一樣的化學反應。

他一直想著這件事，便把他們之間的對話原封不動轉述給季冕，並大加讚賞。

他首次為自己的固執感到後悔，而季冕除了深深的觸動，還有滿滿的無奈。觸動是為肖嘉樹，無奈是為林樂洋。他發了幾條訊息給公關部，這才看向面前的兩人，補充道：「我給劇組追加了投資，保住了樂洋的男主角地位。」

林樂洋和陳鵬新羞愧得無地自容。

他們都做了些什麼啊？差點把板上釘釘的男主角給整沒了！

「我已經讓公關部去買水軍了，保證投票結果是你贏，但網友服不服氣就不是我所能控制的。原本你可以安安生生去拍戲，現在戲還沒拍，你這個男一號就備受爭議，你說你們得到了什麼？」季冕連話都懶得跟他們說，擺手道：「回去好好研究劇本，別把這部戲演砸了，否則這件事還會被人挖出來當談資。」

是的，一旦林樂洋的表演沒能獲得觀眾的認可，今天這場投票還會被他們拿出來說事，整個劇組也會因此而受到非議，屆時肯定會有人冷嘲熱諷地道：「看吧，讓你們不選肖嘉樹，這下搞砸了吧？」更甚者，就算林樂洋演好了，也會有人說：「如果找肖嘉樹來演男一號，肯定比這更精彩。」

演得好是理所當然，演不好就是難挑大樑，你說林樂洋的壓力大不大？這簡直是自己挖坑自己埋，作得一手好死！陳鵬新悔得腸子都青了，連連對林樂洋投去抱歉的目光，而林樂洋則一味盯著地板，不知道在想些什麼。

他氣不氣陳鵬新？肯定是氣的，但為今之計是努力把角色演好，沒有別的出路。

「季哥，對不起，我給你惹麻煩了。」他抬起頭，露出微紅的眼眶。

「以後安心拍戲，別整這些有的沒的。」這是季冕第幾次這樣吩咐，他記不清了。

「我會的。」林樂洋在原地站了一會兒，見季哥沒有別的話要說，這才尷尬地離開。他總覺得季哥越來越懶怠與自己交流，是錯覺嗎？

公關部花了一個下午的時間才把輿論和投票搞定，卻又在下班前被一顆重磅炸彈砸中。某個行銷大號收到季冕的一份黑料，說他與林樂洋是同性戀人，還附帶幾張親密合照和幾段聊天記錄，爆料者叫價五百萬，行銷大號一口答應下來，並把人拖住，轉頭就通知了冠冕工作室，因為好巧不巧，他們正是冠冕工作室設立的宣傳管道之一，算是上下級的關係。

方坤快被這些破事搞瘋了，拿到照片和聊天記錄一看，頓時氣得七竅生煙。這他媽的根本就不是狗仔偷拍的，分明是從季冕或林樂洋的手機裡流出去的！他倆還對著鏡頭笑呢，臉湊得那麼近，偷拍個屁啊！

季冕盯著桌上的照片看了很久，臉色由沉凝變為平靜。他沒有拍照的習慣，交往幾年，手機裡只存了幾張林樂洋的個人照，沒有合照，這些照片顯然不是從他手機流出去的。

「把樂洋和陳鵬新叫進來吧。」他淡然吩咐。

「你還好吧？」方坤不放心地看他一眼。

「我很好。」季冕面無異色。

方坤這才把林樂洋和陳鵬新叫進來。

「你有沒有這幾張照片？」季冕把照片推到林樂洋面前。

照片裡的兩人並未做什麼出格的舉動，只是勾肩搭背而已，這在男人之間很正常，但其中一張兩人穿著情侶衫，表情有些曖昧，若是流到外界，多多少少會引起關注。

林樂洋不明所以，卻還是仔細辨認了一番，頷首道：「這些照片是我拍的，季哥，你把它們洗出來幹嘛？不對，你從哪兒弄來的照片，我沒發給你啊？」

「等一下你就知道了。」季冕對方坤揚了揚下頷，「給我來根菸。」

方坤給他點了一根香菸，自己轉頭也抽上了。

要知道，他成功戒菸五年了，這是第一次破戒。

林樂洋變得緊張起來，他與季冕朝夕相處那麼久，怎麼可能感受不到他散發出來的低氣壓？他表情溫和，動作從容，可他的瞳孔漆黑一片，透不出半點光芒。

「你們把我帶到冠世大廈幹嘛？你們到底給不給錢？」熟悉的聲音從門外傳來，片刻，陳鵬玉被兩名壯漢架進辦公室，表情極為惶恐不安。看見林樂洋和陳鵬新，她微微一愣，又看見季冕和擺在他手邊的照片，臉色立刻白了。

「大、大哥，你們……你們知道啦？」她不再掙扎吵鬧，而是下意識往林樂洋身後躲。她知道哥哥保不住自己，只有林樂洋才能消除季冕的怒火。

知道什麼？林樂洋和陳鵬新面面相覷，滿頭問號。

季冕問道：「這些天你一直把她帶在身邊？」

「是啊，小玉說待在家裡無聊，我就帶她出來玩玩，她不拿薪資的。」林樂洋捏緊了衣角，心底浮上強烈的不安感。

「這些照片是她從你手機裡偷出來的，還有幾段聊天記錄，她把它們賣給了我旗下的一個行銷大號，開價五百萬。如果她挑中的是別的行銷號，或許消息已經爆出來，又或許他們會找上我，讓我花一千萬甚至更高的價格買回去。樂洋，這件事你怎麼處理？」季冕的語氣十分平靜，彷彿在敘述別人的事。

林樂洋腦子嗡地一聲響，瞬間失去了思考能力，倒是陳鵬新咬牙切齒地怒吼：「妳偷樂洋的照片和聊天記錄？妳為什麼要這麼做？妳就那麼缺錢嗎？」

陳鵬玉一邊哭一邊解釋。

原來她在《使徒》劇組裡認識了幾個臨時演員，這些人私生活很亂，價值觀也有問題，整天就想著怎麼玩怎麼鬧怎麼揮霍，身上有多少錢就花多少，根本不考慮未來的事。陳鵬玉本來也是個愛慕虛榮、膚淺無知的人，很快就受到這些人的影響，過上了今朝有酒今朝醉的生活。她開始從陳鵬新那裡騙錢，騙不到就聽信一個朋友的話在網路上貸款，同時辦了十幾張信用卡，不斷地拆東牆補西牆。拆著拆著就發現自己補不上了，掰開手指一算，這才發現已經欠下了一百多萬元。

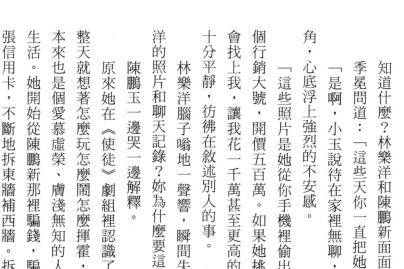

借貸平臺不斷打電話給她追債，還揚言要把她借貸時拍下的裸照發出去，她走投無路，這才偷走了林樂洋的照片和聊天記錄。她抱住林樂洋的雙腿搖晃哀求，臉上糊滿了眼淚和鼻涕，看起來可憐極了。

林樂洋面露不忍，卻又氣怒難消。

陳鵬新則別開頭不去看她，免得失手將她打死。

一百多萬？他哪裡還得清？

季冕不緊不慢地抽著菸，等她說完才淡淡開口：「樂洋，你怎麼處理？」

林樂洋心裡亂成一團麻，哪裡知道該怎麼處理？

他低頭看看痛哭不止的陳鵬玉，又抬頭看看滿臉哀求的陳鵬新，最終咬牙道：「季哥，你放過他們這次吧，反正、反正照片是我們公司的人收到的，並沒有造成不可挽回的損失。我會把小玉送進封閉式學校，讓她好好讀書，鵬新也會看著她的。她還小，難免有行差踏錯的時候，我們不應該一棒子把她打死。」

「她把你賣了，你能原諒？」季冕隔著厚厚的煙霧看過去。

林樂洋不敢直視他的目光，垂下頭說道：「她不懂事。」

鵬新是他的兄弟，他不能因為這點事和他鬧翻，反正誰也沒損失，過去就過去了，以後嚴格管教小玉就成。他再生氣又能如何，難道還能把人打死？

「她欠的錢呢？」

「我來幫她還。」林樂洋現在賺錢容易了，說話也有底氣，當即喝斥道：「小玉，還不快跟季哥道歉？」

陳鵬玉和陳鵬新連忙道歉，以為有林樂洋作保，季冕一定不會跟他們計較。

季冕杵滅菸蒂，不緊不慢道：「我說說我的處理方法：第一，把陳鵬玉送回你們老家；第二，辭退陳鵬新；第三，公司可以幫他們還清欠款，但他們必須寫下兩千萬的借條，日後若是反水，公司會提出告訴追討欠款，這樣你們放心，我也放心。當然，公司也不會白給這筆錢，得從林樂洋的收入和提成裡面扣除，有沒有問題？」

「季哥！」林樂洋露出不敢置信的表情，陳鵬玉和陳鵬新更是嚇得腿都軟了。剛擺脫掉一百萬的債務，轉眼又欠下兩千萬，這是要把人逼死啊！萬一季冕說話不算話，帶著借條去法院告他們，他們拿什麼來賠？

方坤有些意外，他還以為季冕這回也是高高舉起輕輕放下，沒想到這麼雷厲風行。類似的事以前也曾發生過，季冕讓那人寫了一張借條，又用對方的身分證影本辦了金融卡，轉了一千萬，卻很快以各種合理合法的名目把錢挪走。那人從頭至尾不知道金融卡的存在，打官司的時候一敗塗地，還倒賠一千萬，從此便在國內銷聲匿跡了。

季冕這人脾氣是真好，但你要是把他惹毛，怎麼死的都不知道。他看向林樂洋，語氣甚是平淡：「你們不動歪心思，這張借條就不作數。樂洋，我這麼處理，你同意嗎？」

我不同意！季哥，你這是把人往絕路上逼啊！

林樂洋心裡吶喊，面上卻遲遲不敢開口。他其實也知道，季哥只是在做預防而已。有兩千萬放在這兒，再多的黑料小玉和鵬新也不敢往外抖。

「能不能讓鵬新繼續當我的經紀人？他混成現在這樣不容易，你一句輕飄飄的話，斷送的是他的前途。他在老家有年邁的父母要養，小玉半大不小的，正是花錢的時候。季哥，你再給他一次機會好嗎？他要是丟了工作，一家人都得上街討飯。他父母剛在老家買了一棟房子，每個月得還四五千塊的貸款，負擔真的很重。」林樂洋深吸一口氣後說道。

「可以。」季冕的回答讓眾人很吃驚。他剛才還那麼強硬，怎麼忽然就鬆口了？

「寫借條，每人一千萬，再把你們的身分證影本留下。」季冕點了點桌上的一疊紙。

陳鵬新毫無辦法，只能寫了借條，按了手印，留下身分證影本。陳鵬玉也哭哭啼啼地照做，然後癱軟在地上。她完全不知道季冕竟然是這種人，手段比借貸公司冷酷一百倍。都說娛樂圈裡有很多混黑社會的，該不會季冕也是吧？早知如此，她就老老實實坦白了，樂洋哥那麼心軟，肯定會幫她還債的。

「按老規矩辦。」季冕把借條和身分證影本推給方坤，方坤點點頭下去了。

「你們如果老老實實待著，我不會拿你們怎麼樣，這件事就翻篇了。」季冕對陳家兄妹擺手，「你們可以走了，樂洋留下。」

陳鵬新和陳鵬玉趕緊離開，走的時候冷汗淋漓，腿腳發軟，形容十分狼狽。

林樂洋滿心都是不忍，卻不敢說什麼，只能埋頭刪除照片和聊天記錄。等季哥氣消了，我再想辦法把借條要回來。季哥在床上特別好說話，最近我得好好哄哄他。這樣想著，他心裡一鬆，倒也沒那麼擔憂了。

季冕點菸的動作微微一頓，眸色變冷，他開門見山道：「樂洋，我們分手吧。」

「啊？」林樂洋愣住。

「我發現我們存在難以調和的本質上的分歧，所以分手吧。」季冕不厭其煩地重複。

「什麼分歧？我覺得我們挺好的，為什麼要分手？是因為小玉爆料的事嗎？不然我們出櫃吧，我什麼都不怕！季哥，你別跟我賭氣好嗎，你不是說這件事翻篇了嗎？」林樂洋快急哭了，他原以為自己能跟季哥過一輩子。

「你不怕出櫃？好，我讓公關部現在就去發通稿。」季冕定定看著他。

林樂洋混亂的思緒和翻騰的血液立刻被這句話凍結。若是換在以前，他肯定願意出櫃，但現在不同了，他剛剛起步的事業必將毀於一旦，而且很有可能被逐出娛樂圈，再也拍不了戲。季哥的粉絲會抵制他，導演和演員會抵制他，社會輿論也會抵制他。只有足夠強大的人才能活出自我，正如季哥這般，而他遠遠沒修煉到堅不可摧的程度。他之所以會主動提出出櫃，只是想讓季哥明白他愛他的決心罷了，沒料到季哥會一口答應。

在現實面前他怕了、退卻了，一時間不敢做聲。

「分手吧，對你對我都好。不是出不出櫃的問題，是我們性格不合。你放心，我不會打壓你，該給的資源我照樣給，一切按照合約來。你簽的是A級合約，自由度很高，今後好好打拚吧。」

季冕站起來拍拍他的肩膀，率先走出煙霧繚繞的辦公室。

（未完待續）

綺思館043

愛你怎麼說 1

國家圖書館出版品預行編目資料

愛你怎麼說 / 風流書呆著. -- 初版. -- 臺北市 : 晴空,
城邦文化出版 : 家庭傳媒城邦分公司發行, 2019.08
冊； 公分. --（綺思館043）

ISBN 978-957-9063-41-8（第1冊：平裝）

857.7　　108010475

城邦讀書花園
www.cite.com.tw

作者	風流書呆
封面繪圖	MOON
責任編輯	施雅棠
國際版權	吳玲瑋　郭哲維
行銷	艾青荷　蘇莞婷　黃俊傑
業務	李再星　陳紫晴　陳美燕　馮逸華
編輯總監	劉麗真
總經理	陳逸瑛
發行人	凃玉雲
出版	晴空 城邦文化事業股份有限公司 104台北市中山區民生東路二段141號5樓 電話：（886）2-2500-7696　傳真：（886）2-2500-1966
發行	英屬蓋曼群島商家庭傳媒股份有限公司城邦分公司 104台北市中山區民生東路二段141號2樓 書虫客服服務專線：(886)2-2500-7718；2500-7719 24小時傳真服務：(886)2-2500-1990；2500-1991 服務時間：週一至週五09:30-12:00；13:30-17:00 郵撥帳號：19863813　戶名：書虫股份有限公司 讀者服務信箱E-mail：service@readingclub.com.tw
晴空部落格	http://sky.ryefield.com.tw
香港發行所	城邦（香港）出版集團有限公司 香港灣仔駱克道193號東超商業中心1樓 電話：852-2508-6231　傳真：852-2578-9337 E-mail：hkcite@biznetvigator.com
馬新發行所	城邦（馬新）出版集團【Cite(M)Sdn. Bhd.(45832U)】 411, Jalan 30D/146, Desa Tasik,Sungai Besi, 57000 Kuala Lumpur, Malaysia. 電話：(603) 9057-8822　傳真：(603) 9057-6622 Email：cite@cite.com.my
美術設計	洸譜創意設計股份有限公司
印刷	沐春行銷創意有限公司
初版一刷	2019年08月01日
定價	360元
ISBN	978-957-9063-41-8

原著書名：《爱你怎么说》，由北京晋江原創網絡科技有限公司授權出版。